U0049950

未成形的王座

❷ 火之天命〔下〕

The Providence of Fire

CHRONICLE of the Unhewn Throne

BRIAN STAVELEY

布萊恩・史戴華利——著　戚建邦——譯

未成形的王座

2 火之天命〔下〕

目次

27

Collateral.（*）

即使是在奎林群島，葛雯娜也很討厭這個字。首先，這個字的其中兩種意思她總是分辨不清楚。她常常會在精英小隊降落後跑去餐廳偷聽他們交談，而這個字出現的頻率很高。問題是，很難從他們的對話中聽出這個字究竟是人質的「抵押品」之意，還是某個可憐的倒楣鬼，明明與任務毫不相關但「受牽連」而死了。

當然，就算搞清楚意思也並沒有幫助，因為前者似乎經常變成後者。在葛雯娜看來，這個字只是用以迴避殘酷事實的方法。他們不希望你說：「我必須抓住那傢伙的女兒，用刀子抵住她脖子來逼他合作。」於是鼓勵你說：「我們在襲擊目標後，有了抵押品。」不會說：「那孩子和房子一起被燒死。」而是說：「那孩子受到了牽連。」

她在島上就已經很討厭這個字了，而當她發現她們——自己和安妮克還有派兒——成為這個天殺的字的代名詞時，她又更討厭這個字了。

*編註：Collateral 有多種含義，下文中分別指「抵押品」和「受牽連」兩種意思，因此保留原文以呈現詞義多樣性。

「我們就這樣坐在這裡？」她問。這是個蠢問題，但說說話感覺比較好。雖然光說無益，不過總比無所事事地枯坐，等著看那個嗜血的蠻族酋長是否會善待她們來得強。在葛雯娜看來，她們過去一整天裡就是在幹這件事。

「當然不是。」派兒從火堆另一邊抬起頭來說。「我打算大喝一場。」

殺手充分利用了長拳提供給她們的這頂阿皮，舒舒服服地坐臥在厚野牛皮上，一手漫不經心地把玩自己的頭髮，彷彿正等著僕人再端一壺冰涼果汁上來。只不過她喝的不是果汁。葛雯娜抿了一口水袋裡的透明烈酒，差點把自己的舌頭吐出來，而派兒一仰頭就喝了一大口。

「妳不應該喝酒。」安妮克說，從一隻血淋淋的野牛腿上抬起頭來，將一塊肉放到火上烤。

「我們應該要擬訂計畫。」

「我很喜歡好計畫，」派兒同意。「妳們兩個何不想個什麼計畫，再把細節告訴我？」她皺眉。「等等，現在是要計畫什麼？」

「噢，看在夏爾的份上……」葛雯娜啐道。

顱誓祭司優雅地揚起手指打斷她。「不要輕易提起我的神。」

「計畫。」安妮克不管她們，繼續說。「逃離此地的計畫。」

「為什麼？」派兒揚眉詢問。「為什麼我們要逃離此地？」她比向火堆、吱吱作響的烤肉、手中鼓鼓的酒袋，還有架在木竿上替她們留住熱氣和光線的乾淨毛皮。「老實說，我們一開始有點誤會，但長拳越來越懂得待客之道了。或許他只是不喜歡妳們隊上那些男孩們。」

如果長拳不喜歡隊上的男生，那他已經擺脫他們了。瓦林、塔拉爾和萊斯昨天騎馬出發，帶著武器和糧食，以及各式各樣的殺人工具，毒藥、弩箭，甚至還有一把吹槍。那是個瘋狂的任務——暗殺安努帝國的肯拿倫，但巫醫確保他們攜帶了所有完成任務所需的用具。所有用具，除了半數天殺的隊員。

「妳們要待在這裡，我尊貴的賓客。」他對三個女人說，不過是在木已成舟之後才說的。當葛雯娜把自己對此事的想法說出口，說她打算自己幫自己下決定時，他只是攤開雙手呈現歡迎貌。「妳們當然必須決定自己的命運，尊貴的賓客，看是要當俘虜，還是屍體。」

瓦林當時想要介入，但殘酷的事實是，他們完全沒有談判的籌碼。能獲釋完全是因為長拳釋放他們，儘管那個高個子混蛋滿嘴合作和諒解，不過他顯然一點也不信任他們。有瓦林口頭承諾當然很好，但長拳要的是實際且更有說服力的東西，於是安妮克、葛雯娜和派兒就從俘虜晉級為尊貴的賓客。

尊貴的賓客。這簡直比抵押品或受牽連還糟糕。

「妳應該放輕鬆。」殺手繼續說。「生命轉眼即逝，試著享受送上門來的贈禮。」

「妳一直忙著喝那種劣質酒，」葛雯娜說。「或許都沒發現長拳的贈禮之中連一把武器都沒有。我們三個人只有一把爛腰帶匕首，」她指向安妮克切肉用的那把細匕首。「還是把很鈍的腰帶匕首。」

「有可能是因為，」派兒說。「我們上次拿到武器的時候一直把尖銳的部分留在他手下的體內。再說，」她瞧了安妮克的腰帶匕首一眼。「用腰帶匕首殺人很容易，如果我們認為情況危急到必須拿肉、酒和火堆去換一場必輸無疑的衝突。」

「妳被綁起來的時候反抗得很激烈，」葛雯娜說。「當時贏的機率更低。」

真正的問題在於，派兒從各方面而言都讓葛雯娜感到渾身不自在，而不自在的感覺已經快要把她逼瘋了。不光只是因為顱誓祭司擅長殺人，奎林群島上的人全都擅長此道，真正令葛雯娜不自在的是派兒那種滿不在乎、顯然一點也不把葛雯娜願意用生命守護的事物放在心上的態度。要和整個厄古爾大軍槓上就已經夠令她氣餒了，不需要顱誓祭司不斷嘲諷她。

「被綁起來的時候，」殺手聳肩。「是被綁起來的時候。現在我們——」

話沒說完，一個男人撩開帳簾走了進來。他身材高大，幾乎要完全彎腰才能進入帳內。葛雯娜本來以為進來的是長拳，但當那人挺直腰身時，臉上得意洋洋的笑容彷彿一拳打在她肚子上。

包蘭丁·安豪。

光是發現吸魔師還活著就令她暴跳如雷了。事實上，難以忍受的西行途中幫她保持求生慾望的其中一個理由，就是包蘭丁還活著，她必須努力活下去，時刻警覺，以便有一天能殺了他。長拳砍他手指時，似乎打算親自殺他，但現在看來不是那麼回事了。

吸魔師身上的繩索都已經解開，被俘虜時那套惡臭黑衣也換了下來。沒有人能幫他接回被砍斷的手指，不過有人提供乾淨的布給他當作繃帶。他身穿皮褲和上衣，外面像厄古爾人一樣披著野牛皮斗篷，脖子上掛著一組新項鍊，手指戴著一系列新戒指。如此形勢逆轉實在太突然了，葛雯娜有一瞬間啞口無聲，試圖瞭解情況怎麼可能在轉眼間急轉直下。

包蘭丁微微一笑，彷彿看穿她的心思。「看到我高興嗎，葛雯娜？」見她沒回答，他聳肩。

「我倒是很想妳。這些年來我喜歡過不少人，但是沒有人像脾氣暴躁的葛雯娜·夏普那樣擁有放蕩不羈、原始野性的熱情。」

他暫停片刻，輕舔嘴唇。安妮克停止動作，一手依然放在牛腿上，另外一手用兩根手指夾著血淋淋的匕首。葛雯娜驚愕地發現吸魔師不但可以自由活動，而且顯然獲得長拳的青睞，沒被下藥。他眼中已經沒有任何受到阿達曼斯茶影響的跡象，不可一世的自大神態全都回來了。

葛雯娜壓抑展開攻擊的慾望。他離她不過數步之遙，雙手交抱著站在阿皮門內，但她見識過吸魔師的力量，知道自己絕對近不了身。

「你是囤積一週的噁爛大便，包蘭丁。」她反唇相譏。這話是很爛的匕首替代品，但她也只能靠一張嘴了。「不過很勇敢，在骸骨山脈被我們那樣搞過之後還敢一個人跑來。可憐你的其他隊員，他們血淋淋的殘骸現在大概已經分散到方圓數里外的範圍了。可憐你那兩根手指。」

吸魔師皺起眉頭。葛雯娜發現他比在奎林群島時瘦。他向來都很瘦，比較像是鞭子，而不是木棒，肌腱和肌肉糾纏在纖細的骨架上，被太陽曬黑的皮膚下清楚呈現出他精緻的骨骼形狀。不過此時此刻，在火光搖曳之下，他的臉頰從原先的憔悴變成形容枯槁。垂在肩膀上的黑髮辮看起來比之前稀疏，也更油膩，而他手臂上的刺青隨著皮膚鬆弛、肌肉萎縮而顯得皺皺的。但這一切都不會讓他變得比較不危險，只要他能再度取用魔力源。

「葛雯娜、葛雯娜、葛雯娜，」他搖頭說道。「我剛剛回到妳的生命中，自由自在、完整無缺……」他哀傷地看著自己的手掌。「好吧，幾乎完整無缺。總而言之，妳才和我說了五句話，就已經犯了三個錯誤。」他豎起一根手指。「首先，面對妳們根本不需要勇氣，我眼睛都不眨一下就能把妳們壓在地上，放火燒掉這座帳篷。其次，妳們和我最近所遭遇的挫折一點關係都沒有，第一次是那個燃燒之眼混蛋撂倒我的，第二次是厄古爾人。最後，儘管現在在山裡腐爛的屍體理論上算是我的隊員，但妳若以為我會在乎他們的死活那可就大錯特錯了。我一直都比他們優秀，我的目標比他們……遠大。妳知道『遠大』的意思嗎？」他微笑。「就是大的意思。」

帳篷對面的派兒舉起一手，一副深感興趣的樣子看著吸魔師。

「不好意思，」她說。「很抱歉插個嘴。我們見過好幾次了，不過情況一直不允許我們正式介紹。我叫派兒．拉卡圖。」

包蘭丁挑眉，微微鞠躬。「我是——」

「他是殺害林還想殺瓦林的卑鄙大混蛋。」葛雯娜打斷他。她知道應該保持安靜，等待包蘭丁出手，但她就是沒辦法坐在旁邊眼看吸魔師和顱誓祭司互相客套，彷彿在酒館裡打量對方似的。她不知道包蘭丁的衣服和戒指是哪裡來的，不知道他為什麼能夠獲釋，不知道他為什麼一副沾沾自喜的模樣，但是整個情況令她害怕，而她討厭害怕的感覺。「他和那群艾道林士兵同流合污，」葛雯娜說，努力讓派兒瞭解他有多危險。「他是個天殺的叛徒。」

派兒完全不理葛雯娜。她對著包蘭丁微笑，姿態慵懶地翻身趴臥，像隻剛醒的貓咪般伸展上半身。她上衣最上面的鈕釦沒扣，這個姿勢沒有留下多少想像空間。

「我記得瓦林一提起那些就停不下來。」她說。「問題在於，我對於政治上的忠誠同樣抱持彈性。我絕對不會讓『叛國』這種小事介入我和趣味相投的朋友之間。」她伸出幾根手指順著手臂撫摸，然後朝包蘭丁二頭肌和手腕上的刺青點頭。「我喜歡那些圖案。衣服底下還有嗎？」

葛雯娜覺得腦袋都快爆炸了，但在她開口之前，安妮克突然插話，問得簡潔而專業。

「你來幹嘛，包蘭丁？長拳為什麼釋放你？」

吸魔師又看了派兒一會兒，接著長嘆一聲，轉向狙擊手。

「安妮克，我只是吊死了妳的婊子，妳犯不著這樣破壞大家的興致。」他攤開雙手。「世界很大，到處都有很多婊子。」

狙擊手微微一抖，動作快到葛雯娜幾乎沒有注意到，只見一把小匕首竄向包蘭丁的喉嚨……然後被一面隱形盾牌彈開。吸魔師面露親切的笑容。

「長拳要求我不要傷害妳們，所以我就當作妳是在切肉的時候手滑了。」

安妮克抿緊嘴唇，雙手開闔，彷彿想找其他武器，但她拒絕吞下誘餌。

「現在，」他等了一會兒說。「我該從哪裡開始講我奇蹟倖存並突然獲釋的故事？或許從山裡講起……」

「那又不是什麼難解之謎。」葛雯娜啐道。「你爬出骸骨山脈，厄古爾人就像俘虜我們一樣俘虜你。你以為我們會因為你被一群幹馬的野蠻人抓住而佩服你嗎？」

包蘭丁瞇起眼。「我要指出一點，」他緩緩說道。「你們也落入同一群幹馬的野蠻人手中。」

「我沒說那是什麼值得驕傲的事，我肯定也不會拿這件事來說嘴。我想說的是，你和我們一樣，被困在這裡了。」

「噢，葛雯娜，」吸魔師緩緩回應，笑容回到臉上。「我瞭解妳很沮喪，但我和妳們這些可憐的女士不同，我並沒有被困在這裡。」他緩緩搖頭，透過烤肉的熏煙打量她的表情，雙眼閃閃發光。「當然，你說我們都被我們的遊牧民族朋友抓住是沒有錯，而且有段時間，長拳就像不信任你們一樣不信任我。但是從那之後——」他聳肩。「我們的遭遇就大不相同了。趁妳們待在這裡安安靜靜當囚犯的時候，長拳找我聊天。他……提升了我地位，重要的地位。那傢伙是野蠻人，但就連野蠻人也瞭解我的天賦和我的知識所代表的價值。」

葛雯娜抑制了顫抖。儘管長拳宣稱他和桑利頓是朋友，集結大軍純粹是為了防禦，她還是不信任他，不喜歡他身上的疤痕，以及他顯然從折磨族人中取得快感的行為。她本來以為長拳是個相對而言比較普通的威脅，或許是帝國之敵，但也沒什麼特別值得一提的。然而，長拳與包蘭丁結盟——和一個竭盡所能要殺害兩個馬金尼恩家族成員的吸魔師聯手，表示他有更可怕的目的。

「長拳找你幹嘛？」她問。

派兒刻意哼了一聲。「為什麼，」她問，揚起脖子看向火堆對面的包蘭丁。「我們要浪費時間講這些無聊的事情？葛雯娜，」她又輕蔑地揮手說道。「安妮克。妳們兩個何不出去繞個幾百圈，結交幾個好朋友。」

葛雯娜瞪著她。「妳何不幹妳自己，妳這個齷誓婊子。妳知道他是吸魔師，對吧？妳知道他想殺凱登，妳受雇要保護的人。」

派兒用嘴做出一個無聲嬌媚的「O」形。「吸魔師。太稀奇了。」她目光一直停留在包蘭丁身上。「至於幹我自己，葛雯娜，有時候那是必要的權宜之計。但是有其他選擇的時候就沒必要這麼做了。」

包蘭丁對女人咧嘴露出陰險狡詐的笑容，然後出乎葛雯娜意料地搖了搖頭。

「不幸的是，其他選擇得等等再說，克維納沙皮就要開始了。」

「什麼鬼？」安妮克問。

「一場儀式。」包蘭丁回答。「長拳要求妳們出席。」

「所謂的要求，」葛雯娜說。「就是命令。」

包蘭丁微笑。「沒錯，就是命令的意思。」

♛

克維納沙皮，天知道那是什麼玩意兒，在低矮山丘間的小窪地中舉行。峽谷裡有條小溪，幾個世紀下來沖刷柔軟的土地，露出下方的石灰岩溪床。風和雨侵蝕著岩石，鑿出一道道溝壑，世世代代的厄古爾人都把他們屠殺的敵人骸骨堆在裡面——關節下方碎裂的股骨、布滿裂痕的頭顱、一堆可能是手指或腳趾的小骨頭從上方的矮岩架墜落——彷彿是這片坑坑洞洞的地面嘔出的堆積物，吐出年代久遠到難以分辨是石頭還是骨頭的碎片。

比光禿窪地還要令人擔憂的，是等在斜坡上的數萬名厄古爾人。大部分人蹲著，五至六人圍成一圈，但那些窪地外緣的人都是站著的，壓低長槍的槍頭，好像要防止任何東西逃脫。長拳位於邊緣一個尊貴的位置，橫躺在由他血淋淋戰士所扛的雪橇上。

包蘭丁領著葛雯娜、安妮克和派兒走到岩石窪地的邊緣。

「這裡是聖地。」他說完後無預警地把葛雯娜推下去。

她只下墜了十幾呎便雙腳著地。她破口大罵，轉身看見吸魔師低頭對著她笑。

「別擔心，」他說。「我會確保妳朋友能夠看得清楚。」

兩個女人都在看她。派兒一臉好奇，安妮克就是安妮克。包蘭丁等候片刻，然後帶兩人來到長拳的雪橇前。

石灰岩壁很矮，不比葛雯娜高，若不是厄古爾人用槍尖指著她胸口，要爬出去根本不費吹灰之力。葛雯娜考慮搶一桿槍，然後拋開這個念頭。她依然不確定現在是什麼情況，而她不打算在沒有必要的情況下英勇戰死，於是花了點時間打量四周。

低矮岩壁阻擋了她從東西兩方逃走的出路，而短窪地兩端相隔約二十步距離的位置，在太陽還未下山前就已經點燃了兩堆大火。有人挖了兩個間隔五呎的洞，有點像是戰地茅坑，不過葛雯娜看不出它們的用途。洞裡挖出來的土整整齊齊地堆在洞旁。

聖地，包蘭丁把她推入這座臨時競技場時這麼說。

殺人的地方。葛雯娜冷冷地想。

奇怪的是，這讓她幾乎鬆了口氣。她不知道長拳在玩什麼把戲，不知道他讓她吃吃喝喝一整天後，又在整支天殺的部隊面前把她丟進坑裡是什麼意思，她只知道，有事情要發生了，而這比枯坐在帳篷裡和派兒吵嘴、被安妮克冷落要好多了。

只可惜看起來即將發生的事情有可能會害死她自己。

窪地兩側火堆後的人不停在滋滋作響的大火中添加柴火。即使在好幾步外的強風之中，葛雯娜還是可以感覺到撲面而來的高溫。她試著回想可用的訓練，有可能救她一命的小知識。她知道很多厄古爾人馬上作戰的技巧和武器運用方式，但是訓練官單調地解說無趣的神學細節往往會令她恍神，包蘭丁將接下來要發生的事情稱為克維納沙皮。葛雯娜沒聽過「沙皮」這個詞語，但是克維納是指梅許坎特，而梅許坎特是指痛苦。

這個場地看起來就像是座格鬥場，包括圍起來的邊界、一臉期待的觀眾，還有，噢沒錯，一堆堆天殺的骸骨。這地方充滿格鬥的氣息，而正當她掃視地面時，厄古爾人又把另一個人推落狹窄的窪地。

葛雯娜前後搖晃，測試雙腳。被綁在馬上幾週對身體沒有好處，但現在擔心那個毫無意義。乾草，都在穀倉裡，凱卓總愛這麼說。葛雯娜暗自感謝奎林群島上所有混蛋，阿達曼・芬恩、妲文・夏利爾、普蘭辰・亦和跳蚤——感謝他們多年以來的嚴格訓練，冷酷無情地要求完美。她或許對天殺的克維納沙皮一無所知，但目前看起來像是要打架，而她非常擅長打架。

接著年輕人站直身子，葛雯娜瞬間心頭一涼。她以為對方是厄古爾人，某個年輕塔貝或克沙貝，然而，面對她的是個安努人，大概比葛雯娜年長一、兩歲的男人，身上穿著破破爛爛的帝國軍制服——另外一個囚犯。葛雯娜以為她們是唯一的囚犯，但是這座營地太大了，就算長拳把一整支安努軍團的人綁起來插在木樁上，她也不會注意到。年輕士兵看起來很困惑，也很害怕，先是看著熊熊烈火，然後望向圍觀的厄古爾人，直到那些景象快要把他逼得跪下時，才轉向葛雯娜。

「怎麼回事？」他輕聲問道。

葛雯娜抿緊嘴唇，沒有開口。披著巨大野牛皮斗篷的長拳自座位上起身，來到窪地邊緣。他手握著兩根短棍，兩根都不比葛雯娜的拇指粗。他用短棍指向地上的洞。

「進去。」

「去幹你自己。」葛雯娜回道。

她不知道那個洞是幹什麼的，但她不要在洞裡打架。

「進去。」長拳語氣平淡地說。「不然我就砍掉妳的手臂。」他比向拿長矛的年輕戰士。「妳可以自己選擇。」

「你不是說我是尊貴的賓客嗎？」她問。

他微笑。「克維納沙皮是項榮耀。」

「還真是榮幸。」她喃喃說道，步入洞中。

洞深至她大腿中間的位置，當她抬頭看向厄古爾酋長時，兩名年輕的騎兵跳下岩壁，手持鏟子，開始把土埋進洞裡。

葛雯娜強迫自己靜止不動，專心思考。另一邊的安努人驚慌失措，想從洞裡爬出來。他放聲尖叫，苦苦哀求，伸手拉開鏟子和揮舞鏟子的年輕人，徒勞無功地試圖撥開洞裡的土。他拔出自己一條腿，接著又有三個厄古爾人跳下來，在觀眾的噓聲和歡呼聲中把扭打撕咬的人塞回洞中，壓在土裡。旁邊的土越埋越高，埋好之後，葛雯娜發現自己動彈不得，前方正對著那個嚇壞了的年輕人。

他搖頭晃腦、驚慌失措，雙眼在長滿面皰的臉上露出困惑的表情。

「停止掙扎。」她說。她沒辦法在他動來動去的情況下靜心思考，再說，厄古爾人顯然正享受著他的反應。

「他們要幹什麼？」他呻吟。「現在是怎麼樣？他們要幹什麼？」

「我看起來像是研究厄古爾奇特狗屁習俗的學者嗎？」她吼道。他的恐慌已經開始影響她了，像冰冷的蜥蜴般攀上她的脖子，爬過她皮膚，進入她的肚子。「你在這裡幹嘛？」她問，主要是為了讓自己分心，而不是真的想知道答案。「這些混蛋怎麼抓到你的？」

他瞪著她，好像他自己也不知道答案。

「你在打探敵情嗎？」葛雯娜問。「白河以北的任務？」

「我不是斥候，」他辯道。「我是天殺的步兵，甚至不算是步兵，我才加入帝國軍四個月。厄古爾人三天前偷襲羅堡。」他再度抬頭看向一整圈觀眾，然後又開始往地上亂抓。「他們要對我們怎麼樣？」

「羅堡？」葛雯娜問，跳過最後那個問題。「他們南下？」

「對。」他哀號。「大概有一百萬人，整座羅堡都沒了。」

葛雯娜深吸口氣，然後又吸一口，試圖壓抑逐漸高漲的恐慌。長拳摧毀了白河南側的一座堡壘，一座為了阻止厄古爾人入侵安努的堡壘。他不光只是要對付凱卓，他要對付的是整個天殺的帝國，這也根本不是防禦部隊……葛雯娜應該要擔心瓦林和其他人，他們是在相信長拳和自己站在同一陣線的情況下離開的，但不管瓦林陷入什麼樣的危機，她目前的處境看起來都更糟糕。

士兵下巴顫抖。「他們要傷害我們，是不是？」他直視葛雯娜的雙眼，然後低頭看她的黑衣。「妳不是帝國軍，」他吸氣，彷彿被槌子擊中般恍然大悟。「妳是凱卓。」

他的語氣驚恐中帶有希望。

「妳能帶我逃出去嗎？」

葛雯娜搖頭，對他的希冀感到憤怒，也對於要解釋傳奇有極限感到無力。

「但妳會採取行動，對吧？對吧？我是說……凱卓！」

「我要採取的行動，」葛雯娜說。「就是睜大眼睛，閉緊嘴巴。」

這話的語氣比預期中嚴厲，但她無法承受年輕人眼中那股絕望無助的期盼和不理性的信仰。她想大叫凱卓不是神，無法施展奇蹟，就算可以，她本人也是能力很差的凱卓。她沒有安妮克的紀律或塔拉爾的沉著或什麼的，真的，她只有能力炸爛東西。如果救得了你，她很想大叫，我早就動手了。

「閉上嘴，」她說，雖然她才剛剛說過一次。「準備好。」

天知道是要準備什麼。他們半身被埋在土裡，沒辦法逃，也無法戰鬥，那感覺就像是被綁在碼頭上，等著海浪打來。埋他們的厄古爾人已經退開，爬回矮岩壁，把葛雯娜和那個士兵獨自留在窪地底部。太陽已經沉到西方山丘之下，天上還有些許橘紅色的微光，不過這區主要的光線來自那兩個大火堆，搖曳無常的火光，忽而照亮碎骨，又倏地讓它們陷入黑暗中。上面的厄古爾人都已起身揮動武器，用他們奇特優美的語言唸誦聽不懂的字句，整個血腥民族齊聚一堂，見證她的苦難，男男女女在斜坡上擠得如同麥田裡的小麥。葛雯娜希望她聽得懂他們在唸什麼，接著覺得還是不要懂比較好。

八成是鮮血、死亡，或末日之類的東西。

厄古爾人越叫越大聲，唸誦一種不神聖又不和諧的經文，直到長拳輕輕揮落短棍。喊叫聲戛然而止，彷彿被利刃切斷，火光在數千雙期待的眼睛中翻飛。

巫醫說了幾句簡短的厄古爾語，葛雯娜聽他提到幾次克維納，或許還有「戰鬥」和「死」。她扭腰轉身，測試身體能移動的幅度，盤算著攻擊會來自哪個方向。敵人或許是戰士，或許是狗，她完全無從猜測。

「現在，」長拳對他們說。「你們決鬥。一個贏，一個死。」他神色輕鬆，緩緩微笑。

葛雯娜瞪大眼睛，一開始瞪著厄古爾人，接著轉向另外一名滿頭大汗、驚恐到臉色慘白的囚犯。看來不會有狗了。

兩根短棍落在他們之間的地面上。

「劍。」厄古爾人說，不可一世地比向短棍。

但短棍並不是劍，甚至算不上武器，鈍到不能刺人，輕到無法一擊斃命。時間足夠的話，或許可以用它們把人慢慢打死，一棍接著一棍，對準喉嚨和眼睛，但那樣很殘忍，又慢又噁心。葛雯娜突然瞭解到這就是天殺的重點，厄古爾人要的不是決鬥，也不是什麼勇氣或戰技的測試，這是一場犧牲，埋住他們雙腳，讓他們拿細短棍，都是用來延長掙扎時間，延長苦難的。

「不幹！」葛雯娜拒絕。她雙手交抱胸口，直視厄古爾大酋長。「我不要參與你們這種血腥的狗屎。」

長拳微笑。「要，妳要參與。其他安努人——」他往肩膀後面揮手，比向一群看不見的囚犯。「我會挖出他們還在跳動的心臟，但妳是個戰士，妳要戰鬥。」

帝國士兵瑟瑟發抖、呼吸急促，彷彿有隻隱形的手瘋狂擠壓他的肺。他很可能從未見過真正的戰鬥或鮮血，直到馬背民族攻入他們的堡壘。

「你不是說想要避免戰爭嗎?」她大聲問。

長拳只是微笑。

群眾開始不耐煩。一群只比葛雯娜大上一點的男人湊到岩壁旁，朝囚犯大吼大叫，揮舞著長矛，另外還有人數較少的一群人似乎在挑釁酋長，不過想確定是否如此不太容易。吵雜的人聲淹沒了她，嘲弄和喊叫宛如秋季的浪般撞上岩石。葛雯娜看了安妮克一眼，希望能看見一些鼓勵或聲援，但狙擊手的臉就像用石頭刻出來的一樣。

第一擊打中葛雯娜耳朵上方，傳來一陣劇痛。她驚訝轉身，以為有個厄古爾人跳進窪地裡，卻發現那個年輕帝國士兵正瞪著她，兩手各持一根短棍，指節發白。

「我很抱歉……」他泣道。他胸前的衣服沾滿嘔吐物，面前的土地上也都是。士兵臉頰上滿是淚水，不知道是出於悔恨還是恐懼。「我很抱歉。」他再度啜泣，接著，不假思索地展開攻擊，棍如雨下。

葛雯娜花了點時間才反應過來，又被棍子擊中兩下，一下打在眼睛上方，一下擦過肩膀。這種痛銳利但不深，她曾感受過這種程度的疼痛不下千次，在甲板邊被船錨夾到手指、扯開瘀黑的腳趾甲，或是肩膀被擊暈箭射中。葛雯娜自己也很難用棍子迅速殺人，而那個驚慌失措的年輕帝國士兵則是在恐懼中盲目出擊。她伸出雙手俐落擋下兩棍，算準第三棍的時機，在對方擊中前抓住棍子，扭轉後拉，掙脫男人的抓握，取得她的武器。

士兵震驚地停止動作，難以理解地愣愣看著空蕩蕩的手掌。他抬頭看向葛雯娜，開始呻吟，發出可憐兮兮、絕望無助的哀鳴，然後加倍使勁攻擊。在手持武器的情況下，要抵擋這種攻擊簡直易如反掌。她架開攻向胸口的一擊，側頭避過另一棒，身體盡可能後仰，誘使對方過度伸展，接著她奪過第二根棍子。輕而易舉，簡單到可悲的地步。

厄古爾人像海鳥般尖叫，高亢尖銳的叫聲貫穿葛雯娜的耳朵，直衝她的大腦。兩堆火越燒越旺，她面前的那堆火已經燒痛了她的臉，而身後的那堆火則燒著了她的黑衣。沒有武器的士兵攤開雙手苦苦哀求。

「我很抱歉，」他哭喊。「我不想打妳。拜託，拜託，妳是凱卓，我只是個帝國士兵。妳是天殺的凱卓！拜託。」

葛雯娜一時間沒有發動攻擊。她在沒有多想的情況下擺出很高階的伊蘭德安防禦架式，很荒謬的反應。被埋在對面的那個笨蛋八成沒聽過伊蘭德安防禦架式，他只是個在執勤時被俘虜的帝國士兵，只是在做自己的工作。他對厄古爾人的認識全都來自餐廳和營房，沒人訓練過他該如何面對這種情況。

葛雯娜望向俘虜他們的人，看著數不清的藍眼睛、汗水淋漓的白面孔。火光灑落在死人的白骨和活人的皮膚上，將某些人隱藏在陰影中，又過度照亮其他人。血液在她耳中鼓動，火焰在她臉上搖曳，她無路可退，無路可逃。

「啊，可惡。」她喃喃說道。

「不。」士兵說著，緩緩搖頭，從她眼中看出她的決心。

葛雯娜咬緊牙關，棍子揮向右上方。佯攻奏效，帝國士兵隨之應對，她立刻利用破綻反擊。

厄古爾人想要痛楚，想要毆打上千次累積而成的折磨，餵養他們那個變態的神。

「好吧。」她用木棍的一端插入士兵眼中，戳深，更深，在年輕人抽搐抖動時扭轉武器，直到他向前癱倒，徹底死透。「那些混蛋只能得到死亡。」

拔出棍子時，她感到喉嚨刺痛。她發現自己在尖叫，但是她的尖叫聲被淹沒在厄古爾人可怕的呼喊中。她在哭，但火焰的高溫蒸發了她的眼淚。

28

凱登渾身濕透地摔出坎它，胸口起伏著不顧一切呼吸新鮮空氣，四肢沉重到幾乎動彈不得，只知道自己從濕冷的黑暗進入了如太陽般溫暖明亮的地方。有幾下心跳的時間，他任由自己躺在鬆軟的草地上，依然被包覆在空無境界之中，享受著甜美的海風。他聽見崔絲蒂在數呎之外嘔吐，身體在努力呼吸的同時也掙扎著把海水逼出來。基爾的呼吸聲比較輕，比較克制，片刻過後，凱登聽見瑟斯特利姆人站起身來。

「動作快。」他壓低聲音吩咐。「這裡只是連接傳送門的轉運點而已，倫普利・譚不可能殺光他們。」

「他們沒辦法跟來，」崔絲蒂喘著氣說。「不可能走我們的路。」

「他們不用。解決譚之後，他們就會瞭解我們上哪裡去了，然後就會通過傳送門追殺我們。必須在那之前離開這裡。」

凱登點頭，搖晃起身。他認得這座島，認得那一圈細細的拱門，雖然上次站在這裡感覺已經是很多年前的事了。在那之後……他搖頭，截斷那個想法。最好不要多想過去，不要去想「等伊辛恩解決譚」是什麼意思。空無境界開始動搖了，最好還是繼續前進。

他環顧翠綠草地，認出通往阿塞爾的門，但其他門上所刻的文字對他而言不具任何意義。

「去哪裡？」

「安努？」基爾問。

凱登點頭。

瑟斯特利姆人比向十幾步外的一扇門。凱登扶起崔絲蒂，攙著她蹣跚走過凹凸不平的草地，看著她再度消失在坎它之中，然後跟在她後面，從耀眼的陽光下進入乾燥、塵土飛揚的黑暗中。他原地站了一會兒，等待雙眼適應光線，在發現無法適應時，他脫離了空無境界。他的燃燒之眼只能照亮眼前的手掌，四肢依然因為之前缺氧而無力地持續顫抖。

「我們在哪裡？」

「地底。」基爾回答。「在安努某個早已遭人遺忘的地區。伊辛恩知道這地方，但是沒有其他人曉得。」

「走吧，」崔絲蒂說話的聲音像弓弦般緊繃。「我們離開這裡。」

「跟好我的每一步。」基爾說。「伊辛恩在這座坎它四周架設陷阱，而且城市底下遭人遺忘的通道裡還潛伏著其他危機。」

接下來的一個小時，他們三人就在蜿蜒的通道中穿越近乎漆黑的空間。凱登在幾個轉角處看見成堆白骨，那些股骨、頭顱、指頭堆像引火物一樣又乾又脆，消失在深邃的黑暗中。崔絲蒂一手放在凱登肩膀上，他感覺到她在顫抖，不過不確定是出於寒冷和恐懼，還是伊辛恩對她所造成的痛苦。基爾毫不遲疑地在黑暗中移動。

「你怎麼能看得見？」過了一會兒，崔絲蒂問道。

「我不須要看，」瑟斯特利姆人回答。「我腦海裡有地圖。」

「不可能。」她回道。

「問凱登。」

凱登試圖想像整座龐大的地道網絡，很驚訝地發現在離開坎它之後，他就開始記憶自己的地圖，心裡某個部分致力於標示他們所走過的每條分支、每個岔路、每個洞窟。

「記憶，」基爾說。「是一種技巧，可以加以強化。」

這話說得很實在，但是當他們終於推開一塊石板，轉眼間從黑暗步入刺眼的光線下時，凱登發現自己的記憶還是有極限。他們站在一片綠油油的墓地中，位於一座矮丘頂的建築物和圍牆之間。基爾用力把石板搬回原位，凱登則站在旁邊呆呆地看著。毫無疑問，他們已經暫時甩開伊辛恩了，必須盡快遠離墳場，但是在幾下心跳的時間裡，他發現自己無法動彈，僵在原地，呼吸著安努城混雜海鹽和煙味的空氣。

在尚未聽過辛恩或沙曼恩前，年幼的他對這座城市的記憶曾是一幅鮮明卻靜止的畫：黎明皇宮高聳的紅牆、英塔拉之矛的晶體矛尖、淡綠色的黃銅屋頂、深綠色的運河、諸神道上的白色雕像，以及一望無際朝東方延伸的深藍色破碎灣。他也記得四周的輪廓、倉庫和宮殿錯雜的形狀、筆直的大街和蜿蜒的小巷。其他的一切，噪音、臭味、洶湧的人潮，還有炎熱，他通通忘記了。

即使在相對寧靜的墳場裡，他也覺得城市宛如一頭發狂巨獸在他身邊徘徊，當他們穿越墳場大門進入街道時，他感覺自己像是被安努一口吞噬。車輛駛過石板地的聲響、噠噠的馬蹄聲、車夫和行人推擠叫喊，這些喧囂完全蓋過了風吹落葉的聲響。

凱登暗自期待所有路人會停步、凝視，然後驚呼。畢竟，三人身上的衣物雖然已經乾得差不多了，但仍穿著逃離伊辛恩時那身不合時宜的破爛衣衫。在阿希克蘭，他們立刻就會引起注意，但安努不是阿希克蘭，這座百萬人的城市在他們身上披了一件斗篷，比任何羊毛衫還厚的匿名斗篷，並用忙碌的冷漠遮蔽了路人的視線。

凱登走在大街上，將燃燒之眼安安穩穩地隱藏在兜帽下，整個人宛如置身夢中，彷彿在自己的記憶迷宮中探險的異鄉人。在天空占據半個世界的阿希克蘭經歷過遼闊冰冷的虛無後，這座城市給他一種幾乎難以承受的存在感。燃油、大蒜、辣椒和炸魚的氣味差點讓他窒息，敲個不停的鑼聲和鐘聲也令他難以釐清思緒。

有一瞬間，他就只是跟著基爾走，低頭掩飾他的燃燒之眼，同時也隔絕了使他心慌意亂的眾多色彩與動靜。脫離空無境界之後，他首次感受到死亡之心最後那段驚心動魄的時間所發生的一切。倫普利．譚現在肯定已經死了，或淪為伊辛恩的階下囚，但問題和疑慮還是像許多食腐烏鴉般在腦中不斷盤旋。那場攻擊是不是凱登自己粗心大意所造成的？他一再反覆回想當時的情況，在腦海中研究他牢房內的景象，還有外面的走道。難道是他發出太大的聲響？他算錯時間了嗎？他無從得知是什麼地方出錯，只知道一個事實：譚走了，而他，凱登，走在安努的街道上。

他冒險偷瞄街上混亂的景象一眼，然後低下頭，再度質疑派他前往阿希克蘭受訓是否為明智之舉。他不知道自己和這些急躁魯莽的人民有什麼共同之處，不知道要怎麼和他們說話，或怎麼理解他們的回應。他們是安努人，他是安努皇帝，但對凱登來說，他們彷彿奇珍異獸，他對他們一無所知。

最後，基爾把兩人從主街拉入一條狹窄巷道。空氣中瀰漫著食物的腐臭味和尿騷味，但凱登樂見巷道裡的陰影、相對而言的寧靜，和短暫的休息。

「我們應該安全了。」瑟斯特利姆人說。「我們離墳場超過一里，沒有留下任何蹤跡。」

凱登抬頭。數十人、數百人迅速經過狹窄的巷口，但完全沒人注意巷內，他們就和隱形沒有兩樣。

「我們在哪裡？」凱登問。

「老木棍區。」基爾回答。「位於絲綢運河和第四區之間的一個小街區。這裡從前有間小銀行，還有一座花市。」他聳肩。「十五年前是這樣。」

凱登皺起眉頭。他從未聽說過老木棍區，從來不曉得世界上有花市這種東西。他終於回到了他的城市，帝國中心，卻發現在自己的國家，他只是一個陌生人。

「僧侶，」崔絲蒂說著，望向巷口。離開死亡之心後，她臉上的瘀青和手上的燙傷在陽光照耀下顯得更加淒慘，簡直慘不忍睹。「你認為他有跟上來嗎？你覺得他逃出來了嗎？」凱登想到譚用納克賽爾矛抵住崔絲蒂喉嚨，命令自己把她當牲口一樣綑綁，不禁懷疑她究竟希不希望譚能逃出伊辛恩的魔爪。

「他不能跟來，」凱登說。「不能走我們走的路。」

「倫普利・譚矛技超群。」基爾說。「但也沒有厲害到那種地步。」

「所以他死了。」崔絲蒂冷冷說道。

「我們幫不了他。」凱登說，試圖遠離自己紛亂的情緒，專注於腳下塵土和空氣中的臭味。

崔絲蒂打量他片刻，然後點頭說道：「好吧，我們現在要去哪裡？」

基爾搖頭。「我在這附近有幾間房子。」他說。「我本來以為或許還是空置的，但是剛剛我們在四條街外經過它們，看起來似乎有人住了。」

「住在你的房子裡？」凱登問。「怎麼能直接搬進去？」

基爾聳肩。「離開十五年算久了。」

凱登搖頭，試著想像落入伊辛恩手中十五年是什麼情況。被鎖在黑暗裡十五年，鋼門之外唯一等待著他的就是痛苦。普通人會被這種折磨逼瘋，但話說回來，基爾不是人。凱登轉身面對瑟斯特利姆人。

「現在怎麼辦？」

基爾直視他。「你是皇帝。」

「我是說你怎麼辦。我們逃亡的時候生死與共，但現在已經逃出來了，你為什麼還和我們待在一起？和我在一起？」

瑟斯特利姆人看向凱登身後的巷口，看著在陽光下熙來攘往的男男女女、牛隻和小孩。「為了你的歷史。」他終於說。

凱登揚起眉毛。「我的歷史？」

「不只是你的歷史，是你們整個種族的歷史。」他停頓，先是皺眉，之後才繼續說。「我曾跟你提過我是歷史學家，漫長的一生都在研究城市、國度、戰爭和短暫的和平時期。」

「你說你認識我父親，」凱登接著說。「曾和他合作。」

基爾點頭。「我編年記載他的人生，或說一部分人生——他坐上王座的時期。」

「但是為什麼？」凱登問，回到原本的問題上。顯然這位歷史學家沒有參與謀害他父親的陰謀，畢竟他被關在死亡之心裡將近二十年。但他又是瑟斯特利姆人，和數千年前闖入阿塞爾殘殺孩童的那些人分享同樣的血脈，擁有同樣的思考模式。「你為什麼要記錄我們？人類？你為什麼要幫我？」

讓他意外的是，基爾笑了。「你很有趣，你們種族很有趣，甚至比我自己的種族還有趣。人類難以預料、自相矛盾，我們的歷史是漫長的理性辯論，你們的卻充滿了錯誤與野心、悔恨與希望、愛與恨，各式各樣我們缺乏的感覺，全都在左右你們每一個決定。我的族人大多從一開始就想看見你們滅亡，但我……我很好奇。我一直很好奇。」他聳肩。「至於我為什麼特別要幫你。我說過了，你是安努皇帝，沒有比跟在你身邊更容易見證歷史的方式。」

凱登看了他一會兒，緩緩點頭。這樣講雖然奇怪，但很合理。更重要的是，他發現自己想信任這個歷史學家，想要有另一個人站在自己這邊，一個對他應該要統治的帝國有所了解的人。

「謝謝你，」他說。「協助我們重獲自由。」

基爾皺眉。「我們是自由了，但還不安全。我們還沒決定下一步該怎麼做。」

「去禮拜堂。」凱登說。「去我們與瓦林約定碰面的辛恩分部。我們已經遲到好幾週了，但他有可能還在那裡等我。他也可能有留訊息、指示或警告。」

瑟斯特利姆人點頭。「我知道那裡，離這裡不遠，但是伊辛恩也知道那裡。」

「伊辛恩不知道我們在哪裡。」凱登說。

「現在他們已經知道我們逃走了。」

崔絲蒂搖頭。「那座島上起碼有二十座傳送門，我們有可能從任何一座離開。」

凱登吐口長氣。「但我們沒在島上掩藏足跡，馬托爾有辦法追蹤我們。」

「譚知道我們計畫在哪裡和瓦林碰面。」崔絲蒂不情願地說，摳下手腕上一塊月牙形狀的痂。「如果他告訴馬托爾，那個混蛋根本就不用追蹤我們。」

凱登遲疑片刻，凝視巷口，看著如流水般匆忙路過的馬車、水牛和人們。

「我們得走了，」他說。「立刻。就算伊辛恩知道我們要去哪裡，也需要時間進行追蹤，需要時間才能找上禮拜堂。我只要幾分鐘確認瓦林有沒有去過那裡。」

「有風險。」基爾說。

「怎麼做都有風險，」凱登說。「等待只會增加風險。」

♛

辛恩禮拜堂看起來很不起眼，有著約莫十步寬的三層樓高狹窄磚牆，位於安努某個僻靜區域的石板廣場邊，夾在兩座較大的建築中間。禮拜堂沒有任何標示，這點倒不意外，凱登熟悉的那些僧侶向來不喜歡徽章或印記之類的東西。這裡只有樸實的磚頭、樸實的木門，和上方樓層幾扇關得緊緊的窗戶。

這個四周種有榆樹的廣場上還是有些人潮——窗口有人在晾衣服，男人和女人在小市場的木頭攤位上討價還價，兩頭水牛把鼻子埋在石製飼料槽裡——但禮拜堂附近卻安安靜靜，空無一人，沒有裝飾，連屋子正面的碎石地上都沒有花朵，除了幾絲炊煙無聲飄向天際，這地方就像被廢棄了。這裡沒有瓦林的蹤跡，不過凱登的弟弟也不太可能把凱卓鳥綁在樹上，悠閒地躺臥在禮拜堂的陰影中。廣場旁邊還有二十來棟建築——民房和店鋪，一家門前堆滿酒瓶的酒舖，一棟年久失修的莊嚴老宅，窗格斷裂、前庭雜亂，看起來完全沒人居住。他們不可能搜索所有建築尋找瓦林，想要知道他有沒有來找辛恩僧侶，唯一的辦法就是敲門。

「待在這裡，」凱登說。「我去去就回。」

「如果伊辛恩來了怎麼辦？」崔絲蒂問。她看起來想同時注意所有方向，研究每位陌生人。

凱登搖頭。「我不知道。」

「這裡有出路，」基爾說。「裡面。」

「後門？」

「坎它。」瑟斯特利姆人回答。

崔絲蒂臉色發白。「搞不好馬托爾和譚已經在裡面了！他們有可能在等他！」

「不會。」基爾說。「那是不同的網絡。我的族人不只建造一個坎它網絡，以免第一個遭受摧毀或是被人發現。」

「而我們剛剛來的那座島……」凱登問，吸收這則新情報，試圖弄清楚它代表的意義。

「就是一個轉運點，在伊辛恩控制下的轉運點。那些門通往很多地方——阿塞爾、死亡之心、我們剛剛出來的地下墓穴……」

「那這個呢？」凱登朝禮拜堂點頭問道。

「這是你的傳送網。」基爾回答。「帝國網絡。託付給你們家族的網絡。伊辛恩知道它的存在，但是沒有安排巡邏。這個網絡沒有直接連結到死亡之心，如果你聽到掙扎或打鬥的聲響，你就可以透過坎它離開。它在最底層的地下室。」

凱登皺眉。「通往哪裡？」

「另一個轉運點，和剛剛那座島很像。」

「等我抵達島上之後呢？」

「穿越右手邊第二座傳送門，那扇門通往奧隆碼頭一片淹水的區域。進入奧隆之後，你應該就可以在人群中甩開追兵。」

凱登凝視他，試圖想像逃亡的場面。他可以在地圖上指出奧隆的位置，但差不多就這樣了。他對奧隆的氣候和文化沒有任何瞭解，也不熟悉當地人的禮儀。

「如果我逃到奧隆，」他說。「我離安努就有上百里遠，沒有辦法回來。」

「我想那裡會比死亡之心好。」基爾說。「這只是預備方案。」

凱登深吸口氣，點頭。

「記住，右手邊第二扇門，別走第一扇。」

「第一扇通往哪裡？」

「黎明皇宮。」基爾回答。「如果你闖了進去，還沒落地，箭就會插滿你全身。」

在門口招呼凱登的僧侶有著黑皮膚、黑眼睛、灰頭髮，有一點跛腳。他瞥向凱登的眼睛，又看了看他的穿著打扮，然後彷彿回應什麼內心的疑問般點頭，用手輕輕一揮，指示他入內。凱登準備了一大堆解釋——他是誰，從哪裡來，想幹什麼——但是僧侶二話不說，領他來到一個小房間，裡面有張木凳和一張擺著陶壺及杯子的矮桌。僧侶在杯裡倒滿清水遞給凱登，然後站直。

「在這裡等，弟兄，我去找亞帕。」

僧侶沒有再說什麼，赤腳安安靜靜地走出門，留下凱登一人拿著粗陶杯。迫切感如暴風雨前的強風般襲來，沉重又強大。馬托爾和他的手下很可能就在外面監視禮拜堂，隨時準備闖入，他們搞不好已經抓到基爾和崔絲蒂了……

冷靜，凱登對自己說。他將杯子放到嘴邊輕啜一口，將水含在嘴裡，接著感受水沿著喉嚨流過，澆涼體內的高溫。他等了三下心跳，又喝一口，驅退心中焦慮。沒過多久，亞帕進屋。

「阿希克蘭的訪客，」他在圓臉上擠出笑容說。「我們已經有一年多沒接待過來自骸骨山脈的弟兄了。」

除了法朗・普魯姆外，凱登就只有見過亞帕這一個胖僧侶。他身材矮小，皮膚白如牛奶，耳朵外擴，彷彿是黏在他的圓頭上一樣。他的外表和阿希克蘭修道院長希歐・寧毫無相似之處，但目光中流露的疏離感和身上的寧靜氛圍卻很相似，顯然他多年以來都生活在空無之神的紀律中。

「世界另外一端有什麼消息？」

凱登想了想，然後直言不諱。「很壞的消息。阿希克蘭被毀了，所有僧侶都死了。」

換作其他人，可能會感到震驚或憤怒，要求他拿出證據或解釋，亞帕卻只是抿起嘴，一聲不吭地等著凱登說下去。

「我無法告知詳情。」凱登說。「沒有時間了，有士兵要來殺我，是我父親的密斯倫顧問塔利克・阿迪夫率領的艾道林護衛軍。他們似乎和意圖摧毀我們整個家族的陰謀有關。」

「那僧侶呢？」亞帕終於問。「我們從不涉入帝國政治。」

「阿迪夫斬草除根。」凱登黯然答道。

「那我們必須派其他僧侶去重建阿希克蘭。」

對方沒有提到要哀悼，不過辛恩是不為死者哀悼的。凱登心裡有一部分覺得是他把僧侶的屍體遺棄在阿希克蘭，但是僧侶自己也沒有為死亡做更多的事，他們把死者抬上山道，前往高處，讓風、氣候和渡鴉打破自我的最終幻象。在與那些更重視自我和生存的人相處幾週後，凱登已經忘記了養大他的那些僧侶有多不把安南夏爾的力量放在眼裡了。

「你是怎麼回來這裡的？」亞帕問。

「我沒有時間解釋，即使是現在都可能有人跑來追殺我。」凱登環顧小房間。「我弟弟，瓦林，他有來過嗎？多半是幾週之前的事情。」

亞帕緩緩搖頭。「我們已經好幾個月沒有訪客了。」

凱登心裡一沉。他就怕聽到這種消息。瓦林沒有回來有幾種可能，但是最有可能的就是最壞的可能：跳蚤殺了他。殺了他，或囚禁了他。凱登回想遠古孤兒院裡的混亂景象，回想那些濃煙和慘叫聲，困惑和絕望。凱登自己都只是勉強逃脫，而他還有坎它可利用……

他悲從中來，卻強行壓抑住，讓悲傷隨著呼吸退去。不管瓦林是死是活，悲傷都不會有任何幫助，他也沒有時間悲傷。

「你對伊辛恩瞭解多少？」凱登問。

亞帕揚眉。「不多。」

「他們會找過來。」凱登說。就算譚沒有透露任何線索，他們還是會來找養大凱登的僧侶。「你不能告訴他們我在城裡。」

那胖僧舉起雙手，彷彿要抵擋住背叛和陰謀。

「你也知道，弟兄，辛恩是不參與政治或隱藏祕密的。」

「但是我們會保持緘默。」凱登回應。「而我請你保持緘默。他們和我們不同，非常不同，他們很危險。」

亞帕皺眉。「我聽說過……傳言。」

「大部分是真的。」凱登說，回頭看了門口一眼。「事實上，你和所有辛恩僧侶最好都能離開這裡一個月，或幾個月。前往偏僻的地方，安全的地方。」

「安全，」亞帕輕聲回應，伸出粗手指戳自己的頭。「就在這裡。」

凱登不耐煩地透過牙齒吸了口氣。他沒時間和這傢伙爭論，解釋艾道林護衛軍把阿希克蘭摧毀得有多徹底，辛恩僧侶又是怎麼和修道院一起葬身火海的。就算有時間，他也沒理由相信這些話能夠動搖這名僧侶。對辛恩僧侶而言，逃避傷害就和享樂一樣是很愚蠢的行為，兩者都是通往失望的道路。

他猶豫了一下，然後起身，恭敬鞠躬。

「謝謝你抽空見我。」他輕聲說道。

亞帕仍坐著，只是點頭回應。

會面似乎結束了，但就在凱登走到門口時，僧侶再度開口。

「你父親常來這裡，」亞帕說。「穿越傳送門。有時候離開一小時，有時候一整晚，當他想要遠離其他職責所帶來的壓力時。」

凱登凝視著僧侶對自己微笑說道：「當你需要休息時，這裡很歡迎你。」

♛

儘管亞帕好意留客，他還是沒可能留在禮拜堂。整場會面還花不到煮一壺水的時間，而就連這點時間感覺也很危險。馬托爾遲早會來找他，可能很快就會來，如果凱登不在僧侶的附近，大家都會更安全。

「瓦林不在這裡。」他看著基爾和崔絲蒂說，小心翼翼地放輕音量，壓低兜帽。「他們也沒見過瓦林。」

「他們殺了他。」崔絲蒂也輕聲回應，凝視著他。「另外那隊凱卓殺了他。」

「有這個可能，」凱登說著，低下頭。「可能性很高。無論如何，我們都得靠自己。我們不知道城裡是什麼情況，不知道現在是誰當家，誰殺了我父親，誰派烏特和阿迪夫去殺我。我們得找個住所，打探消息。」

崔絲蒂皺著眉建議：「廉價旅店，或小旅館。」

「比流落街頭強。」基爾同意。

「但是我們身上沒有錢。」崔絲蒂說。

瑟斯特利姆人搖頭。「事實上，我有很多錢。」

凱登看著他。

「對我這種長命百歲的人來說，複利是很強大的財源。」

凱登搖頭。「複利？」

「銀行。」基爾解釋。「他們付錢給你，作為運用你的錢之報酬。他們運用這筆錢的時間越長，會付給你的錢也會越多。」

凱登看向崔絲蒂，但她的表情和自己一樣茫然。他再度感受到回歸首都的恐慌感，和對於前方道路的無力感。當然，他小時候聽過銀行，想像中的銀行是高大的石造宮殿，裡面放了很多金磚銀磚。辛恩沒有教過他任何和複利有關的事情。

「在哪間銀行？」崔絲蒂問。「越快拿到錢，我們就能越快離開街上。」她還在不時偷看巷口，彷彿期待馬托爾隨時踏入陽光之中。

「不，」凱登緩緩搖頭。「太危險了。」

崔絲蒂轉向他。「哪裡危險？」

「伊辛恩。他們十五年前抓到過基爾，他們可能知道銀行的事，可能會去銀行找他。」

「不太可能。」瑟斯特利姆人回答。「他們不知道我開戶的名字。」

「不太可能不是不可能。辛恩有種訓練，一種技巧，貝許拉恩……」

「拋擲之心。」基爾說。「那原先是屬於我們的技巧。」

「那你就知道馬托爾可以利用這種技巧。他們很可能已經使用了，可能已經找到你的銀行。搞不好在你房子裡的人都是伊辛恩，住在那裡，等待其他瑟斯特利姆人跑去找你。」

基爾看向外面的街道，神情如白紙一樣難以解讀，最後他點頭說：「好吧，看來我們要避開我的房子，也不能去銀行取錢。但那就表示我們沒有錢，也沒有地方可住。」

「你在城裡有認識的人嗎？」凱登問。

基爾張口欲言，但崔絲蒂搶先說話。「我有。」

她眼中充滿有可能是恐懼或希望或兩者皆有的情緒，拳頭握到指節發白。

「妳母親。」凱登說，這個想法就像在謹慎打造的牆上砌上最後一塊石頭。

她點頭。

「妳有告訴馬托爾她是誰嗎？」

她猶豫了一下，又點點頭。

「那他們就知道要去找她。」

「他沒辦法去。」崔絲蒂回道，語氣突然激動起來。「神廟很大，而且建得非常隱蔽，有數十道入口，大多都很隱密，讓熟客可以在不引人注目的情況下來去。只要能混進去，我母親就會把我們藏起來。我知道她會。」

基爾揚起雙手，要她說慢一點。「什麼神廟？妳母親是誰？」

「她是名黎娜。」崔絲蒂回答，語氣堅決又挑釁，等著他出言諷刺。

他只是挑眉。「席娜的女祭司。」

她點頭。「這很完美。安努最有錢有勢的男人和女人都常光顧黎娜，而我母親經常告訴我：『淫慾能讓人鬆口。』如果安努有什麼值得打探的消息，我們可以在那裡探聽。」

♛

對於一座專為人類所有歡愉打造的神聖建築而言，席娜神廟外表看起來並不怎麼樣。毫無疑問，神廟很大，占地超過一整塊街區，但是凱登在街上就只能看見比他身高高上六、七倍的空白石牆，牆面上只有開花的藤蔓，沒有其他裝飾。除了占地很廣之外，看起來和阿希克蘭修道院也差不了多少。

「我以為會更……」他挑選正確的用字遣詞。「……奢華一點。」

「裡面才是重點，」崔絲蒂回答。「貨真價實的歡愉。」

凱登看著毫不起眼的石牆。「好吧，我們要怎麼進去？」

鞋匠的店很小，但是玻璃櫥窗後展示了各種顏色和形式的鞋款，從精緻的涼鞋到長達大腿的靴子，用軟皮、蛇皮、奇特黑木所製的各種鞋子，每一雙看起來都要價一枚金陽幣。兩個男人站在店門左右，手握劍鞘，進一步強化了這種鞋子很高貴的印象。這兩個人的儀容和鎧甲都非常整潔，但他們的眼神和臉上的疤卻像是久經沙場的戰士。

比較靠近他們的男人懷疑地打量凱登和基爾，然後揚起手掌。

「這裡恐怕沒有合乎你們尺寸的東西。」

崔絲蒂擠到前面，守衛神色遲疑，上下打量她。她喃喃說了幾句凱登聽不清楚的話，男人看向他的夥伴一眼。

「你認識她？」

另外那個守衛皺眉，搖了搖頭。

崔絲蒂瞥了擁擠的街道一眼，然後拉下上衣衣領，露出環繞脖子的項鍊刺青。守衛目光隨之上移。她又低聲說了幾句話，守衛點了點頭，退開，指向店內。凱登鬆了口氣。

「再想一想，我相信裡面還是有適合你們的東西。」

鞋店裡充滿雪松和上好皮革的味道。比阿希克蘭整個羊群的價值還高的鏡子靠在牆邊，微微傾斜，以最佳角度展現客人的腳和腳踝。凱登發現自己盯著腳上的破靴子看，但在他有機會考慮擦拭靴子上的污垢前，鞋店老闆，一名身穿上好絲綢連身裙的胖女人匆忙跑進屋內。她看了一眼崔絲蒂的刺青，揮手要他們穿越店後面的一道門簾。她刻意避免直視凱登或基爾，領著他們走過一道長廊，穿越一扇沉重的木門，然後從乳溝裡掏出一支用鎖鏈拴住的鑰匙。門鎖喀啦一聲開啟。她從門內的鉤子上拿起一盞提燈，點燃，交給崔絲蒂，接著繼續低垂目光，指向一道階梯。

「歡迎來到女神之家，」她在他們經過時喃喃說道。「願各位找到你們期待的歡愉。」

他們走下階梯，在一條鋪設明亮黑石、牆上有楓木鑲板的走道上走出五十步後，凱登才開口說話。

「妳剛剛對他們說了什麼？」

「我告訴他們我母親的名字，說你們兩個是她的熟客。你戴兜帽是因為不想被認出來，還有如果他們讓我們繼續站在街上的話，我會確保他們遭受鞭刑，並且丟掉工作。」

基爾皺眉。「妳放幾句狠話就能通過守衛？看起來這裡的安全措施很糟。」

「並不會。」她回道。「真正讓我通過的是我的刺青。刺青還有……」她猶豫了一下，面露難色。「我看起來像這裡的人。」

「真的？」凱登揚眉問道。他指向她燒傷處，還有皮膚上的割痕。就算沒有這些明顯的傷，崔絲蒂也渾身髒兮兮的，完全不符合養尊處優的女祭司形象。

她輕咬嘴唇。「不是所有席娜的禮物都是用絲綢和美酒做的，還有些……比較粗暴的歡愉。守衛不是第一次看到祭司或女祭司以……不純潔的形象回歸神廟了。」

凱登思考這種說法，接著搖頭。「現在怎麼樣？」他問。「我們進去之後會怎麼樣？」

「我們去找我母親。」

繼續前進一百步，爬上一道旋轉梯後，凱登跟著崔絲蒂穿越第二扇木門，通往一座用雪松和檀香木建成的小亭子。亭子沒有牆壁，而是用細緻的屏風遮掩他們的身影，同時又讓他們可以瞥見屏風後面的樹葉和樹幹。安努街道的混亂吵雜都消失了，取而代之的是鳥兒的歌聲、涓涓流水聲，還有遠方某處傳來兩架豎琴交疊的旋律。爬滿屏風的綠藤蔓開滿紅花，淡淡的花香參雜著雪松和檀香木的氣味。亭子兩側各有一張鋪著黑絲綢、精心疊放幾顆枕頭的長沙發，沙發之間則有一座水流清澈的小石造噴泉池。

崔絲蒂關上門後，一陣鈴聲隨即響起，沒過多久，一名身穿白袍的年輕男子走了出來。就和鞋店老闆一樣，他目光低垂，姿態恭敬，卻絲毫無法遮掩他完美的五官。他比向長沙發。

「請不要拘束。」他說著，在一張木桌上放下三個倒滿飲料的杯子。「可以請問你們是要找哪位黎娜嗎？」

「洛伊蒂．莫潔塔。」崔絲蒂回道。

她聲音顫抖，凱登回頭看到她在咬嘴唇。

「那麼，」他等白袍男子離開後說。「這裡就是妳家。」

他試著辨識打從他們進入神廟以來就縈繞心頭的那種感覺，順著情緒的牽線回溯，跟隨編織的痕跡。他感覺到緊張、疑慮、絕望和希望相互糾纏，甚至還有一絲憤怒。他看著那種感覺撒網捕獲他的身體，在心跳加速、掌心冒汗的同時用心聆聽。到底是什麼？不是怨恨，不是恐懼。他仔細觀察絲綢帷幕、盛裝紅酒和碎薄荷的水晶杯上的水珠。他觀察自己看著神廟裡的東西，研究自己的反應。

不自在，他恍然大悟。這是一種陌生的情緒，他和辛恩相處多年沒有體驗過的情緒。他很驚訝此時此刻會在這裡產生這種情緒，畢竟，他是在富麗堂皇的黎明皇宮裡長大的，到處都是僕役和奴隸，從小就很習慣接受高階官員行禮。他認為這證明了辛恩僧侶對他的影響有多全面、剷除所有這類習性的能力有多強，導致他在面對神廟內的奢華景象時感覺如此不自在。這裡的女祭司和祭司，甚至連他們的僕人，感覺都像是女王和國王，全都散發自信與完美的氣息，而他卻十分清楚地意識到自己指甲裡的污垢、油膩膩的破爛羊毛衫和下巴的鬍碴。

「妳沒跟我說妳家這麼漂亮。」他隨手比劃道。

她皺眉，環顧四周，彷彿第一次看清楚這個地方，然後聳肩。「你們的修道院才美。」

凱登拿記憶中那些粗糙石塊建築與眼前這些優雅的線條和奢華的布料相比。「不同的美。」

「潔淨之美。」崔絲蒂壓低音量說。「這地方……表面上都是美酒和絲綢，但骨子裡……」她越說越小聲，搖了搖頭。「即使在席娜神廟裡，還是有醜陋的事物，醜陋的人。」

在她有機會繼續說下去前，亭子的屏風轉開，一名女子衝了進來。凱登以為對方也會端著與神廟裡其他人同樣的儀態，但那人完全忽視他和基爾，迫不及待地將崔絲蒂拉入懷中，帶著泣音不斷呼喊她的名字。一段時間過後，她鬆開擁抱，驚恐地審視著女兒身上的傷。

「是誰這樣對妳？」她怒問。

崔絲蒂張嘴欲言，接著閉嘴搖頭。莫潔塔打量她幾下心跳的時間，再度將女兒擁入懷中。凱登看不見崔絲蒂埋在母親懷中的表情，但她抽搐的手緊抓著年長女子的禮服，而從她肩膀抖動的模樣來看，她似乎也在哭。

一段時間過後，他偏開目光，覺得很不自在，也不確定該看哪裡。八年來只有他的烏米爾觸碰過他，而碰他的理由都是要處罰他。他試著想像被人那樣抱著是什麼感覺。想不出來。他曾數百次幻想回家的情況，特別是剛開始和僧侶生活的前幾年，但是想像中他的父母都不會哭泣，如果他對他們的印象沒錯的話。而現在他們都死了，在安努沒有人會擁抱他，這世界上也沒有人會擁抱他。凱登試圖弄清楚此刻自己心裡的想法，但莫潔塔的目光終於從崔絲蒂身上移開，用掌根擦拭眼淚，然後招呼他們。

「非常抱歉，兩位先生。」她說。「我女兒離開許久，現在終於回家。」她頭側向一邊，好奇心推開了混亂的情緒，接著又看回崔絲蒂。她和女兒一樣擁有烏黑亮麗的秀髮和細緻的五官，不過莫潔塔比崔絲蒂高好幾吋，而當她再度保護性地摟起女兒的肩膀時，這動作讓女兒看起來比實際年齡更小。「妳是怎麼回來的？這兩位先生是誰？」

崔絲蒂微微搖頭，比向四周的屏風。

莫潔塔抿緊嘴唇，不過點點頭，接著微微側頭。

「再一次，想請兩位見諒。請隨我來。等兩位沐浴用餐過後，能更私密地款待您們，將會是我的榮幸。」

29

從厄古爾營地離開後，他們往南艱苦騎行三天，終於看見了白河。瓦林在來到坡頂時拉韁勒馬，凝視下方蜿蜒的河谷。骸骨山脈山腳下的河段有些地方淺到可以騎馬渡河，河水在亂石堆上濺起白泡沫，白河也是因此而得名。然而，在骸骨山脈以西一千里外的此地，河水又深又黑，像是有四分之一里寬的彎曲大蛇，吸收著大草原一望無際的牧場精華。

「小心。」瓦林說著，把馬退回山丘北側。

被安努巡邏隊發現的機率很低，白河尚在數里之外，而這一段的邊境要塞至少相隔二十里。儘管如此，他還是沒有理由待在丘頂，讓在下方河谷騎馬的人一眼就能看見他們明顯的身影。晚霞已經籠罩西方天際，再過一個小時他們就能安然無恙地騎過最後這幾里路。

萊斯長嘆一聲。「我們要游泳是不是？夜游？」

「沒錯。」瓦林心不在焉地回答，一邊掃視河對岸，搜尋有無炊煙或是其他堡壘。經過數年鳥背生涯之後，被困在地平線上實在令人沮喪。只要飛上天空五分鐘，他就可以得知一切須要知道的情報，但他沒辦法在天上飛五分鐘。他想起蘇安特拉，希望牠有安然回歸猛禽指揮部，那樣對牠來說最好，也符合他的計畫。凱卓鳥獨自回歸通常就表示小隊全滅，如果猛禽指揮部認定他死了，或許就暫時不會繼續派人追殺他，至少讓他有時間接近伊爾・同恩佳，查清楚究竟發生什麼事，必要的話殺了對方。

他還在思考包蘭丁的話。他當然早就知道摧毀他們家族的陰謀牽扯到安努社會最高層人物，出自黎明皇宮本身，只有這樣才能解釋為什麼密斯倫顧問和部分艾道林護衛軍會涉案。但是真的得知對方的身分，幕後主使人的身分，感覺還是不太一樣。如果包蘭丁的話可信，整個陰謀就是由伊爾·同恩佳一手策劃的，姚爾和包蘭丁皆是聽命於他，烏特和阿迪夫也是。所有的死亡都歸咎於他。

某樣陰暗殘暴的情緒糾纏瓦林的心，擠壓著，不斷擠壓著，直到他肺裡的空氣起火燃燒。他感到指節疼痛，隨即發現自己已經將匕首半拔出刀鞘，正緊握刀柄，好像肯拿倫就站在他面前一樣。他凝視那隻手，指節泛白，手腕下的肌腱緊繃。

「把馬留在這裡？」塔拉爾打斷他的思緒問道。

瓦林遲疑片刻，抖了抖渾身怒意，在其他人注意到前還刀入鞘，然後點頭。就連厄古爾人這些耐力驚人的馬也沒辦法游過強勁的水流，這表示渡河之後必須用跑的。不過跑步不是什麼新鮮事，等他們抵達對岸後，要偷別人的馬也不是什麼難事。

「沒有鳥，」萊斯在下馬的時候抱怨，接著放開他的馬。「也沒有馬。我們在天殺的帝國軍地盤上舉步維艱。」

「讓你不禁同情起普通士兵，是不是？」塔拉爾問。

萊斯用看瘋子的眼神瞪著吸魔師。「普通士兵可以去見浩爾。我加入凱卓就是為了避免這種狗屎。」

「幸運的是，」瓦林插嘴。「你會游泳。至少你不是被困在厄古爾營地裡。」

「你在開玩笑嗎？葛雯娜和安妮克擁有自己的帳篷，有個小鬼每天送兩頓飯，還有一袋又一袋他們喝的那種馬尿火酒。而我們呢，剛剛失去了馬匹，即將潛入源自高山冰帽的大河。我絕對投厄古爾營地一票。」

水很冰，比奎林群島海域的水要冰多了，冰到瓦林堅持三人必須先在岸上跑到汗水淋漓之後才開始渡河。只要情況允許，所有凱卓都能夠長時間游泳，但是那些黑色的水流可以在幾分鐘內吸光游泳健將的力量。

凱卓學員都是以最直截了當的方式體驗冰水。每年訓練官都會派一隊學員前往冰海，把他們丟進水裡，叫他們游到半里外的海岸。距離不遠，但是從來沒人成功過。瓦林記得自己游到嘴唇發青，四肢重得像鉛，神智已然不清。他才剛溺水，訓練官就把他撈出海面，但他一直記得那種感覺，首先是驚慌，胸口漸漸出現沉重感，接著冷漠的情緒像一條柔軟的毯子般把他包起來。

游過白河一半的時候，他又感覺到同樣沉重的疲憊輕輕將他往水面下扯。萊斯和塔拉爾的頭在月光下若隱若現，像是他左右兩側幾步之外的黑色斑點。飛行兵划水的力道開始減弱，而當瓦林望向塔拉爾時，他意識到他們三個都在拚命掙扎。

他側身游泳，將頭保持在水面上。

「游快點。」他說。他覺得嘴巴僵硬，口齒不清，彷彿那些音節都是舌頭上的石頭。他本以為其他兩人都沒聽見，不過當萊斯轉過頭來換氣時，他清清楚楚地聽到一聲咒罵，然後飛行兵就開始加快速度。塔拉爾似乎也收到命令了。瓦林拖著裝他們武器的充氣袋，漸漸與其他兩人拉開距離。他神情堅定地翻回原來的姿勢，也加快泳速。他沒辦法維持這種節奏太久，但他沒得選擇，不游泳就是死。

瓦林終於抵達對岸時，塔拉爾和萊斯都已經上岸了，但他們又回到水裡拉著他走完最後幾步。瓦林的腳被凍得又僵又笨拙，他爬出水面，進入利刃般的晚風之中，用盡全力才能站穩。他們三個一絲不掛，衣服都和武器一起綁在充氣袋裡。他的下巴不由自主地打顫，喉嚨緊縮，彷彿裡面的肌肉都結冰了。

「黑衣……」萊斯奮力擠出幾個字。「需要……我們的黑衣……」

瓦林搖頭。輕羊毛衣很適合維持體溫，但他們已經在長程游泳中失溫了，現在更需要的其實是火。不過生火耗時，火光還會引來安努士兵，更別提白河南岸就和北岸一樣崎嶇荒涼，根本沒有樹木。顯然他們只剩運動取暖一途了。

「跑步。」他說著，伸出顫抖的手指。

塔拉爾迎上他的目光，點頭，然後步伐不穩地開始往南跑。

萊斯說了句話，可能是在抗議，也可能是髒話，但是當瓦林開始跑時，飛行兵也跟了上去，兩人一起在閃爍星空下崎嶇的地面上跌跌撞撞。

至少跑了一個小時候後，瓦林才感到一絲暖意。身體暖了，感覺慢慢回歸，而感覺回歸後，他就開始覺得癢，覺得痛。他的腳底早就在奎林群島上跑到又硬又厚，但在黑夜奔逃時，厚實如木棍的腳底踏在不平坦的地上，還是讓腳上多了好幾處瘀青，右腳足弓上割出一大條傷口，左腳拇趾的趾甲也扯沒了。

「大家感覺如何?」他問，放慢速度，開始用走的。

「如果我告訴你可以把那個問題塞到哪裡，」萊斯回答。「希望你不會覺得我忤逆上級。」

塔拉爾輕笑幾聲。「我可不想再來一次。」

瓦林微笑。「我剛才發現，我把我們的裝備留在對岸了。」

「我要淹死你。」萊斯說。

「我們的黑衣呢?」塔拉爾問。「還有我們的劍。有穿衣服拿劍的話，我會感覺比較好。」

「為什麼?」萊斯搖頭問。「誰敢接近我的老二，我就把他亂棒打死。」他低頭一看。「不幸的是，剛剛那樣渡河之後，我的老二已經不是印象中那根可怕的擊碎型武器了。」

瓦林把背包丟到草地上，開始分配武器和衣服。乾燥的羊毛衫貼身的感覺很舒服，軟皮靴也為他慘不忍睹的腳底提供一點襯墊。跑步晾乾了他的皮膚，也讓他身體回暖，他伸展雙掌和手指，驅逐最後一絲頑固的僵硬感，然後扭轉肩窩。要命的酷寒已經開始變成過往回憶。

「好了。」他終於說。「我們夜行兩天遠離邊界，伊爾·同恩佳不知道我們在哪裡，不知道我們還活著，不知道我們要去找他，但要是有巡邏隊在白河南岸發現凱卓小隊的蹤跡，他肯定會提高警覺的。」

「我們還是不能肯定肯拿倫是否要為你父親的死亡負責。」塔拉爾指出這一點。「包蘭丁說不定在說謊。」

瓦林點頭。「他有可能說謊，但我不太相信。畢竟長拳審問包蘭丁時，他很害怕，甚至嚇傻了，你們也都看到了。」他想了一下，決定不提他有聞到吸魔師的恐懼，有嚐到像是臭酸牛奶表面浮的那層噁心黏膜。「無論如何，我們都沒理由冒險，先隱藏行蹤，等弄清楚狀況再說。」

「我好懷念蘇安特拉。」萊斯搖頭說道。「我希望牠有離開大草原。如果落入那些厄古爾混蛋手上，天知道他們會怎麼對待牠。」

「我敢說牠——」塔拉爾開口，但是瓦林突然揮手打斷他。

他們身後偏北處傳來逐漸逼近的沉悶敲擊聲，瓦林聽出是馬蹄聲。

萊斯側耳傾聽，然後微微攤手。「怎樣？」

「騎兵，」瓦林說。「在趕路。」

飛行兵看向塔拉爾。「你有聽見任何動靜？」

「只有風聲。」塔拉爾回道。

「他們來了。」瓦林蹲伏下來，將一耳貼地，聽了一會兒，點頭道：「約莫一里外。正在疾馳前進。」

「晚上在這種地勢上奔跑？」塔拉爾搖頭。「危險。」

萊斯也把耳朵貼到地上，等了一段時間，然後站起身。「我不知道你是怎麼聽見的，但我現在也聽見了。聽起來他們跑在道路上，地面被踩實了。」

塔拉爾把頭側向一邊，同時心不在焉地扭動手腕上的鐵環。「我認為他們會經過我們的西側，我們應該不會被發現。」

「你施展了什麼吸魔師的神祕把戲嗎？」萊斯問。

「對，非常神祕，非常微妙。那叫用聽的。」

瓦林在腦中計算對方行進的角度。四匹馬半夜往南奔馳絕對不是正常巡邏隊。就算是跑在道路上，馬還是會有風險，這表示事態緊急。事態緊急代表有情報，而這麼北方的情報肯定和厄古爾人有關。瓦林咬牙切齒。

他打算隱藏行蹤，偷偷潛入安努，先通過國界，再混入首都，在沒有人發現的情況下找出伊爾·同恩佳。也許他能先和凱登會合再決定接下來該怎麼做，也許不行，但是等待凱登告訴他當前情況絕對不是什麼好計畫。他遲早都得決定到底要不要殺了肯拿倫，而要做這個決定就必須先確認長拳有沒有騙自己。厄古爾酋長堅稱那一大票騎兵是為了防禦他們自己的領土，但是數萬名騎兵可以在轉眼之間變成入侵部隊。長拳很可能是在耍他，但不管怎麼樣，現在都是截取沒有被動過手腳的原始情報的機會。不光只有情報，對方還有馬。

「改為『死人伏擊』。」他突然決定，轉身朝山丘慢跑前進。

萊斯不動。「不是說要避開巡邏隊嗎？」

「我們需要情報，也用得上那些馬。」瓦林回頭吼道。

「那些士兵呢？」塔拉爾問完，立刻就跟在他身後跑步，但是當瓦林回頭時，他看見吸魔師臉上的擔憂。「他們是安努人……」

「我知道他們是安努人，」瓦林回答，努力思考這次的攻擊計畫。他很難判斷那些馬與他們的距離，但他們只有幾分鐘的時間。「我不會殺他們。」

「俘虜，」萊斯跟上來時說。「會很複雜。」

「抓住他們。」瓦林應道。「綁住腳，丟到距離道路五里外的地方。他們應該要花幾天才能脫身，到時候我們已經南下多時。運氣好的話，他們根本不會發現我們是凱卓。」

「運氣。」萊斯搖頭說道。「我希望能盡量少仰賴運氣，或是能夠累積更多運氣。」

他說話的同時，他們爬上一座高地，瓦林停下腳步掃視下方。這裡幾乎和大草原一樣荒涼，但還是有幾棵枯萎松樹和幾叢扭曲的赤楊，樹枝在月光下泛著銀光，足以掩飾「死人」的身影。在起伏不定的地面唯一的直線上，鋪實的安努官道向南朝地平線延伸。

「我當『死人』。」瓦林說，觀察附近的地勢，然後伸手一指。「那裡。四匹馬最可能有兩個騎兵，多帶兩匹馬換著騎。」

萊斯點頭。「你想要V字隊形還是半孵隊形？」飛行兵擺脫他的抱怨和戲劇化的反應之後，他其實還滿喜歡打鬥的。沒有喜歡到飛行那種地步，不過，沒有鳥他也沒得飛。

「半孵。」瓦林邊說邊指向道路對面一截粗糙的樹幹和一排高度及腰的灌木叢。

「時間緊迫。」塔拉爾朝馬蹄聲的方向側耳傾聽。

瓦林點頭。

「要怎麼做？」萊斯問。

「對方停下來後，」瓦林邊說邊考慮各種可能性。「我解決下馬的人——」

「如果有人下馬的話……」塔拉爾說。

「——沒人下馬，我們就放棄，」瓦林繼續說明另一種可能。「放他們走。」

「你解決下馬的，」萊斯催他，不耐煩地揮揮手。「然後呢？」

「然後用『火花爆炸』。」瓦林回答，看了塔拉爾一眼。

「好。」吸魔師說。「我辦得到。」

「那就好。標準策略：一個人去抓馬勒，一個人把騎兵拉下馬。別擔心聲響，我們現在離河岸起碼五里。只要確保他逃不掉就好了。」

「如果不止兩個人？」

瓦林傾聽馬蹄聲。要分辨馬的步伐很難，但是現在距離很近了，他很肯定只有四匹馬。「四個人表示沒有備用馬。」他說。「在沒有備用馬的情況下跑這麼快是很愚蠢的行為。」

萊斯點頭，轉身跑至定位。

塔拉爾遲疑。

「有話就說，」瓦林說。「他們快到了。」

「似乎沒錯。」吸魔師過了一會兒說。「標準程序：四匹馬，兩個人。」他轉身追上萊斯。

♛

馬匹一進入視線範圍內，瓦林立刻發現這群士兵違反了天殺的標準程序。

四匹馬，四個人。

他們要不是在南方不遠處有備用馬，不然就是愚蠢到家。但哪種情況都不重要，瓦林現在就躺在路邊，如果稍微有點掩護物的話，他的黑衣可以把他隱藏起來，對方騎得很快，不會想到帝國邊境會有屍體，不過，瓦林之所以挑選這個位置，正是因為此處缺乏遮蔽物。目標通過時若沒發現「死人」，「死人伏擊」就不會產生任何效果。他暗罵一句，朝向數步外的小溝滾去，但是才滾到一半就被士兵察覺，領頭的人在馬蹄聲中對夥伴下令，所有人立刻勒韁，馬匹大聲喘氣。

「站起來，走出來。」其中一名士兵喊道。隨著這個命令而來的是令人不安的鋼鐵摩擦皮革的聲響，士兵紛紛拔劍出鞘。

瓦林微微側身，偷偷拔出腰帶匕首，重新調整策略。對凱卓而言，三個打四個贏面還是很大的，特別是在伏擊的情況下，但那就表示要動手殺人。

「是個厄古爾人，基德。」另一名士兵說。他聲音很尖，緊張兮兮的。「天殺的斥候。」

「他在這裡幹嘛？」第三個聲音。「他的馬呢？」

瓦林冒險偷瞄馬上的人。正如他所料，他們身穿帝國傳信兵的輕皮戰甲，領袖的馬在最前面，不過其他三個也離得很近。萊斯和塔拉爾都在道路另外一側，這表示四個人中有兩個會被他們自己的同伴護住。如果第一個人下馬，如果瓦林可以迅速解決他，或許可以切斷第一匹馬的腳筋，這樣就能解決一個問題……

「站起來。」最接近他的騎兵說。「以攝政王之名，不然我就騎馬壓過去。」

「不要。」瓦林揚手呻吟道。「拜託，不要。我受傷了，我是安努人，帝國軍。」

「口音像是厄古爾人嗎，阿林？」

「他們又不是全都只會胡言亂語。」阿林固執回應。「說不定這傢伙是奸細。」

「道上所有帝國軍都駐守在堡壘裡。」領頭的基德謹慎說道，轉回頭去面對瓦林。「你是三十二軍的嗎？」

瓦林遲疑。兵力布署隨時在改變，將領都不希望手下士兵一直待在同一個駐地，而凱卓很少費心研究最新的布署。他束手無策，只能賭一把。

「第十軍。」他哼聲說道。「拜託，我受傷了。」

基德拉緊馬韁。「第十軍遠在羅姆斯戴爾山脈。」他提防地問道。「你在這裡做什麼？」

瓦林猶豫了一下。他們講得越久，塔拉爾和萊斯就有越多時間可以轉移陣地，重擬戰術。伏擊成功的關鍵就在於出其不意。他們講話的同時，其他騎兵已經分散開來，正一臉擔憂地打量周遭環境。

「傳信兵……」他咕噥一聲，頓了一下。「厄古爾人攻擊我。我的同伴死了。」

提起厄古爾人引發了一陣騷動，帝國軍開始警覺地移動。不過這種說法似乎取得了領頭士兵的信任，片刻後，他下馬，拔出長劍，緩緩走近。他在兩步外停下來，長劍平舉於兩人之間。

「你要傳遞什麼軍情？」他問。

瓦林無力地搖頭。「只能說給駐軍指揮官……」

「你的馬呢？」

「南邊，」瓦林哀鳴。「約莫一里外。我爬過來……拜託。」

對方回過頭去，就在那短短一瞬間，瓦林翻身而起，架開長劍，以掌根擊中士兵的頸部。那並非致命一擊，目的只是要讓對方站立不穩，但是瓦林感覺到有東西被擊斷了，安努人神情萎靡，難以呼吸。他沒時間思索自己幹了什麼，在其他騎兵還能反應時不行，於是他上前一步，奪走士兵手中的長劍，隨即揮劍割斷身邊馬的喉嚨。他只需要三匹馬，不是四匹。

馬猛地後退，在牠背上的騎兵有機會跳下來前癱倒在地。士兵的腳被壓斷了，放聲慘叫，然後瓦林就撲到他身上，用劍柄擊昏他。

解決兩個了。他轉身看見第三名士兵已經被萊斯打下馬鞍，然而距離伏擊中心最遠的第四名士兵，卻拋下同伴朝北落荒而逃。瓦林咒罵一聲，轉向剩餘兩匹馬中的一匹。兩匹馬都驚慌失措、眼珠亂轉、鼻息亂噴，當瓦林接近其中一匹時，那匹馬以後腿站立，出腳踢他。他側身閃過，試圖靠近，但是馬跟著轉身，不讓他近身。

「塔拉爾！」他叫道。情況已經失控，如果讓最後一名騎兵逃走的話，天亮前就會有半個軍團來追殺他們。

吸魔師站在十幾步外，揚起下巴，雙眼凝視著迅速逃離現場的身影。瓦林目睹塔拉爾輕揮左手，彷彿在揮趕指頭上的蒼蠅，接著那匹馬突然慘叫，前腿彎曲，著地摔倒。該名騎兵突然離鞍飛向空中，雙手亂抓，頭部在喀啦聲中墜地。塔拉爾追了上去，但是一切已經結束了。那匹馬仍在痛苦和驚慌中瘋狂掙扎，癱在地上的男人卻完全沒有動靜。

瓦林深吸口氣，轉身面對眼前的情況。第一個士兵蜷曲臥倒，手在地上亂抓，努力透過破裂的氣管呼吸。被馬壓住的男人平躺在地，從他身體的角度來看，他的腳肯定已經斷了。一顆沉重的大石落在瓦林體內。短短幾下心跳的時間，他完美的伏擊行動全面失控，倒地的人不是叛徒蠻族，他們都是安努人，帝國的士兵，盡力服從命令的忠誠士兵，而瓦林為了他們的忠誠攻擊他們，至少造成一人終身殘廢，很有可能還害死了另外一個人。

「他還有知覺嗎？」瓦林轉向萊斯粗聲問道。飛行兵把士兵壓在地上，以膝蓋頂著他的背。

「暫時還有。」他說著，用一段細繩綑綁對方的手腕。他回頭打量暴力現場。月光下，他的眼神黯淡無光。「神聖的浩爾呀。我們做了什麼？」

「我們非做不可。」瓦林回答，努力擺脫內心的噁心與恐懼。

「非做不可？」萊斯問，伸手比向四周的士兵。「我們為什麼非做不可？」

「做都做了，萊斯。」塔拉爾輕聲說，來到他們兩個身邊。「事情出了差錯，但我們都有參與，沒有辦法反悔。」

「他怎麼樣了？」瓦林問，朝路上那個士兵點頭。塔拉爾割斷了馬的喉嚨，馬跟人都在地上沒有動靜。

吸魔師搖頭。「脖子摔斷了。」

瓦林凝視著人和馬的身影，走到氣管破裂的士兵前。安努人手掌和膝蓋撐地，發出嘶啞的聲音，半咳半嘔，身體在一片寂靜中顫抖著。有一瞬間，瓦林除了看著他，什麼都不能做。在月光和他的眼睛之間，他可以看見一切，所有細節——士兵耳朵後方有個小老鼠刺青、右手指節上的疤痕、被人用腰帶匕首砍掉許多頭髮的參差缺口。男人爬出了十幾步，除了遠離自己的恐懼之外，沒有任何目標。

「碎了。」塔拉爾走到他身邊說。

「或許沒有。」瓦林回道。

「碎了。」吸魔師又說，聲音很低，但是語氣堅定。

「或許可以治好。記得島上的維利克嗎？他在一次拙劣的桶降中摔斷了自己的脖子，但最後痊癒了。」

「他們不到一小時就把維利克帶到醫務室，儘管如此，他現在也不太能講話。我知道怎麼修補很多傷勢，但是這個……」他兩手一攤。「只是時間問題而已。」

聽到他們的聲音，對方終於轉頭看過來。他很年輕，或許只比瓦林大上一、兩歲。他無力地揚手，做出可能是哀求或指控的手勢，下巴努力想要克服他受傷的氣管。

瓦林長長吁了口氣。塔拉爾說得沒錯，現在唯一的慈悲就是匕首的慈悲，但瓦林還是猶豫，第一次感覺到指揮小隊代表什麼意義。在島上經歷那麼多游泳課、語言課程、飛行訓練，以及爆破行動，有時候會很容易忘記他受訓的目的。凱卓只是「殺手」比較禮貌的說法。當然，他本來不該殺害安努士兵的，不過，殺人就是殺人。沒人會想要死。

瓦林強迫自己看著受傷的士兵，他至少可以直視他的雙眼。帝國士兵對上他的目光。他在瓦林空洞的眼瞳中看見了什麼？瓦林察覺到恐懼和痛楚，聞到空氣中火熱的驚慌。或許這個傳信兵有聽到他們的對話，或許沒有，但是無論如何，他都知道自己死期將至。

讓他的心臟每多跳一下都很殘忍，瓦林冷酷地想。

接著，他不再多想，將匕首插入士兵的脖子，狠狠劃斷氣管和動脈，貫穿肌肉，插到骨頭。鮮血濺濕黑衣，瓦林自己的呼吸也在喉嚨裡變得灼熱粗重。士兵靠著他，頭垂到令人作嘔的角度，目光空洞，嘴巴張開。

「神聖的浩爾，瓦林。」萊斯喃喃。「你沒必要砍掉他整個腦袋。」

瓦林凝視屍體一段時間，然後拔出匕首讓屍體倒地。

30

莫潔塔的私人住所是由幾間通風良好的挑高大理石室所組成，窄窄的高窗有凱登的三倍高，薄紗窗簾隨風飄動。黎娜指示他們進房後，關上沉重的木門，轉動鑰匙鎖門，接著走向窗邊撥開窗簾，探出身去檢查兩旁的石牆。

「我們可以——」崔絲蒂才剛開口，就見母親嚴肅地搖頭，揮手要他們進入另一間遠離那些窗戶的房間。房內，一張鋪著上好絲綢的大床靠在牆邊，對面有兩張長沙發，底下鋪著華麗的厚地毯。黎娜關上房門，上了兩道鎖，耳朵貼上木門幾下心跳的時間後，才終於轉身。

「請坐，」她指著沙發說。「請坐。我為了匆忙帶兩位來此道歉，但有時候我覺得席娜對祕密的喜好就和歡愉不相上下。」

「我們可以在這個房間裡談話嗎？」崔絲蒂問。

莫潔塔點頭。「其他房間都有偷聽洞，但這個房間的都被我找出來堵住了。」

她的視線從女兒身上移向凱登，然後是基爾，目光比之前在花園涼亭時率直多了。如果這個眼神是想讓凱登放鬆的話，她失敗了。他覺得自己像是在屠宰前任人品評的山羊，必須努力克制自己不要把兜帽拉得更低。

「當然，」莫潔塔繼續說。「至少有十幾個人知道你們在這裡了。」她伸出指甲修剪得非常整齊的手指細數。「雷莉的店外守衛、雷莉、招呼你們的亞馬拉，還有一路上與我們擦身而過的人。你的祕密有多重要？此事已經像春天紫丁香的氣味一樣，在神廟走道上傳開了。」

凱登猶豫了一下，推開兜帽說道：「很重要。」

黎娜瞪大雙眼，看著凱登的燃燒之眼，隨即噘起嘴唇。「噢。」她又凝視他一會兒，然後站起身來，行屈膝禮。「歡迎來到席娜的神廟中心，光輝陛下。」

「平身。」凱登回道，做了個「起身」的手勢。他再次感受到這個頭銜的分量，這是他餘生都要被迫接受的頭銜。*先決條件是，我還有餘生。*他暗自更正。「我希望有朝一日可以坐上先祖的王座，但我認為會有人搶先一步。暫時，請叫我凱登。任何其他表現都只會害死我們。」

莫潔塔僵立片刻，然後點頭起身。「如你所願，凱登。」她遲疑地問。「如果可以請問的話，你是怎麼——」

「是陷阱。」崔絲蒂脫口而出。「塔利克．阿迪夫帶我去阿希克蘭……」

「當作禮物。」她母親說，眼中充滿悲傷。「我至今無法原諒自己。」

崔絲蒂揮了揮手。「拜託，母親，不管妳採取什麼行動，都只會讓我們面臨更悲慘的處境。重點並不在於阿迪夫帶走我，而是他為什麼要這麼做。他是為了謀害凱登而設置陷阱。」

「為什麼？」莫潔塔問。「他為什麼需要妳？」

「他要我，」崔絲蒂冷冷回應。「當誘餌。」

凱登觀察女孩的表情，尋找說謊的跡象，搜查她在死亡之心暗室裡所表現出的狠勁。完全沒有。她就只是個害怕又憤怒的年輕女子。

莫潔塔緩緩吐出一口長氣，用放在銀盤上的酒壺在四個水晶杯中斟滿冰鎮葡萄酒。她先遞給兩位男士，然後也給了崔絲蒂一杯。凱登注意到她舉杯時手在發抖，也發現了她第一口酒喝得有多大口。

「究竟是怎麼回事？」她搖頭問道，又喝了一口酒。

「我們希望，」凱登回道。「妳能告訴我們。」

「我跟凱登說，」崔絲蒂說。「黎娜消息靈通，對於安努政界和商界的情況無所不知。」

莫潔塔微微皺眉，那個表情像是在鏡子前精心排練特意用來表達嬌媚的不悅，而不是真正的惱怒。「並非無所不知。」她說。「但這樣說基本沒錯。情慾是絕佳的舌頭鬆弛劑，男人和女人在受到女神強力影響時很容易吐露祕密。」她吐出一口氣，攤開雙手。「塔利克．阿迪夫於幾週前回到黎明皇宮。」

凱登瞪大雙眼。從時間上判斷，這個吸魔師似乎也能使用坎它，但這就意味著……他阻止自己，而譚的聲音浮現心頭：猜測。

「怎麼回來的？」他問。

「凱卓。」莫潔塔回答。「他在夜裡歸返，降落在英塔拉之矛塔頂，有人看見凱卓鳥。」她低頭撫平腳邊的裙子，然後轉向崔絲蒂，眼角泛出明亮的淚光。「我試著去找他，」她說。「想弄清楚妳在哪裡。我親自跑了六趟，恭恭敬敬在茉莉殿等。我請人送信……」她搖頭。「但都沒有下文。根據其他黎娜的說法，他經常和肯拿倫私下聚會。」

「朗．伊爾．同恩佳。」凱登說。他本來就在懷疑這個人。密希賈．烏特把這位將軍捧上天，如果說有誰能在凱登自己的首都唆使凱卓部隊和艾道林護衛軍謀害皇帝，肯定就是安努的軍事指揮官了。

莫潔塔點頭。「你父親死後，他就擔任攝政王。」

「合理。」基爾點頭認同。「他可以先當攝政王，再奪取王位。」

「為什麼不直接篡位？」崔絲蒂問。

「他不能這麼做。」凱登說。「除非我去世或失蹤的消息傳回首都。他不想讓情況看起來像是奪權。」

「看起來不像。」莫潔塔說。「至少在你姊姊失蹤之前不像。」

「失蹤……」凱登感覺胃部一陣緊縮。如果伊爾．同恩佳對桑利頓、凱登和瓦林出手，當然也會對付艾黛兒。「什麼時候？有人知道她人在哪裡嗎？」

莫潔塔揚起眉毛。「所有人都知道她在哪裡——北上和肯拿倫聯軍。」

基爾皺眉。「我們，我們三個……都已經脫離社會一段時間了，或許妳該從桑利頓過世開始講起。」

黎娜沒花多久就把大概的情況解釋清楚，而凱登很驚訝地發現整個情況聽起來，艾黛兒謀反的嫌疑和伊爾．同恩佳差不多大。莫潔塔解釋他姊姊和肯拿倫攜手合作扳倒英塔拉大祭司烏英尼恩之事，以及他們兩個如何制訂削減教會權力的協議，還有公主開始上肯拿倫的床。

凱登叫她住口，問她是否能夠確認此事。

莫潔塔只是微笑。「說起政治八卦，我們這些女祭司和祭司的消息都很靈通。說起名人的情史，流言的準確度更是堪稱完美。再說，你姊姊並沒有費心隱瞞。」

凱登搖頭。「或許伊爾．同恩佳欺騙她，利用她。」

「或許。」莫潔塔同意。「我們不確定究竟是怎麼回事，但是之後沒多久，公主就……失蹤了。有好幾週的時間沒人知道她在哪裡，連伊爾．同恩佳也不知道。他一方面努力壓下傳言，一方面派遣士兵去追查她的下落。等到再次傳出你姊姊的消息時，她人已經在奧隆了。當時的訊息很混亂，但聽起來她似乎改變了信仰，完全擁抱英塔拉。而最令人驚訝的是，她宣稱攝政王是叛徒，並召集了自己的軍隊。」

「這很合理。」凱登說，希望如軟軟的綠種子在他心裡萌芽。「她得知真相，舉兵反擊。」

莫潔塔搖頭，目光中流露出一股凱登辨認不出來的情緒。悲傷？還是同情？

「她並沒有反擊。」黎娜說。「她把大軍帶到安努，由阿迪夫迎入城內，迎入黎明皇宮。他們沒有商議太久，但是似乎當場言歸於好。」她搖頭。「當你姊姊揮軍北上時，她的手下稱她為聖徒，而她的手下……」她猶豫了一會兒，然後攤開雙手。「她宣稱繼承王座，凱登。至少算是這樣宣稱。她打算當皇帝。」

這句話如一記重擊。倒不是說凱登和這塊打從孩提時代就沒再見過的大石頭有什麼感情。如果辛恩有教會他什麼事，那肯定就是追求這些事物是毫無意義的。但是，艾黛兒是他與家族和父親之間唯一的連繫，當凱登和瓦林在世界的另一端接受訓練時，艾黛兒留在首都，生活在紅牆內，以安努為家，她是他與這座城市的連結、與逝去的父親和母親之間的連結，現在看來這道連結已經斷了。

「算是宣稱繼位？」基爾問。

「她沒有時間。」莫潔塔說。「他們此刻已經揮軍北上，公主和肯拿倫在北邊處理厄古爾人的威脅。」

烏特和阿迪夫在阿希克蘭提過厄古爾人。凱登從心中找出當時的記憶。有個巫醫史無前例地統一了部落，集結大軍試探安努疆界。

「伊爾・同恩佳打贏過厄古爾人，」凱登說。「在我父親死前。」

「那些勝仗就是他晉升肯拿倫的原因，」莫潔塔回道。「至少算是部分原因。」

基爾點頭。「這是軍事政變常用的策略。」

「什麼策略？」凱登問，試圖跟上突然改變的話題。

「挑釁敵人，利用新產生的威脅說服人民國家需要軍事領袖，而非政治領袖。」

「聽起來他並不打算說服任何人。」崔絲蒂說。「他祕密謀害了凱登的父親，掩埋真相！」

「但是厄古爾人的威脅讓他師出有名。」

「問題在於，」凱登說。「現在師出有名的人不是他。繼承王位的人是艾黛兒，不是伊爾・同恩佳。」

「而且，」莫潔塔說。「所有報告都顯示他支持她繼位。」

凱登看著莫潔塔一段時間，然後偏開目光。黎娜的寢室並不小，在阿希克蘭，這個空間讓六名僧侶同住都還有剩。但話說回來，在阿希克蘭，他只要出門就能看見開闊的天空，進入由高聳懸崖和地平線為界的雪地和岩石之境。而在這裡，一個房間通往下一個房間，他可以離開莫潔塔的寢室，離開她所有房間，然後出現在其他房間裡，受困在其他牆壁內。突然之間，他覺得自己不是回到一座城市，而是一座迷宮，逃脫希望渺茫的迷宮。

「那就是同盟關係。」基爾終於說。

凱登把心思拉回現實中。

「艾黛兒讓伊爾．同恩佳師出有名，」歷史學家繼續說。「肯拿倫則提供軍力和專長，藉此在戰場上取得勝利。如果他們兩個再度同床的話……」

「子嗣。」凱登搖頭下結論。他沒有預期能認得安努，本來以為這座城市會很陌生、令他困惑、對他的歸來毫不關心，但沒想到這座城市會徹底背叛他，沒想到父親遇害的陰謀牽扯的層面會廣到這種地步。

他的內心像黃蜂般嗡嗡作響：憤怒、悲傷、困惑。但他花了八年的時間學習隔離情緒，於是他這麼做了。他試著回想童年時對艾黛兒的印象——她是個急性子，對於隨著地位而來的禮服和禮儀毫無耐性，現在他覺得她似乎對整個童年也感到不耐煩。印象中他姊姊唯一真正把他放在心上的時候就是他前往阿希克蘭那天，她站在皇家碼頭上，緊閉雙唇，雙眼燃燒。

「和妳弟弟道別，艾黛兒。」他們母親說。「他現在還是個孩子，但當他回來時，將會成為男人，足以承擔帝國大任。」

「我知道。」艾黛兒就只有說這一句話，然後冷冷地親吻他兩側臉頰，並沒有道別。

基爾的眼睛專注地盯著他們之間的空氣，彷彿在仔細審視著其他人無法看見的某種形狀或圖案。很長一段時間過去後，他的目光聚焦，轉向莫潔塔。

「妳會畫圖嗎?」他問。

她點頭。「比不上某些黎娜,但繪畫是席娜的才藝之一。」

「朗·伊爾·同恩佳,」他說。「塔利克·阿迪夫。我想知道他們的長相。」

凱登看著他,突然瞭解他的意圖。「你是在想……」

基爾點頭。「正如你在死亡之心所說,有阿克漢拿斯出現在你們修道院裡,那表示我的族人牽涉其中。」

莫潔塔皺眉,然後點頭。「這兩個人我都可以畫出還算神似的畫像,但是需要時間。」

「阿迪夫我來畫。」凱登說。

他自願畫阿迪夫,一方面是為了節省時間,一方面也是為了投入熟悉的事物上。然而,在莫潔塔取來繪畫工具後,有幾下心跳的時間裡,他就這麼呆呆拿著畫筆,瞪著空白羊皮紙。他似乎已經有一輩子沒有面對像白紙這麼乾淨直接的東西了,甚至超過一輩子,彷彿花在阿希克蘭岩架上的時間全都出自夢境。最後他將畫筆浸入瓷盤裡的墨水中。

隨著刷毛掠過上好羊皮紙,他感到心裡的結逐漸鬆開。這是他逃離骸骨山脈以來,第一次進入自己真正理解的節奏中,他蘸了墨刮掉多餘墨汁,畫筆輕輕掠過紙面,手腕和手指輕鬆流暢地動作著。他收起所有和艾黛兒和安努有關的思緒,拋開所有和王座有關的擔憂,以及對父親的哀悼之情,在腦中填滿密斯倫顧問的面孔——他的遮眼布、束起的頭髮、下巴的角度。畫下幾筆之後,就連此人是人的感覺也消失了,他眼中只有光與影,虛與實,以深色墨水描繪在淺色紙張上。他發現自己在快畫完時開始增添細節,不必要的細節,例如硬挺的衣領、身後的高山,直到已經沒有東西可畫，他才不情願地放下畫筆。

基爾起身觀察他的畫。

「不。」過了一會兒，他說。「我不認識他。」

「我也快畫好了。」莫潔塔說著，從自己的畫布上抬頭看了凱登一眼。「你是在哪裡學會畫畫的？」

凱登搖頭。解釋這個實在太複雜了，就像是要挖出一塊摸不到邊界的大石塊一樣。

黎娜又打量他一段時間，黑眸中充滿好奇，接著刻意聳了聳肩。「好了。」她說著，看回自己的畫，轉個方向展示給大家看。「畫完了。」

畫中之人頂著光頭，下巴堅挺，顴骨很高，張嘴微笑，露出一排完美的牙齒。凱登以為會看到一張嚴肅陽剛的面孔，就像是密希買．烏特或伊克哈．馬托爾那樣，心存戰術和熱血的軍人形象。然而，莫潔塔筆下的伊爾．同恩佳看起來很淘氣，甚至有點滑稽，彷彿隨時都會開懷大笑。

凱登皺眉。「他看起來不像瑟斯特利姆人。」

「瑟斯特利姆人？」黎娜問，臉色發白，雙眼圓睜。「你瘋了嗎？」她對上凱登的目光，接著垂下雙眼，低下頭去，直到臉幾乎貼上桌面。「非常抱歉，光輝陛下……」她說。

凱登揚手打斷她說話，但是他旁邊的基爾突然渾身僵硬。

「這個表情是裝出來的。」他說，聲音很低，但是很肯定。「經過了幾千年，他終於學會了微笑。」

凱登轉身，感覺心臟在胸口亂踢。「你認識他？」

瑟斯特利姆人點頭，但沒有開口。幾下心跳之間，所有人只是睜大雙眼凝視基爾，又轉向那張畫像，然後再看回去。

「然後呢？」崔絲蒂終於問。

「和我一樣，他換過很多名字，最初是叫坦尼斯。」

「他為什麼要殺我父親？」凱登問。「為什麼痛恨馬金尼恩家族？」

基爾轉向他，雙眼宛如深井。「恨是人心所產生的情緒，創造你們的我們並未接受麥特的擁抱。你們稱之為朗·伊爾·同恩佳的將軍並不痛恨你們，就像你們不會痛恨石頭或天空一樣。」

「那他想怎樣？」

「他想要的，」瑟斯特利姆人斟酌用字遣詞。「就是他一直想要的東西，戰勝。」

「戰勝誰？」

「你們種族。」

「好吧，他快達到目的了。」凱登說。「目前聽來，他幾乎已經控制了安努帝國。」

基爾抿嘴，緩緩搖頭，幾乎有點悲哀。「你不懂。對伊爾·同恩佳來說，勝利並非短期的事情，不是頭戴花冠，或是坐在王座上之類的。」

「那可不是隨便一個王座。」凱登指出這一點。「安努是全世界最強大的帝國。」

「安努只是過眼雲煙。」

「數百年持續不斷的統治叫過眼雲煙？」

基爾微笑。「沒錯，伊爾·同恩佳的目的比較深遠，比較古老。他還在打那場我們數千年前託付給他的戰爭。」

「他什麼時候才要停止？」

「等你們消失之後。」

凱登攤開雙手。「為什麼是我？」

歷史學家皺眉。「你們的語言很不精確。不光是你，凱登，是所有人。」

「全安努？」

「全人類。」

31

第一場克維納沙皮的隔天，葛雯娜見厄古爾人收起他們的帳篷準備拔營，就知道自己猜得沒錯。昨晚的血腥暴力並非為了迎合大酋長一時興起，或是隨月亮盈蝕圓缺而舉行的儀式，那是厄古爾人上戰場前為了贏得梅許坎特寵幸而進行的特別獻祭。

長拳的部隊從匯流處以北的地方渡過白河，避開東邊的安努要塞。載馬渡河的木筏看起來很荒謬，做工粗糙，綁得很鬆，平衡性不佳，但是足足有數百艘、數千艘，光是這個數量就顯示他們已經準備好幾個月了。葛雯娜在看到木筏排在河邊時感到一陣噁心。長拳不需要木筏來防禦邊疆，他需要木筏入侵安努。

過河之後，巫醫就把所有「尊貴賓客」的假象通通拔除。她們的帳篷每天都有守衛看守，只有傍晚才能出帳，被迫參與血腥的夜間儀式。

殺死第一個年輕士兵後，葛雯娜過了幾個小時才讓雙手停止發抖。經歷三個血腥屠殺的夜晚後，她已經可以控制雙手，但是體內某種隱形的東西卻還是會像生病一樣不停顫抖。她覺得自己像個笨蛋，八年來，她不斷訓練著用刀劍、炸藥、弓箭和徒手殺人，訓練到可以單手勒斃比她高上一倍的男人，或是毒死整個軍團。她以為自己準備好了，準備得非常完美，但是真正展開殺戮時，她發現自己的手可以殺人，心裡卻沒辦法壓下那股恐懼。她沒辦法擺脫木棍插入柔軟眼珠時的噁心觸感，沒辦法擺脫第一個年輕人向前癱倒在她身上的重量，也沒辦法擺脫黏滑溫暖的血液染紅雙手的記憶。

殺戮並沒有因為葛雯娜停下來而終結。每天晚上，安妮克也會在營火間上陣，再來是派兒。長拳的囚犯似乎多到殺不完，安努帝國軍、厄古爾盜賊，渡河之後還有身材粗壯的樵夫、活在帝國邊境的安努居民。這些人都不是凱卓或顱誓祭司的對手，這個事實讓葛雯娜感到欣慰又噁心。幾次之後，厄古爾人開始嘗試拖延殺人的時間，延長痛苦，不讓女人取得任何武器。一點用都沒有，安妮克每次都直接攻擊眼睛，用她的手指做到葛雯娜用棍子做的事，派兒則用手指一擊打斷所有對手的氣管。

這些決鬥已經夠糟糕了，但仍無法與接下來的折磨和慘叫相提並論。鮮血染紅半條胳臂的長拳親手挖出了十二名被插在木樁上的年輕士兵心臟。巫醫很擅長使用匕首，避開所有主動脈，讓受害者能活著眼睜睜目睹他舉起自己還在跳動的心臟，捏爆於掌心。毫不令人意外的是，包蘭丁也有參與儀式，睜著炯炯有神的眼睛享受俘虜的恐懼，動作緩慢地剝下對方的皮，薄薄的皮膚在他的匕首下變得柔軟。在奎林群島的教室裡聽人講起崇拜梅許坎特的儀式是一回事，親眼見證是另一回事，而親身參與則又是另外一回事。

更糟糕的是，每天晚上的獻祭儀式只是所有正式入侵行動的前奏而已。如果厄古爾人突破邊疆，安努北境就會有很多很多祭壇傳出很多很多哀號。這種噩夢在夜裡驚醒葛雯娜，她的黑衣完全被汗水浸濕。一察覺部隊開始移動，她就想要逃走，但派兒說服她不要這麼做。克維納沙皮開始之後，派兒對厄古爾人的態度就完全改變了，顯然她比較喜歡依照自己的節奏殺人。葛雯娜無奈地同意她的說法，在大草原上的逃亡行動肯定會以失敗收場。沒有樹木就表示沒有掩護，沒有掩護就表示厄古爾人可以把她們像狗一樣踏扁。不過，現在他們已經渡過白河，開始南進，葛雯娜決定不要繼續等待。

「那裡，」她說著，伸指比過帳牆，穿越厄古爾營地，越過崎嶇的濕地，以及溪邊地平線上的黑暗樹林。「就是千湖的開端，安努的領土。」

「那裡還不是安努，」派兒糾正她，摳下手上乾硬的血跡，彈入火堆中。傍晚的血祭才剛結束，葛雯娜很想跳入海水洗淨身上的血，殺手卻將手中的人血當作泥巴一樣處理。「要到黑河以南才算安努。這裡只是……」她厭惡地皺眉。「……蟲多。但是，」她繼續，揚起雙手阻止葛雯娜即將爆發的異議。「我們終於看到樹了。我認為接下來幾天就能找到說再見的好時機，在我們變得更不受歡迎、長拳決定要徹底解決我們之前。」

顱誓祭司的話令葛雯娜反胃。他們是被關在阿皮裡的囚犯，被關在營地的囚犯，但是基於某種原因，長拳和包蘭丁允許她們保有自己的帳篷，會以嘲弄式的關切語氣來跟她們交談。整件事都像是個陷阱，但在厄古爾人已經困住她們的情況下，葛雯娜看不出這麼做有何意義。

「他為什麼還不動手？」她摩拳擦掌地問。「我們是他手中最危險的囚犯，為什麼不像對待其他囚犯一樣綁住我們？」她隨手比向舒適的阿皮。「我們為什麼還沒死？」

「預防措施。」安妮克說，頭也不抬地繼續切著野牛後腿肉。「以防瓦林回來，或是為了他突然認為我們別有用途而預作準備。」

「或許，」派兒邊說邊用指甲挑起褲子上的一塊污垢。她一個小時前被迫殺了三個人，但她似乎比較關心衣服上的破損。「但我認為情況比較單純。」

「意思是？」

「意思是說我們還沒死，是因為長拳需要我們活著。」

「理由呢？」葛雯娜啐道。「好玩？」

派兒抬起頭來，嘴唇緊抿，似乎準備說點什麼，接著停頓了一下。「一個人是怎麼變成酋長的？」她終於問。「任何酋長，特別是上百萬名厄古爾人的酋長？」

「殺死所有想殺了他的人。」葛雯娜回答道。「這就是我的重點，長拳留我們活口並不是明智之舉。」

派兒搖頭。「如果想殺光所有危險人物，那他永遠殺不完。想殺酋長的人從來沒少過，長拳不可能對付所有人，他的地位並不完全穩固。」

「那個混蛋挖人心的時候看起來地位很穩。」

「那是因為，沒人能想像他死掉的樣子。」派兒說。

「我打從遇上他就開始想像他死掉的樣子了。」葛雯娜說，對殺手這種拐彎抹角的說話方式感到不耐煩。「事實上，我現在就打算再來想像一下。」

「妳可以想像，但他們不能。」派兒解釋。「厄古爾人看他的時候，他們看到的不是人，他們看到的是一個傳奇。殺人只需要一把劍就行了。」她嗤之以鼻。「根據妳今晚高明的示範，殺人甚至只需要手指甲。但是傳奇，傳奇是殺不死的，他把自己的傳奇披在身上——統一部族的領袖、將自己獻祭給梅許坎特的人、計畫摧毀安努的人——就像他把野牛皮披在身上一樣。那是他權力的象徵，力量的象徵。」

「妳的意思是他放任我們自由行動，是因為他相信自己的鬼話？」葛雯娜搖頭問道。「那比我的想法還蠢。」

「我的意思是我們也是他傳奇的一部分：兩個凱卓和一個顱誓祭司，都被偉大的酋長馴服，在他的火堆前作戰。」

「馴服。」葛雯娜啐道。「那是妳而已。」

殺手挑眉，葛雯娜臉色一變，她的記憶中出現士兵苦苦哀求的模樣，還有他死時木棍插入血肉的觸感。「至少我還沒放棄。」她喃喃說道。

派兒聳肩。「我想妳沒在大彎待過？」

葛雯娜搖頭，一臉困惑。

「可惜了，那是個很奇妙的蠻荒之地。我曾在那裡見過一個格鬥場裡的男人，並研究了他一整個下午。他對抗動物，那些熊、牛、狼，而在每次快結束要給出致命一擊之前，他都會轉過身來，放下他的劍，向觀眾揮手。」

「毫無意義。」安妮克說。

「或許。」派兒回道。「但觀眾超愛這個動作，給人一種無畏無懼的感覺，所向無敵。你沒辦法想像他敗北的模樣。」

「我們就是長拳的狼。」葛雯娜冷冷說道。

「不過那傢伙的下場很有趣。」派兒說。「就在我離城之前，他轉身背對一隻熊，他非這麼做不可，那是表演的一部分，記住。」

「然後……」

派兒微笑。「然後熊就摘下了他的腦袋。」

♛

當然，討論逃走和真的採取行動是兩件截然不同的事情。夜晚過去，白晝到來，他們三個還是待在阿皮裡。不管派兒怎麼用狼來比喻她們，葛雯娜還是覺得自己比較像是天殺的綿羊，還是任人宰割的綿羊。

「一定要是今天晚上，」她說著，拿根木棍戳火堆。「我們已經等太久了。厄古爾全族都在趕往前線作戰，但是卻沒人知道。安努不知道，瓦林也不知道。」

「我認為這個。」派兒揚起一邊眉毛說。「就是一切的重點。我相信這是軍事專家口中所謂的搶先進攻。」

「我知道這叫什麼。」葛雯娜說。

「就是今晚，」安妮克突然說，彷彿她已經決定好了，邊說邊把醃肉塞進背包裡。「是時候該離開了。」

該離開了。彷彿她們四周沒有被史上人數最多的厄古爾大軍包圍似的。

派兒輕笑。「我喜歡，安妮克。專注在大局上，不要拘泥於小細節。」

「我已經盡可能考慮一切了，」狙擊手說著，繫緊背帶。「不過我們沒時間詳加策劃細節，現在分秒必爭。」

「但如果我們把時間花在死亡上，」殺手說。「那它們的價值就更少了。」

「是有風險。」安妮克點頭道。

「那妳要告訴我們，」葛雯娜沮喪地問。「妳這個有風險的計畫嗎，安妮克？還是妳打算走出帳篷，直接開始殺人？」

「單純的計畫也是有好處的。」派兒指出這一點。

葛雯娜轉身面對她。「那你他媽的又想怎樣？幾天前妳還很樂意喝長拳的酒，躺在他的火堆旁取暖，突然之間妳又願意和安妮克一起闖出去了？我不知道妳對天殺的安努帝國這麼有愛。」

派兒臉色一沉。「安努的安危不關我的事，我對付長拳有我自己的理由。」

「我想妳不打算告訴我們？」

「並不特別想。」

葛雯娜壓抑吼叫的衝動。她們三個人絕對有辦法想出類似計畫的東西，但是安妮克的溝通技巧就和磚頭差不多，而她也無從判斷派兒那顆凶殘的腦袋在想些什麼。這就是小隊有隊長的原因，這是就是小隊成立以來瓦林一直在處理的狗屎，但是瓦林很擅長這種事情，很快就能找出凝聚隊員的關鍵，葛雯娜卻只想找人痛扁一頓。

她努力克制自己。

「好吧，」她緩緩說道。「我們都同意必須離開。」

「意見一致，我最喜歡意見一致了。」派兒說，接著皺眉。「不過我不信任這種意見。」

葛雯娜不理她。「安妮克，妳的想法？」

安妮克往上指著阿皮的排煙孔。「爬竿子出去。」

「去哪裡？」葛雯娜問。

爬到皮帳篷頂，感覺就和躺在天殺的火堆旁期待煙會帶她們飄走一樣有用。

「妳知道長拳有派人監視這頂帳篷，是吧？」

「我要射殺他們。」安妮克說。

葛雯娜瞪她。「拿什麼射？」

狙擊手推開一塊毛皮，露出一把粗木弓和半打箭，箭頭已經用火燒硬了。

派兒讚賞地點點頭，問道：「弦呢？」

安妮克比向她剛剛在割的腿肉。「用肌腱。」

葛雯娜謹慎地打量那把簡陋的武器。她絕不懷疑安妮克所有與箭術相關的知識，狙擊手在抵達奎林群島之前就已經開始自製弓箭了，但她現在幾乎沒有所需的工具和時間來製作這些武器。

「妳能射中東西嗎？」

狙擊手點頭。「近距離就能。」

「說清楚多近。」派兒說。

「四十步。」安妮克說。「室外五十步。」

葛雯娜搖頭。以五十步來說，她用那把弓連馬都射不中。但是話說回來，她很久以前就學會相信安妮克把箭插到目標上的能力。

「妳本來打算……什麼時候告訴我們那把弓的事情？」

狙擊手這些日子一直在做她的武器，卻隻字未提。

「等時機成熟的時候。」安妮克回道，平靜地對上葛雯娜惱火的目光。「越少人知道祕密，祕密就越安全。」

「我們又不是普通人。」葛雯娜怒斥。「我們是天殺的同隊隊員。」

派兒在火堆對面啧了一聲。「和瓦林一樣，」她說。「為什麼大家都想徵召我加入凱卓？」

「別管那個了。」葛雯娜說。「重點在於，我們現在站在同一陣線，如果我們不表現得像是站在同一陣線的樣子，不管有沒有弓箭，這都會是猛禽史上最短命的突圍行動。」

她瞪著她們兩人，嘗試放慢呼吸，保持冷靜。嘗試，但是失敗。

派兒瞇起雙眼。「和瓦林超像，」她又說一次。「同樣的信念，同樣的堅決。」她轉向安妮克。「妳有看出來嗎？」狙擊手不理會這個問題，試拉她的腱弦，殺手卻狡猾地笑了。「妳和瓦林會是很甜蜜的一對，葛雯娜。好吧，或許不該用甜蜜來形容，但是……」

「夠了。」葛雯娜吼道。

顱誓祭司揚起雙手。「我不是故意要戳妳的痛處的。」她坐直身子說。「好了，閒聊夠了，來說說計畫吧。我們攜手合作，安妮克射殺一大堆人，製造一場名符其實的毀滅性災難。很好，然後呢？」

「馬。」狙擊手說。「我們搶馬，然後逃入樹林。」

葛雯娜皺眉。這整個計畫都太瘋狂了，但她也想不出更好的辦法。她們必須警告安努，這表示她們必須逃亡，此事完全無法避免。不幸的是，逃亡很可能表示她們會在過程中喪命。「當有人注意到三個不是厄古爾人的女人在營地裡走來走去時？」

派兒微笑。「那我們就開始獻祭他們給我們的神。」

葛雯娜再度搖頭。「妳知道我們會死，這是個爛計畫，會把我們通通害死。」

安妮克冷冷看著她。「妳有更好的建議嗎？」

「沒有。」葛雯娜無奈地說。

「別擔心。」派兒說，笑容如同匕首般銳利。「安南夏爾不挑剔。不管獻祭的是我們的命，還是他們的命，神都會很開心的。」

♛

墳場之神一定開心極了，葛雯娜心想。她用手背擦拭臉上的鮮血，努力看穿朦朧的夜色，期待浩爾保佑她有把最後一具屍體拖到不會立刻被人發現的地方。安南夏爾，浩爾，梅許坎特。她開始認為她挑錯這群血腥的神了，但是在身染血跡，四周又有約莫五十萬厄古爾人的情況下，她已經不可能回頭了。

她們等到午夜過後才行動，馬背民族大多已經裹進毯子裡，享受最後一晚待在阿皮中的時光。葛雯娜推測帳篷會被留下來，因為沒人在拆帳篷。或許會有少數老人、小孩和嬰兒留在這裡，看顧這座臨時城市，而整個國家剩下的人則朝邊境推進。這種推進讓葛雯娜憂心忡忡。她記得長拳的騎兵在穿越大草原時採取的步調，當時他們還有攜帶補給品和囚犯。葛雯娜想要等到更多厄古爾人睡著再行動，但是當前情況刻不容緩，於是她發現自己在營區中移動，偷來的劍平貼腿側，不動聲色地留意四面八方。

一如承諾，安妮克殺光了守衛她們營帳的年輕戰士；一如預期，她們偷偷溜進黑夜中；一如擔心，她們必須穿越將近一里的營區才能開始研究如何偷馬。葛雯娜的直覺告訴她要待在陰影裡，迅速穿越帳篷，利用黑暗和被史朗獸強化過的視覺盡量避開敵人。安妮克的想法和她一樣，兩人偷偷摸摸前進，這邊走個幾步，那邊走個幾步，直到派兒不耐煩地搖頭。

「我不確定他們在祕密基地裡都教了妳們些什麼，但是這樣下去不是辦法。」

「我們可還沒被人發現。」葛雯娜嘶聲道。

「我不擔心我們被發現。」派兒說。「我擔心被塞在阿皮裡那四個脖子上插著箭的厄古爾人被人發現。一旦對方發現他們，我們就沒辦法這樣悠閒漫步了。」

「如果我們被發現——」安妮克才開口，派兒已經輕率地走出黑影，踏上帳篷間泥濘的小徑。她沒有回頭多看一眼，只是甩甩頭髮，聳聳肩膀，開始大搖大擺地前進。

「幹。」葛雯娜說著，回頭看向安妮克。

狙擊手抿緊嘴唇。「幹。」她簡潔有力地表示同意，然後跟著年長女子踏上小徑。

顱誓祭司的做法順利到超乎想像，至少在接下來百步之中，她們都不須要動手殺人。時值深夜，加上整座軍營都處在準備出發的混亂中，大部分人忙著做自己的事，沒人會留意三道大搖大擺在黑暗中穿梭的身影。派兒模仿厄古爾人走路的姿態，沒去刻意掩飾自己的臉，或避開厄古爾人的目光。沒人質疑她們，就連多看一眼都沒有。

接著，他們遇上了三名持矛的年輕人。正當葛雯娜以為她們可以直接走出營地時，三名塔貝步出兩個帳篷之間的陰影。這幾個笨蛋拖著十二呎長的長矛，這種長矛在馬上衝鋒很好用，但在夜晚混亂的營區裡搞不好會弄出人命。他們的武器和葛雯娜和派兒的糾纏在一起，木柄和鋼頭交擊，把小徑給擋了起來。

領頭的年輕人怒氣沖沖地吼了幾句葛雯娜一個字也聽不懂的厄古爾語，接著猛力拉扯他自己的矛柄。矛頭劃破她的黑衣，還割傷她的手臂。傷口不深，但一切發生得太突然，扯得她站立不穩，在被矛頭劃傷時罵了句髒話，隨即擺脫那把矛。

壞就壞在那句髒話。

站得最近的厄古爾人聽見不熟悉的語言猛地轉過頭來，黑眼正對她的眼睛，困惑片刻後，他嘴唇咧開正要吼出聲，派兒已經上前，一劍劃開他的喉嚨，動作堪稱輕柔。於是他叫不出來了，只有在倒地時口齒不清地出了點聲音。

其他兩個人還在努力扯開自己的矛，沒有發現夥伴已然無聲無息地死去。葛雯娜一劍砍過其中一人的臉，安妮克則用箭插入另一人的眼睛。眼睛還沒眨兩下，這場紛爭就結束了，但是屍體都和長矛柄糾纏在一起。葛雯娜發現小徑兩旁都有動靜。沒時間藏匿屍體了，也沒時間做任何處置，只能盡快撤離。

「走這邊。」派兒邊說邊離開小徑，閃入兩座帳篷之間。她的聲音很低，語氣輕鬆，但是沒有她慣有的那種嘲弄意味。這一次，殺手聽起來好像很認真。「動作快，兩位。」

葛雯娜不喜歡聽命於顱誓祭司，但是身處敵陣中心似乎不是爭論此事的好時機。她皺起眉頭，擺出近身防護的架式，跟著女人走入帳篷區。走出十幾步後，她們出現在另外一條和之前平行的小徑上。葛雯娜胃部一陣絞痛。這裡到處都是厄古爾人，更糟糕的是，小徑兩旁都是點燃的火把，火焰在風中搖擺翻飛。派兒毫不遲疑地直接穿越小徑，走向對面的帳篷區。走到路中間時，有個打著條黃辮子的高個厄古爾混蛋注意到她，大聲問了個問題。

派兒轉向對方，面露微笑，張開雙臂像是要擁抱他。「克維納！」她愉快地說道。這個名字用在這裡毫無意義，但卻是對方熟悉的語言。該名戰士愣了一下，臉上浮現困惑。派兒來到他面前，雙臂環抱他的後頸，扯到自己面前熱情一吻。對方在她放手時癱倒在地，葛雯娜完全沒看到她出手。

她們又走過幾條街，警報終於響了。隨著幾下號角長音而來的是此起彼落的吼叫聲。充滿憤怒和指控意味的號角聲不斷傳來，在黑夜中追趕她們，貫穿葛雯娜雙耳，直到她開始懷疑自己是不是瘋了。她不知道是她們留下的那八具還是九具屍體中的哪一具終於露餡，不過那都不重要，營地裡到處都是驚叫和怒吼，他們知道她們跑了，整個厄古爾大軍都知道了。

「謹慎的時機過去了。」派兒說。

接下來幾分鐘她們不斷戰鬥，熱氣從齒縫中噴出，在崎嶇的泥濘中拚命站穩腳步，面對許許多多緊張憤怒的厄古爾，還有殺戮。她們殺了很多很多人，派兒邊殺邊走，絲毫沒有放慢速度，小匕首劃開喉嚨和肚子、插入眼睛、切斷肌腱，每個動作都很優雅，宛如小鳥般精準。葛雯娜動起手來一點也不優雅。她從死去守衛身上取來的厄古爾劍比她受訓時慣用的煙鋼劍長，也比較重，在努力跟上派兒的情況下，她唯一能做的就是砍向路過的敵軍，動作大開大闔，每次砍到人就會卡到肩膀。

「不要一直叫。」派兒回頭喊。

「什麼？」葛雯娜大叫，一劍插入某個女人的肚子，扭轉劍身，然後拔出來。掌心染滿熱血。希望是別人的。

「妳沒有必要一砍到人就鬼吼鬼叫。」派兒說。「試著謹慎一點，他們一樣會死。」

葛雯娜開口辯解自己沒有在叫，結果發現喉嚨刺痛，耳朵鳴響。其實叫不叫沒有什麼區別，真的，整座營區已經陷入瘋狂。她內心沒有大叫揮砍、奔跑喘氣的部分開始計算逃出去的機率。她們到現在都還沒死似乎已經是奇蹟了，在這種情況下，厄古爾人的憤怒其實對她們有利。如果所有馬背民族都閉上嘴巴，安靜站好，那就絕對沒有機會逃掉。混亂和困惑對她們逃亡提供的掩護甚至大於黑暗。她們只是人海之中的三道身影，數萬個女人中的三個女人。更棒的是，隨著逐漸接近營區外圍，周圍的人數也開始慢慢減少。

*把注意力放在天殺的打鬥上，葛雯娜，不要看前面。*她對自己說。

儘管如此，想要不感受到那股火熱、明亮的希望之光很難。她們突破了最後一群厄古爾人，繼續閃過幾座營帳，突然之間，周圍只剩下她們，就這樣自由了，有足夠的空間可以逃跑。安妮克指向百步之外的一群馬匹，然而，她們還沒開跑，騎兵已經追了上來，至少二十名騎兵，持平長矛衝出營區，發出勝利的叫喊。

「不理想。」派兒緩緩搖頭。

「我們可以殺出重圍。」葛雯娜邊說邊比向對方的包圍缺口。不過手還沒放下，缺口就已經被補上了。

安妮克在射箭。葛雯娜不知道她的箭是哪裡撿來的，也許是從死人身上拔出來的。那把粗製的弓在她手裡依然顯得荒謬，但還是相當致命。狙擊手毫不遲疑地朝逼近的厄古爾人放箭，幾名騎兵中箭落馬，但是有更多騎兵趕上來補位。狙擊手的箭很快就射完了，騎兵卻是步步進逼。

「現在該怎麼辦？」葛雯娜問道。她轉身背對安妮克和派兒，移動雙腳，尋找最適合站立的位置。

「現在，」派兒說。「該是去向神打招呼的時候了。」她聽起來已經做好準備，甚至還有點迫不及待。

「妳要放棄了？」葛雯娜啐道。並不是說她有看見任何出路，但是殺手冷靜的態度令她困惑，也令她擔憂。抛開憤怒，她不確定自己除了沒頭沒腦、語無倫次的恐懼之外還能剩下些什麼，於是她緊握她的憤怒，添加柴薪，越燒越旺。「放棄個屁！」她吼道，轉身面對厄古爾人。

「誰先來？」她揚起長劍比劃道。「你們這群血腥狗屎哪個想要先來？」

*抱歉，瓦林，我們努力過了……*她暗自說道。

領頭的騎兵搖了搖頭，壓低長矛策馬上前。葛雯娜發現那人是胡楚。她臉上和手上的疤痕在火把照耀下閃爍著汗珠，嘴唇向後翹起，看不出是在微笑還是低吼。*她的牙齒好漂亮*，葛雯娜莫名其妙地想著。一個擁有完美牙齒的野蠻人即將殺死她……

首先傳來的是尖嘯，那是一道撕天裂地、令人熱血沸騰的尖叫聲。準備動手的厄古爾人抓緊轠繩，應付突然後退的坐騎，但是那聲尖叫直接貫穿馬腦，觸發了心中某種古老卻又無法磨滅的恐懼，無法平息。尖嘯再度傳來，然後又是一聲，宛如鋼鐵刺穿冰面。緊隨尖嘯而來的是一陣狂風，跟著是巨大羽翼形成的黑影，黑夜之中一片純粹的黑暗，接著黑衣身影宛如影子般無聲無息地落地。

「瓦林！」葛雯娜叫道，震驚和欣慰湧上心頭。「是瓦林！」

她不知道瓦林在哪裡找到蘇安特拉，不知道他怎麼曉得要回來，什麼都不知道，但是她不在乎。在不可能的情況下，他們小隊又全員到齊了。她本來即將死亡，凱卓鳥卻從天而降，要帶她們離開。

凱卓鳥的利爪撕裂附近的騎兵，把一人一馬開膛剖肚。胡楚在最後關頭避開攻擊，就在她的馬躬身躍起然後葬身鳥爪下之前。兩側的騎兵企圖逼近，但是有人在射箭，羽箭插入許多厄古爾人的頸部和肩膀。一名身材高大的鷹勾鼻厄古爾人突然大叫一聲，想逼迫他嚇壞的馬展開衝鋒時，他的頭顱就這麼……折了。葛雯娜想不出其他形容，她根本沒看到有東西擊中那顆腦袋，但他的肉突然向內擠壓，像是爛掉的葫蘆從高處落地般。

魔法。

肯定是魔法，但是當葛雯娜轉過身去時，她看到的不是塔拉爾，而是席格利．沙坎亞。不是瓦林，她害怕地發現，那是跳蚤的小隊。席格利臉上露出可能是歡愉也可能是憤怒的表情，金髮在她臉前甩動，鮮血宛如小溪般沿著她乳白色的皮膚流下。跳蚤站在她前面，手持短弓；紐特則在他旁邊幾步外點燃一顆……

「碎星彈！」葛雯娜叫道，一把拉回安妮克，眼看著點燃的炸彈不停轉圈飛向一眾騎兵，她強打起精神，準備承受照亮半個天空、令她耳鳴不已的強烈震波。空氣猛烈震動，藍白色的火焰朝上迸射，將夜空劃成許多碎片。葛雯娜在最後一刻閉上眼睛，避過大半強光，抓著安妮克飛速退開，然後重新站穩腳步。她很驚訝在如此近距離引爆之下自己還能站著，不過紐特很擅長爆破，已經計算了四周的兵馬，利用目標幫所有夥伴擋下了爆炸的威力。十幾匹馬當場倒地，有些毫無動靜，有些則拚命掙扎嘶叫，而牠們身上的人，其中一個斷了條腿，另一個臉皮被削掉的士兵則試圖掙脫。

有人抓住她的手臂，葛雯娜轉身，舉起偷來的劍揮過去。跳蚤隨手擋格，將劍架到旁邊，然後直視她的雙眼。

「其他人呢？」他吼道。「瓦林呢？」

葛雯娜遲疑。她不知道跳蚤是來救她還是殺她的。他們攻擊厄古爾人看起來像是要救她，但上一次兩支小隊見面時，他們為了除掉彼此炸毀了半座建築物。

「葛雯娜！」他說著湊上前來。她發現在兩把劍依然卡在一起的情況下，他已經拔出匕首抵住她的喉嚨。「我如果想殺妳，妳已經死了。我是來幫忙的。」他放下匕首。「瓦林呢？」

「走了，」她說著，揮手比劃。「南下。這裡只剩我們了。」

跳蚤點頭，看向她肩膀後方，拋出匕首，然後用空出來的手比向凱卓鳥。「上鳥。」

葛雯娜右邊傳出另外一顆碎星彈爆炸的聲響。整個營區在大火、嘶吼的馬匹、明晃晃的武器和鮮血之中陷入一片瘋狂混亂中，很難想像這一切都是跳蚤和他的小隊所造成的。

「拖延，」紐特回頭叫道。「為失敗之母。」

「意思就是給我上鳥。」跳蚤又說一次。「立刻。」

他頭側向一邊，彷彿在伸展頸部，同時一把長矛掠過，插在地上。葛雯娜盯著長矛看了一會兒，看著矛柄抖動，接著她衝向巨鳥。

32

「坦尼斯是最年輕的瑟斯特利姆人之一，最後一批出生時沒受腐化感染的瑟斯特利姆人。」

莫潔塔寢室的三盞提燈有兩盞已經在他們交談中熄滅，剩下的那盞火光黯淡。房間角落陷入黑暗中，但沒人動手添油。莫潔塔靠在沙發的枕頭上，一臉震驚。凱登瞭解她的感覺，當初聽說瑟斯特利姆人依然行走人間時，他也很震驚，而他還是分成幾次慢慢得知真相的。突然聽說這種永生不朽的人類之敵還在人間，其中之一控制了安努帝國，另外一個則坐在她身邊數呎之外，目光宛如大海般深邃、遼闊、難以解讀，這顯然超乎這個女人能夠承受的極限。然而，他們沒有時間讓她慢慢接受真相。

「他為什麼能在對抗人類的戰爭中出任將領？」凱登問。「為什麼不派比較年長的人，或經驗老到的人？」

「因為他是最厲害的軍事將領，」基爾對此做了簡單的回應。「而不是最強的戰士。總共有二十二名瑟斯特利姆人比坦尼斯更擅長使用納克賽爾和劍，至少在戰爭開始時是如此。事實上，單就策略而言，他也不能算是最厲害的，阿雪拉還有其他幾個人都能在棋盤上贏過他。然而，在戰場上——」基爾的目光突然看向遠方，彷彿他能看見數千年前的一場激烈戰事一般。「——無人能出其右。」

「部分原因在於他天賦異稟，思維比大多數族人更敏捷，想法也更出人意料。但最重要的是，坦尼斯能用我們大部分人，特別是老瑟斯特利姆人，無法理解的方式去理解你們種族。他研究你們……」

「你是說他折磨我們，殘殺我們。」凱登說，想起死亡之心裡陰暗的走道。

基爾點頭。「那是他的一部分研究，不過不止那些。戰爭延續了好幾個人類世代，坦尼斯把所有不用親自帶兵的時間都花在研究上，學習你們獨特的語言、生理構造和限制、新興社會結構、武器和弱點。還有最關鍵的，你們的心理。他花了幾十年的時間想找出你們內心有何弱點，試圖瞭解那些弱點是不是和新神有關。」

「你說的新神是什麼意思？」崔絲蒂問。她與她母親不同，突如其來的真相並沒有讓她驚慌失措，畢竟他們已經討論好幾週瑟斯特利姆人的事情了，她還在一座瑟斯特利姆人監獄中遭受刑求，又通過了瑟斯特利姆傳送門，並且以某種方式習得了他們的語言。基爾說話時，她自坐墊上往前靠，額頭上滿是汗水。

「你們稱祂們為年輕的神。」基爾說。「梅許坎特和席娜的子嗣。」

「黑奎特和卡維拉。」凱登說，背誦這兩個神名，就像他在離開骸骨山脈前曾經背誦過上千遍一樣。「厄拉、麥特、奧雷拉和奧利龍。」

「還有阿卡拉，」基爾緩緩補充。「和柯林。」

凱登皺眉。「不，總共只有六個。六個歡愉和痛苦的子嗣。」

「那是因為另外兩個被我們殺了。」

幾下心跳的時間之內完全沒人說話。莫潔塔已經恢復了之前的平靜。崔絲蒂嘴巴張開，彷彿喘氣喘到一半。凱登發現就連自己也身體前傾、雙腳僵硬、屏住呼吸。他緩緩吐氣。

「你說你們殺了兩個神？」

「坦尼斯殺的。」基爾說。「他在尼麥爾岬之役後俘虜了祂們。俘虜祂們、研究祂們，然後殺了祂們。我以歷史學家的身分在場。我們就是這樣得知，明確得知，我們的子嗣，也就是你們，與新神之間的關聯。」

突然之間，凱登彷彿又坐在希歐・寧的書房裡，透過粗木書桌看著修道院長，聽他解釋坎它和辛恩僧侶的事情，解釋凱登來向僧侶學習的目的。院長已死，變成岩架上數百具穿僧袍的屍體之一，淪為渡鴉的食物，但凱登還是可以聽見他耐心解釋的聲音：新神誕生才為人類帶來情緒。

「祂們透過某種方式改變了你們。」凱登輕聲說道。「年輕的神把瑟斯特利姆人變成了……人類。」

基爾點頭。「剛開始只是一個假設而已，但是事實符合這個假設。我們擁有理論和證據，但卻無法確實證明。接著祂們下凡來了，跑來人間，將不朽的形體化為人類的身軀，只為了幫助你們對抗我的族人。」

「然後你們殺了祂們？」崔絲蒂驚愕地問道。

「只殺了兩個。」基爾說，彷彿女孩的恐懼沒對他造成任何影響。「祂們和你們一樣，是威脅，是敵人。」

「阿卡拉，」凱登複頌著陌生的名字。「柯林。」

基爾點頭。「祂們如此自稱。我不知道這些名字的由來。」

「然後祂們……怎麼了？就這麼消失了？」

基爾抿唇，彷彿在思索一個很麻煩的翻譯問題。「或許沒有死透，或許不是永遠死去。諸神並非貝迪莎創造出來的，安南夏爾不能拆散祂們。就連年輕的神都……比我們強大，比這個世界更完整。」他搖頭。「真的，我們的語言不足以用來討論祂們。」

「所以你們沒有殺死祂們。」凱登說，沮喪的感覺在消磨他的冷靜。

基爾與他對視了一會兒，然後舉起一手，在燈火下打量。「坦尼斯在祂們受困肉身、尚未獲釋前摧毀了肉身。諸神或許永生不朽，沒有盡頭或極限，但和這個世界的連結卻不是。坦尼斯摧毀的就是那個──對世人的控制和影響力。」

「但是，」凱登說。「如果我們的本性，如果我們內心的一切全部來自年輕諸神的接觸，那就一定會造成影響……」他越說越小聲，試著思考會是什麼影響，在腦中記憶那個想法。

「有影響。」

歷史學家停頓了一下，這次時間長到令凱登懷疑他是不是放棄解釋了。

「想像你是瞎子。」他終於說。「生下來就看不見東西，一輩子都生活在黑暗之中，就和所有人一樣。如果你突然間暫時接觸到了色彩，你要怎麼向一整個看不見東西的族人解釋那是什麼景象？你會用什麼話去形容？什麼樣的邏輯或推理？無法類推，歸納和演繹都行不通，我最多就只能這樣解釋──」

「你們的祖先，也就是第一批人類，對世界的感受與你們不同。不光只是不同，他們感受到的更多。那感覺就像是石頭和河流、海洋和天空、凡塵世界及由此產生的超卓概念，這些感覺對於最早誕生的腐化瑟斯特利姆子嗣來說，就如同他們的人類家人，以及他們的自我一樣重要，他們願意犧牲性命去避免不必要的毀滅。他們的行為處事彷彿把大地當作自身的一部分，和內心的想法編織成一體。這個充滿城市和道路的世界——」他比向房內的牆壁和其後的景象。「你們的祖先不會認得這個世界，他們會厭惡這個世界。」

「你們殺了神之後呢？」凱登問，聲音單薄到宛如熄滅的營火冒出的最後一絲炊煙。

「你們變了。」

「神的肉身死去的模樣就和所有生物一樣：在身上砍個洞，破壞貝迪莎的完美，流失其中的生命。我本來以為祂們的死法會和我們不一樣，更偉大且響亮，畢竟祂們是神。但祂們都被綁著又被下藥了，坦尼斯只用一把不比我手掌長的匕首就殺了祂們。」

「我過了上百年才確認殺神造成的影響。我不斷行走於人類之中，冒充你們的一員，一再提出同樣的問題：『這是什麼？這是什麼？』」

「而我得到的答案始終一樣，『是石頭。是水。是空氣。』」

「『那你對石頭和水有什麼感覺？你對空氣有什麼看法？』」

「『沒有。沒有。沒有。』」

凱登有很長一段時間沒有辦法說話。他努力理解基爾的話所代表的意義，所代表的損失。辛恩僧侶一輩子都致力於抹除人類情緒，但是從來沒有人真正成功，徹底成功，完美成功。然而，如果基爾說得沒錯，那麼朗．伊爾．同恩佳透過兩道匕首劃出來的傷口就做到了，至少做到了一部分。如果全帝國的人，全世界的人，同時失去希望、勇氣、恐懼與愛，會發生什麼事情？那感覺就像是低頭發現從前堅固的土地全部都是幻覺，是一場夢。

基爾眼神空洞地看著他，直到凱登終於點頭，他才繼續說下去。

「坦尼斯決心摧毀其他新神，個別將祂們俘虜消滅，或是直接攻擊席娜和梅許坎特。他相信摧毀那兩個神能夠重挫其他神，新神的力量與父母息息相關，而此事並非沒有根據。」

凱登瞪大雙眼。「他想得對嗎？」

「不知道。」基爾冷冷回應。「那時我們開始節節敗退，當你們很明顯勝券在握的時候，那些幫助你們的神……離開了，脫離了附身的軀殼。祂們的影響力長存人間，但是祂們走了。」

「神聖的浩爾呀！」崔絲蒂輕聲喘息。

「是的。」基爾同意道。「就像浩爾。神本身待在遠方，不入凡塵，但是我們都很熟悉祂的黑暗。」

「我應該把你留在死亡之心的。」凱登在還來不及反悔之前脫口說出這句話。「我應該把你留在那裡腐爛。」

「少了我，你們就逃不出來。」基爾回答。「就算你們真能逃出生天，也沒辦法對付伊爾·同恩佳。少了我的幫助，他會摧毀你。就算有我的幫助，他還是有可能摧毀你。」他搖頭。「我在我們族裡算是聰明，但坦尼斯向來比我更懂謀略，也更懂戰術。」

凱登瞪著他。「你們殺了兩個我們的神，而你現在還說要幫我？」

基爾點頭。「我和坦尼斯的目標不同。他想要回到過去，而我對記錄現在比較感興趣。」

瑟斯特利姆人不再說話。凱登凝視他片刻，然後轉向崔絲蒂。她瞪大雙眼迎向他的目光，然後無力地搖頭。

「我不知道，凱登。」她說。「他幫過我們，他一直在幫我們。他到這裡來了，不是嗎？」

凱登氣息不穩地吐出一口長氣。「好吧。如果你想幫忙，那就幫忙。朗・伊爾・同恩佳想怎樣？他在做什麼？」

「正如我之前所說，」基爾回覆。「他還沒有放棄職責。諸神走了，他動不了，但他還在找其他辦法摧毀你們。他已經找了好幾千年了。」

「而現在他既然展開行動……」凱登開口，接著在恐懼浮現時慢慢閉嘴。

基爾點頭。「我們無法確認另一個人的所思所想，但我們失落的將軍似乎終於找到他所尋找的東西。」

33

「不、不、不，妳弄錯重點了，妳這個牛屁股。」妮拉說著，舉起枴杖拍打自己的手掌，把她的馬嚇了一跳。「妳不須要簽署文件、宣誓、在奶頭上塗抹聖油，或是任何你們家族過去幾百年間公開執行的那些儀式。妳就直接繼位。」

艾黛兒控制自己的脾氣。她感到身心俱疲，為了離開安努後每天從早到晚騎馬趕路而身心俱疲，為了預測伊爾．同恩佳的下一步計畫身心俱疲，為了懷疑自己的決定身心俱疲。她不知道自己繼承王位是否僭越，她沒有繼承權，可能會因此被殺，或是更糟，被迫殺害好人，殺害拒絕接受女皇帝而起兵反抗的安努百姓。她疲於一再叫弗頓退下，好給自己空間私下交談與思考；疲於不能癱坐在馬鞍上，必須顧慮身分而直挺挺地坐著；疲於忍受每天早上噁心想吐的感覺，顯然是營區食物太糟糕的關係；疲於擔心皮膚上的疤痕，試圖從永恆燃燒之泉事件中理出頭緒；更是對妮拉無止盡的長篇大論和刻薄意見感到疲憊。妮拉雖然年邁，卻似乎是整支髒兮兮的部隊裡唯一還有點活力的人。

北上的旅程讓艾黛兒有很多時間懷疑將老女人晉升為密斯倫顧問是否為明智之舉。一方面，妮拉曾統治她的帝國，這讓她在統治經驗上比任何艾黛兒認識的人都多上數百年；但是另一方面，她的帝國結束在戰亂、悲傷和毀滅之中，所以或許也不是什麼好榜樣。

離開安努已經九天了，九天的強行軍從遼闊的田野走到低矮山丘，又進入有許多沼澤和溪流的濃密松樹林，要是沒有帝國官道——由石橋、大石板和兩旁排水溝渠所組成的驚人工程——部隊早在幾天前進入千湖時就陷入泥沼。儘管如此，在這條為了貿易而非軍事用途所建的道路上，火焰之子行走的速度還是有極限。艾黛兒發現自己同時為了速度緩慢和缺乏進展感到焦慮，不知道前方原始森林的陰影中有什麼在等待著她，還有身後被她匆忙遺棄的首都。事實上，她離安努越遠，就越懷疑自己的決定。在首都時，面對伊爾・同恩佳和厄古爾危機似乎很重要，如果真的有厄古爾危機的話，但揮軍北上究竟讓她犧牲了什麼？她究竟摧毀了什麼樣的機會？

「如果我要坐上王座，」她說，盡量保持聲音平穩。「就必須遵守一些流程和儀式。受困在天殺的森林裡，我沒辦法去管那些。」

妮拉吹鼓自己的臉頰。「有時候，女孩，我發誓妳比我那個磚頭腦袋的弟弟還蠢。」她揮手比向歐希，他正凝視著自己彷彿是什麼複雜地圖的手掌，完全沒留意胯下坐騎的動作。「王座是奪來的，不用問別人妳能不能坐上去。」

「我不能就這樣奪取王座。」艾黛兒辯解。「據說伊爾・同恩佳支持我繼承王位，那表示我也掌握了帝國軍，但是撇開那個混蛋謀害我父親，我打算一和他會合就處決他的事實不談，要當皇帝還需要有歷史先例。」

「歷史先例。」妮拉說。「那玩意兒會幹爆妳那個漂亮的翹臀。你們的歷史是男人的歷史，你們的儀式是男人的儀式，除非妳打算裝上一條陶土老二，回安努去用老二甩人，而我不建議妳這麼做，不然妳就必須把所有歷史直接塞到尿盆裡去，讓一切重新開始。妳要讓人民看見真正的妳，而不是假裝男人的妳。」

艾黛兒改變坐姿，舒緩大腿和後腰的痠痛。「但是繼位的正統性全都來自那些儀式，來自歷史。不然的話，皇帝怎麼算是皇帝？」

歐希轉過頭來，這個問題不知怎麼地吸引了他的注意。「螞蟻，有女王。」他展露鼓勵性的笑顏。「那些小士兵，全都服侍她。」

「毫無幫助，你這笨蛋。」妮拉說。「螞蟻做任何事都是出於天性，牠們沒辦法不聽女王的命令。」她回頭面對艾黛兒。「至於人嘛……人會追隨任何人、任何事。我曾經路過一座村莊，很久很久以前，那裡的人追隨一棵天殺的樹。他們問它問題，自以為能在樹枝搖晃和樹葉摩擦的聲音中聽出答案。」

「安努人又不是野蠻人……」艾黛兒開口，但妮拉輕哼一聲打斷她。

「野蠻人，是嗎？那棵樹是我見過最好的國王。」她指向松樹深色的粗樹枝。「樹不會引發戰爭，樹不會為了建造皇宮而提高稅金，樹不會處死拒絕鞠躬行禮的人。」她聲音中流露出一絲哀傷，目光自艾黛兒臉上移開，先是看向樹林，接著轉向在馬鞍上搖晃的歐希，他看起來輕得像一綑舊布。「要做得比樹好可不容易。」

「好吧，我不是樹。」艾黛兒說。「我需要人民接受我是皇帝。我離開安努前沒時間進行加冕，也沒時間去搞加冕前後那上百場大大小小的儀式，這表示此時此刻，我……什麼都不是。我甚至已經不是財務大臣。我跑去奧隆搞失蹤時，伊爾・同恩佳指派其他人填補我的空缺。火焰之子認為我是英塔拉的先知，或是聖徒，但是聖徒和皇帝差得遠了，聖徒可沒有統治權。」

妮拉又用那種精明的眼神看她，之前那種悲傷之情早已消失無蹤。「妳知道怎麼統治帝國嗎，女孩？」

艾黛兒無奈搖頭。「我就是在問妳這個。」

老女人拿枴杖戳她胸口。「就是統治。」

「什麼意思？」

「看到須要做的事情，妳就去做，其他的一切都會隨之而來：王座、賦稅、頭銜。我見過很多人試圖統治過很多土地，我看過人抓著華麗的頭銜不放，但是他們的人民和國度就這麼……脫離掌握。反之，我也見過毫不在乎名號和頭銜的人統治半個大陸。妳直接去做該做的事，人民自然會承認妳就是他們的皇帝。」

在艾黛兒回應之前，弗頓策馬上前，擋在她和突然從前方百步外的樹林中出現的一群人之間。另外兩名艾道林護衛軍，弗頓在安努組織的護衛隊員，也迎上前來護衛艾黛兒兩側。

「待在後面，女士。」弗頓嚴肅地說，微微拔出劍鞘裡的劍。

艾黛兒遲疑片刻，然後搖頭。

「他們是一家人。」她說。

對方有兩個男人，一老一少，兩個都留有鬍子，手持斧頭。他們身後有一群被三個身穿皮革和毛皮的女人趕向前方的赤腳小孩。那些孩子髒兮兮的，顯然很疲倦，在看見接近而來的大軍時打起精神，指著他們大叫。最年長的孩子是個十幾歲的女孩，她想衝上前去，但被父親握住了手肘，拉著她和其他家人一起退到路旁。

艾黛兒停在他們身邊，發現兩個男人中較年輕的那個受傷了，手背上有道從手腕劃到手肘的傷痕。有人幫他草率包紮，但是那條髒布上滲滿了血液和膿汁。

「最好加快腳步。」那人說，朝北方點頭。

「為什麼？」李海夫停在艾黛兒身邊問道。

這名軍人本來不願意北上，認為既然伊爾．同恩佳不在首都，他們就可以占領安努，擁立艾黛兒繼承王座，復興英塔拉教會，散布肯拿倫叛變的消息，好讓他永遠無法回到安努。那是很誘人的想法，但不切實際。正如妮拉所說：「如果上任第一件事就是待在首都，任由厄古爾人亂來的話，妳絕不可能坐穩妳的王座。」

這話很不中聽，但說得沒錯。如果厄古爾人確實構成威脅，那不管肯拿倫有沒有叛變，艾黛兒都必須解決此事。此外，就如同她對李海夫說的，如果火焰之子想要贏得帝國人民的信賴，那也必須北上。

樵夫朝泥巴地上吐口水。「厄古爾人。」他簡短說道。最小的孩子開始哭泣。「燒掉我們的房子、田地，以及半座森林，殺光所有無法逃跑的人。」

艾黛兒凝望他。「在這麼靠南的地方？」

「不是，我們是從北方來的，湖以北再過去。本來打算逃到阿茲凱爾就好了，但是駐紮在那裡的部隊無法阻止厄古爾人，這個我可以免費告訴妳。」他看了火焰之子部隊一眼。「希望你們還有更多兵馬。」

「軍隊在幹什麼？」艾黛兒問。「阿茲凱爾的軍隊？」

「我們沒有停下來問。」他回答。「和妳講這些都已經講太久了。」

樵夫轉身要走，但李海夫擋住了他。

「朋友，再問一個問題，阿茲凱爾的部隊目前朝向哪個方位防守？」

樵夫搖頭。「完全沒防守任何方向。」

「沒有挖掘陣地防禦南方的攻擊？」

「他們幹嘛要那麼做？我剛剛才告訴你們，厄古爾人正從北邊入侵。」

艾黛兒等到樵夫走遠之後，轉向妮拉和李海夫。

「聽起來厄古爾人真的入侵了。」

說這些話的同時，她發現打從離開安努，她就一直在期望這整件事情都是場騙局。如果厄古爾危機是伊爾・同恩佳瞎掰的，那就只是吊死他的另外一條罪名。她可以向他宣戰，希望能殺了他，把整件事情做個了結。然而，這幾個髒兮兮的農民和那道手背上的傷口改變了一切。

「那家人有可能在說謊。」李海夫繃緊下巴說道。「付他們一點錢演這場戲，好讓我們放鬆戒心。」

妮拉輕笑。「很不錯的把戲。」

「我希望耍手段的人是我。」艾黛兒說，克制自己不要去瞪老女人。

「而我希望我弟弟腦袋沒有壞掉。」妮拉回道。「可惜天不從人願。」

李海夫就和往常一樣完全不理會老女人的話。「等斥候回報就清楚了。」

結果，斥候證實了樵夫的說詞，至少是後半段說詞。他們沒有遇上厄古爾人，但是他們表示北方的軍隊就在阿茲凱爾以東紮營，更多的難民正在往南走，有些沿著大路，有些則走蜿蜒的森林小徑。

「肯拿倫沒有封路？」李海夫問。「沒有土牆？」

領頭的斥候搖頭。「營區外圍有普通的柵欄，所有移防部隊都會採用的防禦措施。有少數士兵強化水壩，但剩下的人都駐紮在原地。」

「水壩？」艾黛兒搖頭問道。「他們為什麼要強化水壩？」

「不知道。」李海夫嚴肅地說。「而我不喜歡不知道這種事情。」他轉頭面對斥候。「你們有查過樹林嗎？道路兩側的樹林都很茂密……」

斥候疲倦地點頭。「先查東邊的，回來後又看過西側。什麼都沒有。沒有埋伏，也沒有狙擊手，除了毒芹和鹿屎外什麼都沒有。我們在村落附近離營區很近的地方聽到幾個人在砍木頭，他們知道我們要來，知道已經很接近了，但以為我們是來支援的。」

李海夫皺眉。「或許我們是。」

他們終於在將近黃昏時離開了潮濕陰暗的松樹林，來到微紅的陽光下。幾天以來，艾黛兒第一次能看見十幾步外的景象，但陽光過於刺眼，有一瞬間她不確定眼前有些什麼。她眨了眨眼，用手遮在眼前。她發現他們來到湖畔，一個向北延伸的寬闊湖泊，看不見對岸，陽光如金幣般在湖面上閃閃發光。

「疤湖。」妮拉說。「和阿茲凱爾。」

在湖的南岸，一座由許多屋頂鋪著草皮的木瓦片屋組成的小木鎮逼退了森林。小鎮外圍用高大的粗木柵欄圍起，角落有幾座木塔，牆外有幾塊高低不平的田地分隔森林，用簡陋的網狀溝渠引水灌溉。即使距離尚遠，艾黛兒還是能聞到煙囪裡冒出的燒柴味，能聽見農夫在崎嶇的土地上驅趕牛馬的聲音。安努附近的農夫早在幾週前就開始犁田，但是這裡，在羅姆斯戴爾山脈的冷風吹襲之下，插秧的時間似乎比較晚。

「好了。」艾黛兒說著，一邊打量這座小鎮。「暫時還沒人想殺我們。」

「給他們一點時間。」李海夫回道。

「這條路接下來通往哪裡？」

「哪裡都不通。」弗頓冷冷說道。隨著太陽西進，他的馬越來越靠近艾黛兒，也越來越常檢查他的闊劍。現在，他又策馬上前幾步，擋在她和下方的小鎮之間。

「再過去是哪裡？」她問。

「林間小徑、伐木營地，還有樹林。」

還有厄古爾人。艾黛兒心想，再度嘗試釐清這個威脅所代表的意義。離開奧隆時，她打算在安努街道上跟伊爾．同恩佳交戰，結果現在卻出現在帝國邊境的樹林裡，準備應付厄古爾人的入侵。這不是她第一次祈禱自己沒有做錯決定，沒有犯下什麼會害死他們所有人的愚蠢錯誤。

唯一令她感到欣慰的就是沒有看見馬背民族的蹤跡，也沒有任何對方逼近的跡象。而北境軍團顯然沒有針對她的部隊進行布署，這點也同樣令她心安。

從他們部隊的規模來看，這算天殺的好事，她心想。

所有部隊都在幾座占地最廣大的田地裡紮營，營帳和營火排列整齊到像是用尺丈量過，直接刻在地面上一樣。儘管阿迪夫在安努把情況講得危及萬分，儘管他們匆忙揮軍北上，儘管南方路上的難民不斷，營區裡的士兵卻看起來一點也不緊張，似乎沒人在訓練或是強化工事。一群一群士兵聚集在營帳外面，或坐或躺，頭靠在他們的頭盔上。她聞到炊煙和油脂的香味，彷彿整座營地都在準備迎接節慶，而非戰爭。

憤怒和困惑湧上心頭。她和李海夫帶著火焰之子北上趕了好幾天路，耳中迴盪著阿迪夫信誓旦旦宣稱厄古爾人全面入侵的言語。每天晚上，她都向英塔拉禱告，希望祂能再拖延馬背民族一天，再一天就好了。結果伊爾．同恩佳卻讓他的部隊閒在駐地曬太陽。

她瞇起雙眼，想看清楚營地裡的情況。看起來不太對勁。沒人攻擊他們，沒人看起來想攻擊他們。這些事實應該讓她放心，但顯然事情沒有她想像得那麼簡單。

「他們在幹嘛？」她問，下巴緊繃。

「看起來像在休息。」妮拉回答。「或許這個長拳的狀況沒有那麼緊急。」

艾黛兒看到一名安努騎兵離開最近的小鎮入口，慢慢沿著道路騎來。弗頓在對方接近前拔劍平舉身前指向那人。該名傳信兵形容憔悴、禿頭、頭頂脫皮，在看見弗頓的劍時勒馬停步，深吸口氣，然後轉向艾黛兒。他在馬鞍上深深鞠躬，臉頰貼在馬肩上。

「光輝陛下。」他開口道。這個皇室頭銜令艾黛兒不安地在馬鞍上改變坐姿。阿迪夫當然會先派人傳達她的要求，但是從安努帝國軍的口中聽見這個頭銜又是另外一回事。在北上期間，她已經習慣火焰之子稱呼她為先知，有些人甚至在她路過時伸手觸摸她的袍緣，或每晚在她營帳外禱告。這種崇敬的行為令她感到不安和難堪，但至少先知是她自己的頭銜。當士兵用皇室頭銜稱呼她時，她有點想要回頭看看父親有沒有在這裡。

「肯拿倫命令我護送妳前往阿茲凱爾。」傳信兵說。「營地已經在幫妳準備大帳了，」他朝向安努軍營地中央一群忙進忙出的人點頭道。「但肯拿倫提議妳去鎮上和他會面，商討帝國的防禦事宜。他徵用了最好的旅店，如果妳願意跟我來的話。」

「我不認為她會去。」弗頓語氣嚴厲，劍依然指著對方的喉嚨。

騎兵不安地吞嚥口水。他緊握韁繩，彷彿那玩意兒能在艾道林護衛軍展開攻擊時保護自己一樣。「不好意思？」

「我認為，」弗頓慢慢說道。「光輝陛下會想在她親自挑選的地方會面。」

「但是，」對方回道，看向身後。「肯拿倫的命令……」

「沒關係。」艾黛兒推開弗頓說。「把劍放下。」

去鎮上會面有風險，或許很愚蠢，但是話說回來，整個遠征過程都有風險。如果伊爾・同恩佳想要殺她，那他也太不用心了。他早在她逃離黎明皇宮前，或是在她回安努後就可以殺她。他可以派人在森林小徑伏擊她，然而他的部隊卻在北方陽光下休息，這一切都毫無道理可言。他謀害了她父親，也承認謀害她父親，但是他似乎一點也不擔心她是來報仇的。

*他並不打算突襲我，*她冷冷地想。

她很想要拒絕會談，堅持要肯拿倫來她挑選的地方會面，就像弗頓提議的一樣，但當她凝神細看下方營地時，已經有不少士兵停下手邊工作轉頭望向她。如果斥候的話可信，北境軍團認為她是來支援的，他們就必須達成某種統一陣線的協議。

倒不是說統一陣線一定要有肯拿倫參與，事實上，對付厄古爾人本身就是很重大的考驗，她沒有餘力分神擔心自己的將領會不會從背後捅一刀。不管伊爾·同恩佳有何陰謀，她都不打算讓他有機會成事。她會去他的旅店和他見面，盡可能從他嘴裡探聽消息，然後殺了他。當然，此事必須暗中進行，她不能讓可能要派往戰場的士兵對她產生不信任，但軍隊裡本裡就充滿利器，每天都有士兵死於意外。

她踢馬前進。

「光輝陛下，」弗頓小聲道。「我必須反對……」

「別老是反對，」她低吼。「盡好保護的責任。」

李海夫騎到她身旁，斜睨著她。

「妳確定要這麼做？」

「當然不確定。」她厲聲回應。

他猶豫了一下，然後點頭，彷彿這個答案很合理。

「我要你和火焰之子留在這，以免鎮上的事情出了差錯。」艾黛兒說。「紮營，時刻警覺，不要和帝國軍混在一起。我要兩軍之間有一片空地，除了蕪菁、蘿蔔或這裡種的任何東西外，沒有其他阻礙。我不希望起衝突，我不希望打起來，我甚至不要你們互看對方不順眼。我不要因為哪個白痴為了旗幟不同就和另外一個白痴起衝突，讓安努人開始自相殘殺。你聽懂了嗎？」

「聽懂了。」

艾黛兒咬咬臉頰內側。「但是吩咐他們要隨身攜帶武器。」她終於說。

李海夫又打量她一段時間，然後點頭，調轉馬頭，朝依然等在樹林裡的部隊而去。

「這裡是怎麼回事？」艾黛兒問，瞥了一眼伊爾·同恩佳的傳信兵，接著目光轉向下方的村鎮。「部隊為何停在這裡？你們打算進行守城戰嗎？」

「為了摧毀水壩，光輝陛下。」士兵回答，比向湖水低窪處的高大土壩。土壩中央有座寬大的人工水閘，上方的水通過水閘穿越幾台水車，進入其下的河道。如果艾黛兒的地理沒記錯，疤湖其實只是黑河水流趨緩河道變寬後，注入這個大型天然盆地裡，然後再度變窄的一部分，朝東流向白河。阿茲凱爾的人民在疤湖南端築壩，以此控制水流，並加以利用。而伊爾·同恩佳的士兵正在努力用鋤頭和鏟子摧毀這座水壩。

艾黛兒搖頭。「為什麼？」她不是水利工程師，但是很明顯水壩坍塌將會危及下方的村鎮。

「我不知道，光輝陛下。」士兵回答。「肯拿倫下達命令，我們執行命令。不過請別擔心，厄古爾人很狡猾，但是沒有人比將軍聰明。」

這種說法並沒有讓艾黛兒好過一點。

「厄古爾人在哪裡？」

「不能肯定，光輝陛下。」

「伊爾·同恩佳呢？」

「或許在監工，光輝陛下。」士兵回答，再度比向水壩。「我奉命送您前往會面地，之後必須立刻去找將軍，帶他來見您。」

艾黛兒還有一大堆問題，但是顯然這個年輕護衛什麼都不知道，繼續抓著他問毫無意義，於是她把注意力轉移到水壩上。約莫有兩百人在那裡值勤，對北境軍團來說只是九牛一毛，但在那種狹窄空間裡也只容得下那麼多人。乍看之下，她在那些鏟子和鋤頭之間看不出什麼所以然，但是片刻過後，她發現他們的行動井然有序。一隊人馬在挖掘壕溝，另外一隊人馬把挖出來的廢土運往鎮上，鎮上有一組人在堆築用以防洪的土堤。這是很複雜的行動，而隨著水壩越來越脆弱，這項工程也變得越來越危險。土壩遲早會崩潰，湖裡的水就會以雷霆萬鈞之勢傾瀉而下。

艾黛兒看著這一切，掌心都是汗。一方面是為了士兵擔心，一方面也在擔心伊爾·同恩佳又在做一件她不瞭解的事——他的手下正在拆除小木鎮與靜靜等在高處的巨大湖泊之間唯一的屏障。

34

「現在就是最佳時機。」崔絲蒂堅持道。「艾黛兒和伊爾·同恩佳揮兵北上不在城裡，黎明皇宮裡就只剩下阿迪夫，你必須趁現在出擊，趁他們把部隊都帶走的時候。」

「出擊。」凱登疲憊地搖了搖頭表示。「我甚至不知道那是什麼意思。況且我們只有四個人，崔絲蒂。」

夕陽將高窗外的天空照得一片靛藍。凱登、崔絲蒂、莫潔塔，以及基爾，在幾個腳穿無聲拖鞋、眼睛大而明亮的女人進來點燃房內幾十盞紅紙燈籠時停止交談，接著在更多黎娜見習生，美麗安靜又彬彬有禮的年輕男女，端著整整齊齊擺放甜美多汁水果的盤子和薄玻璃酒瓶進來時再次停止交談。凱登喝了一杯就不喝了，想要在努力解開伊爾·同恩佳的繩結時保持思路清晰，可惜思考的結果就和他把整瓶酒都喝光沒什麼兩樣。

發現朗·伊爾·同恩佳這名殺害父親的將軍是瑟斯特利姆人是一回事，雖然很驚人但還不至於令人難以置信，然而，發現伊爾·同恩佳不光只是一心想推翻安努皇室，過去更曾經殺過神，甚至現在還想殺害更多神，而他的終極目標竟然是要消滅全人類——這個事實就有點讓人接受不了了。凱登嘗試理解並消化這些訊息，卻被此事所代表的意義搞得幾乎要喘不過氣來，於是決定先將這些擱置在一邊。暫時而言，知道伊爾·同恩佳和艾黛兒是自己的敵人，他必須擊敗他們就夠了。不管伊爾·同恩佳的計畫細節為何，他顯然都須要控制住安努，這表示凱登現階段的目標是要阻止他控制安努。凱登可以輕易思考這種程度的問題，雖然思考一個問題和解決問題完全是兩回事。

他一次又一次跟隨著相同的思緒軌跡前進，最終總是回到同一個可怕的起點：他的敵人擁有政治力量、軍事力量，還有錢。而凱登只有一雙燃燒之眼和身上的衣服。這些資源看起來不多，但崔絲蒂很肯定他有辦法利用那雙眼睛。

「你是皇帝。」她堅持說道。「人民只要看見你的眼睛就知道這件事了，不可能所有人都有參與陰謀。」

「塔利克·阿迪夫有參與陰謀。」莫潔塔說。「這是妳自己說的。而肯拿倫把黎明皇宮交給他掌控。」

「那你就去搶回來！」崔絲蒂突然大發雷霆。

凱登搖了搖頭。「怎麼搶？我能怎麼做？走過去敲諸神之門？拉開我的兜帽，展示我的燃燒之眼？」

「對！」崔絲蒂說。「就是這樣！」

「不行。」凱登解釋。「艾黛兒和阿迪夫不是笨蛋，伊爾·同恩佳也不是笨蛋，他們一定有想過這種可能性，他們早就準備好了，他們會承認我，盡可能在不引起騷動的情況下帶我入宮，迎到某個偏僻的陰暗角落，讓拿匕首的人完成烏特和阿迪夫沒有完成的任務。妳也聽到基爾怎麼說的了，這不光只是對付我們家族的政變，此事超越政治，遠遠超越。」

基爾點頭。「坦尼斯如此膽大妄為肯定冒了很大的風險。除非能夠獲得同等的報酬，不然他絕對不會這麼做。」

這個想法令凱登毛骨悚然，於是他不讓自己繼續想下去。伊爾・同恩佳或許永生不朽、無堅不摧、一心想要造成難以想像的毀滅，但是凱登面臨的問題一直是個政治問題，政治加上軍事，幾乎算是一種司空見慣的情況。

「我不能回黎明皇宮。」他說。「我不回去。」

「那……怎麼辦？」崔絲蒂問。「你打算就這麼放棄？你要讓她獲勝？」

「你可以尋找盟友。」莫潔塔輕聲提議。「召集自己的兵馬，祕密進行。」

凱登考慮這個主意。「誰？什麼盟友？」

「皇宮中分成很多派系。」她回道。「大臣都對阿迪夫的晉升頗有微詞，很多將軍也對自己被忽視感到不悅……」

凱登看向基爾。

「這可能行得通。」瑟斯特利姆人說。「你父親深受愛戴，如果我們可以擬出一張守舊派的忠臣名單……」

莫潔塔點頭同意道：「我沒有完整名單，不是所有人都會來我們神廟尋求慰藉，但這總是個開始。」

「對。」崔絲蒂湊過來說。「盡快行動，在你姊姊和伊爾・同恩佳回來之前，將阿迪夫逼出宮。等他們回到安努，你已經坐上王座，到時候殺你就會變成公開叛變。」

「對。」凱登說，這個字感覺十分沉重。「但是他們已經謀害了一個皇帝，一個遠比我更有辦法應付他們突襲的皇帝。我或許有辦法應付阿迪夫，但就算解決了他，我又能得到什麼？王位，還有一群認識我父親的老頭。伊爾．同恩佳至少控制了部分凱卓，我很可能才回皇宮沒幾天就會中毒身亡，或是被人從背後捅一刀。」

凱登接著說：「問題還不止這一個。首先，就算我得到王位，特別是當我得到了王位，我很容易成為眾矢之的；其次，艾黛兒和伊爾．同恩佳領先太多了，他們早已培養實力多年——身為肯拿倫，伊爾．同恩佳控制帝國軍，艾黛兒掌握了政治實力，還有人說她是先知，他們控制了馬金尼恩家族賴以掌權的兩大支柱。」

有一瞬間，四個人都沒有說話。崔絲蒂怒氣沖沖地扯著手腕上的結痂，她母親則凝視著酒杯，彷彿答案就寫在杯緣旁的薄荷葉上，基爾的目光再度變得堅定又空洞。最後，瑟斯特利姆人轉向凱登。

「你還有坎它。」他表示。「你可以去阿拉加特，馬金尼恩家族的故鄉。只要遠離黎明皇宮，就不會那麼容易遭人暗殺。從前那裡還是國家時遺留下來的古老貴族，或許會響應你的號召，並保護你……」

「古老貴族都在這裡。」莫潔塔說。「阿拉加特和各地的古老貴族都來了。他們幾個月前為了參加桑利頓的葬禮而來，大部分都還在，要等參加完新皇帝的加冕儀式才會離開。」

「為什麼？」凱登疑惑地搖頭問道。安努各地有幾十個帝國成立之前就赫赫有名的古老家族，在凱登的家族興起之後，他們才逐漸沒落。古老貴族大多都待在他們的領地裡，靠著繼承而來的財富過活，看著安努帝國之前的歷史，懷念他們的土地還屬於他們自己的時候，以及那個不需要向任何人效忠的年代。他們似乎不太可能會大老遠跑來向一個遭受謀殺的皇帝或其失蹤的子嗣致敬。「他們有什麼目的？」

莫潔塔攤開雙手，即使這個小動作也是經過深思熟慮的，非常優雅。「親眼看看新任皇帝，評估他有多少能耐。」她頓了一下。「或是女王。看看能不能爭取到覲見的機會，趁機弄點好處。壓低稅率，或條件好一點的貿易協定等等。有些人只是喜歡享受接近權力中心的感覺，像是待在舉辦宴會的有錢人家門口，期待能弄點剩菜吃。」

「所以就算我奪得王位，還是得應付一大堆不知滿足的貴族。」凱登搖搖頭。

「有些貴族會支持你的。」基爾指出這一點，接著說。「當然，那樣可能又會導致其他貴族的不滿。」

凱登試著想像那種情況——拉上兜帽，走在安努大街上，挨家挨戶敲門，露眼睛給守衛看，要求他們讓他進去。他要怎麼說？他要怎麼說服任何人支持一個無依無靠、沒錢沒兵、沒有治國經驗的皇帝？*哈囉，我名叫凱登·修馬金尼恩。你願意幫我從安努史上最偉大的軍事將領手中奪回王座嗎？我會很感激的，但是沒有其他回報。*

「這樣不夠。」他最終搖頭說道。「那就像是艾黛兒和伊爾·同恩佳已經玩了好幾年的棋，而我才剛剛在棋盤邊坐下而已。」

「他們並沒有控制一切。」基爾說。「他們辦不到。」

「他們控制了重要的東西：軍隊、首都、財務部。我或許能找兩、三個絕望到想靠我的裙帶關係上位的貴族展開一場小政變，但是不可能成功。我的敵人已經把我包圍了。」

「好吧，你總得做點什麼。」崔絲蒂怒道。

凱登差點笑出來。做點什麼。最溫和的辛恩烏米爾都會為了這種話拿鞭子抽他。八年來他們一直努力磨掉他這種想法，他可以做點事情的想法，做點事情，擁有東西。他們的禱告文依然宛如他的呼吸般在耳邊迴盪：空無是自由，缺席是真理。八年來，他割光、挖除、分離、清空，而到最後，正當他開始掌握放手的訣竅準備看見虛無真正的力量時，他卻在這裡，必須把一切通通抓回手中。

首先是他自己。然後是他的盟友。他的王座。他的帝國。

他感覺像是一輩子都在爬山，沿著充滿懲罰和令人頭暈目眩的山道前進，卻在接近高峰時發現他選錯山了。更糟糕的是，如果他現在開始下山，就算他能放棄辛恩的真理，也沒有其他東西可以取而代之，沒有知識或政治或軍事策略，沒有人際關係網絡，沒有財富，沒有世俗的智慧，什麼都沒有。棋盤上都是艾黛兒的白石，他根本沒有棋子可以反擊。

「我不參與他們的遊戲。」他輕聲說道。「我不能參與。」

「所以……要怎麼樣？」崔絲蒂怒目圓睜，驚恐又憤怒地問道。「你打算就這麼一走了之？就此放棄？」

凱登搖頭，轉向莫潔塔。「這些貴族有多少人會來這裡，來神廟？」

莫潔塔攤開雙手。「能來的那些，值得認識的那些。」

凱登深吸口氣。「這盤棋我快要輸了，這表示我有三個選擇：放棄、反擊……」他遲疑，思索

35

在葛雯娜看來，這塊陽光普照的空地是個絕佳的安息地。她小時候住的農場後面也有這種樹林，混雜了鐵杉、松樹、冷杉等植物，深綠色的針葉偶爾會被貫穿陰影而上的樺樹擠向一旁。木豆鳥在高高的枝頭上啾啾叫，黑鳥則在生苔的地面上狩獵，探頭去啄蟲子或種子。這是很寧靜的地方，但跳蚤絲毫不把鳥兒和樹木放在心上，他在席格利和紐特把派兒和安妮克拖到這片小草地另外一側時，轉動黑眼珠看向葛雯娜。

「我們接下來會這麼做——」他用聽起起來很疲憊的聲音輕聲表示。「我會問妳問題，妳要回答問題。如果妳撒謊，我就殺了妳。要是給我亂來，我就殺了妳。隱瞞重要的事情不說，我就殺了妳。我們談完之後，我會去和我的隊員討論，看看妳朋友是怎麼跟他們說的，如果妳們的說詞兜不上，我就殺了妳。」他聽起來不像是想要殺她的樣子，但是也不像虛言恫嚇。

「如果說詞兜得上呢？」葛雯娜問。

「那或許我們可以討論殺妳之外的選項。」

葛雯娜想要講點機智妙語，凱卓聞名於世的那種狠話，但她覺得自己機智全失，也想不起任何妙語。她的掌心、手臂、臉上都是血，黑衣被鮮血浸透後乾掉變硬，頭髮也糾結著血塊，大部分都是厄古爾人的血，但她自己身上也有十幾道小傷口，並且在營地裡殺開血路後掛在鳥爪的皮帶上一整晚，更讓她的肌肉軟到像水一樣，再加上脖子上套著的套索，那對整個情況一點幫助都沒有。

跳蚤或許救了她們，但升空之後，她們立刻發現自己不被信任。跳蚤的隊員都有安全皮帶，讓他們可以在飛行中騰出雙手，葛雯娜、安妮克和派兒則必須用手抓住高掛的吊環，在強風和巨鳥升降與轉彎的力量中猛烈擺盪，只要一個手滑就會摔得粉身碎骨。跳蚤這招很聰明，如果被救的人不懂得心存感激，好吧，那她們也幹不了什麼事，只能抓緊吊環，盡力不讓自己掉下去。跳蚤小隊依然手持武器，不過他們其實不需要武器，因為隨著巨鳥飛向西方，跳蚤的手下已經搜走派兒的匕首，將安妮克的弓和葛雯娜的劍丟到饑餓的黑夜中，並在三個女人頸部套上某種凱卓所謂「殺人頸圈」的單向套索。

「問吧。」葛雯娜說，聲音聽起來嘶啞得可憐。跳蚤或許有參與這場天殺的陰謀，也或許沒有，但她看不出自己說不說有什麼差別，反正她對於當前狀況沒有任何概念，而既然根本不清楚現況，就不太可能洩露任何重要的機密。「想問什麼就問吧。」她疲倦地說。

跳蚤同樣的問題反覆詢問，不過問題都很直接。為什麼要逃離奎林群島？骸骨山脈裡死了多少人？僧侶出了什麼事？他一直問一直問，而她每下呼吸、每個動作都會磨到脖子上的套索。跳蚤沒說多少話，臉上也沒什麼表情，聽到妲文．夏利爾有可能涉案，以及包蘭丁和伊爾．同恩佳的關聯時，他皺了皺眉頭。他還問了一堆聽起來無關緊要的問題：阿迪夫的遮眼布是什麼顏色？厄古爾人餵他們吃什麼？葛雯娜一一回答了。經歷幾週的困惑後，能夠不去思索任何問題，把一切都交給其他人思考，不需要自己拼湊謎團，只要將知道的事情全盤托出，給她帶來一種奇特又輕鬆的感覺。

「那麼，」她在跳蚤終於停止發問後說。「你要殺我嗎？」

他考慮了一會兒才回答：「希望不要，葛雯娜。」他看起來很疲憊。「希望不要。」

♛

顯然所有人的說詞都兜上了，至少葛雯娜是如此理解自己為何突然獲釋。被綁在樹上將近一個小時，徒勞無功地努力掙脫跳蚤的繩結後，她束手無策地看著那個小隊長回來，點頭，然後幾刀砍斷繩索。安妮克的情況也差不多，不過派兒的處境就不太妙了，葛雯娜不喜歡那個女人，但是看到她被綁得比待宰的豬還要緊，喉嚨還被紐特的匕首架著拖到空地上時，她還是覺得很驚訝。凱卓對待她比葛雯娜或安妮克粗暴，她臉上有多處瘀青，鼻子看起來斷了，左眼腫到睜不開。儘管模樣淒慘，被紐特丟在不平坦的草地上時，她還是對葛雯娜眨了眨眼。

席格利發出一下可能是笑聲也可能是咳嗽的聲音。即使在厄古爾營地大打出手，即使一整個晚上都綁在鳥爪上度過，這個女人還是一副剛從貴族舞會直接步入森林的模樣。葛雯娜的黑衣沾滿泥巴和血，還破破爛爛的，其他凱卓看起來也都差不多，就連跳蚤也是如此。但席格利的衣服像是剛從洗衣店拿回來，黑得純粹，如絲絨一般，只除了手臂上血和傷疤交錯的痕跡可看出一點剛剛經歷暴力場景的端倪。她張嘴發出結巴的喉音，然後指向派兒。

紐特若有深意地點頭，同時摳著雜亂鬍鬚下的傷疤。

「我美麗又高貴的同伴提議，」紐特回答道。「我們可以拿刀戳穿顱誓祭司的眼睛，幫蜚恩報仇。」

「如何？」跳蚤問。

跳蚤面無表情地打量派兒一段時間，然後回頭對紐特說：「你怎麼想？」

警語家聳肩。「殺人比不殺人輕鬆。」

「那是要殺還是不殺？」小隊長耐心地問。

「就是字面上的意思。」紐特回答。「我不投這一票。」

「我也想省掉投票。」派兒說著，轉頭面對跳蚤。「雖然很感激各位的民主程序，但我已經準備好要面對我的神了。」她的聲音和外表一樣淒慘，聽起來就像乾巴巴的空殼。

「你們不能殺她。」葛雯娜脫口而出，很驚訝會聽見自己的聲音。

跳蚤轉向她，揚起一邊眉毛，但席格利在他回話前又發出一陣斷斷續續的聲響。

「席格利也提議割掉葛雯娜的舌頭，作為預防措施。」紐特插嘴。「根據我同伴的觀察，這個女孩少了舌頭也能做好工作，而且能大幅降低她惹人討厭的程度。」

聽起來像在開玩笑。葛雯娜希望那只是個天殺的玩笑，但席格利的笑容就像把帶血的匕首。

「我不割舌頭。」跳蚤冷冷地表示，彷彿他每週都要處理一次這種事情。「我要決定該怎麼處置顱誓祭司，然後升空。我想提醒大家，此刻有支厄古爾大軍朝向安努進發，除非伊爾．同恩佳有我不知道的情報來源，不然厄古爾人會像支大鐵鎚重創他的後腦杓。」

「他罪有應得。」安妮克簡短地說。「伊爾．同恩佳殺了皇帝。他是叛徒。」

「聽起來沒錯。」跳蚤同意。「但他同時也是肯拿倫。我們各有各的職責，而他的職責是阻止厄古爾人。如果長拳的部隊通過前線，那麼除了慘叫聲外一切都會結束，至少對拉爾特和北方貴族領地而言會是如此。如果所有人都死了，那誰忠不忠心根本不是重點。」

「但瓦林去行刺伊爾·同恩佳了。」葛雯娜搖頭說道。

跳蚤眉頭一皺，伸手撫摸額頭。「希望他行刺失敗。」

「所以，」葛雯娜搖頭詢問。「你相信我們，但你想讓伊爾·同恩佳活下去？」

「活到他擊敗長拳為止，沒錯。」

葛雯娜感到陣陣頭痛。她已經打鬥、逃亡、飛行、情緒激動了一整個晚上，並且大部分時間都有一把匕首抵在自己脖子上。終於身獲自由是種解脫，沒死是種解脫，她已經準備好要繼續乘鳥飛行，或繼續騎馬，甚至繼續打鬥，唯獨沒辦法忍受繼續交談，特別當交談不會有任何結果，只會不斷反覆，直到她都搞不清楚哪邊是對的。

「瓦林可以殺死伊爾·同恩佳，」她沮喪地說。「讓其他人出面擊敗長拳。安努不是有五個天殺的將軍嗎？」

「十個。」跳蚤回答。「如果加上副手。但他們和伊爾·同恩佳相比就像小孩一樣。我敢發誓，那傢伙比韓德倫聰明，而且更加冷酷無情。如果長拳突破邊境，想要困住他，我們就需要伊爾·同恩佳。就像紐特剛剛說的，殺人比不殺人輕鬆。」

「那有什麼計畫？」安妮克問。她凝視著東北方的樹林，彷彿可以從那看見接近而來的厄古爾大軍。她的臉上並沒有因近期遭受俘虜而顯露任何不安，對安妮克來說，一切都是任務優先，像情緒這種屬於正常人的東西完全無關緊要。「我們要怎麼做？」

跳蚤攤開雙手。「在我看來，我們沒有多少選擇。長拳已經通過匯流處以北，這表示他只要再渡過黑河就好了。那裡沒有駐軍，因為就算渡過黑河，他也還是身處千湖的另一側。」

「所以他搞砸了，對吧？」葛雯娜問。「就算沒有駐軍，他還是得應付崎嶇的地形，他徹底搞砸了。」

席格利發出很噁心的聲音，穿越草地，走向巨鳥。

紐特看著她，透過一口亂牙吹著不成調的口哨，然後回頭面對葛雯娜。「一張網子，」他說。「可不是牆壁。」

「他的意思是，」跳蚤說。「千湖只是湖，湖和沼澤，有很多湖和沼澤，要率領部隊渡過會很麻煩，特別是騎馬的部隊，但是只要擁有正確的地圖和幾十個好斥候，想要通過也不是不可能的事情。」

葛雯娜凝視他。「為什麼那裡沒有駐軍？」

跳蚤聳肩。「邊境太長了，士兵不夠多。厄古爾人從來沒有出過長拳這種酋長，所以我們從來沒有為此擔心過。」

「真有教育意義。」派兒說。「但我不得不認為，我們好像有點偏離原先的主——」

跳蚤反手甩中她的下巴。看起來出手不重，卻把女人打得摔到一團荊棘叢裡。隊長看都不看她一眼。「我喜歡的人不多，」他目光轉向樹下的陰涼樹影處，說話聲輕得彷彿在自言自語。「但我喜歡萇恩。我們擔任學員的時候就分在同一隊裡，一起通過浩爾試煉。」

他終於看向派兒。「殺了妳會讓我感覺很棒。」

顱誓祭司動彈不得，落地的姿勢十分尷尬，半張臉貼著青苔，另外半邊壓在一截腐爛的樹幹上。她奮力撐起身體，跪在地上，直視他的雙眼。這一摔扯緊了她脖子上的套索，葛雯娜聽出她呼吸困難。

「你知道凱卓和安南夏爾的祭司有什麼不同嗎？」她嘶聲說道。

跳蚤看著她，但是沒有回話。

「我們都是戰士，」派兒停頓片刻後說道。「都是殺手。不同之處在於你們殺人是要讓其他東西活下去：你們的帝國、你們的隊員、你們自己。死亡只是伴隨活命而來的東西。」

「那妳呢？」

派兒微笑。「對顱誓祭司而言，死亡就是重點，是最後的公義。匕首在你手上，但是死亡卻屬於安南夏爾，而我永遠不會怕我的神。」

跳蚤又看了她一段時間，腦袋側向一旁，接著伸手摸了摸長出灰色髮根的頭頂。

「好了。」他說。「妳還要多等一陣子才能去見祂。」

顱誓祭司揚起眉毛。

「我的神很有耐心，但我沒想到你也是。」

「我沒耐心，」跳蚤說。「只是很實際。我有用得到妳的地方。」

派兒搖頭，不過脖子上的套索限制了她的動作。「凱卓究竟是怎麼回事？為什麼每個凱卓隊長都把我當成隊員？」

「妳不和我的小隊一起走。」跳蚤說。「我要妳和葛雯娜和安妮克待在一起，幫助她們。」

「和我們一起待在哪裡？」葛雯娜問。聽起來他救她們只是為了盤問，問完就丟。她或許不瞭解當前天殺的情況，但是戰爭即將到來，這點非常明顯，而她寧願直接去見夏爾也不要錯過這場戰爭。

「安特凱爾。」跳蚤轉頭面對她說。

「安特凱爾是幹嘛的？」

「小鎮，」安妮克說。「位於千湖中央附近。」

「事實上，中央偏北一點。」跳蚤回道。

「我們去安特凱爾做什麼？」

「準備。」

「為夏天釣魚季準備嗎？」葛雯娜難以置信地問道。

「準備迎戰厄古爾人。」跳蚤回應。「如果長拳渡過黑河，他們那種規模的部隊共有六條路徑可以南下，但是全部都會經過安特凱爾。我們會把妳們丟在那裡，妳們可以期待厄古爾人不會出現，但如果有，就會在三天或四天後出現。」

「安特凱爾是座小鎮，」安妮克說。「不是軍事駐地，也不是堡壘。」

「妳們的工作就是強化工事。」

葛雯娜搖頭。「如果厄古爾人來了呢？」

「阻擋他們，直到伊爾・同恩佳趕到。」

「伊爾．同恩佳根本不知道他們要來。」葛雯娜說，心裡十分擔憂。凱卓訓練他們成為黑夜的殺手，並非和整個敵軍正面衝突。她很難想像她們能做些什麼。就算加上派兒，她們也只有三個人，對手卻是厄古爾整個民族。

「我會告訴他。」

「你要我們怎麼處置那座小鎮？」安妮克問。她的聲音向往常般冷酷沉著，但顯然和葛雯娜一樣對這個奇怪的命令感到不安。

「那裡基本上已經算是利於防守了。妳們要讓它更適合防守。集結鎮民。」他聳肩。「我們花了將近十年的時間訓練妳們，該怎麼做就怎麼做，殺手會幫忙。」

「為什麼殺手要幫忙？」派兒問。

「三個理由。」跳蚤回答。「妳很固執，而妳不想看到長拳的痛苦崇拜傳遍半個世界。」

派兒皺眉。「你從哪裡看出來的？」

「妳不是第一個和我交手的顱誓祭司，我知道安南夏爾的祭司如何看待梅許坎特。」

顱誓祭司驚訝地瞪大雙眼，接著噘起嘴唇，評估狀況。

「好吧，」她點頭說道。「那第三個理由呢？」

跳蚤直視她的目光。「如果情況失控，那裡的屍體會堆得跟屋簷一樣高。」

「沒錯。」派兒緩緩點頭，接著微笑。「那樣可以和神好好禱告一番。」

「那你呢？」葛雯娜瞪著他問。「警告伊爾．同恩佳後，你會回來嗎？為什麼是我們鎮守關口？我是說，我想接下這個任務，想幫忙，但你們才是天殺的老鳥……」

36

事實證明，阿茲凱爾最好的旅店也不怎麼樣。準備迎接她到來的士兵已經盡力了，他們將木頭地板刷洗乾淨，在木牆上掛提燈，點燃大壁爐裡的柴火，但小鎮中央的雙層建築也不過比普通小木屋好一點點而已。而旅店的主廳，雖然空間很大，卻十分陰暗。艾黛兒感覺到寒冷的北風穿過木牆縫隙而來，頂著鹿角的麋鹿和鹿頭標本彷彿在她經過時透過石眼監視她。

年輕士兵去找伊爾．同恩佳後，弗頓立刻開始搜查房間，查看每一扇門後面，檢視粗製木桌椅底下，甚至探頭到火勢旺盛的壁爐裡，好似有人會躲在大火之後，隨時準備跳出來。他在確定房內安全無慮後，拔出武器守在門內。

「我該在他進門時動手嗎，光輝陛下？」他問。

艾黛兒遲疑。她手心都是汗，冷汗沿著脊椎在袍子內往下流，心臟在胸口猛烈跳動。她可以在肯拿倫進屋的那一刻解決一切，但是……她緩緩搖頭。「這裡有太多事情我想不通，我必須先和他談談。」

艾道林護衛下巴緊繃。他在永恆燃燒之泉的傷已經快要痊癒，在她逃離黎明皇宮期間為了找人而減少的體重也逐漸回升，但這個男人還是發生了一些變化。他向來很堅強，甚至有點嚴肅，但他的嚴肅會因為伯區的影響而有所緩和，他顯然很喜歡那個年輕人。現在伯區走了，他除了職責外，什麼都沒有了。

「我要請妳隨時都把桌子擋在妳和肯拿倫中間，光輝陛下。」他說著，比向滿是油脂和麥酒杯印的松木桌。「我會在妳身旁，但是拉開一些距離對我們有利。」

「你還是認為他想殺我？」艾黛兒問。

「我認為所有人都想殺妳，光輝陛下。」弗頓回答。「這是我的工作。」

艾黛兒搖頭，突然感到十分疲憊。她轉向妮拉和歐希，老人絲毫沒有察覺房內緊張的氣氛，走到一個陰暗角落，輕拍著一個黑熊頭標本。艾黛兒看著他一段時間，想知道活了這麼久卻記得這麼少是什麼感覺。有時候，她覺得自己短暫的生命被填得滿滿的，塞滿了她無法理解或拋棄的記憶。

「他很快就要來了。」她對妮拉說。「提供點意見吧？」

老女人皺眉。「聽說他很聰明，是吧？」

「聽說他是個天殺的天才。」艾黛兒苦澀地回應。「我對軍事方面一竅不通，但他顯然比我父親更強。」

「聰明的混蛋都有一個特點，」妮拉搖了搖頭，說道。「不能信任他們，偏偏有時候又需要他們。」

艾黛兒凝視她。「妳不會是想說服我要饒過謀害我父親的凶手吧？」

她的語氣讓女人揚起眉毛。「我是在建議妳這隻固執的豬要好好統治妳的小帝國。」

「追求公義，」艾黛兒語氣生硬。「是統治的關鍵。」

「統治的關鍵，在於做必要的事情。」妮拉說。「如果妳認為這兩者是一樣的，那妳還不如叫那個穿盔甲的壯漢一劍插入妳胸口來得乾脆，因為妳絕對撐不了多久，女孩。妳不可能存活下來的。」

艾黛兒正要開口，後門突然嘎吱關上。妮拉立刻轉身，舉起枴杖，接著咒罵一聲。

歐希跑了。

「那個天殺的老混蛋永遠不會乖乖待著。」她喃喃道，朝向大廳後方走去。「我去去就回，我回來之前先別動手殺人。」

艾黛兒想要抗議，但是老女人已經跟著弟弟從旅店後面走出去，嘴上罵罵咧咧地揮舞著枴杖。艾黛兒轉身發現弗頓在搖頭。「我不知道妳是從哪裡找來這個老太太的，光輝陛下，但她是我們的負擔。」

「在當前情況下，」艾黛兒陰鬱地說。「你大概是唯一不會成為負擔的人了，弗頓。我可是把自己都算在裡面了。」

繼續說下去前，前門被人推開，伊爾．同恩佳走了進來，他的靴子、褲子和外套都濺上了泥巴。艾黛兒一看到他胃裡就一陣抽痛。他笑著走到桌前，攤開雙手作歡迎貌。即使弗頓冷冷地將闊劍架在肯拿倫脖子上，艾黛兒還是發現自己後退了一步，彷彿站在岸邊眼看大浪來襲一般。她在北上期間排練了這場會面上千次，先是從奧隆到安努，然後從安努到阿茲凱爾，一遍又一遍地準備該說什麼，該如何表現。然而，現在面對她的情人，安努的肯拿倫兼攝政王，殺父凶手，她唯一能做的就是站在原地，阻止雙腳顫抖，直視他的雙眼。

從伊爾・同恩佳臉上看不出任何擔心，除了衣服上的泥巴外，他看起來和記憶中一樣，一樣英俊傲慢，甚至有點邪氣。他沒穿盔甲，而是藍色羊毛外套搭配深藍色的上衣，上衣塞在皮褲裡，腳上的黑靴擦得和石頭一樣光滑。那不是帝國軍制服，不是任何制服，但是這個男人就是有辦法讓身上的衣服看起來符合他的身分，彷彿安努所有將軍都該穿成這樣，彷彿他手上的六枚戒指——在火光下閃閃發光的寶石——都非常適合戴上戰場。

寒冷的北風吹亂他的黑髮，但他的眼睛，那雙沉穩堅定的眼睛，帶著艾黛兒印象中那種饒富興味的好奇注視著她。她突然覺得自己像是牲畜，像是在拍賣前被牽到台上挑選的馬或牛，而這種感覺令她怒火中燒，鮮紅的怒火。有一瞬間，她幾乎要命令弗頓扭轉闊劍，就此結束一切。

「妳帶來的部隊不錯，」他慵懶地往旅店的牆揮了揮手說。「很擅長行軍。最煩人的部隊就是不能行軍的部隊了。」他搖頭，顯然想起了某段令他沮喪的過去，接著聳肩。他完全不把弗頓和架在自己喉嚨上的闊劍放在眼裡。「妳逗留南方期間也開始領軍了？」

「領軍的是一名叫偉斯坦・阿莫雷德的軍人。」艾黛兒生硬地說。

「阿莫雷德？」他揚起眉毛。「我的人是這麼回報的沒錯，但是我覺得難以置信。自我們上次碰面以來，我似乎錯過了些什麼。我們不是不久前才合力剷除這群信仰虔誠的火焰之子嗎？」他若有所思地抬頭看向屋梁。「我似乎記得有個叫作烏英尼恩的祭司，死了。接著妳又興沖沖地起草了那些協議……」

「夠了。」艾黛兒喝道。「我知道你謀害了我父親，阿迪夫把你的信給我看過了。但我根本不需要你告訴我，我早就已經知道此事。我要你為你的罪行付出代價，而我還沒處決你的原因就是想弄清楚北方究竟是什麼情況，厄古爾人究竟在搞什麼。如果你想討論這個，那很好。如果不想，我很樂意命令弗頓取下你的首級。」

「啊。」攝政王讓這個音停留在兩人中間，就像棋盤上的一顆石頭，難以捉摸。他動也不動。「妳是怎麼知道的？」他的語氣並不得意，也沒有罪惡感，看起來很……好奇。

「我父親，」艾黛兒說。「在你預謀殺他的時候，他已經在獵捕你了。你的攻擊觸發了他的陷阱。」

這算不上是什麼解釋，但伊爾．同恩佳似乎可以接受，抿了抿嘴唇，然後點點頭。「合理。桑利頓很聰明，聰明又固執，和他女兒很像。」

正是這句若無其事的恭維令她情緒爆發。他說這些話的態度，彷彿即使他承認罪行，艾黛兒還是會重回他的懷抱，睜大雙眼迫切地期待他的認同。彷彿火焰之子和弗頓架在他脖子上的劍，那把他完全不屑低頭去看的劍，都和她父親一樣虛無縹緲，是只要揮一揮手或颳陣強風就能趕走的幻影。彷彿他謀殺皇帝，為自己奪取王位，這一切都無關緊要。

「如果我父親這麼聰明，」艾黛兒提高音量問道。「如果他如此固執，你為什麼要殺他？」

「如果妳看過我的信，就會知道答案了。他會害安努滅亡。」伊爾．同恩佳冷冷回應。他的目光平淡而冷靜，所有漫不經心的感覺突然蕩然無存。

艾黛兒搖頭，腦側鮮血陣陣鼓動。

「我父親是個好皇帝，是最好的皇帝之一。一整個世代的人民在他的看顧下過著和平又富足的日子。」

肯拿倫點頭。「不幸的是，好人也會做出很差的決定，而和平也無法永遠持續下去。」他打量艾黛兒。「妳似乎很快就學會這一點了。」

「我招兵買馬都是被你逼的……」

「我有嗎？」他揚眉反問。「是因為我持續不斷的暴行嗎？因為我不顧安努人民的福祉？我絞死政敵用的絞刑台在哪裡？燒焦的房舍又在哪裡？」他搖搖頭。「安努或許會陷入火海，艾黛兒，但如果走到那一步，妳要記住，放火的人是妳。」

艾黛兒聽得目瞪口呆。這個男人拿刀插入她父親跳動的心臟裡，嫁禍一名祭司，而他還想把這些罪過賴到她頭上？

「你藐視我們的法律，還篡奪馬金尼恩家族的王位。」她說，聲音緊繃得像是一根豎琴弦。

「我是在守護這兩樣東西。」

「那就更可悲了。」他回答。「我本來期待妳是來守護安努的。」

「你要我相信所謂的『守護安努』，就是在你褻瀆王座的時候袖手旁觀？」

「妳的王座是件荒謬可笑的家具，我根本一點興趣也沒有。我很樂意把王位傳給妳，不過據我所知，妳已經自己篡位了，光輝陛下。」

她不知道他是在諷刺她，還是威脅她。她期待他會透過一千種方法說謊、扭曲事實，或千方百計地否認真相。儘管之前看過那封信，她還是沒料到會是這種情況，無論是他剛剛的坦白還是指責。她努力站穩腳步，再度掌握這段談話。

「你該不會以為我會相信，當我也阻礙到你的計畫時，你不會像殺害我父親和凱登一樣，也殺了我？」

他搖頭。「你弟弟的死與我無關。」

「好吧，我父親的正統繼承人無法回首都，對你來說還真是天殺的方便。」伊爾．同恩佳搖頭。「聽聽妳自己在說什麼，艾黛兒。妳父親，妳弟弟，妳。天殺的馬金尼恩家族。雖然我沒有，也不打算這麼做，但就算我殺光你們全家，安努還是面臨了更迫切的危機，而且不只是侷限在黎明皇宮高牆內的危機。厄古爾人來了。」他伸出大拇指指向身後。「全員到齊。我努力應付這個威脅，而妳卻在玩無關緊要的政治遊戲。」

「為我父親報仇可不是遊戲。」艾黛兒怒吼。「如果厄古爾人來犯，那都是因為你的疏忽。你是肯拿倫兼攝政王，北境軍團為什麼沒有針對他們進行布署？」

「我被迫召回北境軍團去應付你們的宗教起義，解決內戰的威脅。」他冷酷回應。「我以為長拳會待在大草原東邊，但我錯了。當我調動兵馬南下去對付妳時，他進攻了。在沒有兵力防守的情況下，他可以橫掃北境貴族領地，就像用匕首劃爛破布一樣簡單。」

「那我就去防守他。」艾黛兒說。「這一切都不需要你。」

「那就殺了我。」他攤開雙手說道。「如果妳認為有必要，那就殺了我。但是殺了我之後，一定要盡快調動火焰之子和北境軍團。每天都會有探子回報厄古爾人的動態。」

突然之間，艾黛兒覺得自己彷彿站在懸崖邊，凝視著下方的濃霧。她可以殺了此人，指派李海夫或弗頓指揮北境軍團，但是話說回來，李海夫和弗頓對厄古爾人有多少瞭解？他們有見過厄古爾人嗎？曉得該怎麼對付他們嗎？

「那當我們遇上騎兵的時候呢？」

伊爾・同恩佳微笑，嘴唇微微扭曲。「寄望長拳會犯錯。」

「他犯錯的機率有多高？」

「目前還沒犯錯過。」

艾黛兒身後傳來有人移動的聲音，寬松木板隨著重量嘎吱作響。

「厄古爾人或許沒有犯錯，」妮拉說，聲音宛如銼刀刮過石頭。「但是你犯錯了，你這個婊子養的瑟斯特利姆。」

艾黛兒轉身發現老女人就站在後門不遠處，她弟弟彎腰駝背站在她身後的陰影裡。她看起來和之前一樣，駝著背，乾扁的臉旁垂著灰鬈髮，但眼中透露出一種銳利、明亮，和艾黛兒從未見過的神色。半下心跳的時間裡，艾黛兒只是看著這個她任命為顧問的女人。身後伊爾・同恩佳所在位置處傳來鋼鐵落在木板地上的聲響。她再度轉身，發現弗頓依然握著他的劍，或者說那把劍剩下的部分。

劍柄上方有道乾淨俐落的切痕，鋼鐵的切面十分平滑，劍刃躺在肯拿倫腳邊的松木板上，而他脖子周圍則飄著一道火焰圈。那道細細的火線微微鼓動，彷彿有人砍穿世界，而世界的裂縫下還有另外一個世界，一個充滿永不熄滅之火的世界。弗頓驚慌失措地後退一步，但伊爾・同恩佳毫無動靜，雙眼在火焰圈的燃光下變得如石頭般堅硬。

「這是什麼？」他問，伸手到火圈旁，小心不去觸碰它。

「你可以說是公義，」妮拉說著，從陰影裡走出來。「也可以說是復仇。」她嘴角扯出一絲笑。「又或許可以說是運氣太差。無所謂，因為無論如何，那玩意兒都會殺死你。」

肯拿倫微微轉頭，對上妮拉的目光。他瞇起雙眼，停頓了一會兒，接著簡單地說了一句：「啊，麗希妮拉。」

「這麼多年了，」她輕聲問道。「我看起來不一樣了嗎？」

他似乎在考慮這個問題。「妳看起來比從前更強。」

她大笑一聲，艾黛兒則感到噁心反胃。突然之間，她想通了，在恐懼中想通了。接近權力中心的人。長年以來都在策劃陰謀的怪物……

「妳在做什麼，妮拉？」艾黛兒緩緩問道。

老女人目光沒有離開伊爾·同恩佳。「了結一樁陳年舊怨。」

他是瑟斯特利姆人，這就是唯一的解釋。朗·伊爾·同恩佳是瑟斯特利姆人。殺害她父親的凶手是瑟斯特利姆人。不知道是怎麼回事，總之他就是妮拉尋找多年的瑟斯特利姆人，是他讓她幾近長生不老。這個赤裸裸的事實擊碎了艾黛兒對世界的認知，她的內心拒絕接受，把事實踢到一邊，努力找尋其他解釋。她覺得自己彷彿在深井底部看見太陽。

伊爾·同恩佳攤開雙手，一副主人姿態迎接剛抵達的賓客。「看來妳和我的老朋友交起朋友來了，艾黛兒。」他朝妮拉的弟弟點頭，歐希則瞪大盤子般的雙眼凝視他。「哈囉，洛辛。」接著又轉回去面對艾黛兒。「我不知道妳是怎麼找到這些人的，但我假設妳不知道他們的過去。」

「錯了。」艾黛兒搖頭反駁，強行壓抑困惑和恐懼之感。「事實上，我知道。妮拉和歐希對我十分坦白。」

伊爾・同恩佳皺眉。「也就是說，妳知道他們是吸魔師。他們摧毀了半座你們稱之為伊利卓亞的大陸，他們是阿特曼尼人。」

「據我瞭解，」艾黛兒強迫自己把話說出口，雖然說得很小聲。「如果他們是阿特曼尼人，你就是創造他們的怪物。」

伊爾・同恩佳眉頭緊蹙。「說怪物太沉重了。至於創造他們，只有貝迪莎才能編織靈魂。祂創造了他們，創造了一對姊弟，兩個吸魔師。我們所做的只是幫助他們強化力量，賜予他們至今還在享受的生命。」

艾黛兒很想哭泣，很想尖叫，不過回話的人是妮拉，聲音十分氣憤。

「享受？」她厲聲說道。「我們享受生命？」她伸手指向她的弟弟。「你的禮物要把我們都逼瘋了。」

「我發現這個事實後，一直深感悔恨。」

「你是瑟斯特利姆人。」妮拉語氣凶狠地說。「你才不會悔恨。」

伊爾・同恩佳的眼神流露出一股陌生的東西，一種令艾黛兒不寒而慄的虛無。「麗希妮拉，妳所確信的實情，或許會跟我從前認為的事情一樣，都是虛假的。」

艾黛兒嘴裡湧出鮮血，又苦又鹹。她發現是自己咬破了臉頰內側，只能努力不讓自己被血嗆到。「你想怎麼樣？」她問。「你來這裡有何目的？」

他回頭面對她，一時沒有說話，彷彿在考慮該如何回答。「我要我長久以來一直想要的東西，」他終於回答。「在敵人面前守護安努。」

「說謊。」妮拉吼道。「又是一個天殺的謊言。」

伊爾．同恩佳搖頭。「安努帝國打從成立以來就一直是由馬金尼恩家族統治，但是就許多方面而言，它都是我的帝國。這是我的贖罪之旅，是我特別為了彌補對妳，麗希妮拉，還有洛辛，還有其他人所造成的錯誤而創造出來的帝國。」

艾黛兒很想叫妮拉縮緊火圈，了結一切。這個男人已經騙過她很多次，每次她都像隻溫馴動物一樣任他牽著走。只要再走一步，每次都差那一步。

殺了他。她差點脫口而出。她幾乎說了，張開嘴巴，話到嘴邊卻說不出口。

這是最輕鬆的做法，正確的做法，但卻充滿了困惑和絕望。復仇是種反應，但她要做的不僅僅是反應，她必須思考，深思熟慮，要想得比過去幾個月更深入、更透徹。她必須看得比敵人更遠。她很難相信伊爾．同恩佳是瑟斯特利姆人，但如果這是真的，將會解開之前的疑點，能解釋很多事情。伊爾．同恩佳不是只靠天生才能爬到當前職位的人類將領，而是更危險的存在，更強大的存在。

艾黛兒打量肯拿倫喉嚨外的火圈，看著它扭曲變動。自從妮拉將火圈放至定位後，伊爾．同恩佳就沒有再移動過，這表示他受困了，動彈不得。她心裡依然害怕，但是皇帝不會被內心的恐懼所控制。在徹底瞭解某樣事物之前就將其摧毀是愚蠢的舉動，在她尚未確認能不能夠利用他之前。

「安努，」她問，聲音堅硬如鋼鐵。「為什麼算是你的帝國？」

他看著她說：「從帝國成立之初，我就和它同進共退。是我告訴特利爾要把首都建在哪裡，是我率領軍隊平定第二次脫離戰爭——」

艾黛兒輕輕搖頭。「第二次脫離戰爭是瑞吉拿德・溫特平定的。」

他微笑。「妳有看過瑞吉拿德・溫特的畫像嗎？」

艾黛兒心裡一沉。瑞吉拿德・溫特拒絕畫像，拒絕人民在諸神道為他豎立雕像，甚至命令士兵拆掉建到一半的雕像。當時，所有人都稱頌他的謙遜，但或許他根本不是因為謙遜。

她終於恍然大悟，現實宛如寒冬的大雨般將她淋濕，寒意從心裡冒了出來。朗・伊爾・同恩佳永生不朽。這不是他第一個職務，不是他在安努史上第一次出現的身分。妮拉在南下奧隆途中就曾說過：這個人深受權力吸引，就像飛蛾受到火光吸引一樣。他在歷史的蒙塵長廊上寫下過多少姓名？扮演過多少角色？

他點頭，彷彿能夠聽見她內心的疑問。「我是偉人阿利爾的密斯倫顧問。西境戰爭中，我在大裂縫對抗曼加利人，黑夏期間是我在魏斯特大戰叢林部族。也是我成立了艾道林護衛軍保護你們家族。」

艾黛兒搖頭，但是說不出話來。

「凱卓會研究一本韓德倫的戰術書。」他放慢語速接著說，像在向小孩解釋。「那本書是我寫的。我當了將近三十年韓德倫。我是忠心的牧者，安努和馬金尼恩家族成長茁壯的每一步我都在場。」

「為什麼？」艾黛兒輕聲問道。「你為什麼要這麼做？」

他第一次露出遲疑的表情。「我的族人走了，」他終於說道。「永遠不會再回來。世間僅存的瑟斯特利姆人只餘寥寥幾十人，散落在世界各地。瑟斯特利姆人不可能重返榮耀，但我希望在這個世界上創造出我們失去的東西：一個國家，一個帝國，一個由理性和公義統治的政體，而不是恐懼、貪婪和激情。」

他指向妮拉和歐希。「我們一開始嘗試阿特曼尼，心想如果能讓一小群公正的統治者獲得永生的話，他們就可以為世界帶來秩序。」他皺起眉頭。「但是我們失敗了。貝迪莎給你們編織的心智承受不了漫長的歲月。我們沒有把世界推向秩序和公義的道路，反而讓世界陷入瘋狂。」

他轉向妮拉。「妳還記得嗎，麗希妮拉？」他輕聲問道。「你們從前有多麼年輕，有多麼美麗，有多麼渴望公義與和平？我們所做的事情都是在和你們合作，而不是對你們做了什麼。我們分享一種期盼，後來徹底扭曲的期盼。」

艾黛兒看向老女人，發現她淚如雨下。「你知道會有這種結果。」她雙手握拳控訴道。「你是瑟斯特利姆人，你一定知道。」

「不，」他回答。「我們不知道。就連神也會犯錯，而我們不是神。」

他轉向艾黛兒說：「阿特曼尼失敗了，但是安努卻成功了，至少有成功做到一定程度。」

「你為什麼不親自統治帝國？」艾黛兒問。「為什麼讓我們家族擔任傀儡？」

他悲傷地微笑。「馬金尼恩家族算不上是傀儡。你們太聰明、太固執，不會甘心淪為傀儡。再說，」他伸手比向她身上的疤痕。「你們家族還有英塔拉的眷顧，而祂的力量比我強大多了。不，你們從來不是傀儡，我們……是這個遠大計畫的合作夥伴。人類會接受馬金尼恩家族，會敬畏你們，但永遠不會接受我們。」

艾黛兒微微顫抖，深吸口氣，試圖在真話之中看出假話。房間另一側的歐希脫離了放空狀態，站在妮拉身旁，兩人手指交扣。

「要動手嗎，姊姊？」他低聲問道。他凝視伊爾・同恩佳，但看起來並沒有認出對方。

「現在不是要不要動手的問題，」妮拉用蒼老的手指向火圈。「現在是要不要殺他的問題。只要我一動念，他就死了。」

艾黛兒上前一步，身體在心裡還沒想好之前就開始移動，擋在阿特曼尼人和伊爾・同恩佳中間。她揚起一手，彷彿這麼做就可以阻擋妮拉的法術。

「不。」她搖頭道。「不能殺他。」

「不要干涉我，孩子。」妮拉回應，目光宛如冬夜般冰冷。「別教我該如何復仇。」

艾黛兒猶豫著，努力思考。如果她要領導安努，就必須能在心思紊亂的情況下理性思考。如果這傢伙說的有一半是真的，甚至是四分之一，如果他真的打過那些仗，曾經輔佐過馬金尼恩家族裡最偉大的皇帝，那她就有用得到他的地方。不，她需要他。她暗自更正。儘管有父親的指導，儘管讀過數百本關於政治、法律、財務和管理的典籍，她還是不知道該如何應付長拳的威脅，不知道要如何管理各國邊界，也沒有維持魏斯特和平的策略。讓伊爾・同恩佳活下來很危險，有極大風險，但是風險無處不在。這個男人是很好的工具，她可以加以利用，是安努可以加以利用的工具……

「讓開，艾黛兒。」妮拉說。

艾黛兒緩緩搖頭。「聽我說。為了我，為了妳，」她朝歐希揚起下巴。「也為了他。」

妮拉遲疑了。然後對地板吐口水。

「我讓妳說一百個字。」

艾黛兒立刻接話：「他可以治好你們。」

「鬼扯。」老女人吼道。她看著艾黛兒身後的肯拿倫。「來呀，順著她的謊言說下去。」

伊爾．同恩佳緩緩搖頭。「我不會這麼做，我不知道怎麼治好你們。」

艾黛兒暗自咒罵他。她不懂這人說了一輩子的謊話，為什麼偏偏要挑這個時候誠實，但她還是繼續說下去：「你或許還不知道該怎麼做，但是你有想法。」如果她對伊爾．同恩佳有任何瞭解，那就是他有很多想法。政治上，戰爭上，愛情上。他或許不知道歐希和妮拉出了什麼問題，但他有好幾百年的時間思考。「你有理論。」她說。

他就著兜帽看她，然後輕笑幾聲。「確實。」他回答。

「現在最後兩名阿特曼尼人都在這裡，」艾黛兒說著，指向妮拉和歐希。「你有可能幫得了他們。」

他遲疑。「可能性總是有的。」

「去他媽的可能性。」妮拉吼道。「一開始讓我們發瘋的就是可能性。我要報仇，徹底結束這一切。」

她的語氣硬如頑石，利如有缺口的黑曜石，但艾黛兒從老女人的表情中看出一絲懷疑。

艾黛兒嘗試直搗那絲懷疑，宛如石匠將鋼釘打入石縫中般把論點打進她的懷疑裡。「妳可以幫妳自己做這個決定，妮拉，但是不能幫妳弟弟做決定。」

「別想告訴我什麼能做，什麼不能做。你們天殺的帝國還沒成立之前，我就已經在幫他做決定了。」

艾黛兒點頭，直視她的雙眼。「長久以來，妳一直在保護他，為了什麼呢？為了找出一個男人，殺了他，然後死去？你們撐了這麼多世紀，就只是為了這個嗎？」

「差不多。」

「這個故事可以有另外一個結局。」艾黛兒說，暗自向英塔拉祈禱這個女人可以看出並瞭解歲月沒有燒光她體內的希望。

妮拉凝望著她，下巴緊繃，接著目光轉向肯拿倫。一段很長的時間裡，她就這麼看著他，打量男人的臉，彷彿那是一本用她幾乎不記得的語言寫成的書。

「我嘗試修補過我們弄壞的世界。」他輕聲說道，並指向艾黛兒。「我建造安努就是為了撥亂反正。」

「安努可以幹爆自己。」老女人回答，張嘴露出銳利的牙齒。

「我們要動手嗎，姊姊？」歐希又一次發問，目光幾近瘋狂地瞪著伊爾・同恩佳。「終於要動手了嗎？」

妮拉轉頭看向他，看著她弟弟的臉頰抽搐，開闔的手指彷彿握著某樣看不見的武器。他像中風般顫抖，雖然已經停止說話，嘴上似乎仍在說著無聲的字句。打從艾黛兒遇見她以來，這是妮拉第一次以合乎外表年紀的速度緩慢動作，伸手輕輕搭上歐希的肩膀。「不，」她輕聲道。「還不是時候。」

接著，就和開始時一樣突然，肯拿倫脖子上的火圈似乎……扭動了一下。四周的空氣變得詭異、黑暗，接著火圈消失了。妮拉靠在弟弟身上，雙腳已經沒有力氣，但說話的聲音依然很宏亮，雙眼炯炯有神。

「火圈還在，只是藏起來了。」她說。「它會跟著你移動，跟著你轉彎，在你毫無所覺的情況下隨你前往任何地方。你是全世界最自由的奴隸，但還是我的奴隸。只要我一句話，一動念，火圈就會縮小，結束你的性命。」

伊爾．同恩佳側頭。「如此運用妳的力量，麗希妮拉……」

女人哈哈大笑。「會怎樣？讓我發瘋？」

「沒錯。」

「那你最好在我發瘋前想辦法治好我。再多給你點動力來幫助我弟弟吧，我可以保證你絕對不會希望被一個瘋婆子掌控。」她轉向艾黛兒。「妳以為妳需要他？那就利用他。但是當妳沒有用他拯救妳的小帝國時，他就要想辦法救我弟弟，將他漫長一生的全部知識都用來彌補從前的錯誤。」她揚眉。「是不是這個樣子？」

肯拿倫點頭，一副經過深思熟慮又慎重的模樣。

「很好。」妮拉說。「一旦你停止治療我們，或忘記你受制於我，而決定展開反撲時，我就會把你砍成十幾塊去餵渡鴉。」

伊爾．同恩佳上前一步，伸手測試喉嚨周邊的空氣，然後又上前一步。

「妳可能是在虛張聲勢。」他說。

妮拉的笑容宛如刀刃。「那你試試看呀。」

出乎艾黛兒意料的是，他輕笑一聲，悲傷地搖了搖頭，彷彿剛剛在牌局中輸了幾枚金陽幣。「我相信妳。」他轉向艾黛兒繼續說，一副他們兩人不過是剛結束有點乏味的行政工作。「現在，我們有很多事情要做。我的手下在營地中央架設大帳，妳在那裡會很舒服，更重要的是，會很安全。我們第一件要——」

「在哪裡？」艾黛兒打斷他的話。「厄古爾人在哪裡？」

他皺眉。「現在？很可能離湖北岸只有一、兩天的路程。」

艾黛兒遲疑。「所以，到我們這裡起碼還要三至四天，對吧？這不是好消息嗎？」

「算不上。長拳從匯流處北方渡河，遠在我們最遠駐地的更北邊。看來他是繞到湖的北端去了。他還得渡過黑河，而他最有可能會在安特凱爾渡河，但安特凱爾距離這裡很遠，我們必須搶先趕到。如果他在我們抵達前渡河，一切就結束了。他沒辦法迅速穿越森林，不過也沒必要這麼做。過了安特凱爾就有很多箝制點，他可以把部隊分成十支，從不同的方向分頭出擊。到時候從鬼海到羅姆斯戴爾山脈就會屍橫遍野。」

艾黛兒驚訝地盯著他。「那我們在這裡幹嘛？你為什麼還沒北上？」

他走到火堆旁，伸手烤了一會兒火，然後回答。「妳看到我們穿越的地形了嗎？泥塘、沼澤、溪流，茂密到沒辦法擠過樹縫的樹林。」

艾黛兒點頭。

「此地以北全部都是這種地形，也沒有路可以走。湖的西岸有條森林小徑，但這種規模的部隊會把道路踏成泥沼。趕過去要好幾週，而我們沒有那麼多時間。」

「所以你決定要進行一些小工程？」艾黛兒問。「你九成的部隊都在天殺的田野上睡覺！他們至少可以嘗試西方小徑。」

肯拿倫微笑。「我很喜歡《韓德倫兵法》裡第十四章的一個句子。『可以休息的時候，絕對不要作戰。』我相信它是這麼說的。」

37

走向紅衣蓋伯瑞爾的高牆宅邸時，凱登已經準備好要面對一拳打在臉上，或一刀插進肚子裡的情況，不管這些是出於懷疑或憤怒。他設想過各種情景，預測這位年輕貴族會怎麼說或怎麼做，但是未來就像蓋伯瑞爾宅邸的石灰岩牆般一片空白，難以捉摸。根據安努法律，無論貧富貴賤，任何人都不得在安努城內建造堡壘。早期的皇帝吃過這種虧，打從帝國邁向第二個世紀開始，所有私人住宅都必須要設有一定數量的窗戶，每面外牆上也都要建造大門。護城河是非法的，牆頂的圍欄是非法的，箭孔也是非法的。紅衣蓋伯瑞爾的宅邸幾乎完全依照安努法規而建。幾乎。

臨街的窗戶高大而優美，頂端成拱形設計，但非常窄，凱登必須側身才可能擠進去。大門敞開著，外頭有六名身穿沙漠長袍的男性站崗，牆上還有更多守衛巡邏，每個守衛都手持長矛或弓箭。這地方不算堡壘，嚴格來說不算，但凱登一點也不抱持任何幻想。進了這座圍牆，蓋伯瑞爾就算殺他十幾次也不會有人發現。

基爾和崔絲蒂想要和他一起來，被他拒絕了。他們當然有爭論，基爾指出，即使被關在伊辛恩地牢裡十五年，他對安努政治的瞭解還是比凱登深得多。崔絲蒂講得比較激動，卻缺乏條理，主要就是說他們必須同進共退，互相幫助。但是凱登認為蓋伯瑞爾很可能會用劍迎接突然造訪的他們，如果有人要死的話，死一個總比死三個強。到最後，兩人還是沒能強迫凱登帶他們同行，於是，莫潔塔只帶著他一人走另一條祕密通道離開席娜神廟，穿越兩旁種有高貴血木的寬敞街道，謹慎地指出這座不是堡壘的堡壘，低聲說道：「紅衣蓋伯瑞爾宅院。」

凱登點頭，就著兜帽的陰影打量這地方。

「他很危險。」莫潔塔繼續說，伸出柔嫩的手輕觸凱登的手臂。「不只是因為他懂得戰鬥，還因為他懂得思考。」

凱登觀察莫潔塔。她很害怕，他看得出她頸部緊繃，肩膀微聳。雖然如此，但她努力克制那股恐懼。這情況很類似辛恩訓練，他花了點時間放慢心跳，降低皮膚上的溫度。

「危險又聰明？這才是重點，不是嗎？這才是我們來此的原因。」

莫潔塔遲疑，然後點頭。「會面結束後，回到這裡，我再帶你回神廟。」

凱登沒有明說，會面結束後，他很可能哪裡也去不了。

然而，當他穿越優雅的宮牆拱門，推開兜帽，露出雙眼，報上姓名，求見拉比首席發言人時，白袍守衛只是揚起眉毛點了點頭，便護送他進入寬敞的內庭。空氣中散發著藤蔓花香味，還有一座大型噴泉水池將水噴射到十呎高。這是個簡單優美的空間，很適合在溫暖的夏季慵懶地輕啜冰茶，但此刻在石板地上進行的格鬥可是一點也不慵懶。

三名士兵手持長矛圍攻一個人，如果那個被黑袍包裹的身影是個人的話。他們從不同的角度持續進逼，用手中的武器刺探，測試他的防禦範圍。看見凱登之後，四人立刻停止動作，帶他進來的僕人跑到黑袍人面前，低聲說了幾句話。黑袍人轉身——凱登看不見寬鬆兜帽下的容貌——打量他片刻，然後伸出手掌打發僕人離開。

好吧，凱登心想，讓自己心平氣和。紅衣蓋伯瑞爾喜歡讓人等待。他在四人繼續打鬥時記下這個想法。

持矛的士兵立刻加緊攻擊，朝黑袍中央連劈帶刺。黑袍裡的人卻完全無影無蹤。他的手、他的腳，甚至他的頭都消失在黑色布料裡。影袍戰士，凱登心想。神聖的浩爾呀，他是個影袍戰士。

他小時候聽過這些沙漠戰士的故事，喜愛的程度不亞於凱卓。很多人以為沙漠戰士是吸魔師，但是凱登和瓦林曾在皇宮圖書館裡找到一本古老典籍，裡面有許多畫像和圖表，顯示技巧高超的影袍戰士是如何利用寬大斗篷掩飾自己的動作，隱藏身體各部位所在的位置。

凱登和瓦林花了好幾天的時間，用舊被單當作長袍練習那些技巧，以手掌模仿臂部，把手肘當成肩膀，扭轉身體，讓外表看起來像是身體中心的位置空空如也。書上說，有時候人們會在和影袍戰士作戰時發瘋。凱登不相信這種事情，因為不管瓦林如何努力，他還是能夠輕易分辨手和頭，看出瓦林的瘦腳踝在布塊下移動。然而，看著蓋伯瑞爾……凱登搖頭，對付影袍戰士看起來就如同和風對打。

長矛像是要把首席發言人撕成碎片，一而再再而三地插入大黑袍裡，戳進飄逸搖擺的布料之中。不管矛尖有沒有開鋒，那種戳法都能捅死人。凱登瞪大眼睛，看著一支矛尖戳穿了黑袍中央，從另一側穿出來，鋼頭在陽光下閃閃發光，但黑袍人沒有倒地。

凱登凝神細看。三名士兵全神貫注，即使在一段距離外依然聽得見他們的喘氣聲。儘管他們很熟悉自己的武器，並擁有人數優勢，他們的表情還是十分嚴肅。看起來肯定能削掉肩膀的攻擊陷入抖動的布料中，沒有造成任何損傷。突然間，在毫無預警的情況下，黑袍下冒出了一把短匕首，刀柄朝上擊中一名士兵的下巴。士兵倒地之前，那隻手和匕首就已經消失無蹤，縮回飄動的陰影中。

看見這種情況，另外一名士兵大吼一聲撲向前去。他的矛貫穿一團衣料，從另一邊冒出頭，插入一名夥伴的肩膀。受傷的人倒地的同時，影袍飄向前方，進入長矛的攻擊圈內，狡猾的匕首再度出擊，抵住士兵的喉嚨。沒穿黑袍的人咒罵一聲，丟下長矛舉手投降。接下來很長一段時間裡，他喉嚨上的匕首都沒有移動半分。凱登瞪大雙眼，不知道自己會不會目睹士兵死亡。接著，匕首宛如風起時火光的陰影般一晃眼便沒了蹤影。

披斗篷的人丟下敵手不管，轉身面對凱登。他拉開兜帽，黑髮平貼頭皮，臉上滿是汗珠，但呼吸絲毫不急促。有一瞬間，那人沒有說話，只是看著凱登，接著他向僕人揮手。

「帶我們的訪客去俯瞰刺槐樹的書房，我洗好澡後就去決定他的命運。」

♛

「我來，」凱登謹慎地說。「是為你父親過世表達哀悼之情。」

紅衣蓋伯瑞爾沒有反應，十指交抵面前審視凱登，就像棲息在高枝上的老鷹盯著兔子，那種靜止神似準備發動攻擊的掠食者。他花了不少時間沐浴，臉洗得乾乾淨淨，柔順的黑髮綁在腦後，與院子裡滿身大汗的影袍戰士截然不同。他看起來像個年輕富有的貴族，而不是一名戰士，只有橫過黝黑臉頰上一道淡淡的疤痕，加上腰帶上紅刀鞘裡閃著光芒的匕首，會讓人聯想到之前的暴力場面。

「謀殺。」蓋伯瑞爾終於說。他的發音帶有濃厚的西境沙漠口音，母音很清楚，子音則像是被沙子磨出很多小洞一樣。

凱登揚起眉毛。「你說什麼？」

「你應該說謀殺。」蓋伯瑞爾回道。「你說我父親『過世』，好像灰衣蓋伯瑞爾是被棗子嗆死，或是掉到枯井裡摔死一樣。那並非事實。」

「他是被處決的，」凱登說。「根據安努法律。」

「他是被謀殺的。」蓋伯瑞爾回答。「你父親殺的。」

凱登放慢脈搏，放鬆肩膀和背部的肌肉。辛恩教過他所有控制自己恐懼與憤怒的技巧，但對於安撫別人的方法卻隻字未提。又一個他們沒讓他為統治帝國做好準備，另一個他必須自己想辦法學會的技巧，前提是蓋伯瑞爾能讓他活久一點。

首席發言人上下打量凱登。「你沒死，不像道上傳聞的那樣，但你也不是皇帝。你在桑利頓下葬數月之後才回歸首都，而且還是來找我，用兜帽遮蔽雙眼。為什麼？你一定知道我們父親之間的恩怨。」

凱登回想自己對坐在對面這個年輕人所知的一切，搜尋可以利用的鉤子。小時候，他聽過很多關於莫爾沙漠部落的故事，充滿復仇、暴力、血腥的故事。在瓦林和他的想像中，那個部落的每個男人和女人都是影袍戰士，每場會面都是生死對決。然而，根據基爾的說法，那些故事幾乎全是謠言，是安努人對於異族的幻想。倒不是說西方沒有影袍戰士，或莫爾的歷史上缺乏血腥暴行，但如果基爾的話可信，莫爾的部落比較看重言語，而非暴力。他們堅持要在每場戰爭之前談判。凱登把他的性命賭在這份堅持上面，但是，在和蓋伯瑞爾面對面時，他所準備的說詞似乎都不夠充分。

「我不是我父親。」他輕聲說道。「就像你不是你父親。」

蓋伯瑞爾看著他研究了許久，然後揚起一手。長袍僕人無聲無息地從木屏風後走了出來。

「塔茶，」蓋伯瑞爾頭也不抬地說。「兩杯。」

他們一言不發地等候僕人拿出陶壺，泡茶，然後將熱騰騰的飲料倒入兩只陶杯中。凱登猶豫了一下，警惕地盯著杯子。

「喝。」蓋伯瑞爾指著杯子說。「我要殺你的話，會用刀子。」

這算不上什麼值得欣慰的話，但凱登還是把杯子拿到嘴邊，啜飲沒有加糖的苦澀塔茶。蓋伯瑞爾舉起自己的杯子喝了一大口，然後輕輕放回桌上。

「第一次來你們城市時，我八歲。」他說。「我不想來的，但父親被抓了，而我們不允許任何人，不論男女，在無人見證的情況下死去。」

凱登點頭，不確定該如何回應。

「我前往你們的皇宮，進入你們的紅牆，眼睜睜看著七名你們的人民，七名我和我父親都不認識的男人和女人決定了他的死刑。而這些人唯一見過的沙子，只有你們海岸邊沖刷出來的那道窄沙灘。」

「這是安努的司法體系。」凱登說。「所有案件都由一個七人陪審團判決。」

「這是懦夫的做法。」蓋伯瑞爾說。「你父親見證這場『審判』，卻沒有發言。我父親死的時候，你父親看著，但不是拿刀的人。當他們把我拖出大廳時，我發誓一定要殺了你父親。而現在他死了。」

「既然你是來悼念我慘遭謀殺的父親，那我就告訴你，我很高興你父親遭人謀害。我來是為了親眼目睹桑利頓的死亡，來見證他的生命離體而去的。我唯一的遺憾就是沒有親手拿刀插入他活生生的心臟裡。」

他打量凱登幾下心跳的時間，然後舉起茶杯，緊盯杯緣之上，靜靜等候。

凱登沒有說話。他怒火中燒，但是他澆熄火苗，然後壓扁驕傲和羞愧的火花。他不是來和已故叛徒的兒子爭鋒相對的，和紅衣蓋伯瑞爾起爭執就等於無視朗・伊爾・同恩佳和艾黛兒所帶來的威脅，放棄阻擋他們進攻的最佳希望。凱登回想著蓋伯瑞爾的故事，尋找裂縫、空隙，以及可以突破的途徑。

「幾個月前，你已經看到我父親躺入他的墓穴中了。」他終於說。「你為什麼還繼續待在這個你顯然十分痛恨的城市裡？」

蓋伯瑞爾瞇起雙眼。「我想來就來，想走就走，與你無關。」

「那我收回這個問題。」凱登說。對方有意迴避這個問題，但凱登無法看穿他的意圖。「你說了個故事，我也要說個故事給你聽。」

蓋伯瑞爾遲疑。「說吧，」他終於說。「我願意聽。」

「你父親，」凱登小心地挑選用字遣詞。「灰衣蓋伯瑞爾，痛恨帝國。」首席發言人輕輕點頭。「貝迪莎創造的人類生而平等，讓一個人地位高於其他人，偷走所有人的發言權，這是很邪惡的事情。」

凱登料到他會這麼說。基爾已經向他解釋過莫爾人的部落統治體系，所有男人和女人，不管多窮困，都有權利在營火議會前發言與投票。瑟斯特利姆人簡單明瞭地解釋西境沙漠的政治進程，但凱登想要聽蓋伯瑞爾親口說出來。一切都取決於發言人。

「當然，」凱登繼續說。「有些人比其他人能力更強，有些人對於重要事務能夠看得更遠更深入。」

「而那些人，」蓋伯瑞爾說。「會在營火前開場與總結。但不讓別人說話是懦夫的行為，而且不公正，那樣會讓男人和女人變成野獸。」

「安努人民可算不上是野獸。」

「你們帝國馴服了他們，讓他們變得順從、沒有意見。你們家族把人民變成山羊，然後一副自己是獅子的模樣趾高氣揚地走在他們中間，獵食弱者，吞噬他們。」

蓋伯瑞爾的聲音緊繃但控制得宜，他的憤怒被謹慎地收斂住了。現在凱登一點也不懷疑發言人有多仇視帝國。

「你父親也如此相信。」凱登回答。「於是他密謀顛覆帝國，想要摧毀這個——」

「這個小發言圈。」蓋伯瑞爾語氣挑釁。「他本來會成功的，如果沒有遭人背叛的話。他可不是唯一想要聽取人民聲音的人。」

「就像你說的，你來安努是為了推翻我父親──」

「為了殺他，」蓋伯瑞爾打斷他的話。「為了把大獅子開膛剖肚。」

凱登不理會他的嘲諷。「但你留下來繼續了你父親的工作。」

蓋伯瑞爾嘴唇緊繃。他的手移動到腰帶匕首上。凱登直視首席發言人的雙眼，強迫自己不要輕舉妄動。

「你還在這裡，」他接著說下去，用了基爾對於莫爾文化的描述，以及莫潔塔對於蓋伯瑞爾在安努城內活動的評價，再加上他自己的一點直覺。「因為其他貴族也在這裡，帝國各地所有失勢貴族全都聚集在同一座城市裡。還有什麼地方更適合繼續你父親的工作？還有哪座城市更適合密謀摧毀安努？」

凱登不再說話，攤開雙手，默默等候。

蓋伯瑞爾過了一會兒拔出一把匕首說道：「我本來打算讓你毫髮無傷地離開。」

「那現在呢？」

「現在，我不會重複我父親的錯誤，我會趁你有機會危害大業之前殺了你。」他站起身來，又從腰帶上拔出另一把匕首，放在凱登面前的桌上。那把匕首除了刀刃邊緣之外都像煤炭一樣漆黑，刀緣則在陽光下閃閃發光。凱登沒有伸手去拿刀。

「我提供你一個你父親沒有提供給我父親的選擇。」蓋伯瑞爾邊說邊指向桌上的匕首。「男人的死法。」

「我不是來跟你打架的。」凱登說。

「那你就會面臨野獸的死法。」

「而你很肯定殺了我就是對你所謂的大業最有利的做法？」

「你是皇帝。」蓋伯瑞爾回答，彷彿這句話就解釋了一切。

凱登揚眉。「我是嗎？」他指向身上的粗布衣，然後伸手比向兩人間的桌面。「我身上的衣服就是我唯一的衣服。你這張木桌比我身家財產還要值錢。」

「等你回到你的皇宮——」

「我不能回宮。我父親死時，有其他人接手了他的王位。」

蓋伯瑞爾遲疑，然後搖頭。

「所以有一隻獅子取代了另外一隻獅子。你失去了你的帝國，你來找我是希望我能幫你奪回來。但你看錯我了。」

「看錯人的，」凱登冷冷說道。「是你。」

蓋伯瑞爾瞇起雙眼。「你是想告訴我，這些是錯的，沒有其他人殺了你父親，也沒有人奪走你的帝國？」

「目前為止，你並沒有錯。」

「而你想要我相信你不打算奪回帝國？」

「沒錯。」凱登說著，拿起面前的匕首翻來轉去，看著陽光在刀刃上閃爍。刀握在手上感覺很棒，堅實而有力。他若無其事地順手將刀尖插入桌面，看著刀身搖晃。「我不是我父親，」他說。「我也不是我姊姊。我不想奪回我的帝國，我想要摧毀它。」

38

在研究小隊戰術並接受五、六人隊伍的作戰訓練將近十年後，讓人很容易忘記一整支安努軍團集結在一起聲勢會有多麼壯大。小時候，瓦林見過軍團在首都的諸神道上行軍，一排一排整齊的隊伍，高舉軍旗，長矛以同樣的角度指向天空。他還記得當時的盛況，卻忘了現場有多少人和金屬武器，忘了整座城市都拿起武器的感覺。而此刻，當他藏匿在一小叢樹林裡打量北境軍團的營地時，他發現自己再次被這個景象震撼到。當然，底下的士兵若單打獨鬥，可能就連最差勁的凱卓學員都敵不過，但那根本不是重點，帝國軍團本來就不是為了執行凱卓那種需要高度精確性的任務而存在。凱卓仰賴時機和精準出擊，軍團則是衝勁十足的龐大怪物，一開始雖然衝勢緩慢，但是幾乎無法阻擋。

然而，瓦林看不出來他們在這裡做什麼，為什麼要躲在千湖濃密的樹林之中。那兩個安努傳信兵確實帶有要給肯拿倫的軍情，但是那份天殺的軍情卻是用密碼寫成，只是一長串毫無意義的字母和數字，瓦林、塔拉爾或萊斯都不知道該如何破譯。兩名安努兵都宣稱不知道軍情內容，瓦林相信他們，如果重要軍情可以讓傳信兵在刀尖下吐露，那根本就沒有必要用密碼編寫。傳信兵唯一能招供的就是目的地——阿茲凱爾，疤湖南岸的伐木小鎮。因此，瓦林幾人沒有往南，而是向西南方騎行，沿著殘破小徑穿越北方茂密的冷杉和松樹林，直達阿茲凱爾。如果伊爾・同恩佳計畫攻擊大草原，他顯然挑選了一條拐彎抹角的道路，但或許這正是他的目的。

「看起來像所有北境軍團都到齊了。」塔拉爾說。

瓦林點頭，移動望遠鏡觀察筆直排列的營帳。安努人在小鎮外不遠處的田地上紮營，那片田地本來可能種有南瓜或豆子，但不管作物為何，現在都已經毀了，一整季的農作成果就這麼慘遭軍靴踐踏。

他嘗試估算數量。要計算數量並不困難，安努人的營帳總是排列得整整齊齊，一排一排緊緊相連的白色營帳共分成四個區域，每塊營區中央都有幾座較大的帳篷，分別為食堂、鐵匠帳、補給帳和醫療帳。以營帳數粗略推算，對方應該有兩萬兵力。如果他們為了輕裝便行而選擇上下鋪的話，人數還會更多。這是一支大軍，但瓦林不禁拿他們去和白河北岸的遊牧營區相比。厄古爾部隊占據一座又一座的山丘，阿皮和營火在草原上一路延伸向地平線，而安努軍則齊整地聚集在一排排田地上。

瓦林稍停片刻，瞇起眼睛透過望遠鏡看向營區另一側。他的位置沒有高到能將一切盡收眼底，但那區士兵所穿戴的護甲明顯與其他人不同。他可以從夕陽下忙碌的軍人身上瞥見銅或金的光澤，而不是鋼鐵。這實在令人費解。帝國軍非常實際，理應不會把錢花在裝飾護甲上。不過話說回來，瓦林最近發現世上有很多奎林群島沒教的事情，這些奇怪的盔甲有可能是那類事情之一。於是瓦林不去多想，將長筒望遠鏡轉過去觀察小鎮。

小鎮比他想像中大，或許有一千間民房，幾乎全部都是木製小屋、馬廄和棚屋，有些有石造煙囪，有些只是在屋頂上打洞排煙。濃濃的煙霧籠罩了一切，瓦林可以感覺到煙霧在撓他的喉嚨，使他幾乎可以嚐到煙的味道。在不分晝夜都有海風吹拂的奎林群島上待得太久，他都已經忘了城市和村鎮的臭味。從村子外緣的鋸木廠判斷，阿茲凱爾的鎮民大多都是樵夫，他們似乎毫不在意宛如灰燼般覆蓋在鎮上的糞便、腐木、黑煙和斷松木的氣味。

幾條瘦巴巴的狗在房舍門外討剩飯，還有一隻顯然是從豬圈裡逃出來的母豬在一座小水井旁覓食。街道幾乎都是黃土路，不過近日的大雨和來來去去的人馬把路踏成了泥巴地。瓦林看到兩間像是神殿的大型建築，不過他看不出信奉的是哪個神或女神。小鎮中央還有一棟三層樓高的木石建築，有點像是大殿堂，又有點像是塔樓。然而，就連那棟建築也比不上位於小鎮北邊、疤湖南端，由土石和木頭建造而成的水壩高。瓦林將注意力轉移到水壩上，透過望遠鏡專注看著那邊的動靜。

夕陽已經沉到冷杉參差不齊的林頂上，但還是有近兩百人在火把的照明下賣力工作，挖掘土石製的水壩。從制服來看，那些人似乎是安努帝國軍。指揮官讓他們輪流上工，每組人都不會工作超過兩個小時，之後會由第二組人接替，讓第一組人回營休息。瓦林從正午過後就一直在觀察，這些人完全沒有放緩工作的節奏，一副打算連夜趕工的樣子，不過具體是為了什麼目的，他也說不清楚。有些凱卓擅長水利工程，懂得分散河道、摧毀溝渠、在地下水裡下毒，但就連不擅此道的瓦林也看得出，只要挖開水壩一條縫，下游的河道就會氾濫成災。小鎮地勢較高，或許可以倖免於難，但他不明白為什麼要冒這個險。

「有人把他們給逼急了。」萊斯說。

在一個月前，飛行兵會用輕鬆幽默的語氣來說這句話，但現在那些輕浮的態度都消失了，他沒有像往常一樣邊說邊露出狡黠之色，反而拒絕面對瓦林的目光，雙眼凝視著小鎮。自從四天前攻擊傳信兵的行動出差錯之後，他就一直是這副模樣。瓦林有點懷念他朋友開的那些玩笑，但他更樂見這種正經的表現，這樣自己就不用強顏歡笑，假裝開心或幽默。他們大老遠跑來這裡是為了暗殺害死他父親的人，只要把心思集中在此事，專注於相關的策略和危機上，這個目標就會占據他內心，讓他沒空去想那些死在自己手上的人，這樣他才能堅持下去，但又沒有多餘的心力再去微笑。

「厄古爾人，」塔拉爾說。「一定是厄古爾人。」

瓦林點頭同意。「長拳集結部隊別有所圖，這點顯而易見。」

「這表示，」飛行兵的語氣尖酸刻薄。「我們被親愛的巫醫朋友擺了一道。」

瓦林一邊思考這個說法，一邊再次審視這支部隊。營地中央有一面大旗幟，上面繡著安努的太陽徽記。旗幟下方，十幾名士兵在辛苦架設一座大帳。那麼大的營帳只有可能是伊爾·同恩佳的帳篷，瓦林來回移動望遠鏡，徒勞地搜尋著對方的身影。

十天前，當他和兩名隊員騎馬離開厄古爾營地時，瓦林本來以為他們會一路趕回安努首都，在自己的皇宮裡找出肯拿倫，再殺掉他。即使對凱卓而言，這似乎也是個不可能達成的任務，然而，有一件事把伊爾·同恩佳趕向了明處。這是個大好機會，但同時又讓瓦林提高警覺。此外，這也表示他與凱登的重逢必須繼續延期，凱登必須再自己照顧自己一陣子。很顯然，打從離開奎林群島，事態的發展就已經超乎瓦林預期。棋盤上有了新的棋子，堅持執行趕不上變化的計畫只會是死路一條。

「安努軍團行軍移防有好幾種可能。」他緩緩說道，將望遠鏡交給塔拉爾。「這當然不代表伊爾・同恩佳不必為我父親的死負責，也不能為他造成的任何死亡開脫。事實上，這證明了包蘭丁說的是真話。」

萊斯瞪著他。「安努軍團北上表示北方有人不安分，除非你認為千湖能夠阻擋厄古爾人南下，不然敵人肯定就是厄古爾人。」

「但是根據長拳的說法，」塔拉爾輕聲說道。「這一切都是伊爾・同恩佳的策略。在和敵國開戰的情況下，軍事將領就可以名正言順地統領帝國。他有可能為了坐穩皇帝的王位而謀害桑利頓，並且刻意挑釁厄古爾人。」

「這表示他腳下躺的屍體不會只有一具。」瓦林補充。「如果肯拿倫為了坐穩王位而強行開戰，他會害死數千人、數萬人，包括厄古爾人和安努人。」

「我不想讓屍體躺在我腳下，」萊斯回道。「就我們近期內的作為來看不想。」

「瓦林。」塔拉爾開口，長筒望遠鏡對著環繞小鎮外緣圍欄上的一座大門，門外有條黃土路通往外面的田野。瓦林之前有觀察過那條路，那是個很明顯的進攻點，就算樵夫們在鎮門兩旁建造了塔樓，經驗豐富的圍城部隊還是可以輕易攻陷。瓦林瞇起眼睛，見到幾個人騎馬離開木牆之間的大門。

「是誰？」他轉向塔拉爾。

「你姊姊長什麼樣子？」吸魔師問。

瓦林搖頭。「不太清楚，高高瘦瘦的吧。我已經有十年沒見過她了，本來希望在安努想辦法聯繫上她……」

「你或許就快有機會了。」塔拉爾說著，將望遠鏡推向瓦林，朝鎮上一比。「我不能肯定，但那看起來很像是個擁有燃燒之眼的女人。」

瓦林瞪著吸魔師，伸手接過望遠鏡。下面共有六個騎馬的人，還有十幾人步行跟在後面。他花了一點時間調整焦距，終於調好之後，一道馬背上的身影映入眼簾。她姿態高傲地坐在馬背上，背部挺得像長矛一樣直，但顯然騎得不太自在。她把那匹可憐的馬當成轎子一樣在騎，完全沒有配合馬的步伐改變重心，馬鞍上的身軀沉重又僵硬，彷彿她的腳已經撐不住她自己了。

艾黛兒。

儘管多年不見，他還是一眼就認出姊姊。就算沒有英塔拉之眼，他還是認得出她。她長大了，當然，從女孩變成女人，但身材同樣纖瘦，五官同樣明顯，皮膚還是同樣的蜜白色——比瓦林或凱登的膚色還淺，除了……他瞇起雙眼看著望遠鏡。從這個距離很難肯定，但是她的側臉上似乎有著很細緻的刺青，幾條優雅的線條在陽光下發光，從頭髮向下延伸，經過頸部，消失在袍子底下。

他移動望遠鏡，仔細打量她身上的袍子。他姊姊終於擺脫了小時候一直在抱怨的連身裙，身上的金袍華麗到能與任何公主禮服比美，但是樸實的剪裁又合乎帝國部長大臣的身分，衣領和肩膀都繡有黑邊。瓦林向來對黎明皇宮中不斷變動的時尚潮流，以及服裝釋放出來的微妙信息不感興趣，但艾黛兒的打扮透露出權威，甚至有統帥的氣勢。她的服裝，還有護送她的武裝護衛都更加凸顯這股氣勢。

「看在安南夏爾甜美聖名的份上，」他喃喃說道，壓低望遠鏡。「艾黛兒混在行軍出征的部隊裡幹什麼？」

「重要嗎？」萊斯問。「這對我們來說是好事吧？她可以告訴我們現在究竟是什麼情況。忘掉之前的計畫，我們先去找她，看看長拳賣給我們的究竟是糞還是水果。然後，如果我們還是得除掉攝政王的話，有皇族支持或許也有幫助。」

「瓦林也是皇族。」塔拉爾指出這一點。

萊斯語氣不屑。「瓦林是叛徒，和我們兩個一樣。」

♛

躲在樹林裡透過望遠鏡偷看艾黛兒是一回事，接近到可以和她交談的距離又是另一回事。一名騎著馬的年輕士兵在路上迎接瓦林的姊姊，鞠躬，臉貼在馬鞍上，在她揮手後挺直背脊，和她交談片刻，然後再度鞠躬，帶領她前進。

瓦林觀察其他馬上的人。他姊姊身後有兩名士兵，一個比較年輕，戴銅頭盔，神色嚴峻，五官彷彿用大理石雕刻而成；另外一個是頭髮花白的艾道林護衛軍，手握闊劍劍柄，正凝神打量周遭環境。艾黛兒身邊有個老太太和一個看起來更老的老頭，兩個人都滿頭灰髮，肩膀低垂。這些人瓦林一個也不認識，但他們全都往營區的帳篷前進。

「和部隊駐紮在一起，」塔拉爾說。「提升士氣。」

「並不是真的『和部隊一起』。」萊斯過了一會兒說道。

艾黛兒穿越營帳，朝營區中央的大帳前進。那是她的大帳，瓦林發現，心裡浮現一股不安的感覺。不是肯拿倫的大帳。

「可惡。」他喃喃道。「她住在鎮上的話還比較好聯絡。」

「我們可不能闖入安努戰地營區中央。」塔拉爾同意。

瓦林思索著這個問題，同時看著艾黛兒抵達她的大帳，指向某樣東西，然後再度策馬前進。士兵在她路過時鞠躬，艾黛兒點頭示意，在另外一座帳篷前下馬。那座帳篷只有她大帳的一半大，但是和其他帳篷相比還是大得多。即使天色逐漸暗下來，瓦林還是看得一清二楚，不過看得清楚並不會降低潛入營區的難度。他想觀察艾黛兒多久都不是問題，真正的問題是他要怎麼過去和她交談。

「有人想玩喬裝改扮的遊戲嗎？」萊斯發問。「我想廚師可以混進她的帳篷，打掃奴隸也可以，或是男妓。」

瓦林搖頭。「你不瞭解艾道林護衛軍。」他回答。「他們不會隨便讓端著瓷盤的人進去。那些混蛋會搜查所有進入大帳的人。就算不帶武器，我也不確定我能假扮廚師，或是男妓。」

「如果我們有鳥，」萊斯刻薄地說。「你就可以直接跳入天殺的帳頂。」

「我們沒有鳥。」瓦林回道。

「混進營區應該不難。」塔拉爾說。「我們還有從傳信兵身上剝下來的護具。」

瓦林考慮這個主意一段時間。這樣做很大膽，但是話說回來，好的計畫多半都很大膽。他有匹安努軍馬，一套安努軍護甲，也有安努人的口音。不幸的是，他的眼睛會立刻露餡。他們無從得知伊爾·同恩佳和猛禽指揮部之間有多少聯繫，不知道肯拿倫是怎麼欺騙他姊姊的，不知道艾黛兒營帳四周的衛兵是否認得他的長相。問題太多，答案太少。

「我可以輕易通過其他警戒哨。」瓦林緩緩說道。「天黑了，那些警戒哨的人都是普通帝國士兵。」他搖頭。「問題是艾道林護衛軍。如果伊爾·同恩佳有傳說中的一半擅長謀略，他就會針對我們布置警戒，那表示艾道林護衛軍也會堤防我們的出現。他們會知道我的長相，也知道你們的長相。」

「我跟你說，」萊斯抱怨道。「我現在非常討厭這些天殺的艾道林護衛軍，他們不是在天殺的山區謀殺皇帝，就是擋在這座大陸上唯一我們必須接近的兩個人中間。」他轉頭面對瓦林，彷彿這整件事情都是瓦林的錯。「他們什麼時候才會離開這裡？還是說你們大個便都要讓他們幫忙擦屁股？」

瓦林正要反唇相譏，突然靈光一現。「不。」不久後他再度舉起望遠鏡說。「他們不會。」

「不會離開？」

「不會幫你擦屁股。至少，我小時候不會。在黎明皇宮裡，他們會在私人衛生間外站崗，但他們從來沒有進去過。」

塔拉爾噘起嘴唇。「我知道你在想什麼，但我們不在黎明皇宮。艾黛兒上的私人衛生間會被艾道林護衛軍團團圍住，就和她的營帳一樣。進私人衛生間和進營帳的難度是一樣的。」

「不同之處在於，」瓦林說著，指向距離艾黛兒的營帳十幾步外挖洞的士兵。「我不須要進去。我直接待在裡面。」

♛

瓦林通過外圍哨兵，把他騎的馬和其他動物拴在一起，然後靠一張嘴通過了內部守衛的防線。儘管晚風涼爽，他依舊滿頭大汗，幸運的是，營區裡所有人看起來都累得半死，目前正在休息，顯然伊爾．同恩佳把他們逼得比瓦林想像中更緊。守衛只是看了瓦林的安努護甲一眼，隨口問幾個問題，就揮手讓他通過，如此警戒似乎不夠森嚴，不過基本上算很有效率。即使守衛已經放行，瓦林還是提醒自己得放慢腳步，模仿其他帝國軍疲憊的步態，看著眼前的泥巴地，而不是回頭注意身後。

*他們都累壞了，而你只是數萬士兵中的一員，現在還是晚上。*他提醒自己。

他稍作祈禱，感謝浩爾賜他黑暗。黑夜在安努士兵面前替他掩飾了長相和雙眼，不過他仍看得十分清楚。現在通過警戒哨了，除非走到艾黛兒大帳附近的艾道林護衛軍面前，不然多半不會有人來找麻煩。走到她的營帳時，他已經非常習慣這種近乎隱形的狀態，他在火把照明範圍外短暫停留，打量著艾黛兒的衛兵。

如果他樂觀地期望艾道林護衛軍會在超過二十名帝國軍的包圍下放鬆警戒的話，他就會感到非常失望。帳門口有兩名全副武裝的士兵分立兩側，另外還有八名士兵圍住營帳，每個角落站兩個人，背對背，面對黑夜，呈現標準的雙鑽隊形。這種隊形排列簡單，但幾乎無法滲透——雙倍視界，雙倍人員，每一組人都有肢體接觸。瓦林研究過破解的方法，不過每種方法都需要更多人手，還需要遠程武器。如果小隊全員到齊，他或許有辦法闖進去，但是想活著離開大帳的機會很渺茫。而伊爾・同恩佳營帳的守備情況應該也差不多。這個想法令他再度掌心冒汗，他只得努力將其拋到腦後。

做你來此該做的事，他提醒自己。*之後會輪到肯拿倫的*。

他離開火把附近，回到混亂的營地，路過時偷看那些士兵幾眼。他認出第三十三、第四，還有第二十軍團的徽章，還有幾個他記不太清楚了。戰地軍團的組成部隊經常會變動，軍團會不停輪調，組成北境軍團的士兵在十年之間會出現很大的變化。

他繞過艾黛兒的私人衛生間，從反方向接近。標準軍團配置是將一長排公共茅坑放在營區外圍，但標準軍團配置並沒有提到公主出現在這麼多軍人之間時該如何安排。艾黛兒的出現逼得營區指揮官必須臨時變更原先的配置，清空一塊土地供她個人使用，用粗布帳篷圍起來，並指派兩名剛值完正常勤務的疲倦士兵挖坑，以確保他姊姊的安全和舒適。

瓦林把希望寄託在這兩名士兵的疲勞上。

「好了，混蛋，」他說著，步入帆布門簾。「媽的去吃你們的晚飯。」

離他較近的士兵，半邊臉上有著酒漬胎記的年輕人，皺眉抬頭看他。

「你他媽的是什麼人？」

瓦林哼了一聲。「你要我正式介紹嗎？想繼續挖糞坑，隨便你……」他朝地上的糞坑一比，然後轉向帳篷入口。

「等等，朋友。」另外一名士兵喊他。這人比同伴年長，撐著鏟子而立，微弱的火光在他曬黑的頭皮上搖曳不定。「你想怎樣？」

瓦林轉過身去，揚起一邊眉毛。「我想要有個美女幫我口交到睡著，但卻被唐納維克隊長，願安南夏爾幹爛他，派來這裡頂替你們兩個幸運的大混蛋。」

「唐納維克隊長是誰？」年輕士兵問。

「誰管他啊，赫爾蘭。」年長士兵邊說邊爬出大洞，用疲憊的手掌徒勞地拍拍身上的塵土。「這位弟兄很好心地說要幫我們做完這裡的工作……」

「根本不是我們天殺的工作，」年輕士兵不滿地抱怨。「如果天殺的火焰之子這麼喜歡擁戴新皇帝，幹嘛不來幫她挖糞坑？」

瓦林壓抑驚訝之情，年長士兵則伸手要夥伴小聲點。

「她不是他們的皇帝，赫爾蘭。她就是皇帝。要是讓哪個隊長聽見你講這種話，能只被關一週就放出來算你走運。」

赫爾蘭搖頭，但是壓低音量。「這樣不對，」他啐道。「我願意追隨肯拿倫直奔安南夏爾的肛門，但是現在這種情況，他對她唯命是從……這樣不對。」

「我不記得他們有問過我們的意見。」年長士兵說。「我們的責任是行軍和戰鬥，不是研究政治和宮廷鬥爭。我告訴你我們要做什麼：奉命行事。將軍說加速前進，我們就加速前進；將軍說挖茅坑，那我們就挖茅坑。」他疲憊地停了一停，抬頭看向瓦林。「當然，除非有人好心到願意幫我們完成工作。」

「好心？」瓦林問。他努力想搞清楚剛剛聽到的話，但計畫還是得繼續下去。「如果可以，我會讓你們兩個混蛋一路挖到天亮，但是那樣的話，天殺的唐納維克就會把我關起來一整晚，而那可比拿鏟子挖洞好讓尊貴的皇帝可以在她的皇家茅坑裡拉她的皇家大便要慘多了。」

年輕士兵聳聳肩，將鏟子丟在洞旁的地上。「你該早點來的。」他喃喃抱怨，推開瓦林，走出帳篷。

「哪來的刺老鼠死在他的屁眼裡？」瓦林在帆布垂回原位時問剩下的那名帝國士兵。

「別管他。」男人回答，將手中的鏟子交給瓦林。「赫爾蘭剛剛入伍，他以為帝國軍就是拿把大劍，跑去每座村莊上大眼妹……」他越說越小聲，開始凝神細看瓦林的眼睛。

瓦林換了個握鏟的姿勢。他不想傷害這名老兵，但只要這人大叫一聲，整個營區的人都會趕來。更糟糕的是，如果他在這裡失敗，那就表示之前死的人——黑羽蜚恩、他殺的傳信兵——都白死了，毫無意義。以死人之名去傷害活人是很奇特的邏輯，但除非願意自首，不然他就沒有其他選擇。他可以用鏟子的平面打昏對方，不會傷及性命。瓦林站穩腳步。

「你的眼睛怎麼了嗎？」男人終於問出來。他的語氣並不緊張，只是有點好奇。瓦林緩緩吸氣。帳篷裡的空氣不流通，充滿剛剛翻開的土味，但是沒有恐懼的臭味。

他稍微鬆懈了一些。

「貝迪莎讓我天生如此。」他回答，強迫自己聳肩。「白天是棕色，晚上看起來更深。」

士兵又打量了他一段時間，然後拍拍他的肩膀。「不關我的事。謝謝你來接手。」他朝茅坑一比。「講真的，也沒剩下多少要挖了。或許再一呎，然後就是要把坑修好看點。」

「從來沒聽說過好看的茅坑。」瓦林說著，轉向地洞。

「我從來沒聽過有公主會隨軍出征。」士兵說。「多謝了，朋友。」

「別謝我。」瓦林說。「如果看見厄古爾人拿矛插我，記得要來救我。」

門簾垂下時，士兵還在帳外輕笑。

皇帝，瓦林冷冷地想。他本來以為一路抵達安努後，會發現伊爾·同恩佳坐在王座上，將艾黛兒如喪家之犬般擠到一邊——前提是她還活著。顯然他低估了他姊姊。現在她身處出征的軍團之中，是部隊指揮官，更別提還有另外一支火焰之子部隊隨軍出征。至少這解開了他們心裡的一個謎團，雖然他完全想不透艾黛兒是怎麼讓這個宗教團體對她效忠。根據長拳的說法，她可是謀害了他們的大祭司。

瓦林緩緩吐出一口長氣。他本來期待艾黛兒會在有點害怕的情況下自願幫助他，結果她竟然得到了英塔拉教徒和朗·伊爾·同恩佳的全力支持。她並沒有為父親哭泣，她取代了他。瓦林無法確定這一切代表了什麼，但是情況看起來非常不妙。

瓦林強迫自己將注意力轉移到眼前的工作上。私人衛生間得弄好，不然她可能會拒絕使用，於是接下來的一個小時，他努力挖掘，壓平茅坑四周的土地，將石頭整齊堆在旁邊，接著把精心製作的木椅放在洞上。這張木椅有瓦林一半重，隨軍攜帶這種東西感覺很荒謬，然而它就在這裡，專為艾黛兒的皇家屁股準備的特權用品。

把木椅放至定位時，他突然發現他們姊弟二人的人生經歷有多大差異。雖然瓦林和凱登也分道揚鑣，但他們的道路都充滿了訓練和試煉，身邊的人全都不把他們的身分放在眼裡。但艾黛兒顯然活在安努貴族養尊處優的環境中。這個想法在他體內燃起一股莫名的怒火。他曾眼看朋友遭人謀害，他自己也被迫殺人和背叛，而那一切都是為了服務帝國，全都是為了替父親報仇和保護哥哥。然後呢，艾黛兒在做什麼？躺在私人大帳裡，等腳瘸的士兵幫她挖茅坑。

他本來期待她能幫自己扭轉當前局勢，結果卻突然發現她就是天殺的當前局勢。他駭然意識到，她甚至有可能參與了最初的陰謀。他童年印象中的姊姊並不是老謀深算、心狠手辣之人，但話說回來，他們都已經不是從前的他們了。

他推開不安和疑慮，沒有必要去推測幾小時內就能真相大白的事情。他把鏟子放在一面帳牆邊，然後最後一次檢查私人衛生間。他不確定這間私人衛生間本來應該是什麼模樣，不過這裡也沒有多少東西可以移動。如果他錯過什麼細節，受罰的會是剛剛那兩名士兵。

他對自己點頭，然後站在木椅上，用腰帶匕首在上方帆布上割了一條縫，接著小心地在不進一步撕裂帆布的情況下伸手出去，抓住帳篷的中柱，爬出帳頂，進入黑夜之中。帆布微微下沉，不過帳篷布拉得很緊，只要平均分攤體重，帳頂應該撐得住他。他檢查身後，帳頂遮住他的身影，也使他無法看到兩旁的小路。他能看見更遠處的士兵在做自己的事情，但天色很黑，他又身穿黑衣，而且就在他四下打量的時候，天空開始降起雨來。一開始雨勢很小，然後轉大，大雨會讓等待變得寒冷又痛苦，但也會將可視範圍降到幾步之內，這很值得。他把下巴縮在黑衣裡，靜靜等候。

先進來的是艾道林護衛軍，手裡拿著提燈，火光反射在潮濕明亮的盔甲上——這就是凱卓會利用的錯誤，拿高提燈表示火光會破壞護衛的夜間視力，在照亮黑暗的同時，他們也摧毀了自己看穿黑暗的能力。瓦林動也不動地躺著，看著他們走近，並在他們步入帳篷時低頭觀察帳內，用身體遮蔽縫隙以防光線洩露。

一名護衛檢視一圈，另外一個踢了踢放在帳牆下的鏟子。

「他們沒把工具帶走。」他說。

另一名護衛聳肩。「我無所謂。」

兩名護衛都沒注意到瓦林。典型的艾道林護衛軍。他們有辦法於大雨中在艾黛兒的營帳外立正一整個晚上，但是要檢查內部環境時，卻不會想到要抬頭。再度環顧一遍這個狹窄空間後，兩人離開，多半是繼續在門口站崗，只剩下瓦林一人，聽著冰冷的雨滴敲打在帆布上。

艾黛兒將近午夜時分才終於步入私人衛生間，一邊推開濕淋淋的帳簾，一邊低聲咒罵，然後擰乾頭髮上的雨水。瓦林渾身濕透，在雨中微微打顫，但他強行驅趕不舒適的感覺，將心緒專注在他姊姊身上。

她比望遠鏡中更高更瘦，近距離下，瓦林可以看出她臉上的倦容。她想要拍乾金袍，但效果不彰，接著惱怒地嘆了口氣，脫下金袍，任由雨水在地上滴成一灘。瓦林驚訝地發現她金袍底下穿的是軍用羊毛衫和皮甲——品質比配給士兵的好，這點無庸置疑，但比他以為會看到的連身裙和珠寶實用多了。

「固執、天殺的笨蛋。」她嘟囔著，一邊搖頭，一邊解開褲子上的鈕釦，走向馬桶，顯然還對早先的一段交談感到惱怒。「我們還沒遇上厄古爾人就會和本地居民打起來……」

瓦林在帆布上緩緩轉身，頭和肩膀滑入裂縫中。

雨水隨著他的移動落入帳篷內。艾黛兒皺眉抬頭，瓦林從天而降，一個翻身，雙腳著地。她才剛張嘴，就被他伸手勒住喉嚨，截斷她的呼吸和尖叫。她開始掙扎，但他頂出膝蓋絆倒她的雙腳，把她摔在潮濕的地上。

「我是瓦林。」他在她耳邊低語。帆布上的雨聲足以掩飾大部分的聲響，除非有人大吼大叫，但瓦林不打算冒任何風險。「艾黛兒，我是瓦林，妳弟弟。」

她停止掙扎，接著，就在他打算鬆手時，她向前一撲，再次憤怒地抓傷他的手臂。他臉色一沉，手上使勁。

「必要的話，我會打昏妳。」他說。「停止掙扎，我不是來傷害妳的，我要和妳談談。」

她再度放鬆。

「如果嚇到妳了，我很抱歉。」他繼續說。「我需要和妳談談，而這是唯一的方法。」

他將手鬆開一點。這一次她沒有掙扎。

「為什麼不直接騎馬入營，請求覲見？」她問。她的聲音很低，但是透露出恐懼和憤怒。

「還真沒教過。再說，伊爾·同恩佳控制這個營區，我入營不出十步就會被銬起來。」

「你不瞭解狀況。」她說。

「是的，我不瞭解。我不瞭解這支部隊，也不懂妳怎麼會率領它，這就是我來找妳的原因。現在，我可以放開妳嗎？如果我想傷害妳，妳已經受傷了。」

「凱卓沒教過你要怎麼請求覲見嗎？」

這話說得比他預期中更粗魯無禮，但艾黛兒只猶豫了一下，便點點頭。

瓦林鬆手，她掙開他，轉身與他相對，雙眼火光大盛。他幾乎可以感受到那股高溫。艾黛兒張嘴彷彿要叫，他神色一凜，準備再度箝制她。然而，當她說話時，她的聲音很輕，只不過非常緊繃。

「所以你真的是叛徒。我本來不願意相信。」

他疲憊地搖頭。「那是他們的說法，不是真的。」

「是嗎？」她側頭問道。「你何不把實情告訴我？」

瓦林看向營帳入口。他不知道艾黛兒通常會在這裡待多久，但外面的艾道林護衛軍遲早會起疑，或許很快就會。

「我們沒時間。」他說。「我們逃離了奎林群島是為了去找凱登。」

「去殺他。」

「去保護他。但被密希賈．烏特和塔利克．阿迪夫搶先一步。他們殺光了僧侶，本來再幾個小時就會殺了凱登。」

「而你救了他？」

他點頭。

艾黛兒攤開雙手。「那他在哪裡？」

「不在這裡。」瓦林回答。「他正在想辦法搞清楚我試圖釐清的事情：誰殺了我們父親。」他觀察她的反應，想解讀她的表情。艾黛兒則輕舔嘴唇，瞥了門口一眼，又轉頭對上他的目光。他可以聞到她很緊張，同時還有一股更深層的情緒。反抗？決心？

「朗・伊爾・同恩佳。」她終於說。「父親是肯拿倫殺的。」

他的心臟彷彿一頭愚蠢的猛獸般在胸口狂跳，憤怒在他血管中鼓動。在包蘭丁宣稱伊爾・同恩佳是凶手時，瓦林感覺憤怒像株生病的植物般在他體內蔓生，但他的疑慮克制了那股怒氣，阻礙它的生長。他不可能相信那個吸魔師的話。包蘭丁是個騙子。在穿越草原，然後是河流，接著是千湖外圍濃密樹林的途中，瓦林一再對自己重複這句話。包蘭丁會說謊。等到你弄清楚全部事實再說。包蘭丁會說謊。

現在，就像一把刀砍在臉上，他得知了真相。有一瞬間，他動也不動地站著，沉浸在憤怒之中，幾乎已經準備要衝出帳篷，殺死艾道林護衛軍，在大軍之中獵殺肯拿倫。慢慢地、慢慢地，他重新控制住自己。他會殺了朗・伊爾・同恩佳，但他需要更多情報來做好這件事情，要確保能殺死他。

「所以，」他緩緩說道，聲音有些沙啞。「長拳和包蘭丁最終還是沒有說謊。」他搖搖頭。「妳在這裡幹什麼，和他一起？天殺的北境軍團在這裡做什麼？為什麼有人稱妳為皇帝？」

她不理會這些問題。「你和長拳在一起？」

「伊爾・同恩佳的事情就是他告訴我的，我還得從天殺的厄古爾人那裡聽說此事。」

「不。」艾黛兒搖著頭說。「不，你弄錯了，情況比你想得更複雜。」

「還有什麼地方能弄錯？」瓦林問。「肯拿倫謀殺了我們的父親，這是軍事政變。在我看來一切簡單明瞭。」

「朗會殺父親，」艾黛兒說。「是因為桑利頓會危害帝國，或是任由帝國毀滅。你的朋友長拳一直在策劃進犯帝國，現在他已經展開入侵行動了，這就是部隊在這裡的原因。」她瞪著他。「你們喝茶聊天的時候，他沒告訴你嗎？」

瓦林想要回嘴，接著住口。他本來就期待艾黛兒可以確認或推翻長拳的說法，他只是沒想到她會同時確認又推翻這些說法。他的心思飄回到白河北邊的巨大營區，距離安努邊境不過數里之遙的大軍上，巫醫聲稱那是防禦部隊，但他有可能是在說謊。

「就算長拳入侵安努，」他緩緩說道。「厄古爾威脅又怎麼能幫叛國和謀殺的罪行開脫？」

「甜美的英塔拉之光，瓦林。」艾黛兒厲聲回應。「你以為我沒有想過這個問題嗎？你以為我沒有每天都覺得被一把天殺的匕首抵住肋骨嗎？」她的身體僵硬，幾乎在顫抖，看起來像是要動手打他，或是開始哭泣，又或許她都想。「我愛父親，比你這個跑去熱帶群島扮演士兵的傢伙更愛。是我和他談論稅制、徵兵、運河權、天殺的米價，是我真的認識他，是我親眼看著他被埋入天殺的土裡。而你竟然半夜跑過來拿把刀抵在我背上，就想教訓我該怎麼緬懷我們的父親。」她露出牙齒，一副想要咬掉他喉嚨的樣子，但是當她繼續說話時，聲音又再度變小，緊繃得宛如弓弦。「伊爾．同恩佳試圖說服父親厄古爾人所帶來的危險，但是失敗了。父親是和平時代的好皇帝，他是個偉大的皇帝，但他低估了軍事威脅。」

「肯拿倫有責任證實威脅，守護帝國。」

艾黛兒搖頭。「父親不讓他這麼做，他說任何調兵北上的舉動都是在挑釁。」她伸指戳他胸口。「聽著，謀殺皇帝是叛國，我這輩子都會為父親哀悼，你也絕不可能瞭解我有多傷心。但是我們父親只是一個人，瓦林。如果安努被厄古爾人擊敗會死多少人？你那些騎馬的朋友此刻很可能在渡河，穿越千湖南進。那塊區域基本上無人看守，因為我們的父親沒有派兵看守。」

「這依然是政變。」瓦林回道。「有其他方式可以解決這個問題，不用殺人和叛國的方式。伊爾・同恩佳也有派人追殺我，艾黛兒。他甚至派人追殺凱登。此事不光是為了守護安努，他打算剷除馬金尼恩家族。」他停下來，注視著她。「除了妳之外，這點顯而易見。」

艾黛兒猶豫了，臉上滿是困惑。第一次，瓦林在她身上聞到懷疑的氣味，濃到宛如森林在一週大雨過後散發出的腐臭味。「不是他幹的。」她終於說。「他告訴我，他沒派人追殺你們。」

「噢，他告訴妳的，那肯定是真的。艾道林護衛軍第一護盾和密斯倫顧問率領部隊穿越半個瓦許，打定主意要殺害新任皇帝，而妳竟然相信早已承認殺害前任皇帝的肯拿倫兼攝政王沒有參與其中？」

艾黛兒深吸口氣，然後挺直背脊。「就算是他幹的，也無所謂。」

瓦林張口結舌。「無所謂？告訴我怎麼會無所謂，艾黛兒！等殺手趁夜找上門來，當肯拿倫收買的人為了得到妳而殺害妳深愛的人，等他們摧毀妳整個世界，到時候妳再來告訴我這樣怎麼會無所謂。」

「我不是那個——」

他打斷她。「我知道妳的意思，妳覺得這樣是為安努好，妳覺得我們需要肯拿倫，妳覺得可以為了更遠大的目標犧牲。」他對壓實的土地吐口水。「去他媽的。去他媽的。不管伊爾・同恩佳說的是實話還是謊言，我不在乎。他謀害我們的父親，他殺了荷・林——不是親手殺的，但和他親自動手一樣——」

「荷．林？」她問。

「不重要。」瓦林冷冷說道，控制自己的怒火。「他有罪，我要殺了他。」

艾黛兒抿緊嘴唇。「不能殺。」

「為什麼？」瓦林問。「因為這個？」他揮手比向營帳外的營區。「艾黛兒，我花了十年的時間學習混入這種地方，所以現在我能在這裡和妳說話。我找得到伊爾．同恩佳。我會找到他，一刀插入他的心臟。」

「我不是指部隊。」她說。「你或許沒錯，或許他該死，但你不能現在殺他。你可能沒留意到，我們即將開戰，不管長拳怎麼和你說，這場戰爭絕不是安努挑起的。他不只是個普通部落酋長，瓦林。這是厄古爾民族史上第一次完全統一，而且還聚集到帝國邊界。是長拳幹的，是他有系統地擊潰所有反對他的人。反對他的厄古爾人非常多，至少剛開始是如此。他就要來了，帶著他的血腥崇拜、活人獻祭而來……他帶了近百萬兵馬，總得要有人阻止他。」

她氣喘吁吁地凝視著他。大雨擊打在帳頂上。

「不管伊爾．同恩佳幹了什麼，」她終於繼續說。「那個人是天才，聰明絕頂，十個世代中最強的將軍。士兵願意追隨他到天涯海角，願意幫他做任何事。」她搖頭。「他若只是個渴望權力的軍人，你以為我會留他活口嗎？他殺了我們的父親，瓦林，冷血地砍死他。之前我以為是烏英尼恩該為此負責的時候，我在那個混蛋自己的神殿裡把他燒成焦炭，而我願意再來一次。但我們現在不能動手，因為厄古爾人來了，他們人多勢眾、兵強馬壯、占據優勢，而我們唯一的希望就是伊爾．同恩佳。我討厭他，瓦林，只有光明女神知道我有多討厭他。但是我們需要他。如果沒有他，厄古爾人就贏定了。」

瓦林看著她。不管她還做過什麼，艾黛兒顯然對自己說的話深信不疑。不幸的是，很多人都曾誤信過不該相信的事情。「我們還有其他將軍。」他輕聲說道，努力讓她瞭解。

「和他不同。」艾黛兒語氣堅決地回應，並比向帳篷外面。「你看到水壩了嗎？看到他在對水壩進行的工程了嗎？」

瓦林搖頭。「我才不在乎他對天殺的水壩幹了——」

「那，」她說。「就是我們需要他的原因。因為像你和我這樣的人思考模式和他不同。他領兵打仗已經……」她頓了一下，臉上浮現類似恐懼的神色。「……已經很久了，瓦林。我不能讓你殺他。等我們阻止厄古爾人後，沒問題，但是在那之前不行。現在不行。」

「妳阻止不了我，艾黛兒。」

她點頭。「我可以大叫。」

「我可以殺妳。」

「你是在威脅要殺害你手無寸鐵的姊姊嗎？」

「我打算解決此事。」

他的眼神讓艾黛兒臉色發白，但她還是堅持己見。「如果殺了我，你就會失敗。艾道林護衛軍會發現我的屍體，他們會知道是你幹的，然後會增加肯拿倫的護衛，增加三倍。」

瓦林遲疑了。她說服他了。不管他說得有多威猛，在當前情況下要接近伊爾・同恩佳就已經不太可能了，再少了突襲的優勢，他絕無機會成功。

「聽著，」艾黛兒說，第一次伸手碰他手臂。「先等等。讓部隊北上，讓我們和伊爾·同恩佳並肩作戰。到時候我會幫你除掉他。」

「幾分鐘前，」瓦林瞇眼說道。「你還在幫他辯護。」

「幾分鐘前，」艾黛兒冷靜地表示。「我不知道整個情況，不知道他有去追殺你和凱登。我愛安努，但我也愛我們的父親。我們現在需要肯拿倫。我們可以利用他，但不會一直需要他。」

瓦林權衡形勢。他沒想到姊姊會這麼堅決又固執，但她的話也有道理，特別是在長拳的確準備率領大軍渡過黑河時，殺死將領會瓦解士氣，而讓經驗不足的將領領軍有可能由勝轉敗。他回想長拳，回想巫醫身上的疤痕，想起他掠食者般的眼神。朗·伊爾·同恩佳不是唯一要注意的人，這點絕對是肯定的。如果能讓他們兩個自相殘殺就太好了。

「他打算在哪裡交戰？」

「湖的北邊，一座叫安特凱爾的小鎮。」艾黛兒說。「厄古爾人打算從那裡渡過黑河，伊爾·同恩佳說那是他們入侵帝國之前的最後一道防線。」

瓦林搖頭。「你們不可能及時趕到，北方全是沼澤和樹林，連條像樣的小徑都沒有。」

「肯拿倫知道他在做什麼，瓦林。」艾黛兒說。

瓦林緩緩點頭妥協道：「那好吧。安特凱爾。讓他在安特凱爾作戰，戰鬥結束後，他必須死在那裡。」

「你不須要北上。」艾黛兒說。「你可以在這裡等，在部隊回程時殺他。」

瓦林搖頭。「不。戰場是很混亂的地方，部隊可能會被殲滅，可能迷失方向，人也會迷路。

除掉他最好的時機，就是在戰爭結束後的混亂之中。」

瘋狂的部分在於這個計畫有可能成功。大戰過後的混亂可以提供絕佳的機會，至少會比在對方精心安排過的營區裡容易。

「確保你有等到大戰結束。」艾黛兒堅持。

瓦林點頭。再等幾天。再等幾天，他就能一劍插在肯拿倫的背上。可以再等幾天。

他站起身來，準備爬出帳頂，接著停步，轉身面對艾黛兒。她雙眼火光閃亮。

「還有一件事。」他說。「凱登並沒有死，王位是他的。等這一切都結束之後，妳要把王位還給他。」

39

「不管有沒有穿黑衣，」崔佛．拉奇說。這名蓄著棕色鬍子的大漢是安特凱爾的鎮長。「都不重要。」

他身材比跳蚤高大，而儘管他已經用言語和身高強調過了，他還是上前一步，一指戳在小隊長的胸口。他們此刻最不需要的就是這種情況。長拳就在不遠處，領導嗜血的馬背民族渡過黑河，而他們卻在這裡，帝國緊縮的屁眼上某個微不足道的小鎮，與鎮長爭論不休。更糟的是，半數鎮民都跑到小鎮廣場來看從天而降的巨鳥和接踵而來的好戲。

「我們有能力照顧自己。」戳。「所以你們何不飛向南邊。」戳。「回到你們來的地方？」

跳蚤沒有多說，也沒有移動。

「再說，」鎮長接著說，為自己明顯占上風而得意洋洋。「不知道是哪個吃屎的官僚決定要讓女人作戰的，但是我告訴你一件事情，而我只說一次，所以給我聽好了。」

「我在聽。」跳蚤輕聲說道。

拉奇皺起眉頭，他提高音量，讓所有圍觀群眾都能聽見。「我已經管理本鎮二十三年了，而我不聽命於任何人，更不會去聽——」他伸出粗手指指向葛雯娜，做出總結。「聽某個年紀只有我一半大、自以為拿把劍就可以假裝男人的蕩婦指揮。」他竊笑幾聲。「我或許會願意幹她，」他攤開雙手，接受人群的笑聲。「但不會聽令於她。」他轉身面對跳蚤，再度戳他胸口。「聽清楚了嗎？」

跳蚤點頭，然後對著他的脖子就是一劍。

拉奇宛如一袋石頭般倒地，鮮血噴濺在中央廣場上。葛雯娜目瞪口呆。這一劍毫無警告和徵兆，只有寂靜，接著是死亡，再恢復平靜。接著，派兒哈哈大笑。

「好了，」她說。「或許我們可以學著攜手合作。」

安特凱爾的居民又過了幾下心跳的時間才能相信剛剛目睹的事情，然後另外一個男人，比拉奇矮一些，但更壯實，他拔出一把長匕首，大叫一聲來到跳蚤面前。

跳蚤一樣把他殺了。

葛雯娜反手拔劍，但紐特阻止了她。

「別讓兩邊打起來。」他低聲道。

葛雯娜瞪大眼睛，先是看跳蚤，然後看警語家。「可是都是他在殺人。」她嘶聲道。

「殺人和兩邊打起來不同。」紐特回答。「這些可憐的鎮民，他們從未見過這種場面，不知道該如何看待乘鳥飛來殺害鎮長的人。他們不知道該如何應對，但如果我們也拔劍的話……」他噘起嘴唇。「就會看起來像打群架，而對這些伐木小鎮的鎮民來說，如果有什麼熟悉的事情，肯定就是打群架了。」

這種做法違反葛雯娜所有本能，但她還是放下手。其他凱卓都沒有任何反應。跳蚤低頭看腳邊的屍體，然後轉而面對群眾。他開口說話，聲音並不大，但還是遠遠傳了出去。

「厄古爾人要來了，而你們要阻擋他們。」

這話在群眾間掀起困惑與不滿的聲浪。已經有好幾批自東北方小村落而來的難民逃入安特凱爾，他們傷痕累累，帶來農莊付之一炬、家人慘遭屠殺的故事。不過不知道為什麼，這些鎮民還是毫無警覺，似乎認為那是掠奪隊伍幹的，而不是大批入侵部隊。

「你們要阻止他們。」群眾中有人叫道。「你們才是戰士，我們只是來砍樹的。」

「馬背民族路過後，」跳蚤說。「你們根本就不會留在這裡了。他們會殺死大部分的人，把剩下來的人留著慢慢祭神，以鋼鐵和火焰獻給梅許坎特。他們會把你們的小鎮燒成灰燼，從疤湖南岸到阿茲凱爾的人都會聽見你們的慘叫聲。」他聳肩。「你們可以逃，但他們會追上去。如果你們躲在草叢裡，或許他們不會發現。我已經很久沒到伐木小鎮了，但我印象中的樵夫不是喜歡逃跑或躲藏的人。」

「我們不會逃跑。」一個比拉奇瘦但比跳蚤高出很多的年輕人說。他手裡拿著一支鉤竿，鋼製竿頭在陽光下閃閃發光，不過他沒把竿子當武器使，只是靠著它。「我們不會逃跑，但我們這裡有自己的規矩，殺死鎮長可不合乎規矩。」

跳蚤的視線掃過鉤竿，再移向拿鉤竿的人。「你叫什麼名字，孩子？」

「布里澤。」他回答。

跳蚤點頭。「好名字。」他看向圍觀群眾，指著前排一個身穿油膩羊毛衫的老女人。「妳覺得布里澤怎麼樣，老太太？」

她皺起眉頭，回頭尋求群眾支持，發現沒人理她，於是又看回跳蚤。「好人。」

「他會和人打架嗎？」

「不常。他不喜歡管閒事，是很安靜的小伙子。」

跳蚤點頭。「我喜歡安靜的小伙子。布里澤，你現在是鎮長了。」

布里澤皺眉。「你不能就這麼任命我為鎮長。」

「已經任命了。根據《緊急戰爭法》第五十六條。」

葛雯娜湊向紐特問：「什麼天殺的戰爭法第五十六條？」

警語家聳肩。「和農作稅制有關，我想。」

「所以和……」

「無關。」

布里澤一臉困惑，但跳蚤輕拍他的肩膀表示：「這個鎮歸你管，你歸葛雯娜管。如果葛雯娜戰死，就換安妮克，但是盡量不要讓葛雯娜戰死。」

「那她呢？」年輕人指向派兒。

「她是派兒將軍，你們也要聽她的。」

「你要去哪裡？」

跳蚤指向迅速移動的雲層。「找援兵。」

「援兵。」

「去南方找。」

「如果援兵不能及時趕到呢？」

跳蚤聳肩。「問葛雯娜。我說過了，這裡歸她管。」

♛

葛雯娜很想待在信號塔頂上。這棟四方形的建築位於安特凱爾西島的一座懸崖上，俯瞰整座湖。根據布里澤的說法，每當暴風雨來臨時，樵夫就會在塔頂寬大的石坑中點火，以此引導船隻靠岸。葛雯娜並不在乎船隻，但這座塔提供了俯瞰整個區域的最佳視角。另外還有一個重點，就是這裡可以讓她享受一點獨處的時間。

在各式語言、戰術、爆破、射箭、體能訓練和劍術等課程中，凱卓很難擠出時間教導學員如何指揮六百個邊境樵夫守護他們自己的小鎮。即使在奎林群島上，葛雯娜的名聲也不是建立在魅力和說服力上，現在卻突然要指揮一群困惑焦躁的本地人，她幾乎希望自己可以一個人去對抗厄古爾人。不過在塔頂，她只須要應付布里澤和安妮克就好。派兒在下面和鎮民混，可能在調情，也可能在殺人。葛雯娜努力不去多想，專注在附近的地形上，至少她有受過這方面的訓練。

樵夫在黑河匯入疤湖的三角洲上建立安特凱爾，一座用木屋、木橋、木神殿和木碼頭組成的小鎮，分布在河口兩座岩島上。她一眼就能看出跳蚤為什麼挑選此地來箝制厄古爾人。馬背民族必須渡過三處河道交叉口，每一處都又黑又深，連結島嶼及河岸的木橋很容易控制，必要時也很容易摧毀。

「所以看在浩爾的份上，長拳為什麼要選在這裡渡河？」葛雯娜喃喃說。

「這裡是唯一可以渡河的地點，長官。」布里澤回答。對於凱卓從天而降、得知厄古爾大軍即將入侵、鎮長和治安官突然死亡，以及自己意外晉升領導階層等事，他處理得還算不錯，但還是會在以為葛雯娜沒注意到時偷偷看她，並且幾乎立刻就開始用「長官」來稱呼葛雯娜和其他兩個女人。她不知道該如何看待此事，不過她認為他們有比弄清楚稱謂更急迫的事情要解決。「再往北走半里路，」年輕人說。「黑河會變成沼澤。你可以趕一千匹馬進去，但是牠們都不會抵達對岸。」

「十萬匹馬呢？」她嚴肅地問。

他搖頭。「不能走那裡，除非他們要一路深入山區，但山區有很多黑蒼蠅，香樹濃密到根本看不穿。那裡只有幾座伐木營地，就這樣了。」

「伐木營地？」

布里澤點頭。「幾十個人和一萬根圓木堆疊在河岸邊。我們今年沒趕上河運圓木的時機。不過那裡沒有橋，沒辦法渡河。」

「然後再往南就是湖了。」她說著，看向直通地平線的大片湖面。「湖有多長？」

「不確定。或許五十里，或許更長，到底就是阿茲凱爾了。」

「所以厄古爾人要從這裡渡河。」

樵夫看著她。「真的有十萬匹馬嗎，長官？」

「可能更多。」她啐道，隨即後悔這麼說。儘管布里澤看起來一副老練樵夫的模樣——太陽曬出來的棕色皮膚、粗壯的手臂、大鬍子、羊毛衫外加穿皮革護具——但年紀不可能比她大上多少。

她想像如果自己沒有加入凱卓的話，會對此情況有什麼反應。如果她待在父親的農場裡，有一天莫名其妙發現有支入侵部隊再過幾天就會殺到，而她是第一道也是唯一的一道防線，這會是什麼感覺。她很想說點安慰的話，但這些話很可能是謊言。「如果我們搞砸了，對方的人數多到可以把我們殺光十幾次。」

布里澤緊抿嘴唇，不過點頭。「那我們最好不要搞砸。」

♛

顯而易見的做法就是摧毀東橋，連接黑河東岸和安特凱爾兩座較大又較平坦島嶼的橋。那一側岸上除了十幾座小農莊外什麼都沒有，農莊主人哀聲抱怨了幾句，不過在派兒解釋完厄古爾人對於痛苦和鮮血的熱愛之後就閉嘴了。幾乎所有住在橋另一端的人都一樣，除了一個坐在自家前廊、身邊放著兩把利斧和一大瓶威士忌的老混蛋。他在葛雯娜請他離開時對她的黑衣吐口水。

她正要教訓那傢伙，被布里澤拉住。

「別理他。」他低聲解釋。「皮克．強寧願死在自家前廊上，也不會願意逃跑。」

「我是來確保鎮民活下去的。」葛雯娜說，對於老頭的愚行感到憤怒。她拍開布里澤的手。

「還有很多鎮民可救，」年輕人回答，比向身後的小鎮。「很多工作要做，長官。如果妳對馬背民族的判斷正確，那我們就沒剩多少時間。」

他們把皮克．強留在他的前廊上磨斧頭，偶爾喝幾口小酒。葛雯娜告訴自己至少這個頑固的老混蛋可以殺死一、兩個厄古爾人，但是留下他感覺是一種失敗。長拳還沒來，她就已經損失一個人了。

「我們必須炸毀這座橋。」她在過橋回到東島後回頭研究木橋。橋面看起來不是問題，只是用釘子固定的粗木板，但是整座橋是由十二根木樁撐起，每一根都像樹幹一樣粗，深深插在河道兩側的淤泥中。

「炸掉？」布里澤問。

葛雯娜皺眉。凱卓炸藥並非什麼大祕密，全世界有不少傳言，但是猛禽指揮部不喜歡在不必要的情況下展示炸藥的威力。

「和燒掉差不多，」葛雯娜說。「只是快很多。」

「我來處理。」布里澤說。

「怎麼處理？」

他微笑著說：「那些都是木頭，我們是樵夫。」他用拇指比向跟在他身後的六個男人。「班德斯，找些人，砍斷橋。」

男人點頭，小跑步離開。

「橋中央的木樁呢？」葛雯娜問。木樁大多都插在運河兩岸的泥巴堆裡，但有四根直接插在急流之中。

布里澤皺眉。「那些是十二年前插的。」他說。「趁著冬天河面結冰硬到能行走的時候。現在大概沒辦法砍了，但如果其他木樁都被砍斷，橋面也不見了……」

「很好，動手。」葛雯娜說完，轉向安妮克。「妳覺得這樣擋得住他們嗎？」

狙擊手看向河道，又看向兩岸寬敞的泥巴地，最後望向更遠的黑暗森林。

「阻擋得了一時。但他們可以搭建新橋。」

葛雯娜皺眉。她知道該如何摧毀一座橋，但對搭橋要多少時間沒有概念。「那要多久？重建一座橋？」

「得看情況，長官。還有他們的搭橋經驗。」

「經驗不多。」葛雯娜說。「厄古爾人擅長騎馬、射箭和殺人。工程並非他們所長。」

「那可能就要好幾週了。」

葛雯娜點頭。幾週時間足夠伊爾・同恩佳從安努首都調兵過來了。「確保他們在最不利的情況下搭橋。你們鎮上有人會用弓箭嗎？」

布里澤微笑。「在這麼北的地方，人們如果沒在伐木，就是在打獵。有些女人射得比男人還準，小孩也能拉弓。」

「很好，帶他們去找安妮克，她會負責防禦東叉口的事宜。」

狙擊手下巴一緊。「我不確定我是最適合——」

「我也不是。」葛雯娜說。「但我們需要弓箭手，而妳是天殺的狙擊手，所以跟布里澤去，想清楚該怎麼做。」

幾小時後，肯拿倫的斥候抵達。十二名身穿帝國輕戰甲的士兵，各個神色不善，一副被四百隻野貓圍毆過的模樣。其中一個鎮民，艾柏？還是溫特？帶他們去中央橋的西側見葛雯娜，她在那裡監督另外一道路障搭建的工程，如果東島淪陷，這裡就是退路。

「她在管事。」樵夫指著葛雯娜說。

領頭的斥候是個瘦小的男人，有著老鷹一樣的輪廓，他瞇起雙眼，看著她的黑衣。

「凱卓？」他問，顯然很驚訝。他身後的人聞言，紛紛提高警覺。儘管雙方理應站在同一陣線，他們卻表現得彷彿只是接近凱卓就會摔倒或爆炸，甚至有幾個人伸手去握自己的短劍。

「難怪你會擔任斥候。」葛雯娜說。「你認得出黑色。」

斥候嘴唇一緊，但是聲音沉穩。「肯拿倫說這麼北的地方沒有部隊駐紮。」

「看來肯拿倫要更新他的情報了。」葛雯娜回道。「他知道有支厄古爾大軍在往這個方向進發，是吧？」

她努力表現得輕描淡寫，心臟卻猛烈跳動著。一切就取決於這一點上。斥候出現是好事，那表示伊爾·同恩佳在跳蚤通知他前就已經在調動兵馬了。但她無從判斷這些斥候距離主部隊有多遠。即使摧毀了橋，葛雯娜也不會幻想能永遠守住小鎮。長拳是個嗜血的野蠻人，但不是笨蛋，而且有數量優勢，遲早會找出方法渡河。

「北境軍團正在盡力趕路。」斥候領頭說。「我叫傑瑞爾，奉命接管這座小鎮，準備應付敵方攻擊。」

葛雯娜緊張起來。斥候一出現，她就知道會面臨這種場面。指派先遣部隊是帝國軍的標準程序：五十到一百名無須負擔重裝的士兵，受過輕裝簡行和高速移動訓練，能夠勘查必要的地形，為戰鬥做準備，並和後方主部隊保持聯繫。最棘手的部分就是和將軍聯繫。據葛雯娜所知，這些人有可能是來準備和厄古爾人交戰，也有可能是來追殺她和安妮克的。

「其他人呢？」她謹慎問道。

傑瑞爾皺眉。「就只有我們。」

「十二個人要阻擋厄古爾大軍？」葛雯娜問。「你們一定超強。」

「你們沒有見過此地以南的地形。」傑瑞爾疲倦地搖頭答道。「一場噩夢。西方的路被附近的河道淹沒了，其他的路更糟糕。十二個人要通過都很難，更別說是一百個人。」

「但是伊爾·同恩佳還是能讓一整支軍隊過來？」

男人首度微笑。「肯拿倫有他的辦法。」

葛雯娜揚起一邊眉毛。「願意分享嗎？」

傑瑞爾遲疑，然後指向湖面。「湖的南端有座水壩，他正在摧毀它，此刻可能已經毀掉了。」

葛雯娜望著拍打過來的浪潮，試圖理解炸掉五十里外的水壩怎麼能讓部隊北上。她本來以為肯拿倫打算乘船過來，但是抽乾湖水只會……噢。她將目光從湖面移到岸邊，雜亂的河岸下方可以看到一片閃爍的泥石地。雖然不太確定，但她認為之前那裡沒有這麼一塊地。

「他在抽湖水。」她說，儘管不想承認，但還是感到佩服。

傑瑞爾點頭。「不是要抽乾，那樣要好幾週，只要抽到能讓大軍沿著湖岸過來就行了。」

葛雯娜又將視線投向露出來的石頭、沙和泥巴上。「地是濕的，起碼得等一天才會變硬。」

傑瑞爾有點緊張地點頭。「時間會很趕。」

這個計畫很棒，但葛雯娜還是覺得不太對勁，像是透過樹影依稀看見一道潛行的身影。「厄古爾人。」她終於想到。「厄古爾人也可以採用同一條路沿東岸南下，他們沒必要通過這裡。」

傑瑞爾再度點頭。「但有兩件事會阻止他們。首先，他們不知道肯拿倫的計畫。對他們來說，這有可能只是正常的湖面，搞不好他們沿著東岸騎到一半，湖面就上升了。」

「這個機會不大。」葛雯娜搖頭說。「長拳兵馬眾多，可以派出幾千人跟著預感走。」

「不行。」傑瑞爾說。「暫時不行。騎兵的重量是步兵的十倍，而厄古爾人不會丟下他們的馬。湖岸開始變硬後，帝國步兵可以先行好幾天，然後才輪得到騎兵。」

葛雯娜緩緩吹了一聲長口哨。「神聖的浩爾呀，」她喃喃說道。「他真的是天才。」

傑瑞爾疲憊地微笑。「沒人能像肯拿倫一樣看清戰場上的形勢。有時候我甚至同情和他作戰的那些混蛋。」

最後這句話如一把鈍匕首插在葛雯娜身上。她不知道瓦林現在身在何處，有沒有遇上北境軍團？他有可能已經殺了伊爾·同恩佳，有可能動手了但沒成功，被俘虜或被殺，頭被插在營區中央的木樁上，藉以警告所有意圖反叛之人。這個想法讓她噁心想吐，於是她努力推開這個想法，轉而面對木橋末端架設到一半的路障。

「架高一點。」她對正將一根圓木放至定位的鎮民說道。「厄古爾馬能跳過那種高度。」

他們懷疑地打量著她，然後點頭。

「妳們怎麼會在這裡？」傑瑞爾皺眉問道。「如果不是肯拿倫派妳們來的……」

「帝國軍會在遇上問題時進行反應。」葛雯娜辯稱。「我們的工作是預見問題。」

斥候瞇起雙眼，然後往後看。「好了，妳讓我的工作更加輕鬆，這點我很感謝，但是接下來我們會接手。」

「事實上，」派兒說著，從路障後面走出來。「葛雯娜做得不錯，我建議讓她繼續指揮。」

傑瑞爾皺眉。「妳是誰？」

「派兒．拉卡圖。」殺手回答，順勢鞠躬。「我知道習慣上應該多加一句『在此為您服務』，但是你們安努軍人總是會誤以為我在替你們工作，而我不希望加深這個誤會。」

傑瑞爾張口欲言，接著搖了搖頭，回頭面對葛雯娜。「無所謂。我的命令是要接管本鎮。」

葛雯娜很想讓他接管。她已經盡好本分。東橋沒了，鎮民都收到警告，路障幾乎都搭建好了。她可以把整個防禦工作交接出去，在肯拿倫抵達、查出她身分、把她的頭插上木樁前溜走。但她遲疑了。問題在於，不管這個斥候有何背景，他都不是凱卓。她知道帝國軍的斥候受過什麼訓練，儘管嚴苛，但還是不能和自己相比。跳蚤讓她指揮是因為他認定她有能力守住這座小鎮，而她驚訝地發現她打算要這麼做。

「這裡是我在指揮。」她說，心知這話聽起來冷酷且咄咄逼人，但不知道該怎麼調整。

傑瑞爾身後的斥候開始議論紛紛，有些人還拉開距離，騰出空間拔劍或準備打鬥。

「我有用得上你們的地方。」葛雯娜說，為自己的語氣暗自皺眉。「我很高興你們來了，但指揮權在我手上。」

傑瑞爾繃緊下巴。「我奉命解除——」

「命令的問題，」派兒上前一步，雙手交抱胸前。「就在於它們免除了女人自行思考的責任。」她看了斥候一眼，然後皺眉。「說起來也包括男人。」她揚起眉毛。「你有對付過厄古爾人嗎，傑瑞爾？」

斥候頓了一下，搖搖頭。

派兒聳肩。「但葛雯娜有。她曾滲透進他們的營區，見過他們的指揮官，評估過他們的實力，然後殺出重圍。」

葛雯娜努力閉上嘴。殺手的說法勉強算是事實，也似乎起了作用。

「你認識安特凱爾的鎮民嗎？」派兒繼續問，比向身後搭建路障的人。

對方又搖頭。

「葛雯娜認識。她已經和他們合作好幾天了。他們信任她。這又引出了我的第三個問題：你們愛安努嗎？」

傑瑞爾立刻點頭。

「那你為什麼不採取對安努最好的做法呢？你的將軍下達命令時並不知道已經有凱卓趕到這裡。如果他知道，你的命令就不會是這樣了。用用貝迪莎給你的腦袋，嗯？」

斥候看了身後的人一眼。從他們堅毅的表情來看，他們既不喜歡殺手的語氣，也不喜歡她提的建議，但他們都是軍人，會聽從軍官的命令。

「好吧。」傑瑞爾轉身對葛雯娜說。「我每天得派兩個人回去，一個黎明走，一個黃昏走，把進度回報給肯拿倫。剩下的人給妳運用。」

♛

葛雯娜看著黎明前的霧氣，與東邊的沼澤、池塘、小溪和湖面升騰的蒸汽。它們像煙一樣穿越香樹和松樹，厚厚地籠罩在湖面上，在太陽緩緩升起時逐漸明亮，從灰色、白色到暗橘色，彷彿整座森林都在燃燒。三天來，每天清晨她都會爬上信號塔，一方面為了觀察小鎮的強化工事，一方面為了找尋厄古爾人的蹤跡，但最重要的是為了獨處，遠離人群一段時間，拋開永無止盡的問題、要求、抱怨和請願。

事實上，整體情況沒有想像中那麼糟。東橋已經被砍成碎片，只剩下像枯樹一樣突起於河面上的最後四根木樁。傑瑞爾和他的斥候幫忙搬移東島的食物和補給品。儘管安妮克心存疑慮，她還是在島的東岸建立起絕佳的防禦工事和屏障，現在甚至有半數鎮民都在幫忙造箭。安特凱爾的兩座熔爐沒日沒夜地開工，鐵匠把所有多出來的金屬——鍋鐵、廢鋼、糧倉鉸鍊和舊鐵釘——全部打造成箭頭。有些人對此頗有微詞，安妮克叫他們去找布里澤，布里澤叫他們去找葛雯娜，葛雯娜則用斟酌過的言語和命令叫他們回去再多拿一些鋼鐵來。

考慮防禦各個層面讓人筋疲力盡，與樵夫爭論所有瑣碎的小事也令她憤怒，但是最艱難的部分還是在於擔心，一種具腐蝕性的噁心酸液在她腹中，腦中那道永不停歇的嗡嗡聲響讓她每晚睡不到幾小時，難以吞進除了小麵包和清水以外的食物。老實說，打從離開奎林群島開始，她已經擔心受怕好幾週了，但是那種害怕和現在不同，一種是擔心自己，一種是擔心隊員。訓練官有幫她做好這種準備——開打的時候，想想這句格言：「你可能會在戰鬥時死亡。」然而，對於沒想過要打仗的人，對於這些只要葛雯娜失敗就會淪為厄古爾人槍下亡魂的樵夫、農夫、漁夫而言，卻沒有任何格言。猛禽指揮部教過她一切殺人的手法，但沒教過她怎麼保住位於帝國邊緣的小鎮。

「長官？」布里澤的頭探出塔頂地板上的活板門喊她。上方薄薄的木頂棚嘎啦作響。她抬頭看了一眼，潮濕腐爛的木梁隨時都會坍塌，但她有比信號塔頂棚更須要擔心的事情，大戰不會在塔頂開打。

「什麼事？」她問。

「我們依照妳的吩咐，把船開離碼頭，停靠在湖的西岸。」

葛雯娜轉身。此時霧氣稍淡了一點，她可以看見船隻在湖水拍擊陡峭河岸時平靜地起伏著。她不知道該怎麼處置那些船隻，不過感覺或許能派上用場。如果東島失守，她不希望船落到厄古爾人手上。這是簡單的戰略：做點你不瞭解的事情，期待之後能夠發揮作用。偏偏她有太多事情不瞭解……

「你有打過架嗎，布里澤？」她問。

男人遲疑了一下。「兩次，在碼頭上。我得教訓幾個從湖的南邊跑來的小鬼。」

葛雯娜搖頭。酒館混戰。整個厄古爾民族即將殺到眼前，而她卻領導幾百個只有經歷過酒館混戰洗禮的人。

「你有殺過人嗎？」她問。

他慢慢搖頭。「我知道妳在擔心，長官，但我們鎮上的人都很堅強。伐木是很辛勞的工作，會養出堅強的男人和女人。我認為拿斧頭砍人不太可能和砍樹有多大差別。」

從當前狀況來看，這些話聽起來很勇敢，但卻讓葛雯娜怒火中燒。她很想對他大叫說砍倒山裡的松樹和殺人一點也不像，想告訴他在克維納沙皮中刺穿年輕帝國士兵的眼睛是什麼感覺，那人在她動手前是如何哭泣哀求的，以及更糟糕的是，之後是如何癱倒在她身上，軟綿綿、毫無生氣，像是某種從來沒有活過的人。她想告訴他厄古爾營地的事，還有劍上的血、眼睛裡的血，以及在手指間黏稠的血。想告訴他，即使在奎林群島上過了八年研究屍體、在格鬥場中把人打得鮮血淋漓的日子，她還是沒有準備好面對這一切。他在看她，黑眼睛中透露著緊張。

在她有機會回應前，東方傳來刺耳的號角聲，接著是另外一支號角，又一支，然後是上千支號角吹響。一大群飛鳥掠過天際，漆黑的身影在天上盤旋繞圈，然後轉而向西，向南，飛離視線範圍。號角聲持續不斷，一再響起，直到她以為自己會被逼瘋。然而，當號角聲終於停歇後，隨之而來的寂靜卻更加令人難受。

「那是……」布里澤開口。

「厄古爾人。」葛雯娜說。「看來跳蚤沒有除掉長拳。」

她似乎一直都知道跳蚤殺不了長拳。無論如何，現在都沒有時間擔心這個年長小隊長，再也沒有時間了。

「我們現在要怎麼做？」布里澤問。

「戰鬥。確保所有最老和最小的人都離開東島，不要礙事。叫安妮克讓弓箭手就定位。」這些命令都毫無意義。據她對安妮克的瞭解，那些弓箭手八成在第二聲號角響起時就已經拉弓搭箭待命了。儘管如此，說點什麼讓葛雯娜感覺自己有在做事。

布里澤點頭，轉身，接著葛雯娜喊住他。

「沒有那麼不同。」她說。

他搖頭。「什麼沒有那麼不同？」

「殺人。砍樹。總之拿斧頭砍，直到倒地為止。沒有那麼不同。」

樵夫微微一笑。「謝謝妳，長官。這裡的人都知道怎麼拿斧頭砍東西。」

葛雯娜在他看出她眼中的謊言前，轉身面對東岸漆黑的樹林線。或許她該據實以告，或許他應該要得知真相，但是當長拳就在那片黑影裡的某處時，真話不太可能為任何人帶來任何好處。

40

所謂的「中立區」是間位於碼頭上破破爛爛的木倉庫，空間很大，疊滿木箱和木桶，瀰漫著鹽、焦油與霉味。滑輪和滑車靜靜地掛在上方的木梁上，和凱登手腕一樣粗的繩索綁著大鋼鉤。這只是用來移動和儲藏沉重貨物的必要工具，但是在午夜時分，防風燈搖曳的火光下，無聲無息的繩索和生鏽的滑車看起來既陰森又恐怖。蓋伯瑞爾原先提議在他的宅邸裡舉行這場密會，但是被其他人拒絕了，堅持要找個中立區。這份堅持也給人一種不安的感覺。

凱登、基爾和蓋伯瑞爾三人進門後立刻停下腳步，讓眼睛習慣黑暗。

「記住。」蓋伯瑞爾小聲說。「這些人痛恨你的帝國，不過他們恨意的出處不同。」

「但是你們都同意了，」凱登回道。「在基本問題上取得共識？」

首席發言人皺眉。「我們同仇敵愾已經很久了。」

「那不一樣。」基爾低聲說道。

「那是一種羈絆。」蓋伯瑞爾說。

基爾搖頭。「很脆弱的羈絆，而且極不平衡。我見過這種情況很多次了。」

蓋伯瑞爾轉頭凝視瑟斯特利姆人。從那次凱登造訪首席發言人的宅邸之後，這兩人就已經合作好幾天了，並發展出一種很微妙的言語默契，蓋伯瑞爾想要釣出基爾的過去，基爾則巧妙迴避問題，永遠有辦法把話題從身上移開。

「你自稱見識過很多很多東西。」首席發言人說。

基爾聳肩。「我觀察仔細。這裡的重點在於，擁有共同的敵人是很脆弱的合作基礎，只要平衡出現變化，整個同盟就會分崩離析。」

「變化？」凱登問。「我們要給這隻政治巨獸來個迎頭痛擊。」

「而我們小心行事，期待它不會塌在我們身上。」基爾回道。

蓋伯瑞爾搖頭。「期待是愚人做的事情，不過你的顧問說得不錯，我和這些男男女女分享過塔茶和麵包，但是今晚出席的人裡還是會有人眼也不眨地從背後捅我一刀。或捅你。如果他們認為這樣能獲得好處的話。」

「再說一次，他們有什麼理由不捅我們？」凱登問。

「這個，」蓋伯瑞爾用手指拍拍自己腦袋。「還有這些。」再比向他的匕首。

「還有這個。」基爾說著，拍拍他身旁的皮箱。

凱登深吸口氣，點了點頭。過去幾天的努力感覺像是一道薄盾，雖然只是羊皮紙上的字，但如果那些字沒有效力，蓋伯瑞爾的聰明才智或刀法似乎都不能確保他們的安全。

♛

他們三個人故意最後抵達。寧可讓人等，也不要等人。蓋伯瑞爾堅持。凱登認為這種公然不尊重的表現並不適合用來攏絡十幾個心存疑慮的貴族，但基爾也認同首席發言人的做法，於是他們故意遲到。他們在走向倉庫中央時，發現木箱和木桶被人推到一旁，清出了一塊空地。有人在空地外緣點燃幾盞油燈，放了幾個矮木箱當成座椅，而四面八方堆疊極高的貨物，使這塊空地像是光線昏暗的井底。

這裡的人大部分都和凱登一樣身穿不起眼的兜帽斗篷，神色不安，或坐或站，盡可能與彼此保持距離。少數人在低聲交談，但是當蓋伯瑞爾步入光圈後，所有人都安靜下來。

有一瞬間，沒人開口說話，接著有個身材精瘦、臉上因為幼時水痘而坑坑疤疤的男人伸手指向首席發言人。

「你召開這場會議讓我們通通陷入危險。你的信——」

「——都是用密語寫成。」蓋伯瑞爾搖頭說道。「像往常一樣，特維斯。」

男人不耐煩地揮開他的解釋。「暴君有可能解開我們的密語……」

蓋伯瑞爾剛想回答，就見凱登也踏入光圈中。「暴君就在這裡。」他說著，拉開兜帽，緩緩轉頭，讓所有人都看清楚他的眼睛。一下心跳、兩下心跳、三下心跳，沒有反應。接著，特維斯伸手要拔他的細劍，另外還有兩、三個人出聲驚呼，部分出於恐懼，部分出於憤怒。

「叛徒！」特維斯對蓋伯瑞爾吼道，細劍出鞘。

「你受到驚嚇了。」蓋伯瑞爾說著，慢慢將手放在匕首上。「所以我給你一次機會收回剛剛說的話。」

特維斯目光從蓋伯瑞爾轉到凱登身上，然後又看回去。

「他來這裡幹嘛？他從哪裡來的？解釋清楚！」

「我想，特維斯，」一道新的聲音說道。「這孩子今天來就是為了解釋這個的。不幸的是，你拿那把小棒子在他面前揮來揮去似乎是在……你們這些有教養的人是怎麼說的？妨礙解釋？是不是這樣說的？」

凱登側頭打量斜靠在黑暗中的一個超胖女人。與其他大部分人不同的是，她似乎沒花什麼工夫掩飾身分。她身穿奢華的綠色禮服，每根手指上都有閃亮的戒指，手腕上套著金手鐲，豐滿的胸前垂著一個項鍊墜飾。凱登猜測她約莫五十來歲，但她擁有年輕女子的柔順皮膚和秀髮。

依據蓋伯瑞爾的描述，她只有可能是凱潔蘭，此地唯一不是貴族後裔之人。首席發言人說她是安努的阿卡薩，地下犯罪世界的老大，不論是走私、賄賂，還是暗殺都在她的掌握之中。她看起來一點也不符合這個身分，但是話說回來，基爾看起來也不像永生不朽的瑟斯特利姆歷史學家。重點在於她有權力，如果基爾和蓋伯瑞爾說得沒錯，她的權力超過所有貴族的總和，至少是安努城內的貴族。如果能夠說服她，她會是個非常重要的盟友。

特維斯轉向胖女人，手裡依然拿著細劍。「而妳此刻出現在這裡替他辯護，明白顯示出這場會議已經沉淪到什麼地步。」他對乾土地吐口水。「我對英塔拉發誓，凱潔蘭，如果妳住在尼許，我早在十幾年前就把妳吊死了。」

胖女人打了個呵欠，肥嘟嘟的手放在嘴邊。「那幸好，」她說著，放下手掌。「我不是住在尼許。」她將注意力轉向凱登。「現在，蓋伯瑞爾，美麗的孩子，你何不對這群高尚的貴族解釋一下，你是上哪裡找來我們最尊榮的皇帝？我保證特維斯會坐下來，彬彬有禮地聽你說……」

「我才不會——」男人開口，但是女人的聲音蓋過他。

「……不然我就派我的手下割掉他皺縮的睪丸，搭配白蘭地薑湯餵給他喝。」

特維斯雙眼凸起。「你嚇不了我的，胖婊子。」他說，但另一個身材較矮、臉胖胖的、鼻子很大的男人，立刻把他拉到一張木箱椅上坐下，並激動地拊在他耳邊低聲說了幾句話。特維斯回頭看了女人一眼，遲疑片刻，然後推開他的同伴。他滿臉怒容，但凱登注意到他沒有站起來，也沒有繼續說話。其他人都警惕地看著胖女人。

凱潔蘭沒理會其他人。「現在，」她攤開雙手表示歡迎。「蓋伯瑞爾，你這美味可口的男人，何不解釋一下你是從哪裡找來這個皇帝的？」

蓋伯瑞爾搖頭。「馬金尼恩會代表自己說話。」

凱登無聲地緩緩吐一口氣，然後上前一步。蓋伯瑞爾和莫潔塔都警告過他這個計畫的風險，反覆警告幾十次。儘管凱登在理智上瞭解那些風險，但他直到現在才慢慢體會出真正的挑戰在哪裡。貴族已經開始內鬨，他提出的條件很有可能血染倉庫地板，但現在已經不能回頭了。

「我是凱登．修馬金尼恩，桑利頓．修馬金尼恩之子，光之後裔，世界之長心，天秤持有者，守門人。我是王座的繼承人。」

「好長的頭銜。」一個留著紅金色大鬍子的高壯男人說。根據蓋伯瑞爾的描述，這人是維內特。「你是要拿那些美麗的頭銜來幫我們擦臉嗎？」

凱登瞪大燃燒之眼凝視他，直到對方偏開目光。「不，維內特，」他輕聲表示。「我是來告訴你們，我和那些頭銜再也沒有瓜葛。」

接下來的一段寂靜之中，眾人的目光宛如燕子般迅速竄動，男男女女謹慎又不確定地打量凱登，然後打量彼此，努力看穿這話所能帶來的好處。

特維斯瞇起雙眼。他已經把細劍插回劍鞘裡，但是手還是放在劍柄上。

「你說沒有瓜葛是什麼意思？」

「就是沒有瓜葛。」凱登冷冷回應。「我要放棄這些頭銜，放棄王座。」

凱潔蘭噘起嘴唇，漫不經心地撥弄一枚耳環。「你要把頭銜送給誰？」她輕聲問。

凱登搖頭。「不給誰。或許我說錯了，我所謂的放棄頭銜，意思是我打算摧毀它們。」

倉庫裡的氣氛突然變得緊張，就像夏季暴風雨來臨前的天空。凱登的目光掃過所有人，觀察他們的反應，加以記憶——這位的眼瞼抽動了一下，那位的下巴緊繃，還有人緊張兮兮地扯著指節上的皮。特維斯嘴唇後扯，作吼叫貌，彷彿受困的野獸，不知道該攻擊還是逃命。凱潔蘭心不在焉地轉動手腕上的金手鐲，這個動作有點像是辛恩的冥想，單純又不斷重複。

「然後呢？」維內特終於問。「再也沒有帝國？回到從前那個我們都能統治自己國家的美好時光？」

「我們又不是全都有國王，維內特。」蓋伯瑞爾說。

維內特露出輕蔑的笑容。「當然，你們沙漠居民會很高興回歸野蠻習俗。」

「我很遺憾你竟然覺得他們的習俗野蠻。」凱登說著，上前一步，擋在蓋伯瑞爾和大鬍子中間。「我可以從他們的習俗裡得到很多重塑帝國的靈感。」

接下來幾下心跳的時間，完全沒人說話。倉庫牆上的裂縫滲入寒風，吹動油燈裡的火光。

「重塑成什麼?」維內特終於問。

「共和國。」凱登回答。「責任共享的政府。」

特維斯舉手發言。「夏爾拯救了我們,共和國?意思是說所有挖土的骯髒平民都有權力共同參政?」

「那樣就太沒效率了。」凱登輕聲說道。「把所有挖土的骯髒平民帶來首都參政缺乏效率,我提議有限制的共和。」

凱潔蘭瞇起雙眼。「共和議會,」她說著,伸指輕拍自己的厚唇。「你想要共和議會。」

凱登點頭。

「共和議會?」特維斯一臉不屑地啐道。「誰能參加?」

「你們。」凱登回答。「你們就是議會主體。加上不在城裡的領主代表。」他比向身後的基爾,接過他手中的文件。凱登將卷軸舉到光線下,但是沒有打開。

維內特哼了一聲。「什麼東西?」

「一份文件。」凱登回答。「新法律、特權和責任。一份憲法。」

凱登靠自己是絕不可能擬出這種東西的。在骸骨山脈裡度過八年之後,他大概只知道百分之一的安努法律,幾乎完全不瞭解其他國政府的結構。根據他的童年記憶,自由港和羅姆斯戴爾以北的城邦組成聯邦,曼加利人則是類似安努的帝國,不過統治者是女皇而非皇帝,另外血腥城邦全都堅持獨立,城邦之間時而貿易,時而開戰。他的知識完全不足以起草用來管理安努這種龐大政體的憲法。

蓋伯瑞爾發揮了作用，提供他們族人的傳統，莫潔塔也一樣，在歡愉神廟所受的訓練讓她有很多時間可以研究政治。但是到頭來，真正整合出整套憲法的人還是基爾。歷史學家似乎對瑟斯特利姆人衰敗以後的所有人類文化細節瞭若指掌。他預見了人類政體常見的問題，從帝國轉為共和體制會面臨的麻煩，並且提供可行的解決方案。莫潔塔和蓋伯瑞爾在和他合作擬這份文件時，都以越來越崇敬的眼神看他。

「你怎麼會知道這些東西？」首席發言人在合作過程中問他。

基爾微笑。「這是我的工作。」

他揚起眉毛。「你記下所有細節、所有人名和日期？」

「對。」他輕聲回答，然後要他們把注意力放回卷軸上。

凱登只堅持一件事情：盡量簡化。想要說服一堆互相猜忌、老謀深算的貴族放下成見就已經夠困難了，更別提還拿出一本五百頁厚的文件。基爾反對，認為任何錯誤或疏漏肯定都會導致政府分崩離析，而歷史學家眼中到處都是錯誤和疏漏。他想要面面俱到，想針對從暗殺議會成員到遠程商人加倍徵稅等問題通通提出解決之道。

「我研究過共和，凱登。」他搖頭說道。「他們一開始都帶著最崇高的理念，然後再把一切撕成碎片。」

「那要多久時間？」凱登問。「撕成碎片？」

基爾攤開雙手。「有幾十種不同的情況，有時候要數十年，有時候要兩百年。不會很久。」

崔絲蒂哈哈大笑。「我想要是能活過接下來的幾個月，我們就很高興了。明年夏天，凱登可以再開始擔心通貨緊縮、價格壟斷，或是其他你們提到的問題。」

「明年夏天，」基爾回道。「就不是凱登掌權了。如果我們成功的話。」

「一頁。」凱登打斷這段談話。「我們這麼做是為了免除艾黛兒和伊爾．同恩佳的權力，不是為了實驗什麼政治烏托邦。」

「我們可以趁做一件事的時候——」基爾開口。

凱登搖頭，豎起一根手指。「一頁。」

於是，當他站在潮濕的倉庫，四周都是堆高的木箱和發霉的木桶，還成為敵意和困惑的目光焦點時，他手裡拿著的就只有一張紙。

「這，」他輕聲說道。「就是我提出的安努憲法。不是由皇帝，而是由各貴族領地代表所統治的安努，由熟悉又尊重傳統、歷史及人民權益的人主導。」

有一瞬間，沒人說話，大家都在計算機會和風險。

一個有著紅指甲的光頭黑皮膚纖瘦女子搖了搖頭。凱登猜她是來自南方巴斯克島的阿瑟塔欣。「有幾個？」她語氣謹慎地問。「有幾個代表？」

「四十五個。」凱登回答。「每個貴族領地有三個代表。」

阿瑟塔欣嘛嘴。「怎麼選？」

「你們選，」他說。「自己的領地代表自己選。」

基爾堅決反對這種做法，認定貴族會利用手段選出他們的親友，然後利用他們新得到的權力去對付政敵和私敵。這套新體制將會完全讓少數有錢人得利。他這麼指出。

他的說法很有道理，但是這些舊世界秩序的後裔，數百年來一直心存不滿、懷恨在心的家族，絕對不會認可任何可能強迫他們分出領地統治權的政權。世界上肯定還有更好的政治體系，但是伊爾．同恩佳和艾黛兒不會一直和厄古爾人打下去，而當他們回來時，剛成立的共和政府必須已經穩固地建立起來，才能剝奪他們的權力。

「看起來你放棄了很多。」崔絲蒂在研究最終版本時搖頭說道。

凱登差點大笑。「這才是重點。我的力量不足以和任何人正面衝突，比不上艾黛兒，比不上伊爾．同恩佳，甚至比不上聯合起來的貴族。」

「那你要怎麼控制他們？你要怎麼贏？」

凱登心裡浮現蓋伯瑞爾在影袍中飛舞的模樣，以及上前攻擊他的守衛手持長矛穿透影袍，錯過裡面的肉體，刺中後方士兵的景象。如果辛恩僧侶願意練習戰鬥技巧，肯定會採取類似的方式進行攻擊。

「單純把路讓開，」他看著羊皮紙上漸乾的墨水說。「也可能蘊含強大的力量。」

面對安努貴族銳利的目光，他開始質疑這個決定。他們看起來像晚冬的一群饑餓狼群，路過一具鹿屍，正算計著彼此的實力，不知道誰能搶到血淋淋的大腿，誰又會在染血的雪地上挨餓。

「那麼，」凱潔蘭問，一邊打量他，一邊轉動她的手鐲。「你在這個偉大的政府裡又是扮演什麼角色呢？還是你渴望回到高山裡的嚴峻生活中？」她笑容燦爛，黑眼珠卻透露出狡猾。凱登強迫自己直視她的目光，說出練習許久的說詞。

「我會是你們的僕人。」他冷靜地表示。

凱潔蘭大笑，臉頰和下巴的肉抖來抖去。「真是太棒了。一個強壯的小伙子，還擁有燃燒之眼！他會幫我按摩腳掌和倒酒。」她環顧四周，臉上閃過一絲虛假的惱怒。「說起酒，為什麼沒人想到要帶酒來？」

凱登不理會最後那個問題。「共和議會會投票表決所有法案，決定共和國的走向，找出最能達成共同目標的方法。我不會成為議會的一分子。」他繼續謹慎地說。「身為安努共和國的公僕，我沒有投票權，對你們決定的事務也沒有否決權。我唯一的工作是行政管理。我會召開會議，也會確保你們訂定的法律能依照立法精神執行。」

在十五雙眼睛的注視下，凱登強迫自己輕鬆平穩地呼吸。

「為什麼？」凱潔蘭緩緩問道，下唇微噘。「你為什麼想這麼做？你可以當皇帝。」

「我過去有近十年的時間都待在安努國界以外的地方。」凱登回答。「我看見了另外一種統治方式。」

「太好了。」特維斯嗤之以鼻。「另外一種方式。真有教育意義。又或許是因為你已經喪失了權力，被姊姊篡位，現在想不顧一切爬回權力頂端。」

特維斯的說法非常接近事實，但凱登有備而來。

「你說得沒錯。」他冷冷回應。「我姊姊和肯拿倫奪走了統治權，他們想要暗殺我，如果我們成功了，他們也會試圖暗殺你們。」

這話收到了預期的效果——驚訝的表情和氣憤的叫喊——但凱登的聲音蓋過他們。

「你們對艾黛兒的看法沒錯，」他繼續說。「但卻看錯我了。如果我想要權力，就不會自願擔任公僕。」

「此時此刻，艾黛兒和肯拿倫都在北方，當他們回來時，要不是發現帝國被手下管理得好好的，而你們這些傢伙都在碼頭區的潮濕倉庫裡聚會，不然就是發現一個共和國，一個由你們領導的統治議會，決定安努的命運。」他聳肩。「不管是哪種情況，我都不打算坐上王座。」

很長一段感覺良好的時間裡，他以為自己說服他們了。頭上的陰影中有幾隻鳥在梁上嘰嘰喳喳地叫著。沒有人說話，沒有人移動。凱登看著他們的臉，用意志力誘使他們看見機會，掌權的機會，放手一搏的機會。特維斯點頭，輕舔嘴唇；阿瑟塔欣帶著評判的目光打量凱登，透過噘起的嘴唇緩緩吐氣。他們全都知道風險，不過他們的密謀始終被風險纏繞。這是夢寐以求的機會，但是他們都不敢真的期待。凱登靜靜等候，神情寧靜，目光沉穩，手掌向外舉著羊皮卷軸。他說服他們了。他們會接受的。

接著，特維斯搖頭。

「我要更多。」

凱登皺眉。「更多什麼？」

「更多議會席次。尼許要六個。我們掌握了穿越羅姆斯戴爾山脈的北端隘口，掃蕩了鬼海的海盜，我要更多席次。」

「議會的基礎就是平等席次。」凱登開口，但是特維斯打斷他。

「我們並不平等。」他不屑地指向一個大眼矮子。「錢納利？漢諾？他們都是上個世紀才納入帝國版圖的，甚至算不上貴族領地。」

凱登心裡一沉，眼看著所有人同時出聲，將適才的寂靜打成碎片，吼叫和指責聲向他襲來。

「席特產銀……」

「克拉西的人口比……」

「阿拉加特應該要有更多席次……」

「……更多票……」

「更多權力……」

他對那些話充耳不聞。他顯然已經輸了，至於那些異議，儘管各有不同，但其實都差不多：陳腔濫調、他早已被人遺忘的權力、幾個比任何禱告還要強烈的絕望音節、古老、無法掩飾的人性之音。**我要……我要……我要……**

41

抵達安特凱爾的時間比瓦林預計得要久。事實證明，千湖不光只是湖而已，整個千湖區是一座由沼澤、泥塘、溪流、水池所組成的迷宮，僅存的堅固地面似乎都擠滿了松樹和香樹，漆黑的樹幹密集到多數時間都無法透過濃密的針葉看出十步以外的景象。所謂的西「路」，只是一連串泥濘小徑、粗製小橋和在最深沼澤地上匆忙並排平鋪的圓木，因為在稍北的位置與疤湖西岸平行而得名。即使是旱季，要路過都十分困難，更何況這裡一點也不乾燥。

光是地形就已經拖垮他們的速度，而地形還不是唯一的問題。千湖之中散布著許多伐木小鎮，有些建在高地上，有些則用木樁架高，所有小鎮都橫跨在半淹在水中的小徑裡。要路過並不困難，只是肯定會有人注意到他們留下的足跡，那些人可能會告訴伊爾·同恩佳的斥候，而斥候就會告訴肯拿倫有三名身穿凱卓黑衣的人，顯然是不屬於任何部隊的年輕人，其中一個皮膚漆黑，另一個有悶燒之眼……不需要是軍事天才都能認出他們的身分。

和艾黛兒碰面不但沒有讓瓦林好過一點，反而令他驚訝又不安。她堅稱肯拿倫忠於安努，願意赦免他公然殺害皇帝的罪行，並極力推崇其軍事才能。這些都讓瓦林十分不安。更糟糕的是，發現長拳在舉兵南進，更證實了他只是天殺的在利用瓦林幫自己打仗，而此役的目的是要侵略安努。這表示葛雯娜和安妮克根本不是客人，她們是囚犯。瓦林、萊斯及塔拉爾已經討論過二十幾次了，但是現實是殘酷的，在沒有鳥的情況下，他們沒辦法去救那兩個女人。事實上，最大的希望就是殺了伊爾．同恩佳，期待在肯拿倫死後，他們可以想辦法去救出她們。

丟下和拋棄她們的事實不斷啃噬著瓦林，但是不管花多少時間重新審視他做的決定，都看不出有其他更好的辦法。他加入凱卓是要為帝國法治和秩序而戰，這幾個月來的經驗卻完全顛覆了這個理念。他被夾在相互衝突的邪惡之間，對任何一方勢力造成傷害，都會使自己變成另一方勢力的同謀。

然而，若是選擇讓道一旁，拒絕牽涉其中，那就是懦夫的行為。因此瓦林不斷深挖，直至找到某種堅實的基石——朗．伊爾．同恩佳謀害了父親，並奪取了帝國權位。瓦林和艾黛兒敲定的協議似乎是最好的做法，讓肯拿倫阻止厄古爾人入侵，然後再殺了他。而這意味著肯拿倫不能知道瓦林在附近，在等著他。在對方沒有起疑的情況下要殺人都很難了，瓦林可不打算讓那傢伙收到警告。

於是，儘管萊斯強烈反對，他們還是繞過所有小鎮，渡過水深及胸的冰冷沼澤，拍開長得和鳥一樣大的蒼蠅，將劍舉在頭上以保持乾燥，舉步維艱，不分日夜地趕路，速度慢到隔天黃昏才抵達湖的北岸。對於三個接受過迅速安靜趕路訓練的士兵而言，一天趕五十里路算很爛的紀錄，但已經夠快了。沒人發現他們通過，這表示伊爾．同恩佳抵達時，不會知道他們在等他。

「好了。」萊斯說著，伸手拉開樹枝，仔細打量湖北另一側橫跨黑河上的小鎮。「看起來厄古爾人穿越森林的速度和在草原上一樣快。」

瓦林的心一沉。「他們攻下安特凱爾了嗎？」他問，一邊透過逐漸昏暗的光線偷看，一邊自包中拿出望遠鏡。

「看起來沒有。」塔拉爾觀察了一會兒後說。

瓦林緩緩點頭。對岸升了很多營火，但是小鎮本身看起來安然無恙，沒有燃燒的房舍照亮天際，沒有響個不停的警報聲，沒有煙，也沒有慘叫聲。他將望遠鏡抵在眼前，調整焦距。對岸的馬背民族映入眼簾，數以百計，數以千計，還有更多躲在樹林中。

「那些混蛋在等什麼？」萊斯問。

瓦林搖頭。「看不見。如果鎮上的人不是笨蛋，他們就會燒掉那一側的橋，但我這邊的角度看不清楚。」他把望遠鏡移回鎮上。東邊的天空已經由紫轉黑，但瓦林看得清清楚楚，那裡有類似阿茲凱爾的粗木建築，全部擠在黑河岔道上的兩座島上。碼頭自東島延伸到湖中，西島最南端的岩石懸崖上方聳立著一座高高的石塔，或許是用來指引南方來的船隻。風聲暫歇時，他聽見湖東岸的冷杉林面傳來鐵鎚或斧頭交擊的聲響。

鎮民忙進忙出，有些拿武器，有些搬運圓木，還有人推車運送食物和貴重物品渡過中央橋，進入兩座島中距離三人較近的一座，盡可能遠離馬背民族。瓦林順著幾道身影看去，大部分都是身穿皮革和羊毛衫的樵夫，接著他停止移動，咬牙說道：「伊爾・同恩佳的斥候在這裡。」

塔拉爾點頭。「意料之中。」

「但還是會造成問題。」萊斯說。

瓦林皺眉。「這表示我們得小心潛伏。如果他們按照標準程序，一天會派人回報兩、三次。我們不能讓肯拿倫知道我們在這裡。」

「好吧。」塔拉爾說。「要怎麼做？」

「等到天色全黑再入鎮。」他回答。「爬到塔頂，那裡應該能讓我們觀察形勢，幸運的話，伊爾·同恩佳抵達時還會進入射程。那個混蛋或許是個高明的戰術大師，但戰術擋不了弓箭。」

「你還是想那麼做？」萊斯問。「殺了他？即使在你姊姊和你說了那些事情之後？如果長拳要來，那就表示長拳在說謊，就表示他要了我們……」

瓦林下巴緊繃。萊斯從一開始就不信任厄古爾巫醫，在遇上伊爾·同恩佳的部隊，發現馬背民族確實準備渡河後，更是讓飛行兵怒不可抑。當然，他想得沒錯，巫醫那支所謂盾牌的部隊，現在越看越像天殺的矛，但萊斯還是看不出更深層的意義。如果打敗厄古爾人的結果是把帝國拱手讓給伊爾·同恩佳，那對他們根本沒有多少好處。

「長拳騙我們。」萊斯繼續說，彷彿這個結論令他震驚。

「聰明的做法。」塔拉爾說。「利用我們除掉伊爾·同恩佳，這樣他不用承擔任何風險。如果我們成功，他贏。如果我們失敗，」他聳肩。「他本來就打算要打這一仗。」

萊斯啐道：「而我們就這麼開開心心地來做這個幹馬的傢伙要我們做的事情？」他語氣挑釁地瞪著瓦林說。「我們已經為了不可一世的長拳殺了兩個安努士兵，再多灑幾滴安努人的血又怎麼樣，是不是？」

「這裡不只有一場仗。」瓦林咬牙道。「一個人很邪惡並不表示另外一個就是好人。長拳欺騙我們，但是伊爾·同恩佳殺了皇帝。」

「那是包蘭丁說的。」萊斯說，語氣顯然不信。

「那是我姊說的。」瓦林回道，盡量保持語氣平和。「艾黛兒證實了這一點。肯拿倫殺了我父親，控制了帝國。」

「但是坐上王位的人，」塔拉爾輕聲指出這一點。「卻是你姊。」

「她是伊爾・同恩佳的傀儡。」瓦林說。「她以為自己做的事情是對的，卻不瞭解幕後更龐大的勢力。」

「在我看來，」萊斯狡猾地說。「她才是擁有天殺的龐大勢力的人。她是現在掌權的馬金尼恩，宣稱自己是女皇帝，擁有肯拿倫和北境軍團的支持。如果你有注意到，連天殺的火焰之子都站在她那邊。」

「北境軍團是肯拿倫的部隊。」瓦林吼道。「殺了肯拿倫，我們就可以控制他們。凱登可以指派新任指揮官。」

「前提是凱登還活著。」塔拉爾看著瓦林說道。「艾黛兒沒有提到他。」

瓦林疲憊地吸了口氣。自從在骸骨山脈分開之後，他就一直在擔心哥哥。他們的計畫此刻看來十分瘋狂，恐怕有上百處漏洞，傳送門本身就有機會害死凱登，門後的伊辛恩也是。凱登本來或許有機會回到安努，可能因此遭遇伊爾・同恩佳手下的攻擊，也可能避開了針對他的陰謀，卻被強盜捅死棄屍運河。那個老僧侶倫普利・譚似乎很擅長使那把怪矛，但他的忠誠度也是個未知數。現在回想起來，瓦林後悔自己沒有繼續待在凱登身邊，但事發當時，似乎沒有別的選擇。

他覺得自己已經很久沒有真正做過什麼決定了。逃離奎林群島、失去凱登、對抗跳蚤、降落在草原上、把半數隊員留給長拳——每個決定現在看來都似乎是錯誤的，但在當時它們都不像是決定。與其說瓦林是在一堆岔路之間選擇，倒不如說他是在一條險峻的賽道上狂奔，只比他的敵人超前半步，沒有時間向後或向前看。

他掃過黑色的湖面，眺望遠方的小鎮。或許這也是個錯誤的選擇。他還可以回頭，找出隱形岔路，選擇一條更好走的路，但其他條路看起來都比現在這條還爛。讓伊爾．同恩佳獲勝？讓他在這場關鍵戰役中獲勝，這人就更難被扳倒了。選擇繼續北上，期待能從厄古爾人手中救出葛雯娜和安妮克？成功的機會看起來比可悲還慘，若在拯救行動中死亡，他就不能去殺伊爾．同恩佳或幫助凱登了。選擇回到奎林群島，把陰謀告訴妲文．夏利爾和其他猛禽指揮官？他們要向伊爾．同恩佳匯報，而據瓦林所知，他們很可能是同謀。

變數太多了，長拳、伊辛恩、倫普利．譚，沒有一個他能掌握，但是至少，他可以對朗．伊爾．同恩佳動手。他可以嘗試動手。

「凱登暫時得要靠自己了。」他說。「但是我們可以竭盡所能確保當他活著回到安努時，那個叛徒沒有坐在他的王座上。」他不確定他說的是伊爾．同恩佳，還是艾黛兒。可能兩個都有。

萊斯舉手投降，發出疲憊又厭惡的哼聲。「整件事都超過我薪水該做的工作。我受的是駕鳥訓練，而現在連隻天殺的鳥都沒有。」

「說到這個，」塔拉爾再度揚起望遠鏡觀察那座塔。「你打算怎麼上塔？少了蘇安特拉，看起來不容易。」

太陽下山了，但瓦林在灰綠色的黑暗中看得很清楚。兩座島上有數十盞提燈和火把，如此浪費木柴和燃油的行為顯示出鎮上的人有多恐懼。不過樵夫的防禦措施都是面對東方，針對厄古爾人，沒人會看向南方湖面另外一側。好吧，就算有，凱卓穿黑衣、崇拜浩爾可不是沒有道理的。

「游過去，」他說。「從懸崖上岸。直接爬到塔頂。」

「在冰涼的湖水裡游半里，再爬上七十呎的懸崖。」萊斯抱怨。「我就想幹這種事。」

瓦林忍住突然想掐死飛行兵的強烈慾望。不久之前，萊斯還是瓦林最信任的隊員，但是戰鬥改變了兩人，把他們變得更糟。萊斯玩世不恭的態度變成了冷言冷語和抱怨，瓦林覺得他的耐心就像繩子一樣快被消磨光了。沒人想游過那座天殺的湖，沒人想在黑衣潮濕、手掌冰冷的情況下趁夜爬上高高的石塔，但他們是凱卓。

「這是我們的工作。」瓦林壓低音量克制地說，阻擋在體內徘徊的吼叫衝動。「我們就是專門在出這種任務的。」

「來吧，」塔拉爾察覺氣氛緊張，擋在他們中間。「趕快把事情搞定。」

搞定。瓦林差點笑出聲來。游過湖面之後，他們還得爬懸崖。爬上懸崖後，還要面對高塔。爬上高塔後，必須殺了伊爾・同恩佳。如果成功了，還得想辦法救出葛雯娜和安妮克。一場戰鬥緊接著一場戰鬥，永遠沒有盡頭。一切沒有真正的結束，除非你死了。

♛

幸好游泳的時間比瓦林估算得要短，但懸崖爬得很是吃力。在黑暗中，濕靴子和老舊塔牆斑剝不勘的泥灰加劇了長達七十呎窄岩壁的危險程度。瓦林三度以為踏在堅固的石頭上，結果一使力石頭立刻鬆動，脫出牆面直接墜海，留他在上面一手拚命支撐，另外一手四處尋找可以攀抓的地方。

這是很困難又痛苦的過程，但是瓦林感到一股莫名的平靜。他只須要做幾個決定：這顆石頭還是那顆石頭，這道岩縫還是那道岩縫。每個決定的後果都會立即揭曉：石頭鬆脫，或是沒有。沒有謊言，沒有欺瞞，不用殺人。使勁攀爬讓他身體回暖，注意力只須集中在上方或下方的石頭上。所以當抵達塔頂、爬上粗木頂棚時，他幾乎要感到失望了，雖然手臂在痛，指尖也在流血。

有一瞬間，他就這麼躺在原地，凝望星空，每顆星星都像是貫穿黑暗的洞。接著塔拉爾的聲音把他拉回現實。

「有人工作得很勤快，」他低聲說道，朝向黑河東岸點頭。「把這地方守得嚴嚴實實。」

瓦林翻身趴臥，從油皮袋裡拿出望遠鏡。

「什麼情況？」

塔拉爾朝黑暗處點點頭。「看起來橋斷了，被摧毀了，就像你說的。但現在太黑了，看不太清楚。」

在火光和星光的照耀下，夜晚對瓦林而言十分明亮，而當他將望遠鏡放到眼前時，削尖的木樁立刻映入眼簾，宛如利齒般插在中央河道兩旁的泥巴裡，旁邊還散落著幾塊木板。

「不知道是誰警告他們的？」他邊說邊掃視下方的城鎮。

底下熱鬧非凡，男男女女推拉著各式各樣的推車，有些放滿工具，有些高疊桌椅和木材，小孩則穿街走巷，大聲向大人報信。現場一片混亂，但是觀察幾分鐘，瓦林開始發現底下其實亂中有序：沉重的推車往東，朝向東島遠岸某道屏障而去，接著又滿載食物、水壺和各式補給品返回。瓦林順著人潮移動看向小鎮廣場上一群人，聚焦在領導人身上，望遠鏡差點掉下來。

「神聖的浩爾呀。」他喘息說道，然後發現自己在笑，喜悅和欣慰之情宛如奎林群島上清爽的海浪般撲面而來，瞬間洗去了所有的疑慮和憤怒。「梅許坎特、安南夏爾、神聖的黑浩爾。」

「這座可憐兮兮的小鎮即將付之一炬，是有什麼我沒發現的笑點在裡面嗎？」萊斯問。

這次難得連飛行兵的譏笑也不能影響瓦林的心情。他笑著遞出望遠鏡，萊斯過了一會兒才在黑暗中找出葛雯娜，接著也開始哈哈大笑。

「那個堅強又固執的傢伙。」他稱讚道。「葛雯娜・夏普終於決定不要繼續待在厄古爾大軍裡當囚犯了。」他搖著頭，一邊把望遠鏡交給塔拉爾。

「安妮克也在。」吸魔師過了一會兒說。「還有派兒。」

瓦林笑到臉頰發痛。他似乎已經很久沒有笑的理由了。「不知道她們是怎麼逃出來的……」

「那三個女人？」萊斯說。「搞不好就是一直挖人眼睛、咬人喉嚨，直到沒有剩下半個厄古爾人為止。我們在拉爾特到處遊蕩害死自己人，而她們已經自行逃脫，趕在一整個馬背軍團之前，開始準備防禦行動。」他的聲音流露出苦澀。「不禁讓人懷疑我們幹嘛這麼大費周章。」

笑容宛如影子般從瓦林臉上滑落。「我們大費周章，是因為在當時那是正確的選擇。」

「好了，既然來了，」萊斯說著，從殘破的頂棚上起身。「就趁他們還沒忙完前下去。」

瓦林猶豫了一下，然後搖頭。「不。」

有一瞬間，沒人移動，沒人說話，風從水面吹起浪花打落在岩石上，吹過松樹的樹枝，颳過烏雲，將下方的燈火打成火花和紅焰。

飛行兵緩緩轉向他，難以置信。「不？」

「我們待在這裡。」瓦林壓低聲音說。「任務是暗殺伊爾．同恩佳，這點沒有改變。」

「我們的隊員就在下面要怎麼說？」萊斯問，朝下方的小鎮揮手。「天殺的厄古爾人即將進攻，底下的人須要幫助怎麼說？」

「葛雯娜在處理。」瓦林說這話時感覺嘴裡都帶著苦味。他和萊斯一樣想下去，站在隊員和人民旁邊一起架設屏障、思考策略……真正開戰之後，多三個人根本不算什麼，但是受過凱卓訓練的士兵在組織領導鎮民的時候卻能發揮不少作用。

「伊爾．同恩佳一天內就會抵達，」瓦林說。「除非你忘了底下配備精良的那些人是他的手下。如果我們下去，他們一眼就能認出我們，然後回報上去。如果伊爾．同恩佳知道我們在此，就失去了奇襲的優勢，而此時此刻，那是我們唯一的優勢。」

萊斯不屑地哼了一聲。「幹，瓦林，我們有半數隊員在底下，你以為伊爾．同恩佳聽說葛雯娜和安妮克的事情後，不會假設你也在嗎？」

瓦林皺眉。這是意料之外的問題，但是問題並不表示災難。「葛雯娜知道伊爾．同恩佳的真面目，她知道我們在獵殺他，她知道不要在粥裡撒尿。」

「還有一個不能現身的理由。」塔拉爾皺眉回應。「此刻很難判斷戰果，但如果此戰結束之後，伊爾．同恩佳發現了葛雯娜和安妮克，他就會知道姚爾沒有除掉她們，這表示他很可能會假設她們知道他的真面目。至少會有所懷疑。如果他把她們關起來審問，這也不是什麼令人驚訝的

42

老皮克．強說他寧願死在自家前廊也不會逃跑，他如願以償了。好吧，至少死掉的部分如願以償。葛雯娜無從判斷他在那裡撐了多久，但是當厄古爾人把他拖到黑河西岸時，他已經失去了他的斧頭和威士忌，而從腦袋垂在肩膀上的模樣來看，他還失去了作戰的能力及意願。

「他們抓到他了。」布里澤說。

「他們當然抓到他了。」葛雯娜回應他。「你以為一個老人能獨自擋下整個厄古爾大軍？」她嚥下其他想說的話。她在對強生氣，不是布里澤，為了老頭的愚蠢，為了他的固執，還有強迫她眼睜睜看著接下來發生的事情而生氣。

站在安妮克於東島設置的屏障後方，葛雯娜能看清對岸的景象，以及每個沿著疤湖東岸來回刺探軍情的厄古爾人長相，還可以看見他們馬身上的印記和箭上的羽毛。他們距離近到可以呼喊，並射箭攻擊，而唯一阻止他們進攻的就是那條狹窄泥濘的河道。這種防禦看起來不堪一擊。

葛雯娜來回看著安妮克安排在屏障後面的鎮民。男男女女蹲在木頭堆後，其中還有一些小孩，他們的短弓根本射不到對岸。如果厄古爾人進入那些短弓的射程範圍，整座島就等於是淪陷了。葛雯娜希望把孩子派往其他地方，但如果厄古爾人真的突破防線，那就根本沒有其他地方可去。再說，這裡是他們的家，他們比她更有資格死在這裡。

此時，她眼前出現一支箭。箭向上飛越河道，落入對岸的淤泥裡，沒有傷到任何人。

「夠了！」葛雯娜叫道。他們不能浪費箭，厄古爾人的人數比箭多太多了，但她不想讓樵夫們糾結在這個事實上。「除非他們試圖渡河，不然不准放箭！」

她不確定該為馬背民族還沒開始騎馬渡河一事感到擔心還是欣慰。這麼做肯定是自殺行為，這點很明顯，但是厄古爾人並不是以高強的戰術聞名於世，至少在長拳之前不是。

奇怪的是，巫醫至今尚未現身。他有可能躲在樹林中，在安全距離外指揮作戰，但他不在場令她緊張，就像他挑選的副手一樣。長拳不見蹤影，包蘭丁·安豪卻無所不在。他披著黑野牛皮斗篷走來走去，指指點點，下達命令，彷彿他一輩子都和厄古爾人混在一起。馬背民族沒有人對他露出厭惡的表情，而據葛雯娜對包蘭丁的瞭解，這是很聰明的做法。

她看著他指揮一群塔貝和克沙貝在樹林及泥巴地之間騰出一塊空地。在大部分騎兵都讓開之後，皮克·強被帶上來推倒在地。包蘭丁在他面前站立片刻，望向河對岸的小鎮，似乎感應到葛雯娜在屏障後面看他。在他等待的同時，其他幾十個囚犯也紛紛被人拉出樹林，在能看見吸魔師和樵夫的地方面朝下被壓在地上。有人拿著一把繩子走出來，包蘭丁手法熟練地把皮克·強的手腕和腳踝綁起來。

「他們在做什麼？」布里澤問。

「不知道，做很可怕的事情。」葛雯娜不想看。在打鬥中殺人和看人被殺是一回事，打鬥中的恐懼和憤怒沒有時間停留在人變成肉的景象和聲音上。但是從屏障後面看著他們拿四條繩子綁在四匹馬的馬鞍上，葛雯娜覺得自己快要吐了。在意識到接下來會發生什麼事情後，蹲在一旁的鎮民群出現驚慌失措的騷動，他們的恐懼和噁心進一步強化了葛雯娜的感受。她很想轉頭不看，但不能這麼做，當她在領導這場可悲的防禦戰時不行，但身體需要宣洩的出口，需要某樣東西讓她不把注意力放在對岸。

她起身拔出劍，指向對岸。「看！」她喊。

眾樵夫轉向她，但她憤怒搖頭。「別看我，你們這些混蛋。看那裡，看看那個你們稱為鄰居的人。看看他們怎麼對他。」

那四匹馬上的騎兵，兩個塔貝，兩個克沙貝，緩緩地驅趕馬前進。皮克·強的身體在繩子扯緊他的手腕和腳踝時騰空而起，嘴裡發出淒慘的呻吟。厄古爾人全都默不作聲，包蘭丁則開始用厄古爾語唸誦一些難以理解的詞句。她不知道那個混蛋從哪裡學來這些的，但是數千名馬背民族似乎都沉迷於眼前的景象。葛雯娜聽見馬蹄踏在地上以及繩子在牠們的拉扯下繃緊的聲音。

「看！」她再度叫道，心臟幾乎要跳出胸口。「你們想知道厄古爾人是什麼樣的民族？這就是他們的真面目。」

對岸的唸誦聲開始加快，越來越快，幾乎與葛雯娜的脈搏同步。其他厄古爾人也加入唸誦，聲音越來越響亮。皮克·強發出類似野獸的駭人慘叫，同時，騎兵繼續抽打坐騎，鞭打聲此起彼落，掛在馬匹中間的身體不斷扭動，嘴裡發出的聲音被埋沒在厄古爾人的唸誦中。安妮克在混亂中來到葛雯娜身邊，湊到她耳朵旁低聲說話。

「我可以了結此事，一箭就好。」

葛雯娜遲疑，眼看那些馬使勁向前，眼看強的身體扭動掙扎。「不。」她說著，嚥下隨著這個字而來的膽汁。「他們必須目睹此事。」

狙擊手轉動堅定的藍眼珠看她。

「他們不是軍人，這會嚇壞他們的。」

「他們需要驚嚇。」葛雯娜嘶聲說道。「如果我們輸了，厄古爾人會占領小鎮，這就是等著他們的下場，而到時候妳不會在場一箭了結所有人。」她在安妮克繼續辯駁前轉身，跳到屏障最高的木材上。

「這就是接下來會發生的事情。」她對躲在屏障後的鎮民叫道。「這不是掠奪隊，不是小規模衝突戰，對方是整個厄古爾民族，如果不在這裡阻止他們，他們就會把所有你們認識的人都獻給梅許坎特，就像那裡的皮克·強一樣。這就是他們的做法，這就是他們崇拜神的方式，這就是他們的本性。所以給我他媽的看仔細了！」

她不確定在對岸的喧鬧聲中有沒有人聽得見她說話，但是她的意思似乎都傳達到眾人心裡了。她腳邊有個男人對著泥巴大吐特吐，但是大部分的人都挺直身子，凝望著直到當天早上都還是他們家園一分子的人承受恐怖暴行。

皮克·強肯定是由軟骨和骨頭所組成的。即使再也無力慘叫，他的身體依然連在一起；即使肩膀脫離肩窩，關節也整個鬆開，韌帶還是不斷。那些馬似乎拉了好幾個小時，不斷拉扯、踏地、噴息，再繼續拉，直到突然之間，在一下猛力拉扯中，一條手臂斷了。厄古爾人集體發出了狂喜的呼喊，看著那名騎兵衝過河岸，在空中揮舞著拳頭，那條血淋淋的尾巴就在後面顛簸著。

其他騎兵停止催馬，讓皮克·強的殘軀落回地面，讓奇蹟般還活著的他持續扭動，直到生命隨著鮮血離體而去。厄古爾人解開繩索，把屍體拖到岸邊，丟進河裡。包蘭丁抬眼，先是看向縮在他身後的囚犯，然後再度望向對岸的葛雯娜。

結束了，她對自己說。他們殺了一個老人，不過他們還在河的另外一邊。

但他們殺的不只是一個老人。在她的注視下，一個可能來自東北方偏遠村落的女人，在哀求聲中被拖向河岸。獻祭儀式才剛開始，而每獻祭一個人，吸魔師的力量就會透過汲取囚犯恐懼的情緒而變得更加強大。

♛

第二天結束時，厄古爾人已經分屍了幾十個人，那些住在安特凱爾和黑河之間的可憐人，沒有收到大軍壓境警告的人。河對岸的泥巴裡染滿鮮血，鼓脹的屍體遍布河口，纏繞在流速變慢的樹根和蘆葦中。厄古爾人殺人，殺人，不停殺人，但他們沒有嘗試渡河。

這讓葛雯娜很緊張。

第二天中午左右，她以為他們要展開進攻了，數十名塔貝和克沙貝往河裡丟樹幹，看著它們漂向老橋樁，堵在木樁之間。數量不多，四、五根圓木，夠讓幾個勇敢又愚蠢的笨蛋偷偷過河，但肯定不足以發起正式進攻。厄古爾人瞪著樹幹看了一會兒，彷彿期待橋會自己長出來，然後又回去繼續殺人。好像根本不在乎能不能過河。

「他們天殺的在幹什麼？」葛雯娜咬唇問道，看著小桌對面的派兒和安妮克。在屏障後縮了一天後，她命令布里澤在最東邊的房屋之一裡架設指揮站，讓她可以迅速抵達河岸，並能和安妮克、派兒和布里澤在其他鎮民聽不見的地方討論策略。這是很好的標準程序，不讓士兵參與決策過程，但葛雯娜主要是不想讓安特凱爾的鎮民聽見他們的指揮官知道的情報少到什麼程度。

「長拳肯定知道北境軍團遲早會趕到，那混蛋多等一天都會增加風險。」

「我們沒看到長拳，」安妮克指出這一點。「我們不確定他有沒有和部隊在一起。」

「他還能在哪裡？」葛雯娜問。

派兒噘起嘴唇。「或許待在樹林裡，折磨林地動物。」

葛雯娜不理她，轉頭面對布里澤。「你確定沒有其他渡河的方法嗎？北邊的某處？」

他搖頭說：「我在那一區砍過樹。冬天的時候，沼澤會結冰，或許有辦法過去，但現在這個時節，就算徒步也要走好幾週，更別說是牽馬。有些高地的冷杉密到得從樹幹中間擠過去，而沼澤會把你整個吞掉。」

「沒有其他小鎮？」她問。「沒有橋？」

「除了伐木營地外，什麼都沒有，而他們沒有造橋的必要。除非那些馬能在滾動的樹幹上平衡站立，一路漂向下游，不然北邊沒有幫得了他的東西。」

「不知道你們那個勇猛善戰的矮個子朋友和那隻大鳥後來怎麼樣了。」派兒沉思道。「或許他真的殺了長拳，或許待在對岸是因為不曉得還能做些什麼。」

這是很誘人的解釋，但是沉默一段時間後，葛雯娜搖頭。「不合理。」她說。「如果跳蚤暗殺成功，他現在就該回來了。如果長拳真的死了，厄古爾人不會自相殘殺嗎？少了巫醫的權威壓制，包蘭丁不可能管得動他們。」

「只是想樂觀一點。」殺手聳肩道。「布里澤，還有啤酒嗎？」她比向面前的酒杯。「整天無所事事，只能眼睜睜看著別人被肢解，很容易口渴。」

葛雯娜正要說話，卻被屋外突如其來的喧囂聲打斷。她三步併作兩步衝到外面，掃視對岸、近岸、湖面，尋找敵軍攻擊的跡象。鎮民指著上游，但是在漸暗的天色下，她什麼都看不清楚。厄古爾人顯然沒有進攻。

「噢，親愛的席娜呀。」布里澤罵道，隨著她的目光望去，語氣中充滿驚恐。「河運。」

「河運？」葛雯娜問。「什麼河運？」

「圓木河運。」他指向在河面上沉浮的黑影，因為擠滿了河面，葛雯娜之前沒注意到——一大堆浮動的圓木正撞來撞去，隨著河流往南漂來。

「他們不能從浮木上渡河，對吧？」葛雯娜問。

「那裡不行。」他說。「騎馬不行。但那不是問題。」

葛雯娜沿著河流看去，目光停在舊橋樁上，恐懼之情油然而生。

「那裡。」她喘息道。

他嚴肅點頭。「所以他們才丟那些圓木下去。他們打算做水壩。」

「一共有多少圓木？」葛雯娜指著上游問。

「足夠堵住整個北湖口，足夠搭建十幾座橋，如果堵住的話。」

「為什麼會堵住？你們不是每年都這樣運圓木穿越那些橋樁嗎？」

布里澤沮喪地點頭。「但是通常都有派人在橋上用竿子確保它們不會堵住。我們會在還沒開始堵塞之前疏通。現在……」他無助地比向橋樁。「橋沒了。」

「還要多久？」她問，但是已經有圓木開始撞上厄古爾人丟在定位上的圓木了。有些圓木通過橋樁，被後面的圓木撞過去，其他的則隨著水流打轉，被壓到水面下，由後來的圓木取代。那些木頭多到彷彿看不見盡頭。目光所及，北方的河面全是圓木，而他們又不可能阻斷河水。

「那些東西，」派兒挑眉說道。「會造成麻煩。」

「它們會填滿河道。」葛雯娜說，心裡越來越慌。圓木會填滿河道，然後厄古爾人會渡河。他們就是在等那個。

「其他河道，」布里澤說。「得把圓木轉向其他兩條河道，沒被擋起來的河道。」

葛雯娜盯著那一大堆圓木，數量多到無法阻擋。「看在浩爾的份上，我們要怎麼做？」

「我們必須……」他搖頭。「我無法解釋。我得走了！米勒！」他大叫。「法蘭奇！」兩個站在弓箭手防線上的男人轉身。「兩支圓木河運隊。召集起來，立刻上工。現在！」

「我們需要竿子和狗！」

「去拿！」布里澤叫道。「去拿，然後趕去北島。」

「好了。」派兒在樵夫跑走時說。「他看起來很興奮。」

布里澤的轉變令人驚訝。跳蚤在小鎮廣場殺死兩名領袖之後，布里澤一直都很順從，提出問題，然後二話不說便執行命令。現在出現了一個他很擅長的任務，所有遲疑就這麼消失了。問題在於，圓木隊的人拉走了防線上的人，看上去是最剽悍的一批，而對岸的厄古爾人則騎馬離開樹林，大聲吶喊，馬蹄在堆積的圓木上踩踏。一名勇氣遠遠超越智慧的克沙貝策馬衝鋒，這是一次很不幸的進攻行動，她的馬陷入泥沼直沒至膝。年輕女人在尖叫聲中跳下馬背，奮力衝過剩下的淤泥地，然後試圖跑過圓木。葛雯娜眼看一根圓木在她腳下滾動，她搖晃幾下，然後就消失了，水花還沒濺完，其他圓木已經漂過來蓋過她的落水處。

「他們還不能渡河。」安妮克說。

「只是遲早的事。」葛雯娜冷冷回道。不管布里澤在河流岔道上有何成果，東河道上已經有足夠形成水壩的圓木，只要等水流把它們擠到夠密集。要渡河肯定很危險，圓木會旋轉，厄古爾人會死，但他們就要來了。

弓箭手防線一開始人數就不多，現在看來就像從鄉下來趕集的懶散農民，只不過他們即將放箭射人，而不是麥稈束，如果沒射中，他們就會死。少數人轉頭往後看，彷彿在考慮逃跑。葛雯娜狠狠咬著自己的頰內，咬到滿嘴是血。她把帶有銅味的血吐到泥巴裡，然後努力思考。偉大的將軍可以打贏勝算渺茫的戰役，但她不是偉大的將軍，她只能勉強算是凱卓，還是叛逃的凱卓。

「妳在欣賞北境森林的黃昏美景嗎？」派兒問。

「我在思考，妳這個可惡的婊子。」葛雯娜向她吼，把自己的無能發洩在齦誓祭司身上。這個女人自從抵達此地後就只顧著喝啤酒和說風涼話。「妳到底來這裡幹嘛？」

派兒若有所思地喝了口酒，然後回答：「也許妳還記得，我的選擇就只有來這裡，或是迅速在松樹林裡不光彩地死去。」

「好了，這場幹羊鬧劇看起來也即將陷入不光彩的致命危險中了。」葛雯娜說。跳蚤把指揮權交給她，現在安特凱爾裡所有人大概都要死了。更糟的是，她沒有設法阻止這一切，反而和一個真正享受屠殺的女人吵架。這個女人會滿心歡喜地看著兩天前還沒想過戰爭會降臨的小孩、男人、女人——全鎮居民慘死。「妳應該幫自己省省麻煩，別跑這一趟的。」葛雯娜啐道。「妳和我都一樣。」

「正好相反。」派兒說。「我在這裡面對我的神時，可以享受人類社會的慰藉，和姊妹之情的連結。」

「我去你媽的姊妹之情。」

派兒皺眉沉思。「我是在想另外一種姊妹之情。」

她正要把酒杯舉到嘴前，葛雯娜已經拔出匕首，在怒意的驅使下不假思索地刺向顱誓祭司的喉嚨。奎林群島上有很多匕首搏鬥，學員和老鳥透過對戰來解決私怨，打到一方先流血為止。但這次不同。葛雯娜使盡吃奶的力氣，順勢轉身，扭動手腕，調整刀身的角度，欲刺入對方的肉裡……卻沒碰到肉。刀身擊中某樣東西，葛雯娜的手腕直接被擋下。她嘗試揮砍向側邊，但是顱誓祭司用啤酒杯接下匕首。葛雯娜往後拉扯想要擺脫酒杯，派兒則往前一步，掌根上擊，打得葛雯娜猛地閉上嘴巴，使她牙齒劇痛，頸部也因為撞擊而向後仰倒，摔到泥巴地上。

整個過程不過一下心跳的時間，樵夫大多根本沒注意到。當他們轉過頭時，派兒已經笑容滿面地朝葛雯娜伸出手掌，眼神堅定。

「小心點，長官。」她模仿布里澤恭敬的態度說。「這條路很爛。」

葛雯娜轉頭瞥了一眼好奇的弓箭手們，放下自尊，握住女人的手。派兒的手掌彷彿是用鋼鐵鑄成的，拉起葛雯娜，湊到她耳邊輕聲細語。

「我是來殺厄古爾人的，這表示理論上我們站在同一陣線。」她稍停片刻，讓葛雯娜站穩腳步，然後再扯了一下。「我弄錯了嗎？」她問，聲音溫柔到令人作噁。

「沒有。」葛雯娜低吼道。「妳沒弄錯。」

「太棒了！」她微笑。「問題在於，我很擅長殺人，但是一點也不擅長戰術和策略那種無聊的東西，所以或許妳可以——」她朝在河面上堆積的圓木揮手。「負責那些瑣事。然後，」她高高舉起空酒杯。「我似乎把酒都灑光了。」

葛雯娜咬牙切齒地看著女人轉身走回屋內，努力無視在腦側轟隆作響的血液，試圖想出害死最少鎮民的辦法。她很想把所有人撤回西島，或許直接撤到西岸，然後摧毀身後的橋梁，那樣就可以在安特凱爾和厄古爾人中間拉開一點距離，還多了兩條河道。問題是，這招她已經用過了，長拳肯定能預料到。她可以下令撤退，但最終會發現，在對岸沒有防禦工事的情況下，仍舊要面對同樣的敵軍。留在這裡，至少厄古爾人必須慢慢渡過漂浮不定的水壩，而當他們挑選落腳處時，樵夫就會射箭。

葛雯娜看向鎮民，想看出一些不同的東西，能給她帶來希望的東西。她再度咒罵跳蚤讓她管事。她不是將領，只是個爆破兵，受的是炸毀東西的訓練，不是領導部隊，她——

「噢，神聖的浩爾呀。」她凝視水壩，喘著氣說。「噢，幹。」

她同時進行十幾種不同的計算——重量、力道、浮力、距離、密度——但是失敗了。她沒辦法估算水壩堆得有多深，圓木堆疊得有多密，需要多少炸藥才能炸散它們，但她突然間十分清楚自己該怎麼做。

「安妮克，」她轉向狙擊手吩咐。「阻擋他們。」

狙擊手眨眼。「妳要去哪裡？」

葛雯娜揮手比向斷橋。「我要炸了它。」

「妳還沒走到一半全身就會插滿箭，再說從水面引爆碎星彈……」她搖頭。「沒有用的。」

「我不過去。」葛雯娜說。「我要下水。」

看到安妮克微微瞠大眼睛讓她心裡浮現一絲滿足之情。她等著狙擊手告訴自己，這樣太瘋狂、不可能成功、水太冷、水壩太寬、炸藥不足以達到目的，但是狙擊手只是點了點頭。不過這個反應也不奇怪就是了。

葛雯娜深吸口氣，轉身離開了屏障。她是去赴死的，這點似乎無庸置疑，但至少她很熟悉這種任務。

「如果天色全黑前還沒爆炸，」她說。「就表示失敗了。」

狙擊手再度點頭。接著，當葛雯娜拿起她的炸藥包時，安妮克伸出一手。有一瞬間，她看起來很嬌小，像個神色困惑的小女孩。

「祝妳好運，葛雯娜。」她低聲說道。

葛雯娜不知道該哭還是該嚇得屁滾尿流。

抵達北島時，厄古爾人已經開始從圓木水壩上渡河。在這種距離和天色之下，她只能隱約看出男男女女和馬匹的身影，但安妮克應該是擋下他們了——安妮克，再加上河道兩岸的泥巴地，以及危險不穩的水壩。儘管如此，厄古爾人占有數量優勢，遲早會有人抵達這一側的河岸，到時候就輪到鎮民拿斧頭對抗騎兵和長矛。葛雯娜努力不去想那種情況。

北邊，布里澤和他的人成功把大部分圓木轉向中央和西側水道，但還是有不少圓木流向東側，導致順著水流漂浮變成很危險的事情。葛雯娜看著眼前兩根巨大的樹幹輕輕撞在一起，隨著水流翻滾起伏。要是有人困在那兩根樹幹中間，這時候已經被壓扁了。

好吧，她對自己喃喃說道，最好不要被困住。

她只花了一點時間準備碎星彈和脫掉靴子，然後花了三倍時間鼓起勇氣潛入充滿漩渦的黑水中。冰冷的寒意立刻趕跑了她體內的空氣，她翻身游入主河道，一邊踢水一邊喘氣，在胸口因為寒冷而緊縮的情況下努力吸滿一整口氣。她知道在這裡游泳不會和奎林群島周邊海域一樣，因為黑河的水直接來自羅姆斯戴爾山脈的冰川，但這種感覺……她的牙齒已經開始打顫，手指感覺腫脹又笨拙。她向來覺得水在黑暗裡更加危險，彷彿那是一座直通地心的巨大池子，又像深不見底的饑餓大坑，而黑暗正以極快的速度來襲。

沒辦法了，她只能往下游過去，試著透過往南游來保留住剛剛往北跑時所產生的微薄熱氣。她把碎星彈塞在腰帶上，努力游向水壩，途中差點被一根大圓木撞掉腦袋。她在最後關頭潛入水裡，在它撞上一排樹幹時從另一側浮出來。從水裡看出去，厄古爾人的身影聳立在灰色的夜空前。她試著計算數量，一邊忙著躲避浮木，在四肢變得像鉛一樣重時把頭保持在水面上。前方某處有匹馬放聲慘叫，有人落水，在水壩旁掙扎了一陣，然後沉入水裡。

接著，突然之間，她幾乎抵達水壩，參差不齊的木材擠在一起，如利齒般聳立在漩渦中。她看見許多屍體卡在亂木中，受困水流的騎兵溺斃其中，他們的臉距離空氣只有幾吋。聽起來島上也有打鬥聲，但她看不見。她只能將碎星彈舉出水面，揮手拍燃，深吸口氣，向浩爾祈禱，然後下潛，踢水往下，再往下，進入河底寒冷的極致黑暗中。

43

當凱登、基爾和蓋伯瑞爾三人踏上返回歡愉神廟的路時，午夜鑼已經敲響很久了。他們一聲不吭地走著，一方面是因為安努街道上不能隨意發言，一方面是因為無話可說。凱登下了他的棋，但是失敗了。他還能聽見倉庫裡的喧囂，貴族們彼此吼叫、指責、控訴、要求……和辛恩僧侶在一起絕不會出現這種情況，但這就是問題所在，基爾和凱登沒料到這些貴族會不理性和受情緒影響到這種程度。

他戴起兜帽，低頭穿越蜿蜒的街道，眼睛緊盯著自己的腳，和蓋伯瑞爾及基爾領在前頭的腳上。第一次，他很慶幸能有這身偽裝。兜帽讓他能保持安靜，飄在自己的思緒裡。那些失敗和徒勞的景象徹底吞噬了他，讓他差點在基爾停步時撞上對方的背。凱登剛想說話，就被基爾無聲又堅決地推開，推回剛剛走出的街道上。

終於停下來時，凱登謹慎抬頭，目光在蓋伯瑞爾和瑟斯特利姆人之間來回。

「怎麼了？」他輕聲問道。

「伊辛恩。」基爾回答。「兩個人，等在鞋店外的陰影中。」

凱登長吸口氣，強迫自己冷靜。「他們有看到我們嗎？」

基爾搖頭。

「伊辛恩是什麼人？」蓋伯瑞爾問。

凱登本來要解釋，轉念一想，決定不要多說。「敵人。」他簡單回應。「你知道其他進入神廟的路嗎？」

蓋伯瑞爾皺眉。「有好幾條。」他望向身後。「你的這些敵人，他們能打嗎？」

凱登點頭。

「他們怎麼跟蹤你的？」

凱登思索這個問題。馬托爾不可能從地下墓穴的坎它一路找到這來。他想起了阿克漢拿斯，想起它們扭曲不自然的附肢，還有關節處隆起的紅眼。但馬托爾不是瑟斯特利姆人，他沒有阿克漢拿斯，這表示他們是用貝許拉恩。

「他們不是跟蹤，」凱登說。「他們預料到了。我在安努只有幾個地方能去，只有幾個地方和我有關，他們八成派人監視所有地方。」

「你沒對我說過。」蓋伯瑞爾繃著下巴說。

「我不知道他們這麼快就會找上門來。」

「這個可以待會討論。」基爾說。「先進神廟再說。」

進入神廟是件說得容易做起來難的事情。蓋伯瑞爾帶他們跑了三處才找到一個沒人監視的入口——一座小宮殿外的小馬廄。等他們對兩名守衛輕聲道出莫潔塔的通關密語，走下一長條地底通道，進入一座小花園涼亭時，凱登唯一想做的事情就是睡覺。黎明很快就會到來，他會有足夠的時間檢討在議會和伊辛恩兩方面的失敗，並迅速尋找其他方法。他的內心被奇怪的情緒浪潮打得精疲力竭：希望、恐懼、憤怒、絕望。他完全無法想像大部分的人是怎麼每天處理這些情緒的，還是比他強烈百倍的情緒。就連殘留下來的期待和失落都足以影響所有理性思考的希望。

睡覺，他提醒自己。先睡覺，再思考。

然而，當他們步入涼亭的木門時，莫潔塔緊張的表情立刻就讓他知道，沒得睡了。他想詢問她發生什麼事，被她揮手打斷，動作迅速急迫。凱登身後的基爾和蓋伯瑞爾都僵在原地。在緩慢的流水聲和輕柔的風鈴聲中，凱登可以辨別出一道聲音，男人的聲音，彬彬有禮，但是宛如上油的鋼刃般尖銳。

「我非常尊重你們的神廟和女神，但我代表王座而來，關於此事，妳不能拒絕。」

凱登覺得恐懼冰冷的爪子刺穿了脖子的皮膚。他曾經短暫聽過那道聲音，上次見著這個男人衣衫襤褸、滿臉鮮血的走出骸骨山脈已經是一個月前的事了，但他對那個口音和說話方式熟得就和聽自己講話一樣。辛恩將遺忘這種奢侈享受從他身上奪走了。伊辛恩在外面獵殺他，而在這座神廟圍牆之中，塔利克·阿迪夫在搜查一個人。

「不是拒絕的問題，顧問。」一個女人的聲音說道，宛如液態蜂蜜般溫暖。「你在找的年輕人並不在我們這裡。」

「真是太令人失望了。」阿迪夫的語氣顯然根本不信她的話。「妳不會介意讓我的手下……進去檢查。這裡來來去去的人實在太多了，很容易會忘記某些……細節……」

凱登無聲地走到亭子和翠綠花園之間的木屏風後。阿迪夫站在紅紙燈籠的柔和光暈下，密斯倫顧問看起來已經完全從山裡的苦難中恢復，現在他的黑袍潔淨無瑕，黑髮梳理整齊，黑色的遮眼布固定在眼前。他是帝國威權的象徵，是個吸魔師，還是個殺人犯。凱登感覺到身邊的蓋伯瑞爾突然渾身緊繃，於是轉身看著首席發言人，然後緩緩搖頭。阿迪夫身邊有六名士兵，而不管蓋伯瑞爾使刀的技巧有多高超，他都沒辦法對付吸魔師。

「恐怕不行，顧問。」女人說。「你也知道，我們絕不會洩露進入席娜神廟之人的身分。」

凱登轉而看向在和阿迪夫說話的黎娜，一個身材高挑的性感美女，黝黑的皮膚如濕煤炭般充滿光澤，頭髮綁成上百條精緻的髮辮。她看起來十分柔弱，身穿輕薄透明的絲袍站在全副武裝的士兵面前，但臉上毫無懼色。

她微笑，攤開雙手。「我敢說你瞭解的。」

阿迪夫繃緊下巴。「我敢說我瞭解。」他環顧花園，似乎能透過遮眼布看穿每一座亭子。凱登一動也不動地任由那道不存在的目光掃過自己，第一次懷疑譚在骸骨山脈是否有殺光所有的阿克漢拿斯。他發現自己根本不知道那些怪物是從哪裡來的，不知道阿迪夫還有沒有養更多，此刻它們是不是在跟蹤他，攀上神廟的高牆，尋找進入的通道和可以跨越的途徑。

最後阿迪夫回頭面對黎娜。「妳知道，黛米薇兒，我不是只帶六名士兵前來。」

他沒有把剩下的話說完，但是黎娜的嘴唇抿得更緊了。

「而你也知道，顧問，安努市民非常愛戴我的女神，很多人會在神廟裡崇拜祂，而信徒不喜歡被打擾。」

「安努市民也愛英塔拉。」阿迪夫回答。「看看烏英尼恩的下場。」

黛米薇兒以笑容回應他的笑容。「當然，烏英尼恩是叛徒，我不是。我活著的目的就是服侍安努及其市民，當然，最主要是服侍我的女神。」

「妳向來都很注意妳那張嘴，薇兒，但是妳和其他人一樣清楚，服侍安努和服侍王座是兩碼子事。」

「願我們這片土地上的領主都能平安喜樂。」她優雅地把頭側向一邊。「對於黎明皇宮……這是一個岌岌可危的時刻，我不想看到因為衝動又不必要的決定……」她停頓得比之前久，彷彿在慎選用字。「延長了眼下不穩定的局勢。」

或許是因為她充滿歉意的輕笑聲，也可能單純是發現對方顯然不把自己的命令當回事，阿迪夫的臉在遮眼布下變得扭曲凶狠。他湊向前去，抓住黎娜的手臂，手指掐入她的皮膚。

「我們把話說清楚。」他嘶聲道。「容我提醒妳，妳所掌握的只是一群擦香水的美貌妓女。妳藏身在安努權貴的淫慾之後，彷彿淫慾等於忠誠。然而，淫慾不等於忠誠。我暫時放過妳，但如果讓我發現妳騙了我，妳或許會發現妳努力收集的墮落肉體，妳這些美麗的男孩和女孩，都會和妳的高牆一樣瞬間被燒燬。」

黛米薇兒面無表情，似乎沒被這番威脅嚇到。她沒有向後退開，反而把他拉近，嘲諷地擁抱著他。

「既然要把話說清楚，」她在他耳邊甜膩低語，聲音輕柔，但刻意讓所有在聽的人都能聽見。「我要提醒你，你服侍的是人，我服侍的是女神。真可惜你的眼睛這麼早就瞎掉了，不然或許可以看清楚你所挑戰的力量。」

「我可以殺了他。」蓋伯瑞爾說，皺眉凝望瓷燈裡的火焰。

莫潔塔用力搖頭。「不，不能殺。塔利克．阿迪夫是個殘酷惡毒的人，但他並不愚蠢。你們今晚看到的六名士兵，只是他一小部分的力量而已。」

「而且他是吸魔師，」崔絲蒂啐道。「他有……能力。」

蓋伯瑞爾一臉噁心地搖頭。「骯髒的混蛋。」

凱登深吸口氣，又緩緩吐出。阿迪夫離開後，莫潔塔連忙帶他們上樓去她房間，鎖上兩道門栓，崔絲蒂則拉上窗簾，點燃更多燈火。過去幾天看起來很安全的庇護所，現在感覺既危險又不祥，像是緩緩關閉的陷阱。他環顧莫潔塔的房間，但沒什麼可看的，壁爐架上有著雅緻的香燭，綻放的茉莉花種在漆黑優雅的花瓶裡，一面牆的鉤子上掛著一把豎琴，還有一張矮桌上放著一張羊皮紙、羽毛筆和墨水瓶——那是連續幾天夜裡起草憲法遺留下來的東西。這裡沒有遭人背叛的跡象，也沒有任何跡象顯示在席娜神廟的中心有人在監視他們。

「阿迪夫怎麼知道我在這裡？」凱登問。

崔絲蒂伸手指向窗簾外的花園。「這裡有數百名黎娜。」她厭惡地搖頭。「有人走漏風聲。」

「不是說『不洩露身分』嗎？」凱登問。

莫潔塔嘶起嘴唇。「我們大多都把女神放在第一位。」她攤開雙手。「但儘管受過訓練、發過誓，黎娜畢竟是人，擁有人類的希望和缺點。他們會受到威脅或利誘，他們會被操縱，以為自己別無選擇。」她看向崔絲蒂，臉上掠過一絲痛苦的陰影。「黛米薇兒堅守她的誓言，她今年已經懲罰並趕走了四名黎娜和一個女僕，因為他們違背女神的信任。但這座神廟裡住了數百人，而她並非無所不在。」

「搬到我家去吧。」蓋伯瑞爾說。「這些伊辛恩不會跟蹤你到那裡去，而這座神廟已經不安全了。現在密斯倫顧問知道你在這裡，他還會再回來的。」

莫潔塔遲疑，然後搖頭。「他不知道。不能肯定。我們一直小心翼翼地把凱登藏起來，除了在我房裡，其他地方都有戴上兜帽。阿迪夫最多就是聽說我女兒回來了。你在這裡應該還算安全，至少還能安全幾個晚上。」

「他在找的是男人。」

「他在套話，」莫潔塔說。「希望黛米薇兒會說溜嘴。如果他確定你在這裡，確定我在庇護你，席娜的高牆絕對保不了你。」

「一定有辦法阻止他。」崔絲蒂雙手握拳說。「有辦法殺他。」

「塔利克．阿迪夫不是問題。」凱登搖頭輕聲道。「至少暫時不是。」

崔絲蒂難以置信地轉向他。「他已經暗殺過你一次，還威脅我母親，強行帶我離開神廟，而現在他又回來獵殺我們。他怎麼會不是問題？」

「如果我們決定留在城裡，他才會是阻礙。」凱登回答。「我們可以明天一早就走，或是今天晚上，而他沒有辦法跟蹤我們。」

「你要逃跑？」蓋伯瑞爾臉色一沉。「那你誓要摧毀的帝國怎麼辦？你的憲法怎麼辦？」

凱登對上首席發言人憤怒的目光。「我不打算逃跑，但在我們想出摧毀帝國的辦法前，塔利克．阿迪夫有沒有待在黎明皇宮裡都無關緊要，我們殺不殺他也無關緊要。」

「殺他是個好的開始。」崔絲蒂說。「剩下的可以慢慢想。」

「不。」凱登搖頭反駁。「殺死阿迪夫會造成黎明皇宮權力真空，會有一段時間沒人統治安努，但是權力真空很難維持。如果我們的議會沒辦法填補空缺，那麼伊爾．同恩佳或艾黛兒還是哪個他的手下就會立刻出來掌權。」

「不幸的是，」基爾說。「經過今晚的會面，組成議會的機會渺茫。」

「那些貴族都是笨蛋。」蓋伯瑞爾說著，將手指折得喀拉作響，然後又換手繼續折。「他們寧願在自己的井裡下毒也不要讓其他人喝水。」

「如果你可以提供他們好處呢？」崔絲蒂問。「承諾更多，只要他們願意簽署憲法。」

「我沒有好處可以給他們。」凱登兩手一攤。

「未來的權利和特權，」崔絲蒂建議。「成立新共和後。」

凱登考慮片刻，然後沮喪搖頭。「他們不能合作就是因為除了我所提供的條件外，他們還貪求更多特權。」

莫潔塔一直看著他，雙眼在燭火下發光。「沒有用。」她低聲道。「我本來以為……」她搖頭。「沒想到他們還是不肯同意。我很遺憾。」

他們全都陷入沉默。蓋伯瑞爾悶悶不樂地凝視燈火，崔絲蒂輕咬嘴唇。凱登觀察了他們一會兒，心裡浮現一個可怕的想法，隨即偏開頭去，看著精緻的窗簾隨風飄動。他隱約聽見從下面的花園裡傳來輕快的音樂和歡笑聲，混合著低沉的呻吟聲，以及肉體歡愉的激情叫喊。從倉庫回來時所感覺到的倦意再度襲來，那是一股沉重、催眠般的無助感。這些是他的子民，神廟的顧客和憤怒的貴族都是，但有時候他們看起來比瑟斯特利姆人還要陌生。

他在心中喚出會面時的沙曼恩，研究黯淡光線下的每一張面孔。他可以看出現場所有細節，但卻沒有多少意義。他可以凝視那些面孔幾個小時，眼看那場災難正常或倒轉進行，但他不知道該怎麼改變結果。如果是一堵搖搖欲墜的牆、一根斷裂的車軸、轉盤上的濕陶罐，或待切的山羊屍體，他就有辦法辨識出表面之下的問題，但他沒辦法在那群貴族間找出一定的行為模式，不能在那種瘋狂中看出秩序。

他緩緩吐氣，推開那個影像，轉而盯著油燈，眼看火焰猛烈搖晃，然後逐漸穩定下來。他瞭解油燈燃燒的原理：油和空氣，燃料和空間，有形和無形。不添加油，火焰就會熄滅。添加太多油，火焰也會熄滅。凱登伸手測試溫度，然後將手掌平放在油燈上。火焰沒有燒到皮膚，但他的手很疼，疼得厲害，然後開始灼燒。動物本能的反應拚命叫他縮手，把手抱在胸前，但他叫那隻動物閉嘴，沒有收回手，親眼看著痛楚，但是拋開對於痛的恐懼。

他覺得自己好像一輩子都在抗爭和逃跑，有力氣的時候就和敵人角力，不過更多時候在逃。這樣的日子給他帶來什麼結果？受困在一座神廟裡，祕密被洩露，計畫失敗，敵人環伺。他盯著自己的手，下面的皮膚已經燒傷起泡，但油燈裡的火焰也熄滅了。他緩緩抬起手掌，看著白煙在清風中散開。其他人都在驚呼，但他推開那些噪音，跟隨思緒的軌跡走。一直以來，他都想要守護自己、朋友、家人……他翻轉手掌，看著掌心燒紅的皮膚。事實上，他誰都保護不了，包括他自己。他不會打架，無法守住祕密，也逃不出阿迪夫和伊辛恩的追捕。

「或許是該停止反抗的時候了。」他低聲嘀咕，試探性地把這個想法說出來。

「什麼？」崔絲蒂問。

他沒有抬頭，而是看著皮膚上的燒傷線條，一邊研究它們，一邊思索著新計畫的各個層面，像在轉動心中的石棋般，直到將它們鎖定到合適的位置上。

他轉向蓋伯瑞爾。「我需要和議會成員再見一次面。」

首席發言人皺眉。「這麼快？他們還在為今晚的挫敗發怒。」

「不是立刻，」凱登回道。「是三天後。這次在我的地盤上。」

基爾揚眉。「你的地盤？」

「辛恩禮拜堂。」凱登說。「偏遠的中立區。」

「辛恩禮拜堂，」基爾說。「和這座神廟一樣，會有伊辛恩監視。」

凱登停頓了一下，強迫自己表現出猶豫，最後微笑。「我知道，但是那裡也有其他條路。我去找院長的時候，他跟我說過有地道。」

「為什麼要冒險走地道？」蓋伯瑞爾搖頭問。「為什麼要冒險去那裡？我再找個地方很容易，一樣中立，沒有你那些敵人監視。」

「一定要在禮拜堂裡開會，我有東西要給那些貴族看。」

基爾打量他片刻。「坎它。」

凱登點頭。

「為什麼？」瑟斯特利姆人問。「打從帝國建立開始，傳送門就一直是你們家族的祕密。」

「我們要取代的是帝國。」凱登順著自己的謊言說下去。「崔絲蒂建議要提供某樣貴族們無法拒絕的東西，作為他們願意加入共和國的回報。我打算提供他們使用坎它的機會。」

「傳送門會摧毀他們。」基爾瞇起眼睛說道。

「但他們不知道。當他們看到我消失，然後又在同一天下午看我拿著奧隆市集的新鮮水果回來，就會瞭解坎它的力量。他們會為了得到這種力量簽署任何文件。」

「那等他們發現被你騙了呢？」

「我會告訴他們必須接受幾個月的訓練才能安全使用傳送門。如果我們到時候還活著，再來擔心接下來的問題。」

基爾點頭同意：「或許可行。」接著他停下來打量凱登。「你有話沒說出口。」

凱登撫平恐懼的倒鉤，逼自己直視瑟斯特利姆人的目光。

「對。」他承認，然後看向崔絲蒂。「我要妳帶封信去禮拜堂，交給名叫亞帕的僧侶。」

「不行！」莫潔塔大驚失色。「如果有人在監視，他們會抓走她的！絕對不行！」

「他們會監視她，但不會抓走她。」凱登解釋。「在跟蹤她找到我之前不會。」

「會！」黎娜哭喊著把女兒摟在懷裡。「你已經向我說過那些人都是什麼人，他們會為了找出你而刑求她！」

凱登搖頭。「他們已經刑求過了，刑求了很久，但是成效不彰。」

崔絲蒂想起當時的情況就開始發抖，她母親把她摟得更緊。

「為什麼要冒險？」基爾問。「為什麼不讓蓋伯瑞爾去？伊辛恩不認識他，他們根本不會注意到他。」

凱登考慮該透露多少。「我要吸引他們的注意。」他終於說。

女孩慢慢掙脫母親的懷抱，轉而看向凱登。「為什麼？」她問，這個簡單的問句都能聽出她的聲音在顫抖。

「他們會跟蹤妳回來，但沒辦法進入牆內。」他說。「到時候，他們就會跑回禮拜堂，叫亞帕交出妳鬼鬼祟祟拿過去的字條。」

「辛恩院長為什麼會配合這些伊辛恩？」蓋伯瑞爾問。

「因為崔絲蒂會請他配合。她會告訴他是我請他這麼做的。」

「那麼，」基爾緩緩問道。「這張神祕字條裡會寫些什麼？」

凱登聳肩。「就說我要放棄了。我嘗試奪回王位，結果失敗，所以要和另外一個空無之神的信徒回阿希克蘭重建修道院。如果他手下的僧侶有人想一起前往，我們很歡迎。」

接下來幾下心跳的時間，完全沒有人說話。然後蓋伯瑞爾開始發出溫暖渾厚的笑聲，並在莫潔塔和崔絲蒂困惑地轉頭看他時，指向桌子對面的凱登。

「他或許不懂舞刀弄劍，但他的心思銳如利刃。」

「你認為看了這張字條，」莫潔塔終於說。「這些伊辛恩就會嘗試跟蹤你回修道院？」

「為了捉到我和基爾，」凱登問。「我想他們就連利國都會跟去。」

「但是你不是要去利國，」基爾說。「也不是阿希克蘭。」

凱登搖頭，轉向崔絲蒂。「妳去送信會有風險。」

她的大眼睛中流露恐懼，但毫不遲疑。「我去。」

「不。」莫潔塔抗議。「拜託。」

崔絲蒂掙脫母親的手臂。「我要去。」

「貴族們怎麼辦？」蓋伯瑞爾問。「他們第一次出席是因為好奇，可能不願意再來一次。」

凱登點頭。「告訴他們，我打算讓條件變得更有吸引力。另外，確保他們打扮低調。事實上，請他們打扮成僧侶。」

「僧侶？」蓋伯瑞爾問。「他們不輕易信任彼此，就和上次會面一樣，不帶武器的話就無法覺得安全。」

凱登點頭。「你很難想像僧袍底下能藏得了什麼。他們想帶什麼武器都行，只要不露出來就好了。」他頓了一下。「你可以幫我寫份所有人的名單嗎？」

蓋伯瑞爾揚眉。「我們早就討論過了。」

「我知道。我想找機會研究他們，真正地瞭解他們。」凱登回道。「這次會面本身就不容易，我可不想為了弄錯名字而得罪任何人。」

蓋伯瑞爾聳肩，然後轉向莫潔塔。「妳有紙和筆吧。」

有一瞬間，女人彷彿沒聽見他的話，只是直勾勾地盯著凱登，像是第一次看清他。接著，就在蓋伯瑞爾打算再說一次時，她突然點頭，離開房間，不久後帶著一個雅致的亮漆盒子回來，在他

44

瓦林覺得自己已經看著包蘭丁把人分屍好幾天了，這種暴行帶來的震撼只能和看見吸魔師獲釋、他在黑河對岸走來走去、厄古爾人跪在他面前彷彿他才是遊牧民族酋長相提並論。要不是看到他的手指依然包在血淋淋的繃帶裡，還有他的黑頭髮和黑皮膚，瓦林很可能會把他誤認成馬背民族的一員。

瓦林無從得知他們三人騎馬離開厄古爾營地之後究竟發生了什麼事，但大概的情況很清楚，也很可怕。正如飛行兵懷疑，長拳出賣了他們，並且厄古爾大酋長顯然認為受過凱卓訓練的吸魔師有比被凌遲處死更好的用途。葛雯娜和其他人在發現遭人背叛後，想辦法逃出生天，離開營地，渡過黑河，及時抵達安特凱爾警告鎮上的人。

至於包蘭丁，他會背叛伊爾·同恩佳和安努並不是什麼意想不到的發展。從他的魔力源必須仰賴敬畏和恐懼的情緒來看，吸魔師會和厄古爾人聯手並不意外。馬背民族任意施暴的行為、永無止盡的獻祭和殘暴，給了他絕佳的機會，讓他能從囚犯的恐懼中收割令人作嘔的獎勵。在奎林群島上，他折磨和殺人時必須低調行事，必須慎選作案的時機和受害人。在這裡，他讓他們十人一列甚至百人一列排開，所有恐懼的目光全部集中在他身上，看著他把囚犯剝皮焚燒、五馬分屍。對厄古爾人來說，所有痛楚都是獻給克維納的祭品，但瓦林知道實情不僅如此。包蘭丁的祭品都是獻給他自己的。

「他這樣很危險。」塔拉爾在六、七具屍體被人丟開時輕聲說。

「他一直很危險。」瓦林回道，想起虎克島上的安咪掛在漆黑閣樓上的景象，想起荷・林。「大家向來都很留意他。即使在奎林群島上也會留意、憤怒或害怕。」

塔拉爾搖頭。「那不算什麼。這個……」他透過齒縫吸氣。「我不知道他透過那股力量能夠做出什麼事情。力量現在肯定像洪水一樣注入他體內。」

「他可以保有那股天殺的力量，」萊斯啐道。「只要那股力量不能幫他渡河就好了。」

瓦林驚訝又欣慰地發現那股力量不能幫他渡河。幾個小時過去了，厄古爾人就這麼進行他們血腥的活動，偶爾徒勞無功地嘗試渡河。有兩、三個笨蛋試著策馬游過河，還有人丟了十幾根圓木到河道裡，眼看著它們毫無意義地撞上舊橋樁。直到太陽逐漸下山，厄古爾人都沒有任何真正的進攻行動。

接著攻擊展開了。

浮木堆積的過程只花了一個小時，或許半個小時。瓦林三人只能膽顫心驚地看著，和鎮民一起察覺厄古爾人的意圖。對方在某個地方，可能是北方數里外，找到了小鎮整個冬季砍伐下來的木材。河岸會堆疊很多圓木，就等著夏季水位高漲時順流運送至疤湖。只需要幾十名騎兵就能鬆動數以千計的圓木。在水中有如此大量木材的情況下，根本不需要工程師，水流會自動搭橋，迫使圓木卡在老橋樁，並且固定於此。

轉眼之間，馬背民族就從沿著河岸來回騎馬變成全面進攻，紛紛衝上搖晃不穩的木材。最前排的騎兵沉入鬆動的圓木間，他們的坐騎驚慌失措，馬腳卡入縫隙裡。河面陷入由漂動樹幹和垂死馬匹所形成的混亂之中，但是落馬的厄古爾人依然徒步前進，挑釁地抬高音量和長矛。

瓦林的目光集中在一個髮辮飄逸、臉上塗滿鮮血的女人身上。她的馬沒了，但人還在往前衝，動作靈活地在圓木上跳動，觀察圓木，計算它們的動態，挑選她的路線。在其他情況下，他會欣賞她的鎮定和耐心，是很適合擔任凱卓的料。問題在於，她已經快要渡河成功了，只要算準時機再跳幾下，她就會來到這一側岸邊的泥巴地。她本人彷彿也察覺到這點，於是停在搖晃的水壩上，回頭揮手鼓勵她的族人前進，大張著嘴發出他可以看見，也幾乎能聽到的尖叫聲，宛如一把精良銼刀刮過玻璃。

接著一支箭射穿她的肩膀，她旋轉半圈，摔入浮木間的縫隙裡。瓦林看著樹幹在水流的推動下壓過她的胸口。她拚命掙扎，毫不在乎箭傷，嘗試爬回水壩，但她完全爬不出來。河水毫不留情地流動，碾壓她，把她捲入漆黑的水流中。

如果水壩從頭到尾如此鬆動，樵夫們或許還有點希望，但即使在逐漸昏暗的光線下，他們仍然能清楚看出浮木和水流都越來越有利於厄古爾人。更多樹幹堆積起來，越來越密集，直到馬背民族可以三到四人一組渡河，有時候甚至能夠騎馬抵達對岸。瓦林把望遠鏡轉到安妮克身上。她右手化為殘影，瞄準發射，瞄準發射，快到瓦林連她的目標是誰都來不及看。她的臉沒有面向瓦林，但他可以想像她的藍眼睛宛如暮光中的石板般轉為灰色，也可以想像她堅硬有力的下巴。泥巴地為她和她的弓箭手爭取時間，但是厄古爾人的數量實在太多了，隨著水壩越來越堅固，即使是安妮克也不可能永遠阻擋他們。

「看在夏爾的份上，葛雯娜上哪兒去了？」萊斯咕噥。

瓦林轉頭發現她正穿梭在北側的房舍間，逐漸遠離戰場。葛雯娜不像是會逃跑的人。

「可能是去多找幾個弓箭手。」塔拉爾說。

「什麼弓箭手？」瓦林搖頭問。「所有能用弓箭的人都已經在屏障後面了。」

「我們必須下去。」萊斯說。

瓦林搖頭。「下去做什麼？你連弓都沒有。」

「我有兩把劍。」萊斯啐道。「有一雙天殺的拳頭。」

「你的拳頭不可能力挽狂瀾。」瓦林吼。「葛雯娜負責她的任務，我們負責我們的。」

「他們必須撤退。」塔拉爾喃喃說道。「那條河道已經徹底失守了，必須徹退至西島，炸掉中央的橋。」

瓦林回頭觀戰。乍看之下，似乎沒有吸魔師說得那麼糟糕，只有幾名騎兵衝到屏障前，而那些騎兵很快就死在弓箭和斧頭下。派兒不知道從哪裡冒出來，跳到最高的圓木上，像是要和她的勇士一起騎乘的少女一般，躍上騎兵的馬匹，從後面緊緊擁抱他的胸膛。在星光下，瓦林看見一道金屬閃光，接著騎兵身體前傾，落馬摔在地上。派兒在馬背上坐穩，沿著屏障策馬北行，獨自一人闖入厄古爾部隊之中。她直接衝向另外兩名騎兵，在馬匹相撞前跳下馬來，落在圓木之上，再度伏低，割斷尚在掙扎的厄古爾人喉嚨。

鎮民看起來還撐得住，只要他們沒注意到對岸擁過來的大軍，和從黑暗的樹林間衝出來的無數兵馬。樵夫都很剽悍，但終究不是訓練有素的士兵。每個人都極限，一旦他們崩潰了，那將會演變成一場屠殺。

「安妮克會擋住他們。」瓦林說，心裡暗自這樣祈禱著。狙擊手很有戰術頭腦，但他不確定她是否在乎幾百個樵夫死在厄古爾人手裡這種瑣事。她或許會採取只有她自己知道的冷血犧牲戰略。「安妮克會擋住他們。」

塔拉爾一指。「那裡。」

鎮民開始撤退了。不是全面撤退，而是井然有序排成一排，向西穿越小鎮廣場，通過兩座島嶼中央的橋。安妮克留在原地，派兒也在，此外還有幾十個目光堅定、神情冷酷的男人和女人也留了下來，毫不留情地朝蜂擁而來的騎兵射箭，在其他人撤退的同時牽制住敵人。撤退行動彷彿延續了好幾天，但實際上樵夫從屏障穿越中央橋前往西島只花了不到幾分鐘。

與此同時，幾十個厄古爾人已經登上了東島河岸，他們的戰馬或在泥濘中跋涉，或是衝向屏障。屏障夠高，足以阻擋騎兵一段時間，但這讓掩護撤退的鎮民忙得不可開交。有幾個厄古爾人已經下馬開始動手搬木頭。一旦他們撬開一個缺口，東島就淪陷了。

「葛雯娜最好有在中央橋上裝炸藥。」瓦林說。他全身都像拉開的弓一樣緊繃，很想衝下去和隊員並肩對抗厄古爾大軍，盡一己之力箝制敵人。他的拳頭不經意地開開闔闔，想要找點東西來抓，弄點東西來打。待在原地似乎怎麼看都是錯誤的決定，但如果他下去了，暗殺伊爾·同恩佳的機會就會化為烏有。他感覺憤怒和焦躁的利爪正深陷體內撕扯他，但他所受的訓練就是為了應付這種時刻。紀律，韓德倫寫道，就是以心靈箝制肉體。

「她最好有在橋上裝炸藥。」他又說一次，強迫拳頭放鬆。

爆炸聲確實傳來了，一聲沉悶的怒吼撕裂黑夜潮濕的空氣，一開始很低沉，接著突然變得刺耳又猛烈，彷彿千千萬萬下爆裂聲疊加在一起。瓦林覺得自己快要被震聾，然而，中央橋卻紋絲不動。他過了一下心跳的時間才發現爆炸聲來自最東側的河道，那座浮木壓實而成的水壩。就在他的眼前，整整有十個人高的樹幹，像火柴一樣被炸向天空，接著又如雨滴般墜入河道和泥巴地上，濺起大片灰白水花，壓扁厄古爾人，砸爛他們的馬。

「神聖的浩爾呀！」塔拉爾喘著氣驚呼。

瓦林只能點頭，看著原先平衡的圓木開始鬆脫，然後坍塌，擋住浮木的老橋樁就這麼消失了。本來要衝向臨時木橋的騎兵在爆炸之前緊急拉回他們嚇壞的坐騎，手忙腳亂地退回並沒有多安全的河岸。人腿般大小的木塊從天而降，插入泥巴地裡，擊碎後方更硬的地面。

萊斯高聲歡呼，不過聲音被淹沒在混亂之中。「葛雯娜，妳這個惡毒的紅髮天才！」他喝采道。「那是我們的爆破兵！」他大吼大叫，抱住瓦林的肩膀搖晃慶祝，伸手指向橋的殘骸。「是她幹的！」

「但她是怎麼做到的？」瓦林緩緩問道。「她在哪裡？」

塔拉爾神情嚴肅。「從爆炸的情況可以看出，炸藥是在水底引爆的。」

「這表示她潛入水中。」瓦林說，凝視著河面上大量碎木柱、巨大銳利的碎屑，還有擾動不休的洶湧怒滔。東河道處處是炸爛的屍體和旋轉的樹幹，河道變成安南夏爾的利劍，如果葛雯娜在河裡，那她肯定已經——「她死了。」瓦林的聲音十分空洞。「葛雯娜死了。」

萊斯凝視他片刻，然後推開他。「你不能肯定。」

「我們什麼都不能肯定。」瓦林啐道。「用用你那天殺的眼睛。」他伸手指向河面。「你游得出來嗎？」

「我們確實不能肯定。」萊斯堅持說，接著音量轉輕。「就算她死了，她也完成了必須完成的事情。」

「完成一部分。」瓦林補充，指向中央橋。他覺得這話很無情，但是在戰場上投入太多情感很容易害死自己。「她炸掉了水壩，但東島上的厄古爾人還是可以過橋到西島。」

塔拉爾用望遠鏡看。「粗略估計，東島上約莫有三百個人。」

「與在橋上作戰的人數相當。」瓦林說。

「人數是相當。」塔拉爾輕聲說。「但那可是三百個長拳手下最強最勇敢的戰士，對上一群樵夫和半打伊爾．同恩佳的斥候。」

中央橋西側已經形成了一條新的戰線，距離他們的塔底只有百步之遙。樵夫也有在那裡建立臨時屏障，一道高度及腰的圓木牆，兩側都有弓箭手駐守。那是很好的防禦陣地，他們可以在厄古爾人渡橋時掃射他們，橋本身讓騎兵一次最多只能兩騎並行。

很好的防禦陣地，瓦林無聲補充，*在這種天殺的災難處境之中*。

厄古爾人只用了不到一小時就渡過了東河道，奪下半座小鎮。樵夫雖然英勇抵抗，但武器不夠精良，從岸邊殘缺不全的陣型來看，他們已經瀕臨崩潰邊緣了。葛雯娜的犧牲為他們爭取到一點喘息時間，但這點時間可能根本無濟於事。瓦林看到一名騎兵幾乎要渡過整座中央橋，但在抵達屏障之前突然摔倒在地，眼中插著一支箭。這毫無疑問是出自安妮克之手，但安妮克沒辦法射殺所有人。

「不管了，」萊斯說。「我要下去。」

「伊爾・同恩佳——」瓦林開口。

「伊爾・同恩佳是你天殺的執念。」飛行兵怒吼。「你去殺他。」

突然之間，瓦林的羞愧、無助、決心和徬徨都在一股燃燒得焦黑的怒火中沸騰。打從小隊在奎林群島上成立以來，萊斯就一直我行我素，用他的方式飛行，用他的方式打鬥，不喜歡就無視命令，完全不在乎這會對其他隊員造成什麼影響。這個狗娘養的傢伙似乎認為，只因為他會講笑話，會拍背摸頭，所有事情就都能迎刃而解，其他人會對他的莽撞所造成的傷害睜一隻眼閉一隻眼。瓦林想要掐住飛行兵的喉嚨，給他點教訓，但當瓦林半爬起身朝他過去時，塔拉爾伸手搭上他的肩膀。

「這樣或許最好。」吸魔師低聲阻止他。「我們兩個應該就可以除掉伊爾・同恩佳。安妮克和派兒需要幫助，需要多個人給鎮民增添點士氣。」

瓦林維持半跪姿勢，朝塔下吐口口水，又坐了回去。他看著飛行兵，搖了搖頭。

「祝你好運。」他冷冷說道，聲音寒如下方撞擊懸崖的黑水。

萊斯謹慎地打量他。「你要我怎麼說明你們的情況？你要我怎麼對安妮克說？」

瓦林猶豫了一下，最後說：「就說我死了。」

兩人對視片刻，然後萊斯語氣不屑地哼了一聲。「好，合理。你就和死了沒兩樣。」

那感覺就像是島上教科書裡寫的一樣，關於士氣的章節，描述一個意志堅定的戰士就足以提升整支部隊的士氣。萊斯在關鍵時刻抵達中央橋，剛好有一群騎兵正要突破屏障，而他突然跳過木牆，勢不可當地衝入敵陣，砍斷頭兩匹馬的腳筋，打爛一名落馬騎兵的頭顱。飛行兵沒有回頭去看有誰隨他而來，而是繼續前進，在馬匹之間穿梭，輕鬆砍斷肌腱和喉嚨。

安妮克及其他弓箭手掩護他，沒過多久，派兒也出現在他身邊。單靠他們兩人就想守住中央橋似乎是不可能的事，但厄古爾人習慣在開闊的大草原上作戰，善用馬匹衝勢和矛的長度，橋上狹窄的空間對他們不利，黑暗也一樣，再加上落雨般的箭支。萊斯和派兒擊潰了攻勢，趁著厄古爾人慌忙撤退時，兩人也退回了屏障後方。

瓦林透過望遠鏡觀察一切，他的胃裡翻滾著擔心、強烈的驕傲和苦澀的憤怒。萊斯再度忽視命令，脫離隊伍，挑選自己想做的事情去做。他是個獨行俠，是叛逆分子，是個天殺的威脅……但是，為什麼看著底下凶險的戰鬥會讓瓦林覺得自己才是個騙子和廢物呢？專家都會堅持完成任務。這句格言深深刻劃在他心裡。專家不會採取不必要的行動。然而，此刻趴在冰冷的頂棚，離戰場如此接近又遙遠，他卻覺得自己一點都不像專家。他很想尖叫，但是任務要保持安靜，於是他待在原位，靜靜觀戰。

厄古爾人進攻了七次，鎮民堅守了七次，萊斯和派兒站在前線，劍和匕首在月光下閃爍著銀色的光芒。派兒在騎兵之間如一道黑影移動，看起來不疾不徐，每次都剛好在敵人的武器下方或側面轉身扭動，如舞者般優雅地將匕首插入敵人的脖子或胸腔；而萊斯則像一陣短劍旋風，狂暴砍劈的大漩渦，在厄古爾人中間形成一場風暴。瓦林見過飛行兵作戰不下數百次，但他從未打成這樣過。萊斯如遭人附身，不屈不撓、毫不疲倦，彷彿能守住中央橋好幾天、好幾個月，彷彿沒有人能砍倒他。

接著他的背上中了一箭。

這種事情遲早都會發生。鎮民不是狙擊手，他們都嚇壞了，在黑暗中的視力也不如凱卓，放箭的男人或女人搞不好根本沒發現射中了他，但瓦林看見了，看見箭柄插在胸腔下方，貫穿內臟，又或許是肝臟。

「不。」塔拉爾在他身邊低呼。他也看見同樣的景象。

瓦林閉上雙眼，但是馬的慘叫和垂死之人的哀號不斷衝擊他的耳朵。那陣痛苦和死亡的喧囂之中包含萊斯的聲音。瓦林聽不見，但是很清楚他會發出什麼聲音，一種挑釁式的怒吼，憤怒的吶喊。他再度睜眼，看見萊斯站在原地拒絕撤退，縮小攻擊範圍揮舞雙劍。瓦林想叫飛行兵後退，退到屏障後面，但飛行兵絕對聽不見他的聲音，更何況萊斯也不會聽。

瓦林淚流滿面，心臟感覺像是體內的一顆石頭，像是一個從來沒有活過的東西。

在他的眼前，一把厄古爾長矛刺穿萊斯的胸膛，將他高高舉起。那名騎兵死於安妮克的箭下，但是另一名厄古爾人已經趕到，在馬背上伏低身形，一劍砍中萊斯的肩膀。瓦林強迫自己睜著雙眼見證此事，彷彿那樣做有任何好處，但他就連見證萊斯死前的一刻都做不到。萊斯渾身是血，握著刺穿心臟的長矛癱倒在群馬之中，消失在視線之外。

「萊斯。」瓦林也不知道自己有沒有出聲呼喚朋友的名字。

「願安南夏爾善待他的靈魂。」塔拉爾低喃。

瓦林搖頭。橋上陷入瘋狂、混亂、鮮血和痛苦中。那是安南夏爾的手，而祂的手絕對不會善待任何人。

45

辛恩禮拜堂看起來和幾天前一樣——毫無特色的磚牆、木製百葉窗，還有樸素的木門。當然，從這間空屋蒙塵的窗戶看出去並不容易看清細節。

在他身後，寬敞的松木鑲板房裡，那些日後的議會成員各個警覺地變換站姿。幾小時前，凱登領著困惑的蓋伯瑞爾、基爾和崔絲蒂過來，強行推開後門，在屋子裡搜尋，直到他找到想要的房間，也就是面對廣場的這間。

「我們來這裡做什麼？」首席發言人問，轉頭打量這間殘破的房間。

「我們在這裡和其他人會面。」凱登回答。

蓋伯瑞爾瞪他。「我要他們去禮拜堂會面。」

「我在你送去的字條裡讓他們別管你的話，來這裡會面。」

崔絲蒂困惑地搖頭。「為什麼？」

「因為禮拜堂不安全。」凱登回答。「很難解釋，直接用看的比較快。來，」他指著房內那些被老鼠啃過的家具。「幫我把這些椅子搬到窗邊，讓大家有位子坐。」

然而，安努有權有勢的貴族後裔們終於抵達時，他們大多寧願站著。如果有什麼值得一提，大概就只有這些人比上次會面時更不信任彼此了。他們的手掌很少會遠離匕首或劍，所有人似乎都想背貼牆壁，只有凱潔蘭找了張椅子，在滿足的嘆息聲中坐下，然後把腳蹺到另一張椅子上。不過她滿足了，其他人卻並不滿足。

「我們已經在這裡待了快一個小時了。」特維斯終於忍不住抱怨。「你什麼都沒說，什麼都沒做，只是一直看著天殺的窗外。我開始失去耐心了。」

「我很懷疑，」凱潔蘭懶洋洋地說。「你本來就沒多少耐心。」不同於其他人穿著各式僧袍前來，凱潔蘭沒有任何偽裝。她身穿亮黃色的連身裙，腕上戴著新鮮茉莉花圈，還有一頂孔雀羽毛的頭飾在微風中搖擺。這身打扮在凱登看來簡直俗不可耐，幾乎荒誕可笑，但他注意到長桌上其他人都沒有盯著她看或笑話她。這個女人看起來像是孤身一人，正拿著一把優雅的畫扇輕輕搧風。她搧到一半突然住手，指向窗外。

「至少我很享受這個透過窗口欣賞寧靜廣場的機會。畢竟，就是這樣的廣場，眼前這座和街頭巷尾數十座類似的廣場，組成了這個偉大城市的核心。」她又開始搧風。「看看那裡那座小神殿，或那裡，膚色白皙的女人在賣無花果，或是攀在酒舖外棚架上的美麗玫瑰……」

「我才不在乎哪個貧民的酒舖，」特維斯說。「或是夏爾生的無花果。」

這一次，凱登發現自己認同這個尼許人的說法。無花果小販和酒舖商人都無關緊要，重要的是廣場上的動靜，特別是辛恩禮拜堂。他必須親眼看到即將發生的事，更重要的是，他要他們也看到。

正如他所預期的，兩天前崔絲蒂去送信時並沒有發生意外。她敲門，遞交凱登親手書寫的字條，然後離開。她說在返回歡愉神廟的路上，有一半的時間都在留意身後，另一半時間則在快步行走，但是沒人上前搭訕，據她所知也沒被人跟蹤。

凱登希望她弄錯了。

他第二十次檢視這個計畫。如果能直接開打事情會簡單很多，先是伊辛恩，再來是阿迪夫，然後是伊爾・同恩佳和艾黛兒，一直攻擊、一直攻擊、一直攻擊，直到他的敵人或他死掉為止。如果有瓦林的小隊幫忙，這麼做或許有機會成功，但瓦林從未到過約定點。凱登推測，瓦林可能沒有逃出阿塞爾。他把哀傷放在一邊，專注在重要的事情上——他沒有凱卓，沒有進攻的手段，什麼都沒有，似乎也不可能拿空無當作武器。

蓋伯瑞爾在宅邸庭院中戰鬥的畫面再度填滿凱登的腦海。他看著士兵圍攻時蓋伯瑞爾袍子的動態，觀察長矛刺出、測試、探索的模樣。關鍵就在於，蓋伯瑞爾毫不抵抗，反而是等著手下犯錯自己走向末日。順從也可以是通往勝利之道，當然，也可能是通往死亡的捷徑。凱登深吸口氣，轉身面對在場的貴族，不知道自己挑選的是哪一條路。

「我把你們的名字給了塔利克・阿迪夫。」他說，聲音沉穩冷靜。

房間後方的基爾揚起眉毛，崔絲蒂倒抽一口涼氣。在場的貴族先是驚呼，隨即開始嘶吼，臉上流露慌張和難以置信的表情。過了一會兒，驚慌的眼神轉為吼叫、抗議、指責的手指，和憤怒的喧嚷。凱登強迫自己等待，讓他們發洩怒氣，讓緊張局勢達到崩壞邊緣。想要收到效果，他們就必須害怕。

然而，特維斯看起來一點也不害怕。「你這坨毫無價值的糞便。」他吼道，伸手去抓腰帶上的細劍。蓋伯瑞爾想擋在凱登身前，凱登卻揮手遣走他，自己朝尼許人迎去。特維斯的手掐住凱登的喉嚨，截斷他的呼吸。凱登放慢心跳，強迫肌肉放鬆，望向男人的肩膀後方，直視凱潔蘭的雙眼。她乍聽此事時目光變得冷酷，片刻後又揮了揮亮晶晶的手掌。

「放他下來，特維斯。」她說。「我們最好弄清楚他究竟幹了什麼蠢事。你可以晚一點再扯出他的喉嚨。」

貴族把凱登拉到面前，滿眼怒火，頸部肌肉繃得幾乎爆裂，然後把他丟在地上。凱登緩緩起身，默默測試脖子的肌肉，有點瘀傷，但他曾有過數十次被烏米爾打得更慘的經驗。當他終於站直後，他發現所有人都在看自己，目光利如矛尖。

「現在，」凱潔蘭繼續說，語氣故作溫柔。「你何不向我們解釋一下你在淘氣什麼？」

凱登整理了一下思緒。「我要確保阿迪夫知道我回城，確保他得知你們的名字，和我們打算推翻帝國並建立共和體制的意圖。」

「那可算不上是『我們』的意圖。」阿瑟塔欣邊說邊用她的彩繪指甲輕敲桌面。「如果我沒記錯上次會面時的情況的話。」

凱登微微一笑。「我沒提那些細節。阿迪夫相信我們有志一同，站在同一陣線，隨時準備動手對付他。」

「我就知道，在倉庫的時候就該割斷你的喉嚨。」特維斯惡聲惡氣地說。「我不打算重複同一個錯誤。」

「現在割斷我的喉嚨已經於事無補。」凱登說。「阿迪夫已經得知你們的名字，不太可能會忘掉。」

「我是不是可以假設，」凱潔蘭插話。「你要這個……小把戲，是有別的目的，而不光只是為了好玩？」

「我的目的，」凱登沉穩回答。「就是讓你們得知真相。」

凱潔蘭嘛嘴。「真相。真是微妙的詞語。」

彷彿是在證實這個說法，一陣響亮的鑼聲響起，撼動空氣，緊接著又是數十下鑼聲貫穿屋頂而來，全都在正午報時響起。凱登轉向窗口，指了指窗外的小廣場和辛恩禮拜堂。是時候看看他的無聲戰爭會不會依照期待發展了。

「看。」他說著，比向陽光普照的廣場。

幾下心跳的時間內，完全沒有動靜。下方的石板地上，男男女女繼續他們的日常勤務和工作，愉快或惱怒地與彼此交談。

「我們，」凱潔蘭終於問。「要看什麼？」

凱登胃縮了起來，肩膀緊繃。他努力撫平擔憂。事情不會立刻發生，即使正午鑼響過後，對方還是可能會稍加延後。他掃視下方的廣場，尋找蛛絲馬跡，任何武器的反光或護甲的摩擦聲。什麼都沒有。他不禁想，如果預測錯誤會有什麼後果？一切都取決於他是否能理解這群所知甚少之人的內心想法。他曾靠著貝許拉恩翻山越嶺追蹤山羊，但阿迪夫不是山羊，馬托爾也不是，萬一他們之中有人看穿了陷阱呢？萬一就在他瞪眼觀察的同時，對方也在布署陷阱呢？

蓋伯瑞爾擔憂地朝他靠近一步，雙手放在匕首刀柄上。特維斯依然站著，就連凱潔蘭也開始露出不耐煩的表情。凱登轉向窗外的廣場，研究辛恩禮拜堂正面。什麼都沒有。除了磚塊和靜靜升空的黑煙，什麼都沒有。什麼都沒有。接著，小廣場對面，一支五十人部隊踏入陽光下，隊伍最前方有根鋼頭撞錘。凱登氣息不穩地輕輕吸氣，然後豎起一根手指。

「那裡。」他說。

武裝部隊全速衝過廣場，一擊撞爛禮拜堂大門。前六名士兵搬開撞錘，其他人則拔出武器衝入禮拜堂。即使透過緊閉的窗戶，凱登還是能聽見金屬交擊聲和大聲吆喝，不久後，禮拜堂裡傳出第一聲傷者和將死之人的慘叫。

「看在夏爾的份上……」特維斯說，雙眼緊盯著部隊進攻的情形。

「那些，」凱登平靜地說。「是塔利克．阿迪夫的人。攻擊禮拜堂的部隊。」

「那他們在攻擊誰？」凱潔蘭謹慎發問。

「你們。」凱登簡短回答。

特維斯轉身面對他，拔出腰帶匕首。「有話直說，馬金尼恩，不然你就不用說了。」

凱登低頭看著明晃晃的尖刀，強迫自己數十下心跳才回答。如果其他人以為他會害怕一個拿匕首的壯漢，此事就還有失敗的可能。

「我把你們的名字告訴阿迪夫，還說我們會在那裡聚會。」他伸手一比。「禮拜堂裡。他認定你們會在裡面假扮成僧侶，所以此時此刻，他相信自己在屠殺你們。」

「為什麼？」阿瑟塔欣插嘴，搖頭問道。「這麼做有何意義？」

「為了讓你們瞭解，你們的地位有多岌岌可危。」凱登解釋。他停了一會兒，看向眾人。有些人在看他，其他人在看禮拜堂的外牆、牆上的磚塊，以及門後遮蔽慘烈屠殺的黑暗。

「你們舉行祕密聚會，」凱登繼續說。「策劃陰謀，還自以為躲在兜帽和財富之後就能高枕無憂？沒那回事。阿迪夫、艾黛兒和伊爾．同恩佳之所以容忍你們，是因為他們目前還有更危險的敵人。」

「他們沒有容忍我們。」阿瑟塔欣搖頭反駁。「他們不知道我們仇視帝國，甚至不知道我們有哪些人。」她看著廣場對面的大門，更多士兵闖入門後的黑暗中。

「你以為他們查不出來？」凱登挑眉問道。「我入城不到一週，沒錢沒勢沒手下，回來之前完全不認識你們之中任何一個人，而我才花了幾天就查出你們的名字，揭露你們的身分。如果你們以為我姊姊和肯拿倫在掌握安努所有資源的情況下，無法在一個月內把你們吊死餵渡鴉，你們就是一群比我想像中還蠢的蠢蛋。」

房間內湧出一股憤怒的暗潮。在場貴族已經好幾百年不曾掌握實權，但是歲月並沒有影響他們的尊嚴。凱登或許擁有英塔拉之眼，但他欠缺王座，而且除了崔絲蒂和蓋伯瑞爾外，他比屋內最年輕的人年紀還小好幾歲。這些人中，不管是巴斯克人或布利塔人，白皮膚或黑皮膚，男人或女人，全都不喜歡被人說成是蠢蛋。另一方面，底下的暴力提供了強而有力的戲劇效果。

就在凱登轉身時，二樓一扇窗戶被猛地撞開，一個身穿僧袍、手持長劍、滿臉鮮血的人跌落窗口，在底下的石板地上發出令人作嘔的撞擊聲。阿迪夫的士兵幾乎立刻撲上，狠狠落劍，只在石板地上留下血肉模糊的殘軀。

「此刻，」凱登指著底下說。「那些士兵大概已經發現禮拜堂裡的人不是你們，知道他們上當了。這個事實很可能會讓顧問大發雷霆。他打算把你們一網打盡，將這場陰謀一舉斬草除根。

行動失敗後，他就會進攻你們的旅店和宮殿，在安努街道上獵殺你們。如果你們逃出城牆，他就會跟回你們的領地，把你們燒死或吊死。」

「這算什麼？」特維斯憤怒又困惑地質問。「你為了我們不肯簽署你的文件而挾怨報復？」

「正好相反。」凱登回答。「這是最後的機會。你們不肯走這步棋，我只好幫你們走。」

基爾從後方走來，遞出憲法卷軸。凱登接過卷軸攤開，看著上面的條文。窗外，吶喊和慘叫聲停了，廣場上一片死寂，彷彿一場風暴正襲向他們的窗口。

「單打獨鬥，你們毫無勝算。如果反抗，你們會死。如果逃跑，你們會死。就算逃出安努，逃回領土，甚至起兵革命，我姊姊和她的肯拿倫也會派軍弭平叛亂。」他稍作暫停，讓所有人思索他的話。「然而，他們沒辦法弭平你們同時發起的攻擊。這個——」他比向卷軸。「是你們的劍，也是你們的盾。」

有一瞬間，沒人採取行動，所有人都在觀察其他人的反應。接著特維斯突然起身。

「不！」他怒吼，拔劍推開桌子，在斗篷掃過凱潔蘭的椅背時，對著凱登咒罵：「你這個奸詐的馬金尼恩，我要殺了你，我要剝你的皮——」

罵聲戛然而止。特維斯眉頭深鎖，低下頭去。凱潔蘭頭飾上的一根孔雀羽毛很不搭調地插在他毛茸茸的手臂上。女人一邊打呵欠，一邊把羽毛越戳越深。

特維斯困惑地抬起一手，不一會兒工夫臉色迅速轉為鐵青，手掌又無力地垂下。他瞪著凱登，舌頭垂在嘴外，然後低頭看向凱潔蘭。終於支撐不住倒地時，他的臉磕上桌面，在發紫的額頭上劃開一道口子。他在木板地上抽動兩下，然後就再也不動了。

凱潔蘭揚起眉毛，抬起穿著便鞋的腳踢踢屍體，看向凱登，然後轉向其他人。

「人人都有權發表意見，」她聳肩表示。「但是在有可能害死我的時候不行。」她將注意力移回凱登身上。「好了，那些士兵在禮拜堂裡屠殺的那些可憐人究竟是誰？」

「不是可憐人，」凱登回答。「是一個叫『伊辛恩』的組織。我個人的敵人，背叛我和我至親之人的傢伙。」

凱潔蘭甩開扇子，透過呼呼作響的紙扇打量他，然後點頭。

「我感到一股共和精神在我肥胖而歡樂的心裡蠢蠢欲動。」

♛

憲法的簽署只花了幾分鐘時間。當然，有人提出了疑慮和要求，但是廣場上的血跡和木板地上特維斯的屍體消弭了任何真正的異議。正如凱登期待，一旦木已成舟，所有人都瞭解沒有回頭路後，貴族就會開始在危急的情況下放掉成見。然而，直到墨水終於乾了，人都離開去召集私人護衛、金錢、朋友和任何城內的盟友後，凱登才終於坐下。

「你為什麼不告訴我們？」蓋伯瑞爾站在窗邊問。太陽已經朝屋簷移動，人們也陸續回到廣場上，對著禮拜堂和血跡指指點點，憂心忡忡地對著暴力景象驚呼。「你認為我們之中有人會洩露你的祕密？」

崔絲蒂和基爾也站在他身後。凱登一一看過他們，最後目光停留在崔絲蒂身上，點點頭。

「我認為可以信任你們，但無法肯定。越少人知道一件事……」他越說越小聲，攤開雙手。

基爾指向窗戶。「等在禮拜堂裡的是伊辛恩。」

凱登點頭。「我們知道馬托爾會監視那裡，那是城內唯一我有可能去的地方。他們不會抓走崔絲蒂，除非她帶他們找到我，但她一離開，他們沒理由不闖進去叫僧侶交出她送來的字條。」

崔絲蒂搖頭。「字條上沒有提到阿希克蘭。字條上說我們會在那裡會面，禮拜堂裡，就和你在神廟裡說的一樣。」

凱登點頭。「阿迪夫抵達時，我要伊辛恩待在裡面，我要他們自相殘殺。」

「那辛恩僧侶呢？」基爾問。

「我不知道。」凱登低聲道。「馬托爾要布置陷阱就必須解決僧侶……」

基爾揚眉。「對伊克哈．馬托爾而言，解決通常就等於死。」

凱登不情願地點頭。此事有風險，他沒有權力讓僧侶承擔風險。他們沒有參與陰謀，也和伊辛恩獵殺自己一事扯不上關係。就像被他留在阿希克蘭那些慘遭殺害的弟兄們一樣，這裡的辛恩僧侶同樣致力於安靜祥和的內心境界與寧靜，而凱登卻把伊克哈．馬托爾及塔利克．阿迪夫這兩把巨錘引向他們的聖堂。他希望伊辛恩只是抓住辛恩，沒有殺死他們，但對禮拜堂裡的人而言，他的希望保護不了他們。這也是他此刻留下的原因之一。他必須去看那些屍體，必須去確認這把犧牲匕首劃開的傷口究竟有多深。

「那阿迪夫呢？」蓋伯瑞爾問。「他又怎麼會懷疑你在那裡？」

凱登又瞥了崔絲蒂一眼。她本來在凝視著剛剛特維斯倒下的那塊木地板，接著彷彿感受到凱登的視線，於是抬起頭來與他對視。真相就在她臉上，任何人都看得出來，他很驚訝自己沒有及早發現。

「莫潔塔。」他輕聲道。

基爾皺眉，然後點頭。蓋伯瑞爾一聲不吭。凱登一直看著崔絲蒂。接下來的幾下心跳，她就這麼眼神空洞地站在原地。

「什麼？」她終於問。

「妳母親。」他語氣盡可能溫柔地說。「是她告訴阿迪夫我們會來這裡，是她把名單洩露出去，是她告訴他，要找的人會打扮成僧侶，但又有攜帶武器。」

崔絲蒂瞪著他搖頭，一開始搖得很慢，然後越搖越用力。「不，」她激動地說。「不。」

凱登點頭。「是。」

他其實早該拼湊出真相的：莫潔塔看見崔絲蒂歸來時緊張的神色、莫名其妙堅持要和奪走女兒的人合作、一開始任由對方搶走崔絲蒂，還有阿迪夫突然出現在神廟裡。

奇怪的是，看出真相的關鍵竟然與莫潔塔無關。凱登是看到黛米薇兒和密斯倫顧問對峙才察覺此事。他本來以為阿迪夫會利用頭銜和身後的武裝護衛擊潰女祭司的任何反抗，畢竟崔絲蒂被綁架的故事就是這麼演的：顧問抵達神廟，威脅幾句，黎娜就把她交出去。那個故事在黛米薇兒堅持拒絕配合他的要求時大幅降低了可信度。

問題是，為什麼？為什麼莫潔塔會自願交出女兒？為什麼要把凱登交給顧問？答案就在崔絲蒂的臉上。阿迪夫的遮眼布和他較深的膚色掩飾了兩人的相似之處，但是當凱登在心裡喚出兩人的面孔比對觀察時，兩人下巴的形狀與鼻子的優雅線條都絕對不會弄錯。阿迪夫並不是從歡愉神廟的層層守護中奪走一個無辜的女孩，他帶走的是他的女兒。

「我不認為妳母親有意傷害妳。」他小心翼翼地說。「塔利克・阿迪夫是帝國內最有權勢的人之一……」他猶豫著該不該揭露真相，最後還是實話實說。「而且他是妳父親。」

崔絲蒂的表情因恐懼和反感而扭曲，雙手在兩側緊握成拳。她僵立原地一段時間，宛如一座無聲的憤怒哀傷之塔。接著，她放聲尖叫，撲向凱登。他抓住她的肩膀，但她拳如雨下，捶在他的胸口和頭上。她沒有施展出她在死亡之心時那股難以理解的強大力量，但是每一拳都很大力。他在她的哭泣聲中輕輕推開她，強迫她直視自己。

「她沒有背叛妳。」他說。「第一次交出妳時沒有，現在也沒有。她瞭解阿迪夫，瞭解他的權勢與冷酷，她是擔心妳，擔心如果不想辦法阻止我，他會把我們兩個都殺了。她想要幫我，所以帶我去找蓋伯瑞爾，幫忙安排貴族聚會。但當阿迪夫出現在神廟裡時，她慌了。她肯定以為事跡敗露，於是做了人們經常會做的選擇——她選擇站在表面上看起來贏面較大的那一邊。她想要保護自己和女兒。」

崔絲蒂漸漸平靜下來，臉上的憤怒被一股空虛的絕望取代。她放下雙手，向後退開，不去看他，什麼都不看。

「名單。」蓋伯瑞爾輕聲說道。

凱登點頭。他早就記下了與會貴族的名單，這對他來說輕而易舉，他是怕莫潔塔記不清楚。他只有給她一點時間偷看，當他回來時，事情很明顯，寫著名單的紙有被微微移動過，而黎娜的眼中浮現全新的緊張氣息。她抓裙子的手指節發白、毫無血色。

「他們兩個都一樣。」崔絲蒂說，平淡的聲音顯得有些迷茫。

「他們兩個都怎麼樣？」凱登問。

「他們都放棄了我。」她回道。「我母親把我交給……他。他把我交給你。」

凱登張了張嘴，卻發現無從安慰起。

「對。」他平靜地說。「他們放棄了妳。」

46

伊爾·同恩佳試圖勸退她。

「這條路很不好走，艾黛兒。」他說著，朝向墨色湖面點頭。天空依然漆黑，星星尚未受到黎明的日光影響，但是北境軍團和火焰之子已經排好隊形整裝待發，士兵們竊竊私語。他們低聲交談，就像世界各地的人們在太陽升起之前的交談一樣。「妳不能騎馬，湖底的土地撐不住馬的重量，如果妳在半路放棄，阿莫雷德只能騰出幾個人來保護妳。」

她被這番話激怒。「這些是我的士兵。」她生硬地回答。「他們要去防禦我的帝國，而我會和他們一起出兵。」

「和厄古爾人開打後，妳什麼忙也幫不上。」

「我可以到場。」艾黛兒不清楚行軍打仗的事情，但她讀過許多戰爭相關的文章，瞭解士氣的重要性。「我可以讓他們知道我不會在他們拋頭顱、灑熱血的時候躲起來。」

況且，我還可以監視你。她暗自補充。

她被迫與肯拿倫合作，但那並不表示她信任他，就算妮拉在他脖子上套了隱形火圈也一樣。*瑟斯特利姆人*。她的心依然在抗拒並拒絕接受這個事實。她閱讀過數千頁瑟斯特利姆人的記載，包含鑽研他們古城的學者撰寫的論文、哲學家的推測、宗教文獻及狂熱分子流傳的故事，但不管有多少資料，感覺都不像是真的。伊爾・同恩佳，謀害她父親的凶手，她的前任愛人，此刻站在她身旁凝望北方夜空的男人，其實已經好幾千歲、換過數百個名字、在數千年內扮演過數十個角色……感覺就像不可能的事。

「艾黛兒……」他開口。

「我要去。」她說。「七十里。一天走三十五里……」

「河岸迂迴，不只七十里。」

「我要去。」

他點頭，彷彿早就料到她會如此固執。她所做的事情究竟有多少在他意料之中？這個問題令她不安。她沒有答案。

「至少，」他繼續說。「和北境軍團一起行軍，和我一起。」

艾黛兒遲疑了。伊爾・同恩佳和偉斯坦・阿莫雷德一起擬定的計畫是要兵分兩路，阿莫雷德率領火焰之子沿著湖的東岸北上，而伊爾・同恩佳和北境軍團走西岸。兵分兩路表示如果厄古爾人真的沿著河岸南下，不管他們選擇走哪條路，都會與敵軍交鋒。雖然可能性不大，但如果兩支部隊行軍速度一致，他們就有機會圍攻長拳。這種做法很合理，不過兵分兩路令艾黛兒擔憂。最理想的情況是要同時監視阿莫雷德和伊爾・同恩佳，但世界並不完美。

「火焰之子是我的部隊。」她說。

伊爾・同恩佳點頭。「我瞭解。但妳現在是皇帝了，這表示帝國軍也是妳的部隊。看到妳一起行軍對士氣有幫助。阿莫雷德有能力率領他自己的部隊。」

艾黛兒又遲疑了。真正的問題在於她比較信任哪一方。阿莫雷德差點殺了她，但是在這兩個人之間，伊爾．同恩佳的危險性可大多了。這表示她應該待在伊爾．同恩佳身邊。

「好吧。」她終於說。「我和帝國軍一起走。」

他點頭，然後揮手招來傳信兵。

「告知火焰之子指揮官，皇帝決定和北境軍團一起行軍。」

傳信兵複誦信息，敬禮，然後往東穿越變淺的河床，朝向英塔拉信徒的部隊跑去。艾黛兒有點好奇李海夫聽說此事會是什麼反應，不過那些並不重要。

有一瞬間，他們並肩而立，一個還不真的算是皇帝的皇帝，和一個身分遠遠不只是將軍的將軍，看著冷風吹過湖面，讓湖面反射的星光碎裂晃動。

「萬一我們無法及時趕到呢？」她問。

伊爾．同恩佳聳聳肩。「安特凱爾是通過黑河的咽喉點。」他回答。「這是我們唯一肯定厄古爾人會去的地方。如果他們通過了……我們就得在北境四處追蹤並獵殺他們，而他們會在布利塔和卡泰爾之間放火燒鎮，殺害安努百姓。」

「但是沼澤，」艾黛兒說。「還有湖。如果我們不能穿越這些地形，他們又怎麼能辦到？」

「噢，地形會稍微拖慢他們的速度。他們可能要好幾週才能離開千湖區，但可以分成數十支部隊，用他們喜歡的步調穿越濕地。等他們抵達開闊的實地後，一切就結束了。他們擁有騎兵，而我們沒有。」

「這樣的話，」艾黛兒嚴肅地說。「最好及時趕到。」

於是，在陽光貫穿樹林而來、冷風朝南吹過湖面時，艾黛兒發兵北上，朗・伊爾・同恩佳在她身邊，弗頓跟在一步之後，長長的北境軍團隊伍沿著樹林及湖面中間的狹窄乾涸河床前進。

這座湖似乎永遠不會乾涸，一直向北延伸至地平線。七十里在地圖上看起來不遠，艾黛兒逃離黎明皇宮後已經走了十倍的路程，然而她從未以部隊急行軍的速度趕路，從未在太陽出來之前就已經趕了六、七里路。她雙腳顫抖，腳掌痠疼，肩膀緊繃到轉頭都會痛，而北方唯一可見的景象就是永無止盡的冷杉樹線。

在黎明前轉過一處急彎時，她被剛乾涸不久的湖岸上散布的崎嶇石塊絆了一跤。弗頓轉眼出現在她身旁，輕輕扶著她的手肘。

艾黛兒甩開他。

「我沒事。」她說。「我沒事。」

「當然，光輝陛下。」他輕聲說道，放下手，不過一直跟在她身側。

他們一言不發地走了一段時間，聽著身後傳來數千雙靴子的腳步聲和武器晃動時的噹啷聲。艾黛兒回過頭去。艾道林護衛軍身上的護甲足足有體重的四分之一，比大部分重裝備的帝國軍還重，但對他們而言似乎毫不費勁。弗頓手放在劍柄上，雙眼堅定地看向前方，展現出的力量和那些年輕人不相上下。他已經不像在奧隆時那樣形容枯槁，但過去一個月的經歷仍在他的臉上和灰髮中留下痕跡。

「謝謝你。」艾黛兒輕聲道謝，有點驚訝自己會這麼說。

他轉頭看她。「謝什麼，光輝陛下？」

「謝謝你去找我。」她回答。「謝謝你在……我做出那種事情後留下來。光泉的事……」

「不必道謝，光輝陛下。」他回道。「我們各有各的職責。妳的職責是統治帝國，我的是確保妳能活下來統治帝國。」

「我只想要你知道，我心存感激──謝謝你為我做的一切。」

他看著她一段時間。「請不要誤會我的意思，光輝陛下。」他終於回道。「那些事情不是為妳而做的。」

艾黛兒困惑地搖頭。

弗頓過了一段時間才再度開口。他的聲音低沉而私密，彷彿忘了她在旁邊。

「我早在很久以前就決定了我想成為什麼樣的男人。我對你們家族宣誓效忠，但男人真正要信守的是對自己許下的承諾。」

她等他繼續說下去，但他目光轉向北方，微微加快腳步，一聲不吭地前進，留下艾黛兒一人獨自受苦和沉思。她發現自己嫉妒他，嫉妒這種對自己的信念堅定不移的忠誠，信守一段自己對自己無聲許下的諾言。她羨慕艾道林護衛軍有能力堅持信念，更重要的是，她羨慕他擁有那種信念。她曾經也有過信念，相信公義和榮譽，對和錯，但世界的緩慢轉變，就像磨坊的磨盤碾壓穀物，已經將它們磨得如此細膩，以至於它們輕輕地、無聲地從她的手指間滑落。

黎明似乎過了好久才來。瓦林看著天空由黑轉青，再由青轉為淡黃，像燒過蠟燭般黯淡的光線從鋸齒狀的冷杉樹頂上灑落。當太陽終於升起，成為晨霧中一顆潔白的圓盤時，下方的毀滅景象已經清楚映入眼簾。

前晚鎮民棄守的東島依然崩毀和悶燒著。厄古爾人幾乎是一攻占東島便立刻放火燒掉房舍、穀倉和馬廄，利用火光照明進攻中央橋。房屋燒了整晚，一開始火勢白熱，接著轉為橘色，然後是紅色，三不五時就有發光的屋梁坍塌，激起大片火星和餘燼。天亮時，火光已經幾乎被微弱的陽光取代，但油膩刺鼻的濃煙依然殘留在空氣裡，並在馬蹄踏過房舍廢墟間時激起漫天灰燼。半座城鎮毀於一夜。鎮民的家園、他們的過去……

瓦林一點也不在乎。

房屋可以重建。一把斧頭、幾根好木頭、一個月的工期就能重建了。他凝視著萊斯的腳。他的腳從一匹倒地的馬下露出來，鎮民終於摧毀第二座橋時，飛行兵的屍體和馬屍都已經倒在泥地裡。他此刻就只能看見他朋友的這隻腳：一雙靴子和幾吋髒布，布料破爛骯髒，看起來像是棕色，不像黑色。下面有許多屍體，厄古爾人和安努人都有，扭曲成各種死法。與安南夏爾共舞，凱卓如此稱呼此景。眼前的景象看起來不像跳舞，看起來像死亡，死人無法重建，不管用幾把斧頭、花多少個月都一樣。

樵夫摧毀了中央橋大概就是陰鬱的晨光中唯一值得欣慰的事情。萊斯倒地時，厄古爾人加倍進擊，完全無視落在周身的箭雨，似乎也不在乎坐騎摔下橋欄落入河道時的慘叫聲，就連派兒也被逼回屏障之後。有一瞬間，馬背民族似乎就要擊潰防線，接著，下方奮力揮斧的樵夫終於砍穿了橋樁，橋的西側直接場陷，木頭在壓力下彎曲時嘎嘎作響，然後折斷。半座屏障也隨之坍塌，不過那並不重要。沒有橋，厄古爾人就不能繼續渡河進攻，於是他們在午夜時分退回東島，重新集結等待黎明。

「包蘭丁在那裡。」塔拉爾說著，指向原先小鎮廣場冒煙的地方。「正渡過第一條河道。」

瓦林舉起望遠鏡。葛雯娜的炸藥炸毀了大部分浮木水壩，但對方還是有辦法徒步渡河，慢慢跳過一根又一根的樹幹。厄古爾人一整晚都在這麼做，在他們奪下的島上慢慢擴充兵力。這種做法緩慢又痛苦，他們不得不把馬匹留在後面，但如果他們想出辦法渡過中央河道，那麼人數才是關鍵，而非那些馬匹。

瓦林的注意力都集中在包蘭丁身上。吸魔師消失了一整晚，瓦林不知道他都幹了些什麼，但現在他人在這裡，雙手手肘以下都染滿鮮血，肩膀上披著野牛皮斗篷，頭髮上的羽毛在晨風中抖動，雙眼緊盯著西島。瓦林在塔上觀察樵夫應付下一波攻擊。

他轉動望遠鏡。「他把俘虜帶來了。」

塔拉爾默默點頭。

幾十個俘虜，在小鎮廣場北側跪了幾排。他們手腕受縛，脖子上套著粗繩索，全部串在一起，防止任何人逃脫，不過看起來沒人打算逃跑。大部分的人都在看泥巴，彷彿不看抓他們的人就不會被注意到一樣。少數抬頭的人臉上都充滿恐懼而非頑抗。他們看著包蘭丁在廣場上走來走去，如待宰的牲口般絕望無助。

瓦林體內浮現一股強烈的噁心感。

「將近一百人，」他喃喃說道。「沒有人試圖逃跑，沒有人試圖抵抗。」

塔拉爾目光從廣場轉移到瓦林身上。

「他們不是凱卓，不知道該如何反抗。」吸魔師輕聲道。

他說得沒錯，但這無法讓幾十個人認命地等著被人屠殺的景象變得比較容易接受。瓦林看著兩名克沙貝割斷一個老人的繩索，拖到廣場中央。包蘭丁打量俘虜一段時間，然後微笑著拔出匕首。老人開始祈禱，對黑奎特發狂似地反覆禱告，可惜無法阻止那把匕首。包蘭丁先挖出他的右眼，然後割掉耳朵，接著是他皺縮的陽具。

「他在凝聚力量。」瓦林說，強迫自己看下去。

塔拉爾點頭。「問題在於，他打算做什麼？」

他們沒等多久就得到了答案。包蘭丁留下奄奄一息的活口，讓毀容又殘廢的俘虜在泥濘中虛弱抽搐，讓其他人眼睜睜看著那副慘狀。接著他轉向中央河道，半舉手掌，手指撐開，目光集中在斷橋上。幾下心跳的時間過後，斷橋開始從泥巴堆裡浮起，在半空中扭曲變形，宛如在測試晨風的巨大木蛇。木板和圓木轉換位置、相互擠壓，整座斷橋在包蘭丁未知的力量下起伏不定。吸魔師沒有動，他看起來甚至沒在呼吸，又過了幾下心跳後，斷橋已經抵達定位。

「神聖的浩爾呀。」瓦林說。

塔拉爾只是瞪大眼睛看著。

厄古爾人驚恐不安地看著修復的橋梁，顯然和西島上的鎮民一樣驚駭莫名。接著一聲號角響起，然後又是一聲，再來一聲，戰士開始尖叫，搖晃矛和劍，朝修好的橋一擁而上。

「他能撐多久？」瓦林問。

塔拉爾猶豫了一下。「在這麼多囚犯提供魔力源的情況下，我實在不清楚。」他搖頭。「包蘭丁靠一個女孩的情緒就摧毀了曼克酒館。撐住某樣東西比摧毀它困難，困難很多，但是他那裡有將近一百個囚犯，全都怕得要命，再加上安特凱爾的鎮民。」他搖頭。「他搞不好還從我們身上汲取能量。在這種距離下，他可以感應到我們的恨意和憤怒。」

「安妮克……」瓦林才開口，就眼睜睜看著一支箭破空而來，射向吸魔師，接著彷彿擦過隱形鋼鐵般插入泥濘石堆裡。隨後又射來兩箭，但都沒有成效。包蘭丁嘴角上揚。

「他比我想像中更強大。」塔拉爾說。「強大很多。」

瓦林低頭看橋。橋看起來很不穩固，在無形的強風中搖搖晃晃，厄古爾人不能如想像中那樣迅速過橋，只要有足夠的箭和骨氣，樵夫還是可以撐上一小段時間，但也只能撐一小段時間而已。他轉向湖面。沒有伊爾·同恩佳或艾黛兒的蹤跡，沒有兩支部隊的蹤跡。從塔上看下去，他起碼能看到南方兩岸十里之外，這表示今天早上都不會有人前來支援了。

「我們必須阻止他。」塔拉爾低聲道。

「你阻止不了他。」瓦林說。「你連接近他都做不到。」

吸魔師皺眉。「我不須要接近他，我只要接近他的魔力源。」

瓦林遲疑。「那些俘虜。」他緩緩說道。

「那些俘虜。」

「你打算釋放他們？」

「不。」塔拉爾說，臉上滿是疲憊和挫敗。「我要嘗試殺了他們。」

♛

「葛雯娜。」

劇痛和呼喊聲喚醒了她，那股痛感宛如匕首插在後腰上的劇痛。

「葛雯娜。」

她轉身，大叫，然後感覺有隻強壯的手掌摀住自己的嘴巴。她嘗試掙脫，劇痛卻貫穿她的手腕、肩膀和雙腳。

「我是塔拉爾。別叫。厄古爾人就在我們頭頂。」

塔拉爾。所以她沒死。這是好事。她想點頭，但頸部傳來刺痛。她躺回泥巴堆裡，重新思考局勢。或許活著並不算是什麼好事。

「我們……」她開口，接著開始咳嗽，抽搐得太過厲害，又昏了過去。

再次醒過來時，她的視力比較清晰了。她身處室內，頭上有木板遮蔽陽光，還能聽見流水聲。她微微轉頭，發現自己躺在天殺的水裡，塔拉爾摟住她的頭，滿臉關切。

「妳炸掉了橋。」他輕聲道。「成功了。」

「好吧，感謝浩爾。」她大著舌頭說。

吸魔師皺起眉頭。「另外，包蘭丁渡河了，還有很多厄古爾人。他們目前正在攻擊西島。」

葛雯娜用一側手肘撐起身體。她渾身上下十幾個地方在痛，但她咬緊牙關，閉上雙眼，直到劇痛消退。

「我們在哪裡？」

「碼頭下面，」他回答。「東島南岸。」

「謝謝你來找我。」

他露出懊悔的笑容。「我不是來找妳的。我們以為妳死了。」

「我們？」

「瓦林和我。」

她凝視他，想擺脫劇痛和困惑思考。塔拉爾在這裡，瓦林也在，很可能還有萊斯，他們全都在安特凱爾。

「你在這裡做什麼？」

塔拉爾張嘴想解釋，然後搖頭。「沒時間了。我游泳過來是因為包蘭丁在利用俘虜，利用他們的恐懼抬起中央橋。」

葛雯娜花了點時間理解這句話。「好吧，」她奮力坐起身來回道。「我們要怎麼阻止他？」

吸魔師看了她的腳一眼。「妳受傷不輕，葛雯娜，腳踝斷了。妳醒來前我還從妳背上拔出一根木頭。傷口再往左一吋，妳就死定了。」

她伸手去摸後腰，發現有處臨時包紮的布塊。她對著那塊布壓下去，差點再度痛昏過去。

「把計畫告訴我。」她低吼道。

塔拉爾無奈搖頭。「殺死俘虜。包蘭丁把自己保護得很好，但如果可以殺了俘虜，就算只殺掉一半，我想他都沒有力量繼續撐住斷橋。」

「殺掉一半？」葛雯娜問，虛弱地搖頭。「你打算怎麼做？」

「他們被趕到幾棟燒光的建築前。我會從廢墟溜到他們身後，然後割喉。那邊的厄古爾人並不是很有組織，不會想到有人打算攻擊俘虜。」

葛雯娜目瞪口呆地看著他。「他們根本沒有組織的必要！你或許可以殺掉五、六個人，塔拉爾……最外圍的十個，然後他們就會一擁而上。那座天殺的廣場上沒有任何掩護，沒有地方可以藏匿。」

塔拉爾深吸一口氣。「我知道。但如果不這麼做，小鎮就會失守，因為伊爾・同恩佳的部隊還沒來。我對包蘭丁的魔力源瞭解不多，但即使只有十個俘虜都可能造成影響。我非試不可。」

「好吧，操。」葛雯娜說著，以膝蓋撐地。「那就我們兩個一起上。」

「不。」塔拉爾又看向她斷掉的腳踝。「妳只會拖累我。」

「我或許會拖累你，」她咬牙說道。「但我有炸藥。」

♛

部隊接近了，或許在九里外，正在加速行軍，但他們能對安特凱爾鎮民提供的幫助，就和待在安努諸神道上閒晃差不多。此前的一個小時，瓦林眼睜睜看著厄古爾人擁上包蘭丁以不自然力量撐起的橋，逐漸逼近橋末的殘破屏障。他們三度闖過橋，但都被伊爾．同恩佳的斥候、安妮克和派兒趕回去，安妮克等人似乎一直在保留實力應付這種情況。每當厄古爾人衝破防線，這一小群士兵就會將之擊退，堅守防線，讓暈頭轉向的樵夫站穩腳步，找回自信。他們在拯救安特凱爾的同時也在拯救帝國北境領地，而瓦林卻只是躲在塔上觀戰，堅持著一種既重要又邪惡的紀律。

他看著安努人擊退另外一輪攻擊，然後暗罵一句，將望遠鏡轉向南方，再次打量兩支部隊。從軍旗判斷，火焰之子走東岸，北境軍團走西岸。伊爾．同恩佳的部隊速度比英塔拉的部隊快，但還不夠快。

「快點給我過來。」他喃喃自語。「給我過來，你這個天殺的混蛋。過來。」

當然，這話改變不了任何事。部隊行軍的速度有極限，瓦林只能瞪大眼睛看著，時刻觀察下方的戰鬥和遠方的援軍，在腦中重複計算人數，每次都很討厭算出來的結果。

將近一個小時前，塔拉爾爬下頂棚，之後就不見蹤影。瓦林依稀有在河裡看到吸魔師朝東島游去，但一會兒便被漂浮木擋住身影，至此下落不明。他將望遠鏡轉向包蘭丁。現在有八、九具屍體躺在他身旁。瓦林發現有個厄古爾騎兵慌慌張張地指向南方，包蘭丁皺眉，然後點頭，一手保持在中央橋的方向，彷彿將它固定在原位，然後開始往東岸跑去。瓦林震驚地發現水面上浮浮沉沉的浮木開始聚集，透過某種看不見的力量擠在一起。

包蘭丁汗流浹背，但是神情堅定，而瓦林又看到厄古爾人拖出兩名俘虜，一男一女，開始剝他們的皮。包蘭丁嘴唇動了動，指揮這場邪惡的儀式，對岸的厄古爾人開始衝過水壩，不再是徒步，而是騎馬，直接穿越東島，衝向中央橋及橋後的樵夫。

瓦林在燒焦的廢墟中拚命尋找塔拉爾的身影，看到雙眼泛淚，雙手成爪緊抓望遠鏡。那裡沒有人。什麼都沒有。只有濃煙、餘燼和死亡。

♛

緩慢移動很痛苦。痛苦是因為葛雯娜可以聽見橋對面的樵夫為生存而戰的聲音，然而他們竭力抵抗卻節節敗退；痛苦是因為她可以透過焦黑廢墟的縫隙看見俘虜的慘狀，那些血和尿，以及她和塔拉爾來不及阻止的恐懼；痛苦是因為單純移動就夠痛了，緩慢移動更是痛上加痛。

這裡根本沒有掩護，四周都是厄古爾人，有的徒步，有的騎馬，大部分朝西衝鋒，從一座包蘭丁的血腥橋梁趕往另外一座，馬匹和鋼鐵無止盡地遊行。而對安特凱爾的鎮民來說，唯一的結果只有死亡。有很多厄古爾人散布在島上，天知道在搜尋什麼，迫使葛雯娜和塔拉爾藏身陰暗角落一陣子，之後才慢慢沿著還在悶燒的房梁和堆滿瓦礫的地窖前進，整個過程都異常痛苦。

葛雯娜想要咒罵自己腳踝斷掉無法站立的事實，不過，站起來也只會讓她死得更快，於是她強忍痛楚，肚子貼著泥巴和灰燼，利用手肘跟在塔拉爾身後匍匐前進。

當她抬起頭時，驚訝地發現彎腰駝背的俘虜就在幾步之外。她不知道在島上移動花了多少時間，感覺好像很多天，但是西邊傳來的慘叫和垂死哀鳴顯示戰鬥尚未結束，他們還不算太遲。

她將注意力轉移到廣場上。包蘭丁站在廣場中央，旁邊躺滿屍體和奄奄一息的俘虜，他臉上是掩不住的興奮和癲狂，腦側的血管陣陣鼓動，汗水讓他的頭髮緊貼頭皮，使臉頰汗濕。葛雯娜縮回遮蔽他們蹤跡的殘破矮牆後。

「我們為什麼不直接射殺他？」

塔拉爾搖頭。「安妮克試過，他有防護罩，我們殺不了他。」

葛雯娜微微顫抖地深吸口氣。劇痛、頭昏眼花，加上發現自己沒死的震撼，讓她沒有時間細想此行的目的，不過這個計畫是符合邏輯的戰術決定。在她看來，這是唯一的方案，而那表示要殺害幾十個安努人。

「碎星彈怎麼樣？」她問，從腰帶上取下最後一顆炸藥。「他的防護罩擋得住嗎？」

塔拉爾無奈攤手。「我不知道。我只是……我不知道。」

葛雯娜胃部一陣絞痛，努力壓下嘔吐的衝動。她可以嘗試殺死包蘭丁，但只有一次機會。她又冒險往外偷瞧一眼，一個年紀不比她大的年輕人趴在包蘭丁腳下，雙眼都被挖掉，想要慘叫卻只能發出嘶啞的咯咯聲。她發現那人的舌頭被割掉了，之後他們開始割他的手指。

「親愛的夏爾呀，」她縮回牆後說。「我不曉得我辦不辦得到。」

塔拉爾冷冷點頭，遲疑片刻，然後伸手。「妳點燃引信，我來丟。」

「是誰丟的根本無所謂。」葛雯娜啐道。

吸魔師毫不畏縮。「有。」他輕聲說道。「有所謂。妳沒必要獨自承受。妳點火，我丟。我們是一起來的，一起完成這項任務。」

突然之間，葛雯娜也不知道為什麼，但她發現自己在哭，臉頰上的淚水宛如燃煤般火熱。

「好吧。」她說，話都卡在喉嚨裡。她摸出點火器，點火，舉到引信旁。「一起。」她說，將

47

歷史都是鬼扯。

艾黛兒讀過歷史中關於戰爭的記載，研究過安努史上知名戰役的複雜地圖，觀察過進攻和撤退的路線，把最經典的篇章牢記在心：弗雷克的《騎兵五法則》、維納的《長弓與平板弓》、胡漢的《衝突之心》。她還在北上期間讀過兩遍艱澀的《韓德倫兵法》，要求弗頓和阿莫雷德解說比較隱晦的論點。她沒打算成為戰場指揮官，當然也不認為靠幾本舊書就能做到這點，但她希望這些對戰爭的臨時研究能讓自己更瞭解周遭發生的事，甚至能拯救一些人的性命。士兵遠道而來，在她的命令下戰鬥和犧牲，應該得到一位願意努力理解自己所下命令代表什麼的皇帝。

於是她看書看到眼睛都快閉上，地圖彷彿在她眼前翻飛，卻發現在安特凱爾的激戰中，她所讀的那些書根本幫不上忙。伐木小鎮街道上混亂的場面看起來不像作戰，而是暴動。沒有任何紀律嚴明的人攜手合作，沒有系統性的進攻和防守行動，也沒有明顯的敵友分別。相反，這裡充滿了瘋狂。披獸皮的樵夫四處奔跑，有些身負重傷，有些癱倒在門口哭泣，有些拿水桶救火，有些手持斧頭和粗製長矛揮舞，朝艾黛兒非常希望是東邊的方向大吼大叫。

她三度看見一小群厄古爾騎兵逼近，有些距離她甚至不到二十步，弗頓則三度強迫她後退，繞道前進，陰沉地指揮手下的艾道林護衛軍，用出鞘的長劍比來比去。

他差點拒絕讓她入鎮。

「妳在安特凱爾只有兩件事可做，」他站在黑河西岸，凝視冒煙的小鎮，眼看著伊爾・同恩佳和北境軍團繼續前進，一邊對艾黛兒坦白說道。「礙事，或是死，光輝陛下。」

「我必須親眼去看。」她堅持。

「在這裡就看得到了。近看並不會更清楚。」

她凝視她的艾道林士兵。「你是在違逆我？」

「我在保護妳。」

「除了被厄古爾矛穿胸而亡外，還有其他東西會威脅我的性命和統治。」

弗頓輕輕搖頭。「那就是我們組織存在的意義，我存在的意義。」

艾黛兒沮喪嘆息。她毫不懷疑弗頓的忠誠，但是忠誠並不等於判斷力。

「聽著，」她開口，不確定自己該透露多少。「軍團擁戴伊爾・同恩佳。你有聽見士兵是怎麼說的嗎？他所向無敵、勢不可當、無畏無懼、聰明萬分——」

「那些對肯拿倫而言都是很好的特質。」

「你和我都很清楚他不光是肯拿倫，真正的問題在於他還想當什麼人。」

弗頓瞇起雙眼。「我知道妳控制了他，妳的密斯倫顧問……箝制住他。」

艾黛兒湊近。「你和我看到的一樣：一道火焰圈。火焰圈出現了幾下心跳的時間，然後就消失了。妮拉說她可以控制伊爾・同恩佳，但我對吸魔師的能力有多少瞭解？你又有多少瞭解？」

艾道林士兵張口欲言，但被她打斷。

「就算那是真的，就算我們能控制伊爾·同恩佳，他也不是唯一的威脅。我才剛坐上王座，弗頓。事實上，我根本沒坐上那張天殺的王座過。我很年輕，我是女人，火焰之子追隨我是因為永恆燃燒之泉的事情，但是帝國軍追隨的是伊爾·同恩佳。想要贏得他們的支持和效忠，我就必須證明自己不只是野心大於實力的驕縱小公主。」

「投身戰場並不是展示勇氣的方法。」

「不幸的是，」艾黛兒說。「那就是。」

她指向小鎮。遠方河岸揚起濃煙，但是離他們最近的島看起來還沒遭受戰爭波及，至少她希望還沒被波及到。根據她的斥候回報，伊爾·同恩佳目前人在小島南岸那座彷彿直接從懸崖上長出來的高塔上。看起來不遠，她應該可以過去。

「我一定要去。」她又說一次，用意志力讓弗頓看出她話裡的智慧，同時迫切希望她的話語真的有智慧。「我非去不可。」

弗頓皺眉，握劍的手掌開開闔闔，最後輕輕點頭。「但是過河之後，妳一切都要聽我的。我叫妳走，妳就得走。我叫妳趴下，妳就趴下。」他瞪著她。「妳聽懂了嗎，光輝陛下？」

艾黛兒點頭。「我聽懂了。」

儘管街上一片混亂，他們還是在艾道林護衛軍不血刃的情況下抵達高塔。伊爾·同恩佳的手下在塔底站崗，他們瞪大眼睛看著皇帝和護衛抵達，不過他們鞠躬讓道。直到離開陽光和瘋狂的景象，進入寒冷陰暗的塔內後，艾黛兒才發現自己在顫抖，雙手在身側緊握成拳。當弗頓命令艾道林護衛軍在入口和肯拿倫的手下一起站崗時，她緩緩鬆開手掌，並在他察覺她的害怕之前踏上旋轉石階。

塔內的石牆屏蔽了外界大部分聲響，尤其是那些金鐵交擊聲和人馬慘叫聲。艾黛兒發現自己爬得越高就走得越慢。當他們抵達旋轉台階頂端的活板門時，她停下腳步，讓弗頓先行，然後跟著他走入刺眼的陽光和戰爭的喧囂中。

她本來以為塔頂會是個正方形的房間，安特凱爾燈塔的信號之光會從窗戶透出去，但是這裡沒有窗戶。她在陽光下眨眼，發現這裡連牆壁都沒有。塔頂四面都是空的，中央有個直徑六步寬的石坑，被信號火燒得焦黑。外圍有六根石柱撐起圓錐形的頂棚，顯然是為了不讓信號火被雨和雪澆熄。石地板和上方的頂棚之間空無一物，任何方位都能直接摔落塔底。

艾黛兒腹部一陣絞痛。她一心只想縮回活板門下，回到相對安靜又安全的塔內。然而，堅持要來的人是她，為了表現勇氣，為了讓人看見她很勇敢，於是片刻後，她強迫自己上前一步，將下方所有血腥與苦難的景象盡收眼底。

橋沒了，但是厄古爾人還是踏著浮木渡河，駕著驚慌的坐騎闖入滿是血腥肉塊和垂死之人的兩座小島。艾黛兒瞪大雙眼，看著底下擠滿了人、武器和馬匹的每條街道、小廣場與小巷道。她不可能看清底下在打些什麼，也分不出誰敵誰友。兩個女人，一個黑衣，一個在破爛紅絲袍外披了件毛皮外套，背靠著背作戰，遭十幾個騎兵包圍。艾黛兒盯著她們。黑衣女子看起來只是個小女孩，但還是有辦法靠手裡的兩把短劍抵擋厄古爾人。艾黛兒看著騎兵把她們逼到燃燒的房屋後方，使兩人離開她的視線範圍。

鎮上有半數房舍都在燃燒，明亮無情的火焰在空氣中發光。一棟兩層樓高的建築在屋梁焚燒下發出嗚嗚聲響，然後坍塌在街道上，壓死了幾十名帝國軍。河邊的士兵被敵軍逼入河中，拚命掙扎著，卻被自己的護甲扯入水底。兩條街外，兩個安努人在砍一匹翻騰的馬，馬上的騎兵則不斷提矛亂刺。激烈的戰鬥尚未波及高塔，但是百步之外就有人在戰鬥，也有人死亡。

*看仔細了，這就是打仗，*艾黛兒憤怒地告訴自己。

看起來不像打仗，看起來像互相殘殺。她很想吐。

「光輝陛下，」弗頓說著，伸出戴著護甲的手。「請離塔緣遠點，這裡很危險。」

「我不會摔下去。」她說，努力讓聲音聽起來堅定自信，將注意力從下方的死傷轉移到塔頂四周。伊爾·同恩佳坐在石板地邊緣，離她只有幾步。她把所有守衛都留在下面，但這裡站著十幾個年輕人，從輕便護甲來判斷應該是傳信兵，目光全都緊張兮兮地在伊爾·同恩佳和底下戰況之間來回游移。這時，有兩名汗流浹背的傳信兵衝出活板門，氣喘吁吁，來到隊伍最後排好。離她比較近的士兵手在滴血，艾黛兒看不出來那是他的血還是別人的血。

肯拿倫彷彿是用石頭刻出來的一樣。和黎明皇宮走道上的名將畫像不同，那些名將或高高站在馬鐙上，或在岩坡上舞動長劍，而伊爾·同恩佳則盤腿而坐，雙手放在大腿上，腰帶掛著一把劍，不過沒有出鞘。艾黛兒看不見他的臉，但是此人靜止不動的模樣令她卻步。

不，她提醒自己。*他不是人，他是瑟斯特利姆人。*

「戰況？」她問，謹慎挑選用字遣詞。「在你預料之中？」

伊爾·同恩佳沒有轉身，沒有說話。風吹動他的頭髮，扯動斗篷的領子，但是將軍本人毫無動靜。艾黛兒看向那一排傳信兵和信號兵。站得最近的黑髮大眼年輕人對上她的目光，微微搖頭，然後噘起嘴唇。她過了一會兒才發現他在做「不」的口型。他害怕伊爾・同恩佳的程度和害怕底下的戰場差不多。

艾黛兒想了一下，然後往前擠去。她冒險進入鎮上可不是為了被自己的肯拿倫嚇倒的。不管他是不是瑟斯特利姆人，他脖子上可都還掛著妮拉的火圈，一個致命的隱形套索，只要艾黛兒一句話，老女人就會殺了他。不過妮拉並不在這裡。即使她精神奕奕，還是沒辦法隨軍北上。艾黛兒試著不理會這個事實。

「將軍。」她說著，迎上前去，輕按伊爾・同恩佳的肩膀。

他轉頭。

「我說——」

剩餘的話消失在口中。她曾上百次與肯拿倫對視，不論中間是隔著共枕的枕頭，或明晃晃的匕首，不論目光中是充滿慾念、愛意，還是強烈的不信任。她以為自己已經很瞭解他的情緒起伏了，以為已經看穿了他的謊言和背叛，終於對這個與自己命運與共的怪物有所瞭解。然而，此時凝望他的臉，她首次發現自己錯得有多離譜。

他經常掛在臉上那副玩世不恭的表情蕩然無存，如狼般的饑渴神色也消失了，所有情緒都已遠離他的雙眼，所有艾黛兒認知中屬於人類的表情……都沒了。他的臉是人類的臉，但這是她第一次看見隱藏在那雙毫不動搖的眼珠後的心靈，如冬夜星辰之間的漆黑空間般冰冷、陌生、難以理解。她很想要縮回她的斗篷裡，轉身拔腿就跑。有那麼一瞬間，從高塔上急墜而下似乎提供了逃生的機會，而非邁向死亡。

「留下，」他說，這話突如其來得像是匕首劃破血管一般。「但是別說話。戰況激烈，難分難解。」

「什麼——」她開口，然後停住了。

「留我活口就是為了這場仗。現在妳會知道我的價值何在。」

艾黛兒茫然點頭。她覺得如果繼續凝視那雙空洞的眼睛，她可能會發瘋。塔下，大量鮮血在溝渠裡流淌，彷如春季融雪，猛烈的戰鬥聲已經來到塔底。人們作戰、慘叫、死亡，但戰況已經不再令她恐懼。底下的戰況至少還是人類的戰鬥，勇氣對抗勇氣，意志對抗意志。她不是戰士，但可以瞭解他們的希望、恐懼和憤怒，而那些情緒和身旁這個怪物的雙眼比起來，簡直如夏雨般溫暖、床墊般柔軟。

「派個人去橋上，」伊爾·同恩佳吩咐。他沒有轉頭去看傳信兵，也沒有抬手。「告訴他們放棄長矛，改用劍。」

一個男人二話不說衝下活板門。

艾黛兒迫切地於混亂中搜尋尚在堅守木橋的安努人，最後終於找到了。不到四十人，拚命維持防禦陣型，憑藉他們的長矛叢林阻擋厄古爾人進攻。

弗頓順著她的目光看去，緩緩搖了搖頭。

「他們會被屠殺。」艾黛兒喘著氣說。「沒有長矛，他們就死定了。」

她看向她的艾道林士兵，希望自己錯了，但他冷冷點頭。「他們需要長矛。」

「大部分會死，」伊爾·同恩佳說，聲音宛如沒有裂痕的冰塊般平滑。「有些不會。兩個傳信兵，」他繼續下令。「一個去第四街，一個去第五街。第四街的弓箭手撤退。第五街的進攻。叫第十四隊移防，去支援凱卓女和她的夥伴，那個紅衣女。」

傳信兵立刻敬禮，衝下樓去。

「凱卓？」艾黛兒問，望向剛剛看見的那個黑衣女孩。「她是凱卓？」

「對。」伊爾·同恩佳冷冷回應。「她和旁邊的女人守住了整條街，而那條街是那一側的關鍵。她們一死，我們就輸了。」

「她們守得住？」艾黛兒問，雙手緊握成拳。「只有兩個人。」

「她們正在守。」肯拿倫回答。接著，他把注意力轉向另外一區。「信號箭。兩紅，一綠。」弓箭手移步上前，在箭尖上點燃染油布，等候不自然的火焰燃燒，高高射入空中，然後二話不說退至後方。艾黛兒不知道這些信號代表什麼，她試圖在混亂中看出信號對應的行動，但是除了死亡和恐懼外什麼都看不出來。燒焦的橋上，第一名傳信兵已經趕到長矛兵旁，說服他們放棄長矛。正如弗頓所料，厄古爾人步步進逼，從馬背上屠殺那群士兵。數十下心跳後，整個據點就崩潰了。

「他們會死。」艾黛兒抗議。

「對。」伊爾·同恩佳說。

「為什麼？」

他搖頭，動作非常細微。「太複雜。」

接下來一個小時裡，艾黛兒就在一種恐怖的出神狀態中度過，眼看著肯拿倫派遣一個接著一個傳信兵前往下方的混亂中，聽著他下達難以理解的命令。守住這條街，退入那條巷子，燒掉那棟屋子，進攻。他兩度派遣士兵到激戰方酣處揮舞安努旗幟。他命令弓箭手放火燒掉碼頭，儘管根本沒人在碼頭上。他甚至下令分處三地的幾十個士兵投降。這一切聽起來都很沒道理，不管是下面的瘋狂形勢或伊爾·同恩佳的處理方式都一樣。他就像是狂人，隨意指揮部隊，問題在於那雙空洞到難以想像的眼睛中沒有絲毫瘋狂之色。而儘管厄古爾人兵馬眾多，儘管敵方攻勢猛烈，儘管安努士兵陷入困境，他還是阻擋了馬背民族的進攻。

終於，當太陽開始西落時，肯拿倫無預警地起身。

「結束了。」他比向身後，突然不再關心戰局。

艾黛兒凝視下方的慘況。她看不出戰況有趨緩之勢，暴力也沒有消弭的跡象，疲憊不堪的士兵一再將武器插入敵人體內，在殺人或被殺之時放聲吼叫。伊爾·同恩佳不再理會他們，相反地，他對他的傳信兵和信號兵鞠了個躬。

「你們表現得很好。」他直起身時表示。「謝謝各位。我們贏了。解散。」

傳信兵和信號兵很快就依序返回塔內，留下艾黛兒、弗頓和伊爾·同恩佳三人待在塔頂。活板門關上時，她轉向將軍。

「你說結束了是什麼意思？」她聲音有些沙啞地問。

「這場仗打完了。剩下的就是……」他稍停片刻。「妳見過雞頭被砍下來後，身體還在掙扎的模樣嗎？」

艾黛兒驚恐萬分地點頭。

「就是那樣——鮮血和情緒的垂死掙扎。真正的工作已經結束了。」

她瞪大眼睛。「長拳在哪裡？厄古爾大酋長？」

「他不在這裡。」他語氣中透露出一些什麼，但艾黛兒聽不出來。肯定不是悔恨，也許是饑渴，強行壓抑的饑渴之情。「他不肯上戰場。」

「在我看來還沒打完。」弗頓吼道。「那些騎兵距離石塔不到五十步。」

伊爾．同恩佳看向艾道林士兵。「這就是為什麼我是肯拿倫，而你只是個護衛的原因。」

「你怎麼知道？」艾黛兒問。

他用那雙空洞的眼睛看她，她再度感到頭暈目眩，彷彿她正站在無底深井旁，只要再稍微往前一點，她就會永遠不停地墜落。最後，他偏開頭去，比向遠方的河岸。

「有多少樹？」他問。

艾黛兒看著他。「什麼？」

「樹，有多少？」

她搖頭，看著一排排漆黑的冷杉和松樹。同一時間，厄古爾人紛紛遁入樹幹中間的陰影裡。撤退，她發現。他們在撤退。

「我不知道。」她說。「這有什麼——」

「河口與石角中間共有兩千六百零八棵樹。」

艾黛兒望向他。

「你剛剛一直在數有幾棵樹？」

他轉動空洞的雙眼看她。「我不用數，艾黛兒。這就是我一直在跟妳說的，你們稱之為思想和理性的東西，這個持續謹慎的心理過程，對我的族人而言……毫無必要。」

「這樣講沒有道理。」她反駁。「思想和理性是瑟斯特利姆人的本質，所有的史書都是這麼記載的。」

他面露微笑。「啊，史書。」他抬起一手，豎起兩根手指。「幾根？」

艾黛兒瞪著他。「什麼？」

「我現在豎起幾根手指？」

她搖頭。「兩根。」

「妳怎麼知道？」

「我只是——」

「妳有數嗎？」

「當然沒有，我只是……一看就知道了。」

肯拿倫點頭。「我也一樣，這一切——」他朝身後的戰場揮揮手。「我一看就知道了。」

有一瞬間，她唯一能做的就是愣愣地看著人們放聲慘叫，看著底下血流成河。伊爾·同恩佳的說法太誇張了，誇張到像是在說天空後面還有一片天。

「所以我們贏了？」她終於問。

轉眼之間，肯拿倫又換回往常那種玩世不恭的笑容，眼中那股恐怖的空虛感不復存在。「我們？」他饒富興味地問。「是的，光輝陛下，我們贏了。」

艾黛兒理應在聽到這話時感到欣慰，但當她花點時間思考這話的意義，思考眼前的將軍能夠做到的事情，以及瞭解到約束他必須遵循她命令的連結有多麼薄弱，勝利突然間變得又銳利又冰冷，像是一把寒冬中的匕首抵住她的肋骨。

48

大軍來得太遲了。

不至於遲到無法對抗厄古爾人，但帝國軍和火焰之子終於開始圍攻馬背民族時，這裡已經打得不可開交，街上血流成河，瓦林觸目所及都有人生死相拚。然而，對於葛雯娜和塔拉爾來說，卻已經太遲了。

伊爾·同恩佳的先鋒部隊在兩名凱卓引爆碎星彈、殺死半數包蘭丁的俘虜、重創剩下的人後一小時抵達。當時場面慘不忍睹，屍體和屍塊就像凌亂屠宰場裡的肉塊般散落滿地。瓦林目睹一個男人抱小孩般抱著自己的斷腳哭泣，直到失血過多而死。葛雯娜和塔拉爾不見蹤影。他們有可能逃脫了，或是被壓在坍塌的牆壁下。瓦林在血淋淋的爆炸現場搜索他們，用望遠鏡來回找尋，一具屍體一具屍體仔細檢視，心臟在胸口變得越來越沉重。

爆炸奏效了，這點顯而易見。爆炸沒有炸死包蘭丁，甚至沒有傷到他，但隔絕了他和魔力源的連結。當他震驚地轉身看向硝煙和血肉模糊的俘虜時，兩座橋同時下沉，連帶橋上數十名騎兵一起墜入下方的黑水中。

但那並沒有結束這場戰鬥，橋斷反而使厄古爾人變得更加暴力。數千名厄古爾人在橋斷之前就已經衝上西島，東島上還有雙倍人馬，剩下的大軍則擠在對岸。受困的厄古爾騎兵越戰越凶殘，因為他們瞭解，唯一能存活的希望就是取得決定性的勝利。反觀安努軍，在人數上處於劣勢，又在行軍中疲憊不堪，只能勉力在不熟悉的地形上擺開陣勢。儘管橋塌了，儘管帝國軍趕來了，厄古爾人似乎依然有獲勝的可能。

接著伊爾・同恩佳抵達信號塔頂。

瓦林挑選這個位置，就是因為這裡是全鎮視野最好的地方。在塔上，他能看見雙方兵馬交戰之景，研究他們的布署，必要的時候挑選最好的攻擊方位。他本來並不期待肯拿倫會把這裡當作指揮中心。

瓦林緊盯著伊爾・同恩佳騎馬進入泥濘的街道，身前身後都是護衛。他當時就很想直接狙擊他。在如此混亂的戰場中殺死將軍不會引人懷疑，瓦林甚至已經舉起上弦的平板弓，瞄準對方的額頭。是萊斯阻止了他。萊斯、葛雯娜和塔拉爾阻止了他。據瓦林所知，他們三個都為了阻擋厄古爾人而戰死沙場。結束這場戰役是伊爾・同恩佳的職責，而瓦林寧願去見夏爾也不要讓自己的隊員白白犧牲。他手指放開扳機。艾黛兒說這傢伙是個天才，從底下的瘋狂景象來看，他必須得是天才不可。

當天早上大部分時間，瓦林就這麼一動不動地躺著，躲在頂棚距離肯拿倫幾呎之外的位置，聽著他編織難以理解的戰網。雖然瓦林一輩子都在接受軍事訓練，但肯拿倫下達的命令對他來說大多毫無道理。伊爾・同恩佳棄守可以守得住的地方，堅守理應放棄的位置。他會派遣一名傳信兵傳達命令，沒過多久又派另一名傳信兵或信號箭下達相互牴觸的命令。他指示部隊讓受困的厄古爾人逃脫，還不止一次下達會導致自己人遭受俘虜的命令。他殺了很多人，數十人、數百人，犧牲整隊人馬觸發在塔頂清晰可見的厄古爾陷阱，讓手下陷入不可能打贏的局面，要求他們固守不可能守得住的據點。瘋狂，瘋狂透頂，但是有用。

瓦林不知道為什麼，但是隨著太陽逐漸上升，安努軍開始取得優勢。沒有任何小勝利導致這種結果，沒有強勢衝鋒或英勇頑抗，如果不算安妮克和派兒奮戰幾小時所形成的死亡圈的話就沒有。她們最後被逼得退到一棟建築物後方，離開瓦林的視線範圍。事實上，他很難理解底下正在上演的各種殘暴苦難的景象。

然而，他可以看出逐漸明朗化的局勢。安努軍開始逼退厄古爾人。肯拿倫處變不驚，任何情況都嚇不倒他。不論是整隊弓箭手潰敗、厄古爾人攻到塔底，甚至連艾黛兒突然出現在塔頂都不能令他動容。瓦林試圖嗅聞對方的氣味，四周瀰漫著泥巴、鮮血和恐懼的味道，但是伊爾．同恩佳什麼味道都沒有。他聞起來像石頭，像雪，像空無。

當肯拿倫終於宣布作戰結束時，瓦林唯一能做的就是震驚地瞪大雙眼。人們依然在底下的街道上慘叫和相繼死亡，房舍還在燃燒，金鐵交擊聲不絕於耳，戰況看起來完全不像已經結束了，但他可以聽見底下傳來伊爾．同恩佳起身、傳信兵和信號兵走向樓梯井、活板門在他們身後關閉的聲音。

好了，是時候了。瓦林緩慢沉穩地呼出一口氣。

他耳朵貼上頂棚，靜靜地聽底下的人說話。艾黛兒和伊爾．同恩佳繼續交談，他可以聽見艾道林士兵的呼吸聲，移動時護甲摩擦的聲響。攻擊必須迅速剛猛，不幸的是，肯拿倫已經走到另外一側。瓦林考慮攻擊前先移動位置，但年久失修的頂棚搖搖欲墜，稍微移動都會暴露自己。從當前位置攻擊會被艾道林士兵擋住，不過瓦林可以先解決士兵。他不想殺害士兵，但他沒有其他選擇。

布局和懷疑自己決定的時機已經過去了。謀害他父親的男人，要為凱登的僧侶、安咪和荷．林之死負責的男人，就在下方數呎處。瓦林覺得自己好像等了一輩子，但是等待已經結束了。他深吸口氣，露出牙齒，動手。

艾道林士兵擋下第一擊，及時舉起穿著護甲的前臂擋在自己的脖子和瓦林的匕首中間。對方很聰明，沒有伸手拔劍，這樣會讓瓦林有時間和空間解決他。他迎上前來，打算用護甲擋住匕首，試圖利用自己的體重撲向瓦林的喉嚨。

「艾黛兒，」他嘶聲吼道，瞪大雙眼，嘴唇後咧。「趴下！趴下。」

艾道林護衛的訓練十分紮實。大部分戰士都會本能地保護自己，只採取自認在安全範圍內的攻擊，但這個男人只有一個想法：狠狠撞開瓦林，讓艾黛兒有時間逃跑。這是很大膽也很英勇的攻擊。自殺攻擊。瓦林順勢轉身，架開他的雙掌，突破他的防禦，將小匕首插入他腋下沒有護甲保護的位置。他扭轉刀身，然後迴身離開，拔出匕首。

護衛倒地，嘴角流血，目光呆滯。瓦林將匕首往身後丟，拔出雙劍，冷冷瞪向位於火坑另外一邊的男人。

肯拿倫似乎對這場攻擊一點也不驚訝，在弗頓的屍體倒地前，他已經拔出自己的劍。他平舉劍身，採取一種瓦林沒見過的混合型防禦架勢。伊爾．同恩佳的目光飄向死去的艾道林士兵，又看向士兵身後的活板門，最後回到瓦林身上。瓦林能聞到艾黛兒肺腑深處的傷心和慌張，伊爾．

同恩佳卻什麼味道都沒有，彷彿他是由腳下的石塊打造出來的一樣。這個男人看起來很冷靜，而瓦林樂見這種情況。他打算擊碎他的冷靜，一根手指一根手指地把這個混蛋碎屍萬段。

「瓦林．修馬金尼恩。」肯拿倫說，聲音如梳理過的絨布般柔順。

瓦林張口欲言，但是艾黛兒擠到前面，張開雙臂擋在兩人中間，彷彿她纖細的手臂能夠擋下他們的劍。

「不，瓦林！」她尖叫，注意到士兵癱倒在地的屍體。「噢，親愛的夏爾呀，弗頓！」

「他死了。」瓦林語氣冷淡、毫無情緒地說。

「不！」艾黛兒喊道。她越過火坑，跪倒在艾道林士兵身邊。「不！為什麼？」

瓦林沒有低頭，但能聽見她在身後毫無意義地拉扯士兵的護甲，好像這麼做就能找出傷口，阻止出血。

「他可能有參與陰謀。」瓦林說著，上前一步。「可能和他們是一夥的。暗殺凱登的全都是艾道林護衛軍。」

「他沒有參與陰謀！」她慟哭道。「他只是要保護我！」

「好吧，他知道這個工作有什麼風險。或許他有罪，或許他無辜，無所謂，已經死了很多無辜的人了。」

「你犯錯了，瓦林。」伊爾．同恩佳說，沒有壓低長劍。

瓦林往左跨出半步，肯拿倫隨他轉身，調整長劍的角度。瓦林往右移動，兩步，伊爾．同恩佳再度調整姿勢，動作細微，但很精準。所以，這傢伙可以冷靜應戰，而且懂得該如何作戰。

「我犯過很多錯，但這次並沒有犯錯。」瓦林說。「你謀害了我的父親，你挖走安努之心，而我要挖走你的心。」

「他剛剛拯救了安努！」艾黛兒氣急敗壞地怒斥。「這次作戰，這場戰役，這整個天殺的事件……我們能贏都是因為他！」

「而我們贏了。」瓦林說，目光保持在肯拿倫身上，試探他在面對對手改變架式時的反應。「他沒有利用價值了。」

「那你呢，瓦林？」伊爾・同恩佳微微側頭詢問。「在我們擊退厄古爾人的時候，你又在哪裡？」他指向底下尚未結束的戰鬥。「你在拯救安努的過程中扮演了什麼角色？」

「我在等你。」

「而你在等他的時候，」艾黛兒在他身後大吼。「底下死了很多人。你從頭到尾都躲在這裡嗎？守護安努比私人恩怨重要多了。」

「別跟我說這個。」瓦林努力讓自己的手不再顫抖。「別跟我說什麼眼睜睜看著別人死去的事。」昨晚的回憶湧入腦中，萊斯在橋上戰鬥，倒地，長矛插進他體內。「妳漂漂亮亮在那邊扮演皇帝的時候，我可是一路廝殺穿越這座天殺的大陸——」

「派你來的人是長拳。」艾黛兒抗議。「是剛剛進攻帝國的混蛋派你來的。」

「無所謂。」瓦林說。「我在這裡，我要殺了妳的寵物將軍。」

「事實上，」伊爾・同恩佳說。「你或許會覺得有所謂，當你得知真相時。」

「什麼真相？」瓦林吼道。

他一心只想停止交談，但是交談給他時間刺探、測試、研究肯拿倫的反應。伊爾．同恩佳不但是個將領，還是高強的劍士，這點已經顯而易見。如果瓦林要殺他，要確定能殺死他，就必須知道更多。艾黛兒還在他身後哭泣，還在試圖替弗頓止血。瓦林讓自己不去聽她哭。

「你早就把真相拋在腦後了。」他邊說邊移動步伐，研究伊爾．同恩佳如何應對。「在殺害我父親的時候。」

「此事遠比你父親重要。」將軍說。

「省省吧，艾黛兒已經跟我說過了。我們需要你來對付厄古爾人，對付長拳——」

「那你有沒有想過，」伊爾．同恩佳問。「整場天殺的戰役中，你朋友長拳究竟在哪裡？」

「不在這裡。」瓦林啐道。「誰管他？」

「你要管，如果你想拯救安努的話。」

「我們已經拯救安努了。就在這裡。厄古爾人戰敗了。」

伊爾．同恩佳露出輕鬆自在的微笑，沒顯露出任何緊張。「正確說來是我拯救了安努。暫時放下你的劍，我來告訴你原因。我可以解釋長拳在哪裡。」

瓦林佯攻他下路，被伊爾．同恩佳輕鬆避開。

「他在魏斯特。」將軍說。

「不可能。」瓦林說。「除非他有鳥，不然不可能離開北境。」

「他有比鳥還好用的東西。」伊爾．同恩佳緩緩應道。「他有坎它。我想你有聽說過瑟斯特利姆傳送門。或許從你哥哥那裡聽來的？」

瓦林努力不盯著他看，不放鬆警戒，隨時準備攻擊。對手的進攻肯定迅雷不及掩耳。

「我哥哥告訴我，只有辛恩僧侶能使用傳送門。我和長拳不熟，但他顯然不是僧侶。」

「不是，」伊爾・同恩佳說。「他是神。」

「胡說八道。」瓦林啐道，撲上前去，這次是真的進攻。

伊爾・同恩佳擋下他的劍。

「可惜不是。」

「神？」艾黛兒問，聲音尖銳而緊繃。

「準確地說，他是梅許坎特。」肯拿倫揚眉看向瓦林。

「親愛的英塔拉之光呀。」艾黛兒喘息道。

瓦林搖頭，對於他姊姊竟能如此愚蠢感到怒不可抑。「他在說謊，艾黛兒。梅許坎特……」

有一瞬間，他不知道該說什麼。「天殺的梅許坎特跑來這裡做什麼，涉入人類的疆界衝突？」

「他痛恨你們。」伊爾・同恩佳簡明地說。「痛恨你們的帝國，我們的帝國。在安努建立之前，瓦許和伊利卓亞有成千上百個部落，每天都會向他們嗜血的神獻祭殘暴與苦難。你們的祖先卻禁止這種血祭。」

「不。」瓦林咬牙切齒。「不，我受夠了，受夠你的藉口。你殺了我父親。」

伊爾・同恩佳點頭，不過伸手安撫他。「容我解釋。」

「解釋？」瓦林怒道，差點被這個詞噎到。「解釋？讓你像對我姊姊那樣毒害我的內心？讓你把我變成搖首乞憐的小狗？讓你跟我解釋我父親為什麼該為了安努全民的福祉犧牲？讓你告訴我你在對抗某個天殺的神？我操你媽的，操你的狗屁解釋！」

他在說完最後一個字前展開攻擊，以雙翼攻勢砍出雙劍。這又是另外一次測試，另外一次試探，但伊爾．同恩佳還是輕鬆擋下。

「你打不贏我，瓦林。」

瓦林哈哈大笑，那是一種病態又死寂的聲音，即使在他自己耳中聽來也是如此。「真的？」他的頭朝後方依然跪在艾道林士兵屍體旁的艾黛兒點了一下。「那個可憐的混蛋是你手下最頂尖的高手之一，他全副武裝，而我用一把匕首就殺了他。你會使劍，但我是凱卓。」

「瓦林，」艾黛兒哀求道。「我們需要他。你不知道所有真相，我沒有把一切都告訴你。」

「妳可以等他死後再告訴我。」

他再度出擊，從開扇式到石磨牛角鑽，招招相連，身體的動作比內心更加堅決。再一次，伊爾．同恩佳擋下攻擊，單劍對抗瓦林的雙劍，逼得瓦林再次後退。這傢伙劍技高超，甚至能和奎林群島上最強的劍士相比。瓦林沒料到會是這種情況，但是無所謂，他覺得自己很強大，也已經準備充足，史朗獸之血在他的血管中沸騰。

「我會找到破綻，」他說。「遲早的事。」

「你不能殺他，瓦林！」艾黛兒的聲音就在他耳邊。

「看著吧。」他冷冷說道。

伊爾．同恩佳雙眼飄向左側，看著艾黛兒。瓦林還來不及轉身，一把匕首已經插入他身側，火熱和冰冷的感覺同時來襲，奪走他嘴裡的話。

有一瞬間，他瞪大雙眼，不知道這種感覺從何而來。怎麼……他盯著伊爾．同恩佳，奮力握緊手中的劍，試著在全身開始虛脫時維持站姿。

艾黛兒！他在她哭泣抽刀、彷彿勾出他一半腸子時恍然大悟。

「你不能殺他，瓦林。」她哭喊。「我需要他。」

她繼續喊著，手裡依然握著瓦林的腰帶匕首，指節沒沾上他血的部分用力到發白。她不停尖叫著什麼謀殺、忠誠、帝國等詞語，扭曲的表情充滿悲哀和憤怒。

沒道理啊，我是在救她。這個想法浮上瓦林心頭。

在他順著這個想法想下去前，想法已經像雲一樣被風吹走。

休克。他休克了。

他努力專注在劇痛上，試圖瞭解這股劇痛。痛讓他可以集中精神，而集中精神讓他不會失去意識。肺臟底下，傷口在肺臟底下，不然我每一口呼吸都會有血泡。他拋下一把劍，手指插入傷口中，差點痛暈過去。她刺穿了他的肌肉，大概傷到了肝臟。士兵有時候能在肝傷中存活下來，但這種事不常發生。他感覺腳軟得像水一樣，踉踉蹌蹌退到了塔緣。

「結束了，瓦林。」伊爾．同恩佳搖頭道。「丟下另外那把劍，我們幫你療傷。」

瓦林無力地搖頭，拚命握住剩下的短劍。

「不，」他喃喃說道。「還沒結束。」

「你不能再打了，瓦林。」艾黛兒說著，朝他伸出血淋淋的手，雙眼通紅，淚流滿面。「把劍放下。」

「你贏不了。」伊爾．同恩佳說。

「我不用贏。」瓦林回道。

肯拿倫想了一下，然後搖頭。「什麼意思？」

「凱登。」瓦林喘道。

伊爾．同恩佳緩緩點頭。「他在哪裡?他和你一樣打定主意要殺我嗎？」

瓦林虛弱地搖頭，嘴角扯出一抹微笑。「凱登和我不同。」他說。「他不憤怒，他不衝動，他像暴風雨前的海面一樣平靜。」他的腳抖得厲害。「凱登不會信任任何人，他不會犯錯，他會一直等下去，直到有一天，當你疲憊或鬆懈時，當你忘記栓上門鎖時，當你在野外騎馬或簽署文件時，他就會來找你。他和我不同，他不會失敗。」

肯拿倫抿緊嘴唇。

「瓦林，」艾黛兒說。「你不懂。現在還不算遲。」她上前一步。

「不，」他說。「已經太遲了。」

他還剩下最後一招，倒地前的最後一擊。他大吼一聲，撲向前去，向上橫劈。這是孤注一擲的攻擊，伊爾．同恩佳也以同招式回應，揮開瓦林的劍，然後用自己的劍輕輕一挑，動作隨意且輕慢。瓦林猛地腦袋後仰，但是太遲了，太遲了。

他眼前一片漆黑，接著感到灼痛，一種絕對的黑暗，就像浩爾大洞深處的黑暗一樣。緊接而來的是灼痛，一條火焰般的線條橫貫他的臉。他隱約發現那是他的眼睛。肯拿倫劃過他的雙眼，砍瞎了他。

瓦林腳下一絆，差點摔倒，用盡最後一絲力氣往前衝，在黑暗中踏出一步，然後是另一步，一步接著一步，直到腳下再也沒有石地，直到他無助地下墜，無助地落向下方，不斷撞擊岩壁，落入冰冷漆黑的湖水中。

49

辛恩禮拜堂令人窒息的空氣裡瀰漫著血腥和死亡的氣味，使凱登聯想到骸骨山脈中山羊慘遭虐殺之景，只不過山羊死在戶外，在明亮陽光下的清新空氣裡，而禮拜堂中的小房間光線微弱，空氣污濁。有人在掙扎的過程中把一大鍋豆子踢到壁爐裡，木頭、灰燼還有燉湯的混合物還在冒著煙，充斥在小房間裡，導致視線受阻，呼吸變得困難。

到處都是屍體，好幾十具，有些扭曲癱倒，有些彷彿在睡覺般靠牆而坐，有些傷口殘破不堪幾乎被砍成兩段，有些則是死於不比凱登拇指大的小洞。

「阿迪夫的手下，」他皺眉看著屍體。「每殺一個人就損失六到七個人。」

基爾點頭。「伊辛恩勇猛善戰，而且有預先埋伏。」

崔絲蒂東張西望，手掌摀著口鼻，不知道是遮掩臭味，還是防止自己嘔吐。在得知母親背叛自己後，她就變得沉默寡言。凱登不想讓她進來，要她和蓋伯瑞爾離開，但他說想看看阿迪夫有沒有死在禮拜堂時，她立刻堅持跟來，表情堅定得像石頭一樣。

「他是我父親，」她說。「如果他死了，我要親眼見證。」

機會不大。凱登目前只檢查了不到四分之一帝國軍的臉孔，但阿迪夫其實不太可能親身參與攻擊。事實上，凱登堅持等到黃昏再來，以免顧問潛伏在廣場某個有利的隱密位置監視禮拜堂燃燒的狀況。他們一間一間搜索下去，確定沒有看到阿迪夫的蹤跡，也沒看到伊克哈·馬托爾。

兩人都不在這裡令凱登憂心，而隨著他們繼續深入禮拜堂，他覺得胸口的肌肉越繃越緊。

「馬托爾是個狡猾又危險的戰士。」基爾彷彿聽見他的想法般回道。「他很可能逃走了。」

「如果馬托爾還活著，」凱登回道。「整個行動就算失敗了。」

「貴族都和你站在同一陣線了。」瑟斯特利姆人指出這一點。

「那只是計畫中的一部分。我本來希望阿迪夫會和伊辛恩同歸於盡。如果沒有，如果馬托爾還活著，那就有麻煩了。他們會想辦法控制坎它，不讓我使用傳送門。」

「他有可能是利用這裡的坎它逃走的。」基爾說。「這是帝國系統的坎它，不是伊辛恩的傳送網絡，但他知道它的存在。」

凱登冷冷點頭。他已經考慮過伊辛恩從傳送門逃走的可能性，那是計畫的缺陷，但他們想活捉自己的渴望，加上阿迪夫突然出現所帶來的震撼感，或許會讓他們無法有秩序地撤退。他期望馬托爾會親自帶人埋伏，而這又再次證實了一句辛恩古諺：希望是直通苦難的大道。

「坎它在哪裡？」他問。

基爾手指比向地板「下面。」

凱登遲疑。「或許有人等在下面，他們有可能又跑回來。」

崔絲蒂卻推開他。「我要下去。」她說。「我必須親眼看看。」他還沒伸手碰到她，她已經跑下樓梯。

他們才剛到樓下，立刻遭遇襲擊。凱登已經謹慎留意路上所有凹陷之處，高舉提燈，傾聽踏在石階上的腳步聲了，但什麼都沒聽見，什麼都沒看見，接著後腦杓傳來劇痛，使他向前摔倒，腦袋撞上石牆，然後是地板。

他嚐到嘴裡的血味，隱約知道自己咬到舌頭，但是沒有時間擔心那個。他的思緒渙散，像一群受驚的小魚，先是凝聚在一起，又瞬間四下逃竄。此時，身邊的人都還在持續打鬥，崔絲蒂的尖聲戛然而止。凱登掙扎起身，卻又被擊落，背上突然一沉，整個人被打趴在地。他睜開眼，看見基爾正對抗一個手持武器之人，但一眨眼的工夫，瑟斯特利姆人也倒下了。

一切發生得太快，凱登根本搞不清楚發生了什麼，但是當敵人在他身旁蹲下時，他絕不會認錯這個滿臉鮮血、雙眼大睜的傢伙，是伊克哈．馬托爾。

「你記得我們對你這個小妓女做過的事情嗎？」他聲音輕柔卻語氣凶狠地發問。「火燒？玻璃碎片？」

凱登閉緊嘴巴，集中精神壓抑痛楚，好看清他們所踏入的陷阱。除了馬托爾外，對方還有四個人，一個人的靴子踩在他背上，一個伏身在數步外的基爾身上。馬托爾手裡拿著瑟斯特利姆納克賽爾矛。

「譚的矛。」凱登說。

伊辛恩搖頭。「已經不是了。」

「他在哪裡?他還好嗎?」

「你可以等我們回到死亡之心後自己去問他。」男人輕笑回答。「當然,他或許不太容易回答你的問題。」

「馬托爾,」另一個男人插嘴道。「我們得走了。」他們只花了一點時間就把基爾的手綁在後面。瑟斯特利姆人整個人輕微搖晃著,但他的狀況比癱在牆邊的崔絲蒂好多了。馬托爾皺眉,然後點頭。「帶走那個女孩,」他說著,提矛一比。「我們穿過坎它後就安全了。」

之後,凱登感覺有人抓著他衣服把他提起來。伊辛恩沒有綑綁他的雙手,又是一個瞧不起他的行為,不過有把匕首抵著他的脖子。

凱登開始走。

「走。」馬托爾嘶聲道。

他們沿著走廊走了幾十步,轉向一條較為狹窄的通道後下樓梯,抵達一間石壁會滴水的小房間,馬托爾拉住了他。

「坎它就在前面,你或許會想準備一下。」

凱登瞪大雙眼。突然遇襲令他心緒不寧,根本沒有想過要進入空無境界。如果他沒被警告,就會在踏入傳送門後從這個世界消失。

「我不知道辦不辦得到。」他輕聲道。

一旁的馬托爾輕哼一聲,匕首劃破他的皮膚,流出鮮血。

「啊,空無境界。」他饒富興味地說。「辛恩的方法和我們比起來實在太……溫和了,而且限制頗多。你們必須討好空無，追求空無。」他癟嘴，厭惡地搖頭。「我們的方法沒有僧侶的那樣受歡迎，但是，」他聳肩。「你無法否認它成效驚人。」

幾步之外，坎它聳立在黑暗中，細長的石拱門以詭異的角度反射火光。凱登不認識拖著崔絲蒂的人，他把她扛上肩膀，毫不遲疑地穿門而過。幾下心跳後，基爾也被推進門內。凱登忙著進入空無的出神狀態，尋找之前引導他的那隻鳥。但那隻鳥拒絕出現，彷彿被他內心的混亂給嚇跑了。他召喚牠，牠逃走。他努力想要進入空無，卻失敗了。

馬托爾露出了饑渴的笑容。

「難以放空？平靜沒有像你期待的那樣輕易出現？」

他一邊說話，一邊輕壓匕首。凱登感覺到鮮血淌過鎖骨，滴在自己的胸口。

「別被疼痛分心。」馬托爾笑道。「現在分心可不太妙呀。」

*疼痛。*凱登專注在那種感知上，湊向匕首，讓刀刃進一步深入他的喉嚨，直到劇痛穿透他的衣領和肩膀竄向下巴。馬托爾把他推向坎它，凱登閉上雙眼，專注在痛楚上，看著它如植物般蔓生，綠色的捲鬚鑽入心靈的裂縫，擊潰自己的思緒。馬托爾在說話，但凱登不理會他，任由強烈的綠色痛楚透體而過，直到所有情緒消失，只剩下空無境界的遼闊空無。

現在，一定要是現在，就在門的對面。

他睜開雙眼，剛好看見坎它矗立眼前，當即穿門而過。

伊辛恩在門的對面等待，離門一步之遙，不過他們都在盯著基爾和崔絲蒂。凱登沒給他們任何時間反應。

他撲了過去，直接撞上最接近他的人的胸口。他只有一下心跳的時間去聽崔絲蒂尖叫和馬托爾咒罵，不過這兩個聲音在空無境界中都毫無意義，聲音消失在天上的海鷗鳴叫和下方海浪拍擊懸崖的聲響中。他只有半下心跳的時間去感受灑落的陽光，熱得宛如一巴掌打在皮膚上。接下來四分之一心跳的時間，他感受著對方掙扎反抗，自己則緊緊抱住對方的雙手，雙腳持續進逼，推擠，再推擠，直到兩人一起摔入下一扇坎它——那扇基爾警告凱登會通往黎明皇宮的坎它。

先通過的是伊辛恩，那人背部朝門，在凱登的猛力推擊下依然能保持平衡。凱登感覺到對方在移動中變換姿勢，調整腳步，拋下武器，舉起雙手，扭轉身體，準備把自己摔出去。他毫不懷疑，再給那人多一點時間，自己就會被狠摔在地，整張臉貼在土裡。但對方連這點時間都沒有。炎熱的陽光突然消失，他們穿越坎它，進入一間四面都有火把照明的石室，裡面有十二名守衛看守，其中半數手中握有弩弓。

死寂持續了一下心跳的時間，接著第一支弩箭離弦而出，跟著是守衛彼此警告的叫聲。眾人在情況未明前本能地先發動攻擊，肯定有好幾支箭射歪了，但凱登感覺得到至少有兩支箭插入伊辛恩體內，撼動兩人的身體。伊辛恩沒有慘叫，甚至沒有呻吟，凱登只感覺到他整個人頓了一下，在箭頭入體時身體軟癱。在這種情況下，凱登本該情緒激動，感到欣慰或恐懼或強烈的喜悅，但空無境界裡容不下半分情緒。完成了一個目標，還有很多事情要做。他迅速推開屍體，打量這間圓形的坎它室，接著退向傳送門，回到刺眼的陽光下。

他不過離開幾下心跳的時間，形勢就轉變了。被他推進坎它死在黎明皇宮密室中的伊辛恩本來是在看守基爾的，這表示至少在那段時間裡，瑟斯特利姆人身獲自由。他的手腕依然綁在身後，但那並沒有阻止他衝向通往辛恩禮拜堂的坎它，也沒有阻止他在馬托爾出來時把人踢倒。

基爾的攻擊沒有造成什麼傷害，伊辛恩的領袖已經從地上張牙舞爪地爬起，但這使得他放開了譚的納克賽爾矛。凱登趁機一把抄起長矛，感受冰涼光滑的矛柄。這些騷動似乎徹底喚醒了崔絲蒂，她像遭擒的狼般在抓住她的伊辛恩手中掙扎，連抓帶咬大吼大叫。伊辛恩身材高大，但是崔絲蒂之前在死亡之心扭斷馬托爾手的怪力似乎又出現了。

凱登圍著他們轉，在空無境界內沉著冷靜，考慮他的選擇。納克賽爾矛在譚手中十分危險，但他甚至不確定該用哪一頭出擊，若貿然攻擊抓住崔絲蒂的伊辛恩，很可能會傷害到她。他靜靜觀察並尋找機會，但除了胡亂掙扎的手臂外什麼都看不到。這樣不行，他不是瓦林或派兒，辛恩修道院裡連一把劍都沒有，他能在安努存活這麼久都是依賴躲藏閃避，利用敵人的力量對付其他敵人——他用阿迪夫的人馬對抗伊辛恩，用貴族對抗帝國守衛，用坎它對面的士兵對抗天知道被他推進去的是誰。這種策略直至剛才都很有效，但在這片圓形的綠草地上，四周都是直落大海的懸崖，他無處閃避，也沒有能力格擋。現在是該戰鬥的時候，凱登卻對此一竅不通。

「我改變主意了。」馬托爾說。「我不要帶你回去和你的老師一起腐爛，我要在這裡把你開膛剖肚。」

他彎下腰去，撿起夥伴掉在地上的劍，但目光始終保持在凱登臉上。其他伊辛恩面無表情地變換位置，舉起長劍。空無境界。凱登發現自己不是唯一處於出神狀態的人，他們全都身處空無境界，除了掙扎得更加猛烈的崔絲蒂。

基爾趁馬托爾在說話時，溜到凱登身邊。

「割斷我的繩索。」他說，一邊回頭看向綑住雙手的繩結。

馬托爾劍指凱登。「你為了幫助這個不是人的垃圾謀害我的手下，直到現在依然在幫助他，他怎麼說你怎麼做，像個神智錯亂的傀儡。我要將這把劍插進你體內，我要看著你抽搐。你該感謝我，我是要幫你斬斷操偶線。」

凱登不理會他，轉身割斷綑綁基爾手腕的繩子。納克賽爾矛尖很輕易地割斷了粗繩索，這表示他們有兩個人自由了。凱登猶豫了一下，將矛交給基爾。

「你會用嗎？」

瑟斯特利姆人接過矛，打量矛柄。「我已經好幾個世紀沒有用過了。」他流暢地旋轉矛身。「不過我記得清清楚楚。」

基爾站在凱登面前，阻擋馬托爾前進，這一刻，逃生的機會似乎不再那麼渺茫。馬托爾繃緊下巴，顯然對當前形勢的判斷和凱登差不多。

「比利克，」他轉向另外一名士兵吩咐。「把其他人帶來。他們就在卡瓦廷門後，你可以在二十下呼吸之內回來。」

凱登不知道卡瓦廷在哪裡，也不知道哪座坎它通往該處，但無關緊要。重點是有更多伊辛恩在很近的地方等待，或許數十個人，全副武裝，蓄勢待發，等他們趕來便再也無法脫身。那是不爭的事實，就像頭上的天空一樣真實。比利克衝過綠草地，穿越一道坎它，隨即消失。崔絲蒂看準時機奮力轉身，對準身後之人的脖子狠狠咬下，接著在他大叫後退時掙脫。

馬托爾咒罵一聲，搖了搖頭，朝草地吐口水。崔絲蒂在驚慌掙扎之下幾乎筆直朝他跌去，而他上前一步，舉起長劍，狠狠砍落。凱登只能眼睜睜看著劍砍向她的腦袋，但基爾動作飛快，納克賽爾矛及時趕到，將馬托爾的一擊打向土裡。瑟斯特利姆人收回長矛準備再次出擊，但還沒動手，崔絲蒂已經站起身來。凱登以為她會逃跑，遠離打鬥，她卻撲向馬托爾，臉上充滿恐懼與憤怒，雙眼圓睜宛如太陽，兩手死死抓住對方把他往自己身前扯，力道大得兩人一起撞向後方。

「放開我，妳這個沒有靈魂的妓女。」馬托爾啐道。他不斷掙扎，就是掙不開，持劍的手臂被固定在身側，沒辦法舉起長劍。

「拋棄靈魂的人，是你。」崔絲蒂輕聲道。

不，那不是崔絲蒂。凱登發現在阿希克蘭大帳中啜泣的受怕小女孩消失了，取而代之的是幾週前折斷馬托爾手腕的女人。伊辛恩年紀比她大、比她高、比她壯，但崔絲蒂還是扛起他，往後推，強迫他後退。她的肌肉鼓起，腳上、後膝、頸部的肌腱緊繃。奇怪的是，她面露微笑，豐滿的嘴唇張開來喘氣。

「我警告過你，」她說，聲音如磨光的寶石般亮。「會有這一天。」

馬托爾奮力掙扎，破口大罵，卻一步步慢慢後退。她把他推向坎它，那瞬間，凱登以為自己瞭解她的計畫，以為她打算像自己對付另一名伊辛恩那樣，把他推入箭雨之中。那個計畫成功過一次，有可能再度成功，問題在於她推錯坎它了，那是通往辛恩禮拜堂地下室的傳送門。

「不，崔絲蒂！」他大叫，指向皇宮門。「另外那扇，另外那扇！」

她沒理他。

「你拋棄了你的靈魂。」她說。「你以為你在那些邪惡的儀式和痛苦的信仰中燒光了你的靈魂。」她笑了，一聲飽滿低沉的笑聲。「痛苦的限制太多了。」

「我讓妳嚐嚐痛苦的滋味，婊子。」

剩下兩名伊辛恩朝他們的領袖移動，但基爾動作更快，舉起納克賽爾矛上前阻擋他們。

「我會讓妳嚐嚐無法想像的痛苦。」馬托爾大吼，拋下長劍，直接用手抓向她喉嚨。

「脆弱的小人類，我的信仰會令你震驚。」

馬托爾用手指掐住她的脖子，但崔絲蒂只是微笑，把他拉近，嘴唇貼上他的嘴唇。凱登眼睜睜看著她緊緊擁抱他，痴迷地閉上雙眼，整個人貼在他身上，腰對腰，嘴對嘴，宛如一對共享極樂的愛人。伊辛恩還在掐她，即使此刻他的嘴巴張開回應她的吻，回應某種比思想和仇恨更加古老的慾望。崔絲蒂抓住他空出來的手臂，將其往後推，推入坎它之中……

馬托爾彷彿被捅一刀般突然抽動，想大叫，想推開她，但崔絲蒂的手扣住他的後頸。他把手抽出坎它，結果發現手沒了，只剩下一片平整的肉塊，中央有兩圈骨頭，彷彿被利到不像話的屠刀斬斷。骨與肉，血如泉湧。

崔絲蒂稍微後退，微笑看著馬托爾掙扎。「不要去想痛楚，」她輕聲道。「想想剛才的歡愉。你以為你把它從靈魂裡燒光，但我又把它還給你了。」她又吻了上去，尋求著、探索著，胸口緊貼他的胸口，再度將他推向坎它。他後退一步，小腿通過了隱形的表面，接著他絆了一跤，彷彿門後有人從下方踢開他的腳。

崔絲蒂扶著他，把他拉向她的唇、她的手、她恐怖的擁抱中。腳沒了。馬托爾和崔絲蒂渾身是血，但她依然不放開他。馬托爾在她懷裡掙扎，不過看起來已經不像在嘗試逃跑，不再像他逃得了的模樣。凱登冷眼旁觀，震驚的情緒在空無境界邊緣徘徊。崔絲蒂將伊辛恩領袖推去撞上坎它的門柱，身體強貼到他身上，一手伸向他褲子，將他靠著門柱轉身，轉向坎它饑渴的空無。馬托爾脊椎拱起，腦袋後仰，整個身體開始抽搐，產生一連串導致骨頭碎裂的恐怖痙攣，最後，崔絲蒂放開他。他全身就只剩下頭和一點點軀體，看起來比較像是血淋淋的牛肉，而不是人。崔絲蒂渾身浴血，彷彿在血雨中站了幾個小時，但她沒注意到鮮血從臉上和手指尖淌下滴落。她凝視馬托爾，表情冷酷難以捉摸，接著輕舔嘴唇上的血。

「崔絲蒂？」凱登問，他還在努力弄清楚剛剛究竟看到了什麼。

她搖頭，雙眼又大又空洞。「做什麼？」

在他有機會答話前，伊辛恩已經從島另一側的坎它衝出來。至少來了十幾個人，全都身穿熟羊毛衣和皮甲，全都手持弓和劍。凱登認得其中幾個人，剩下的都沒見過。人數是關鍵。崔絲蒂不可能把他們全部扯出空無境界，不可能把他們全都丟進傳送門裡。

「這裡，」比利克指著三人喊道。「圍起來。」

隨著伊辛恩散開，脫身的機會逐漸消失。哀傷並沒有隨著失勢而來，恐懼也沒有。

「用弩箭射倒他們。」伊辛恩繼續說。「只射腳。我要他們殘廢。不要打死。」

他瞥了一眼馬托爾血肉模糊的殘軀，然後舉起劍，彷彿在測試劍的重量。他們放慢腳步，挑選著目標，但要不了多久就會放箭。

「到坎它後面。」基爾指著傳送門說。

凱登明白他的意思，在第一輪箭射出前和崔絲蒂一起退到門後。六支箭朝他們射來……消失在坎它的空無之中。傳送門是盾牌，可惜不會動。他眼睜睜看著伊辛恩往側邊散開，身後幾步之外就是直通下方碎岩和浪花的懸崖，他們不能從那裡逃脫。

「我們必須進門。」他說。

「皇宮有射手。」崔絲蒂說，嘴唇後咧，不知道是在笑還是在叫。她臉頰和頭髮還不斷滴著血，看起彷彿噩夢中的怪物。但是噩夢影響不了身處空無境界的凱登。

「我們現在位於門後方，」凱登腦袋飛快地轉著。「我們會出現在門的另外一端，坎它會在皇宮守衛和我們之間，它能掩護我們。」

他看向基爾，瑟斯特利姆人點頭。「除非他們調整位置。」他喃喃低語。

「我不會被他們抓走。」崔絲蒂說著，用一種饑渴的眼神打量著伊辛恩。「他們永遠不會抓到我。」

「穿門而過之後，我們生存的機會也不大。」基爾說。

「兩邊機會都不大。」凱登說。「此時此刻，困惑是我們的朋友。」

在他們有機會繼續爭辯前，崔絲蒂挑釁地大吼一聲，隨即衝入坎它。

凱登遲疑片刻，試探著空無境界的邊界。邊界在他心靈的接觸下延展，像是落葉飄入水面般，但出神狀態還撐得住。他又看了伊辛恩一眼，跟著踏進門內。

石室中一片混亂，士兵朝彼此叫囂、下達命令、揮動武器、瞄準弓。凱登進門後，叫聲加倍，在牆壁和低矮天花板間不斷迴盪。憤怒、恐懼和困惑的吼叫自四面八方襲來，弩箭手再度放箭，不過箭都射入坎它，沒有造成傷害。基爾壓低納克賽爾的矛頭，舉在傳送門旁數吋之外。

「伊辛恩面臨難題了。」他冷靜地分析，彷彿在討論晚餐吃什麼。「我們等在這一側，守衛等在另外一側，他們很清楚這種情況。」

「我們只有三個人。」凱登說。

「但我們在這裡，」基爾回答。「這讓我們占上風。」

幾下心跳的時間內，沒有發生任何事。皇宮士兵忙著重裝弩箭，轉動弩弓的曲柄，而他們的指揮官則在下達毫無意義的命令。凱登環顧狹小的空間，尋找逃生路線，但是什麼都找不到。石室不過十步寬，此處感覺位於地底深處，唯一的出口就是由一排士兵和腰上掛劍的弩箭手看守的狹長走道。

走道或坎它。士兵或伊辛恩。沒有任何好選項。凱登將手伸到身後，從牆上的火把架上取下一根火把。這是很蠢的武器，但是總比赤手空拳對抗敵人的鋼鐵強。

「我們等伊辛恩進來。」他說。「他們會吸引部分攻擊。他們進門後，我們就想辦法從坎它離開，希望我們能夠溜過留守在島上的人。」

基爾點頭，但崔絲蒂沒有動作。她血紅的雙眼專注地凝視著走道，黑暗中有道身影在動。凱登瞇眼細看，對方看起來像是士兵，從營房或上方大殿中趕來的人。接著，他步入光線下。

「我父親。」她咆哮，雙手緊握成拳。

一如往常，阿迪夫的遮眼布看起來絲毫不妨礙他直接看穿人。顧問打量他們，然後朝手下的士兵揮手。「前進。」他語氣堅定地說。「殺了他們。」

皇宮守衛才前進幾步，第一批伊辛恩已經穿越坎它而來。他們和凱登不同，不清楚門後的情況，於是在門口停了一秒鐘。守衛也遲疑了一下，然後一聲發喊，衝向前去。接下來現場一片混亂，要不是有坎它掩護，凱登三人肯定當場就被砍成碎片。大部分伊辛恩都去應付皇宮守衛，不過有兩、三個人轉身尋找他們的獵物。基爾刺了一人的頸部，還有另外一人的腳筋，讓人摔倒在地。凱登拿火把插向那人的臉，打斷他的慘叫，忽視皮膚燒焦的臭味。

「撤退。」阿迪夫喝令，聲音貫穿混亂而來。「後退！」

有些守衛撤退了，其他人則在聽命轉身時被伊辛恩殺死。凱登聽見一陣低沉的轟隆聲，那是石頭相互碰撞所發出的聲響。他曾在高山裡聽過數百次那種聲響——花崗岩在春雪消融時移位，巨岩從懸崖峭壁滾下，恐怖的重量撞爛樹木、擊中岩石，壓碎下方所有的東西。他抬頭看見石頂在搖晃，以泥灰固定的磚塊相互摩擦，細細的粉末在他眼前飄落，進入他的肺。

「後退！」阿迪夫再次吼道。凱登可以清楚聽見吸魔師的聲音，但對方的身影卻淹沒在灰塵和漆黑的走道中，再也看不清楚。他奮力想看清傳送門對面的情況，此時，一塊足足有十人大的巨岩從上墜落，壓死兩名伊辛恩，困住第三個，也擋住坎它。

凱登轉向基爾。「怎麼回事？」

瑟斯特利姆人目光冷靜專注。「吸魔師，」他說。「他打算壓死我們。」

凱登凝神細看。好幾根火把熄滅了，牆壁頂端都在晃動。他無從判斷上方承受了多少重量，但是拱起的石頂上似乎到處都有石塊墜落，除了他們頭上沒有。

「走！」崔絲蒂低吼，聽起來十分吃力。凱登轉身，瞧見她雙眼大張、嘴唇分開、胸口起伏，一副剛剛跑完渡鴉環的模樣。她額頭和臉頰全是汗水，馬托爾的血還在持續滴落。「走。」

凱登抬頭。「我要走了，快來，這裡就要塌了。」

「我知道，笨蛋。」她呻吟道。「是我在撐著。」

凱登沒時間看她，也沒時間提問，抓住她的手臂，揚起火把，照亮石塵瀰漫的昏暗空間，拖著她往前走。抵達傳送門時，整座石室都在晃動，和他胸口差不多大的石塊如冰雹般墜落，砸碎地面。

「快點。」基爾催促，移動到他們身前，舉起納克賽爾矛。

走道也在崩塌，石塊摩擦和砸落的聲響掩蓋了其他聲音。阿迪夫和他的手下完全不見蹤影，只能看見一百步長的石廊和末端的樓梯。那裡沒有守衛。如果阿迪夫打算把整棟建築當頭砸下活埋他們的話，便沒有必要留下守衛。神色恍惚的崔絲蒂跌跌撞撞地跟在基爾身後，凱登提步跟上，卻被一塊碎石擊中背部，整個人摔倒在地，脫離空無境界。痛苦和害怕湧上心頭，對死亡的恐懼強勢襲來。他沒有力氣吼叫，只能眼睜睜看著崔絲蒂和基爾抵達樓梯，開始往上走，沒發現他摔倒了。

他吸了口氣，差點被塵土嗆到，然後再吸一口。肺部每一個動作都會引發刺痛，有東西斷了，或許是肋骨，但他沒時間多想。少了崔絲蒂撐住石頂，走廊已經開始崩塌。凱登冷冷推開湧上心頭的情緒，奮力站起身來。

這四十六步是他這輩子走過最漫長的一段路，但是當他抵達樓梯上方平台時，通道已經停止晃動。他聽見下方傳來最後一塊石頭落地的聲音，那聲音聽起來很悶，一方面是因為距離遠，另一方面是有個更響亮刺耳的聲音將其掩蓋。前方的走廊上有很多人在哀號、尖叫和哭泣，充滿絕望無助的聲音。凱登上前一步，滑了一跤，連忙站穩，然後低下頭查看。石板地染滿鮮血，幾步之外，有個士兵癱在牆邊，他身旁還有一個，之後是另一個。

恐懼感逐漸加深，凱登一拐一拐往前走，壓抑胸口的劇痛，試圖放慢心跳，努力思考。他們身處黎明皇宮內，或是皇宮底下。阿迪夫集結了他的手下，但有人殺害了他們。基爾顯然很擅長納克賽爾矛，但動手的不是基爾。凱登看向路過的另外一具屍體，臉整個被打爛，五官都陷進頭顱中，沒有武器打得出這種傷。

崔絲蒂。肯定是她，她在阿迪夫摧毀走道時撐住了走道。就和父親一樣，她也是吸魔師，力量強大的吸魔師，而且她體內有樣東西崩潰了。

他加快腳步，沿著走廊拐過一處轉角，然後又是一處轉角，路過數十具屍體，直到石頭潮濕冰冷的氣味開始轉為清新。他轉過最後的轉角，立刻停下腳步。三十步外，正午刺眼陽光照出的輪廓中，崔絲蒂站在通往外面的拱門前，攤開雙臂，彷彿迫不及待想擁抱什麼人。凱登看見她身後有煙有火，聽見許多慘叫聲，但崔絲蒂本人卻宛如石像般靜止不動。此時，阿迪夫從走廊中間的一處壁龕走出來，他看都不看凱登一眼，全副精神都放在女兒身上。當他移動時，手上的匕首在陽光下閃閃發光。

凱登拔腿就跑。門外的混亂即使在室內聽來依然震耳欲聾，大聲警告就和掩飾腳步聲一樣毫無意義。現在就是賽跑，簡單明瞭，獎品是崔絲蒂的性命。儘管凱登完全不會打架，不懂戰爭或政治，不懂吸魔師或他們的力量，但他很會跑步。他一輩子都在跑步，饑餓的時候跑步，在黑暗中跑步，受傷時跑步，於是，他咬緊牙關，奮力衝刺。

他在入口前距離崔絲蒂幾步外之處趕上阿迪夫，把他撞倒在地。凱登背部劇痛，但他無視劇痛。他只有短短一瞬間，比一瞬間還短，然後吸魔師就會轉過身來將他撕成碎片。凱登撿起地上的匕首，試圖插入阿迪夫喉嚨。他比顧問強壯，但是對方宛如絕望的野獸般頑強抵抗，使凱登沒辦法抓緊刀柄。

他皺起眉頭，接著忍住劇痛用手指握住刀刃，尖銳的刀刃劃入他的皮膚、肌腱、骨頭。他忽視鮮血和突然間變成廢物的手指，奮力將匕首插向阿迪夫，雙腳纏住吸魔師的身體，匕首持續逼近，再逼近。

顧問破口大罵，吼叫一聲，接著凱登突然覺得自己落敗了，彷彿有一隻隱形的大手把力量借給阿迪夫。他節節敗退，就在不知道該怎麼繼續對抗吸魔師的力量時，對方卻突然渾身軟癱。凱登瞪著吸魔師，把他推開，看見基爾就站在面前，納克賽爾矛插在顧問背上。他心裡短暫浮現喜悅之情，但是基爾的表情澆了他一頭冷水。

「快！」他說著，伸手拉起凱登。「崔絲蒂。」

凱登搖頭。「什麼？」

「她在殺人。」

「殺誰？」

「所有人。」

凱登抵達門口時，一切都結束了。人們還在哭著叫著，火焰還在延燒，但崔絲蒂已經放下雙手。她像個牽線木偶般站著，彷彿她整個身體都掛在一條細到不像話的線上。

「崔絲蒂？」他小心翼翼地喚她，一手輕輕搭上她的肩膀。她轉身面對他，雙眼空洞，宛如白雲，沒有回話。

「妳做了什麼？」他問。

「我不知道。」這話很陰鬱、很沉重。「我不知道。」

她的語氣毫不恐懼，也不擔憂，只有一股深不見底的無助。凱登雙掌捧起她的臉龐，凝望她的雙眼。什麼都看不出來。當他放開雙手時，她整個人癱倒在地，縮成一團。凱登正要蹲下，但基爾卻對他招手，要他過去拱門邊。

「你最好來看看。」他說。

凱登猶豫了一下，一瘸一拐地從陰影走向陽光。很長一段時間裡，他都不知道自己在看什麼。基爾宣稱這座坎它通往黎明皇宮，而地下的守衛似乎也證實了他的說法，但凱登完全認不出眼前這座焦黑的庭院。有幾棵扭曲的樹木在燃燒，還有數十具屍體，以及很多受傷和垂死之人。四周的牆面一片焦黑，至少有一座建築陷入火海。直至轉身向後，他才看見雙塔，伊芳塔和天鶴塔在他兩旁，後方則聳立著那座明亮尖頂，彷彿插入天空肚子裡的英塔拉之矛。

他回頭面對庭院。除了恐怖的慘狀之外什麼都沒有，除了傷者的哭聲和更多守衛逼近的腳步聲外什麼都沒有。凱登眼看著守衛擁入小廣場，舉起長矛，然後停步。他緩緩揚起目光，挺直背脊。他回到了他的皇宮，回到他父親的家園，他家族的家園。如果他要死在這裡，也要張開眼睛死去。他要站著死去。

守衛指揮官瞪大雙眼，接著，出乎凱登意料，對方屈膝跪地，留下身後困惑的一眾手下。空氣裡煙霧瀰漫，火焰的高溫導致影像扭曲，但既然凱登看得見他們，就表示他們也能看見凱登。他們果然看見了，一個接著一個跪了下來，額頭抵住血淋淋的地板。接下來一段感覺很久的時間裡，四周就只有火焰燃燒和傷者的啜泣聲，然後，是一道宛如洪水來襲的轟隆聲響，他聽見他們的聲音：

「光之後裔、世界之長心、天秤持有者、守門人萬歲。」

凱登感覺像要窒息、像要嘔吐。他想要癱在地上哭泣，但是辛恩教他就算身體癱瘓依然要屹立不倒。他們教他不要流著眼淚去看待世界。

「萬歲，」守衛繼續喊道，聲音隨風而起，越過火焰。「驅趕黑暗之人。皇帝萬歲。」

50

艾黛兒站在碼頭末端，背對安特凱爾東島尚在燃燒的一片荒涼，放眼望向隨波起伏的小船。小船共有六艘，已經來來回回搜索一整個早上了。人們拋下漁網，拖曳湖底，撈起許多濕滑發光的小魚。他們留下那些魚，丟進木桶裡，然後再度撒網。艾黛兒對這種拖延和干擾感到不滿，但她不能責怪他們。她命令安特凱爾的漁夫執行這項任務，在不適合提出此一要求的時機提出。他們的家園尚在燃燒，許多死去的鎮民還沒埋葬，仍在哀號或是默不作聲的傷者都需要照料，但她還是要求這些人搭乘小船去打撈一具屍體。

「你們會想打撈掉到湖裡的父母或兄弟姊妹。」*還有我弟弟*，她羞愧地默默補充。

漁夫互看幾眼，望向湖面上的風浪，然後點頭。安特凱爾有一半還在燃燒，包括倉庫和地窖，裡面貯存了冬季最後的糧食，原是讓鎮民度過收割期的食物。此刻乘船出去並非全無意義，活下來的人得吃東西，而這些人都很擅長捕魚，他們可以一邊捕魚一邊搜索死者。

艾黛兒一整個早上都站在碼頭上瞭望南方，看到雙眼疼痛，每當他們撈起一具濕淋淋的屍體時，她就心下一沉。即使相隔半里，她還是看得出是樵夫還是厄古爾人的屍體。馬背民族的屍體都會被剝光值錢物品，然後隨意丟入船艙，晚點上岸燒掉，畢竟反覆打撈同一具屍體很愚蠢。而安特凱爾的死者會被輕輕放在甲板上，漁夫會在他們身邊徘徊，彷彿是亡者離開濕淋淋屍身的靈體。艾黛兒在這種距離下聽不見他們的聲音，不過從頭的角度和靜止不動的姿勢來看，她可以想像他們在祈禱。

她也試過祈禱。

英塔拉，光明女神，拜託……

她一遍又一遍地複誦。

同樣的神名，反覆唸誦。她一直沒有接下去祈禱。她不曉得女神有沒有在聽，不曉得祂是否在乎，甚至不確定祂是否真的存在，但那些都不是問題，不是真正的問題。所有與信仰有關的事情都存在著疑慮，但是即使在艾黛兒生命中最懷疑的時刻，那些疑慮都不曾阻止她祈禱。不，她此時無法唸完禱文，只能凝望著藍灰色的湖面，眼看小船上的人撈出掙扎不斷的小魚和不會掙扎的屍體，真正的理由並不在於女神，而是艾黛兒自己。她沒辦法唸完禱文，是因為她不知道該祈求什麼。

她弟弟死了。她殺了他，或是導致他死亡。瓦林，她無聲說道，這個名字宛如釘子般卡在她心裡。他是她弟弟，而她殺了他。真相令她痛苦，但到底還是真相，於是，她沒有轉頭不看湖面，沒有把自己埋在其他上千件需要她處理的事情中，沒有喝酒喝到爛醉，沒有說話說到忘乎所以，或是保持忙碌到累得不支倒地。她站在碼頭最末端，反覆思考自己的所作所為，反覆唸誦死去弟弟的名字，想要祈禱，卻又無法祈禱。

「光輝陛下。」

她身後傳來李海夫的聲音，他的靴子刮過碼頭木板的聲音。她閉上雙眼，在他逐漸逼近的腳步聲中度過最後獨處的時光。

「鎮上的情況？」她在他停在身旁時問。「算出死亡人數了嗎？」

「很多。」他冷冷回答。「目前還不能肯定。大概一半。」

半數鎮民遇害。面對強大的厄古爾大軍，這樣算是勝利，還是慘敗？

「火焰之子呢？」

「我們有損傷，但是沒有北境軍團嚴重。我聽說妳在信號塔上。」

艾黛兒點頭，依然沒有看他。

「愚蠢的舉動。」他說。

在此戰之前，這句話會令她動怒，她會大聲和他爭論，就像她和弗頓爭辯一樣。弗頓。弗頓死了，因為她堅持要近距離觀戰而死。她緩緩搖頭。

「當時我覺得有必要。」

一陣冷風吹過接下來的漫長沉默，擾動湖面，助長後方的火勢。

「我不打擾妳了。」李海夫終於說。

但他沒有離開。

艾黛兒斷斷續續吸了一大口氣。

英塔拉，光明女神……光明女神，原諒我。

她試著說完這段禱文好多次，也失敗了好多次，所以說完最後幾個字時，她心裡非常驚訝。

她說不出來究竟求女神原諒什麼。她辜負了父親，和殺害他的凶手攜手合作，聘請吸魔師當她的顧問，召集軍隊對抗安努軍隊，從一個弟弟手中奪走王位，然後一刀插入另外一個弟弟的肋骨之間……

一切在事發當時似乎都很有必要。

原諒我。

她再一次祈禱，也再一次沒有把祈禱化為言語說出口。

陽光灑在波浪上，曬得她雙眼灼痛。她身後，大火還在焚燒。她覺得原諒和火焰的意志沒有任何關聯。她看著漁夫從湖裡撈出另外一具安靜的屍體，然後轉身面對李海夫。

他在打量她——他的先知，英塔拉的代言人，安努皇帝——漆黑的雙眼透露出猶疑。

「走吧。」艾黛兒．修馬金尼恩在他再度開口前說道。「我們有事要辦。」

51

有一瞬間，凱登考慮登基。

他沒想過這天會在黎明皇宮畫下句點，沒有想過會被擁立為安努皇帝。但是話說回來，就像辛恩僧侶說的，期待就是犯錯。

當他進入黎明皇宮中央燃燒中的廣場時，當在他面前跪下的守衛吟詠幾個世代以來所有馬金尼恩皇帝的古老頭銜時，拒絕這項榮耀似乎比接受更難。不管艾黛兒為了爭奪王位做過什麼事情，她都身處數百里外的拉爾特，也沒有正式宣布過她的意圖，這使得安努百姓都很困惑，而站在帝國中心的凱登可以輕易將百姓的困惑化為自己的優勢。突然之間，奪取皇位，成為父親的繼承人，變成輕而易舉的事情。

到最後，令他卻步的正是這種輕而易舉的感覺。朗・伊爾・同恩佳不是想法單純的人，艾黛兒也不是。贏得一場戰役在整場戰爭中並不代表什麼，而奪得王座和保有王座是截然不同的兩回事。獨自一人，即使是位於黎明皇宮高牆內的人，也太容易被推翻，太容易被除掉了。他們會期待他掌握權力，而且早就準備好應付這種情況。今天發生的事件已經導致阿迪夫死亡，也肅清了他的手下，但凱登毫不懷疑皇宮裡還有些人——大臣、護衛、侍妾——會在肯拿倫一聲令下就從背後捅他一刀，更別提與新議會成員結盟所樹立的敵人。

當然，帝國權力交接本身就不是件直截了當的事。凱登當晚剩下的時間裡只處理了一些最基本的事務：派信差送信給所有議會裡的貴族；說服數十名如饑腸轆轆的渡鴉般聚集而來、難以置信凱登會放棄頭銜又擔心權力交接會讓他們丟掉閒差的大臣；安撫皇宮守衛並安排坎它室完全封閉事宜，確保慘死在崔絲蒂怒火下的那幾十個人都有清洗乾淨，處理妥當，送出皇宮好好埋葬，再交代皇宮僕役清理茉莉殿附近的殘局；最後，當英塔拉之矛的塔頂在尚未升起的晨曦中微泛白光時，他於千樹大殿召開他新成立的議會，在所有朝臣面前公布憲法，並且宣示在所有敵人之前會保護並維持新共和國的安全。

覲見終於結束之後，凱登已經累到快要倒下了，但如果想讓安努共和國存活下去，他還有數百個問題要解答，上千件事情待處理，不管是大事還是小事。

離開大殿時，凱登伸手抹臉，彷彿能因此消除眼中的倦意、清掃蒙塵的思緒。基爾和蓋伯瑞爾走在他身邊。

「你必須知道一件事。」瑟斯特利姆人轉頭看著凱登輕聲說道，彷彿不確定他有沒有做好聽壞消息的心理準備。

凱登瞪著他，然後揮手要他繼續說下去。

「要火化阿迪夫屍體時，我們摘下了他的遮眼布。」基爾說。「他看得見，他有眼睛。」

「就和普通人一樣。」凱登搖頭。

「不，和普通人不一樣。」基爾回答。「塔利克．阿迪夫擁有你們的燃燒之眼。」

凱登停下腳步。他停了很長一段時間，這麼做似乎很沒意義，他還有上千件事要處理，而他完全沒有頭緒。

「親戚。」他終於說。

基爾點頭。「你們家族很古老，有很多旁支。英塔拉的特徵在你們直系親屬中最明顯，但旁系親屬也會有。」

凱登從未考慮過這件事情，但這樣也很合理。如果桑利頓知道此事，他就可能會出於對家族的忠誠而給阿迪夫安排高階官職。至於阿迪夫本人……他如何看待自己一輩子都要隱藏眼睛，而馬金尼恩家族卻可以炫耀他們眼睛之事？會不爽到背叛一個信任他的皇帝嗎？會不爽到殺害他嗎？凱登搖頭，這又是個沒有答案的問題。

「我該去我父親的書房了。」他說。「在議會再度開始前翻閱他留下來的文件。我有多久時間？幾個小時？」

「你該做的，是去睡覺。」基爾說。

蓋伯瑞爾點頭。「不眠不休地工作是不會達成任何事情。」

自從大門敞開、議會在震耳欲聾的鑼聲中開始以來，首席發言人和瑟斯特利姆人就沒離開過他左右。凱登很感激他們的支持，不光只是感激而已，但是在幾個小時的交談、協商和保證之後，他一心只想有點安靜獨處的時間。

蓋伯瑞爾彷彿洞悉他的想法一般，拍了拍他的肩膀。「來吧，我們送你去你的房間休息，我會親自安排守衛相關的事宜。」首席發言人並沒有因為這漫長的夜晚而顯露出一絲疲憊。不過，他下午可沒有從阿迪夫、馬托爾和伊辛恩手中逃出生天。凱登很想要接受他們的建議，但還是搖了搖頭。

「還有崔絲蒂的事情，」他說。「我必須去見她。」

在他從坎它出來的混亂騷動結束後，由於急著在任何反抗勢力集結起來前看到議會上軌道，凱登只能讓人帶走這個雙眼空洞、神色迷惘、全然無助的女孩。皇宮守衛想要當場擊斃她，但凱登阻止了他們，堅持先將她囚禁起來。事實上，他不知道該如何看待最後那場血腥屠殺，不知道該作何感想。她當然拯救了他的性命，不但在阿迪夫弄坍石頂時撐住地道，還殺光了所有聽命於吸魔師的士兵。然而，女孩體內似乎有某樣東西斷掉了，一條聯繫她的心靈與這個世界之間的繩索。他穿梭在茉莉殿中的屍體間，看過他們的臉。死者中有幾名大臣，還有一些侍臣，一個老女人，以及至少三名孩童。他們不可能都有參與阿迪夫的陰謀，他們也並非都是艾黛兒和伊爾·同恩佳的支持者。

那景象令他作嘔，令他難過。一來是為受害者，二來也為崔絲蒂。不管是什麼憤怒吞噬了她，不管奪走一百多條安努人性命的力量為何，她顯然都對其一無所知。屠殺發生過後，他一心只想坐在她身邊安慰她，努力瞭解出了什麼事，怎麼會變成這樣，但他沒有時間，只能眼睜睜看著他們給她灌食阿達曼斯，關進天鶴塔中的囚室裡，派三名守衛看守她。而他自己則四下奔走，忙著拔除帝國最後的根基。

此刻，在他入睡之前，他必須去看看她。蓋伯瑞爾似乎不認同這種做法，在凱登改道前往天鶴塔時繃緊下巴。

「不管你和那個女人有多深的交情，她現在都是邪惡的怪物。你該殺了她，不是照顧她。」

「我沒有照顧她。」凱登說，語氣比想像中更嚴厲些。「她被關起來了。」

「讓身分曝光的吸魔師活下來絕非贏取共和國支持的做法。」蓋伯瑞爾說。「特別是剛剛殺掉你好幾百個臣民的吸魔師。」

「他們已經不是我的臣民了。」凱登說。「會決定崔絲蒂命運的是議會，不是我。但那並不能改變她打從一開始就和我站在同一陣線，也不只一次救過我性命的事實。所以，我打算去看她，盡我所能安慰她。」

蓋伯瑞爾搖頭。「那你就一個人去吧。等你辦完這件蠢事後，我會在你房間外面等你。」

「不是一個人去。」基爾說。「如果你允許，我會陪你去。」

凱登疲憊地點頭，看著首席發言人轉身穿越庭院離開。

♛

一開始凱登以為房間是空的。有人關上沉重的窗葉，也沒費心點燈，遮住所有自東方滲入的微光。他隱約看出房間對面有張小床、兩張亮漆椅子，還有一張放著盛水臉盆的矮桌。這個房間算不上是囚室，但是和皇宮裡其他廳房相比還是有天壤之別。空氣十分悶熱，彷彿窗戶已經好幾個月沒打開過了。

凱登稍微停頓了一下，接著走入房內。基爾轉身關上房門。

「崔絲蒂？」他呼喚她。

沒有回應。

他走到窗邊，拉開窗栓，推開窗葉。轉身之後，他看見她縮在小床和牆壁中間，雙手抱膝貼在胸口，目光沒有焦點。桌上有一盆水，但她並沒有擦拭臉或手上的鮮血。血跡都乾掉龜裂了，看起來很像脫皮，連身裙也被大量鮮血浸得漆黑一片，但她完全不在乎那些，只是面無表情地凝視著幾步之外的牆面。

「崔絲蒂？」他又喊了一次，有些猶豫地朝她走去。「妳還好嗎？」

她半哭半笑，渾身顫抖。

「我母親是叛徒。」她沒有轉動眼珠，也沒有提高音量。「她把我賣給我父親，而他是個叛徒兼吸魔師。我是個吸魔師，我剛剛殺害了天知道多少人。」

這些赤裸裸的事實陳述令凱登止步。他想安慰她，卻不知道能說些什麼。在經過一段漫長的沉默過後，她終於抬起目光。

「我什麼時候會被處決？」她語氣毫不恐懼。如果有什麼值得一提的，她聽起來甚至還帶了一點期待。

凱登緩緩搖頭。「崔絲蒂……我……議會會決定這些，但我會盡力幫妳，想辦法救妳。並非所有吸魔師都很邪惡。」

她張開嘴巴，難以置信地說：「我有看到屍體，凱登！我殺的那些人！有個小孩的頭被砍掉一半……有個男人抱著自己的腸子……我殺了他們。」

凱登遲疑，然後點頭。「人是妳殺的，但妳不是有意的。這個很重要。」

「我不是嗎？」她問，陰鬱地看著他。「你怎麼知道？」

「妳記得當時的情況嗎？」凱登問。「在地道裡，在坎它島上？」

她搖了搖頭，做了一個表示挫敗的小動作。「部分。片段。我記得憤怒。還有血。」她停住，淚水流過血紅的臉頰。「和力量。我是吸魔師。吸魔師。就和阿特曼尼人一樣。」

「或許妳是。」凱登說。「但是世界上有比吸魔師更糟糕的東西。」

當僧侶的日子磨掉了大部分他對事物本能的厭惡，但內心深處還是有些感覺，童年早期根深蒂固的觀念依然對這種說法有所保留。所有古老的說詞都像迎向光亮的蠹魚般浮現心頭：邪惡、扭曲、憎惡。他看著崔絲蒂，看著她頸部優雅的線條和垂在肩膀上的秀髮。他很難想像貝迪莎會把如此邪惡的力量編織到如此美麗的生物之中。

拋開它，他告訴自己，壓抑蜷伏在體內喃喃低語的情緒。打從遇上崔絲蒂以來，她一直都很善良大方。當情況危急時，當她落入伊辛恩手中時，是凱登令她失望，不是她令凱登失望。如果她是吸魔師，那她就是吸魔師。

「那並不能改變妳的本性。」他說，儘管說話的同時，他腦中浮現她把馬托爾推向坎它的景象——他的手掐著她喉嚨，她的唇貼住他的唇，把奮力掙扎的他推入門內。凱登想起她站在走廊盡頭的身影，聲音宛如太陽般宏亮。

她抬頭，火光映照著她的淚痕，彷彿她流下火淚。「我是誰？」她輕聲問，直視他的雙眼，目光中流露出抗拒與沮喪。

凱登無奈地搖搖頭，這時基爾終於迎上前來，在崔絲蒂身旁一步外蹲下，仔細打量她。

「全部告訴我，」他說。「從一開始說起。」

「為什麼？」

「因為妳想要知道真相。」瑟斯特利姆人回答道。「我活了很久很久了，見識遠遠超乎妳的想像。」

崔絲蒂望向凱登，又看回基爾，然後話如泉湧，如骸骨山脈昂伯池的池水溢出池畔般，一發不可收拾，像是被與大地同樣古老又強壯的力量拉扯而出。基爾一聲不吭地聽著她說，在崔絲蒂遲疑時點點頭，一張臉彷彿石頭刻出來般，聚精會神地聽她從頭說起所發生的一切：在高山中逃亡，在阿塞爾唸誦刻文，在不可能的情況下穿越坎它，殺死伊克哈·馬托爾，一直說到她摧毀阿迪夫的手下。

「我肯定有問題。」她終於做出總結，聲音斷斷續續。「很可怕，我很不對勁。」她努力壓抑內心的恐懼與哀傷，但凱登聽得出來那些情緒蠢蠢欲動，那是一股幾乎無法克制住的強大壓力。

「我知道一些事情。」她說。「我不該知道的事情。我能做一些事情……」她越說越小聲，轉而凝望窗外。

基爾望向凱登，然後看回女孩。

「了不起的經歷。」他說。「獨一無二。」

「我是吸魔師。」崔絲蒂說，又繞回一開始的話題。

「幾乎肯定是。」基爾回道。「這樣可以解釋妳有能力在山裡跟上凱登和譚的速度，更別說妳剛剛撐住了數百噸的石頭。妳不只是個吸魔師，還是力量無比強大的吸魔師。」

崔絲蒂無奈點頭，但基爾繼續說下去。

「不僅如此。」

凱登緩緩點頭。「單純只是吸魔師不能讓她通過坎它，對吧？」

基爾想了一下，然後搖搖頭。「不，據我所知不行。」他轉向崔絲蒂。「妳通過坎它時有什麼感覺？」

她皺眉。「很害怕。每次都很害怕。困惑和害怕。」

基爾點頭。「坎它應該會摧毀妳。」

「還有語言的問題。」凱登說。「妳不是在神廟裡學的。」

崔絲蒂無力地搖搖頭。「我很想相信這種說法，但是……不。」她稍作暫停，望向空蕩蕩的天空，雙眼宛如月亮般渾圓柔亮。「感覺像是……有別人。」

凱登瞇起雙眼。「別人？」

她眉頭緊蹙，和心裡的祕密角力。「有個人……在我身體裡面……她能閱讀在阿塞爾看到的文字……」

「在死亡之心折斷馬托爾的手後說話的人就是她。」凱登說。他把女孩當時說的話喚入腦海中。「我會看著你求饒，但塞住耳朵來阻止你的慘叫，我的仁慈之湖將會乾枯殆盡。」

崔絲蒂發抖。

「妳記得說過這句話嗎？」他問。

「我不……」她遲疑。「我不確定。感覺像是我夢到過但卻忘掉的東西。」

「聽起來不像妳。」基爾說。「語法不同，用詞不同。」

崔絲蒂的視線在凱登和基爾之間來回。「這是什麼意思？」她疑惑地問道。「我怎麼會不是我自己？」

凱登搖頭。辛恩僧侶會認為這個問題有邏輯上的缺陷，甚至在用詞上「我」和「自己」都是錯誤的。所謂的「我」和「自己」都是幻覺，是感官和知覺不斷變化的綜合體，沒有核心，沒有基礎，沒有不可分割的特質。儘管如此，導致這種幻覺如此可信、有說服力的關鍵就在於其連貫性。要讓崔絲蒂的自我改變、粉碎……僧侶從來沒有談論過這種事情。

「妳這個另外……一面，」基爾小心翼翼地說。「似乎只有在某些特定的情況才會出現。」他數著手指列舉。「在山區逃亡、在阿塞爾遇襲、妳攻擊馬托爾，全都是在壓力極大的情況下出現的。」

「像是我的內心斷掉了，」她說。「像是有東西折斷了它。」

基爾點頭，但凱登搖頭。

「斷掉是指一樣完整的東西斷成兩截。」他說，輕輕指了指她。「但此刻妳並沒有失去任何東西，妳還是完整的妳。而基爾所說的另一面感覺不像是另外一面。她很有自信，也很憤怒，似乎擁有自己的記憶，自己的能力。或許妳們兩個之間存在一些聯繫，但看起來都是完整且獨立的，像是另外一條靈魂不知道怎麼地跑進妳的身體裡。」

如果凱登有時間好好思考，他就會覺得此事實在匪夷所思，但崔絲蒂卻眼睛一亮。

「她是誰？」

基爾搖頭。「感覺妳不太可能知道。妳們兩個之間或許有些⋯⋯交流，但並不足以讓妳記得或瞭解對方。」

崔絲蒂嘴唇緊抿。「問她。」

凱登搖頭。「那就是他們在死亡之心裡做的事情。」他說。「那就是他們折磨妳的原因。馬托爾問了好幾十次妳是誰，結果卻把自己的手弄斷了。」

「但是，」基爾指出。「馬托爾是敵人，譚是敵人。或許她會願意告訴我們，告訴你。」

「問她。」崔絲蒂說。

「好吧。」凱登皺眉道。「她下次⋯⋯出現時，我就問她。」

崔絲蒂冷冷搖頭。「現在問。」

「沒用的。」基爾說。「妳不能直接叫她出來。」

「不，」崔絲蒂搶過凱登的腰帶匕首，抵住自己的腹部。「我可以。」

凱登和基爾連忙上前阻止，但崔絲蒂已經把匕首插入自己體內，動作緩慢卻平穩，袍子的布料和下方的皮膚都在刀尖下分開。她痛得表情扭曲，凱登伸出一手，但基爾拉住他。

「給我出來，婊子。」她啐道，聲音沙啞刺耳。「他媽的出來。」

「她會殺死自己。」凱登說，渾身像弓弦般緊繃。

「那是她的心靈，」基爾回道。「她的身體，她的選擇。」

凱登猶豫了。刀尖已經消失，鮮血浸濕她的衣服，滲入模樣恐怖的布料裡。她的嘴唇漆黑如夜，雙眼上翻，但發白的手指依然緊握匕首，無情而緩慢地繼續插入。

結束了，凱登心想，對自己容許發生的一切感到恐懼。結束了。

然而，匕首停住了，崔絲蒂的雙眼不再無神地向後翻，而是突然間變得像指甲般銳利，目光直直射向凱登。

「愚蠢！」她厲聲喝道，聲音宏亮到像是洪水氾濫的大河。「你們必須阻止這個孩子做傻事。如果她摧毀這具身體，你們，你們所有人，都將遭受遠超乎想像的苦難。」

凱登瞪著她。「什麼……」

崔絲蒂不耐煩地搖頭打斷他。「你們的世界岌岌可危。我渴望力量的丈夫肆意遊走人間，苦難之海浮現，而我卻受困於……」她低頭看著自己的身體。「受困於這具身體當中。」

凱登發現自己在那道目光下畏縮。儘管他想要閉上雙眼，遮住耳朵，拔腿就跑，但他依然強迫自己湊上前去。

「妳是誰？」他輕聲問道。

女人看著他一段時間，接著，出乎他意料之外，她放開匕首，揚起一手，伸出一根手指輕撫凱登的臉頰。「辛恩僧侶努力讓你脫離我的影響，凱登．修馬金尼恩。但你是男人，即使是偉大的空無也不可能完全切斷你我之間的連結。」

凱登體內湧出一股雜亂的情緒，多年訓練完全無法沖淡那股恐懼和驚歎，宛如他孩提時代感受過的強烈情緒徹底淹沒了他。另外還有一種新的情緒，忽冷忽熱，從她輕觸臉頰的指尖傳遞到他的心臟，直達內心深處，使全身充滿那股高溫。

「妳是誰？」他又問，聲音細不可聞。

「我是你心中的喜悅。」她面無表情地笑著。「也是你胯下的歡愉。我是你努力否認的一切之母。」

她凝視凱登雙眼一會兒，接著望向旁邊，彷彿聆聽一陣穿越水面而來的風聲。「我這具軀體堅強的程度可以和她的愚蠢相比。」她說著，皺起眉頭，然後再度望向凱登。「大消除。」她說，語氣轉為急迫。「你必須執行大消除。在那之前保護好她，如果她在我受困體內時死去，我對這個世界的影響力就會消失，而你們將會沉入苦難之海。」

「妳是誰？」凱登又問一次，儘管他心裡已經浮現了一個可怕的答案。

女人微笑，那一刻似乎持續到永恆，接著她把臉埋入雙掌之間，開始哭泣。當她再度開口時，嘴裡發出的是崔絲蒂的聲音，顫抖又害怕。

「她是誰？」她嗚咽道。「神聖的浩爾呀，她究竟是誰？」

凱登搖頭，答案難以想像到令他說不出口。

最後是基爾回答了她的問題。「祂是妳的女神。」他輕聲說道。「祂是那位你們稱之為席娜的女神。」

崔絲蒂瞪大雙眼。「不可能。」

「有可能。」他說。「諸神在瑟斯特利姆戰爭時期就曾行走於人間。」

「但是為什麼？」凱登聲音沙啞地問。「就算是真的，為什麼選在現在？」

他搖頭。「我不知道。」

「這究竟是什麼意思？」崔絲蒂問。

「意思就是，」基爾凝望著空白牆面回答。「某件有趣的事情已經開始了。」

崔絲蒂低頭看向染滿鮮血的雙掌，然後抬頭看著瑟斯特利姆人，圓睜的雙眼充滿恐懼。「有趣？」她問，語氣驚慌失措。「這怎麼會有趣？這很可怕！」

瑟斯特利姆人打量她一段時間，接著點頭。「是，這樣形容似乎比較精確。對於你們這些能夠感受恐懼的人來說，一定很可怕。」

52

完美無瑕的黑暗。

冰冷。然後是逐漸蔓延的溫熱。

嗡嗡作響的昆蟲。

層層波浪。

宛如被單覆蓋全身的痛楚。

接著，比痛楚更糟糕，記憶浮上心頭。

萊斯守橋，然後倒地。

葛雯娜和塔拉爾站起身來，朝包蘭丁的俘虜拋出碎星彈，然後倒地。

艾黛兒的匕首插入他身側，伊爾・同恩佳一劍劃過他的臉，視線消失，整個人墜落，摔入塔底的湖面。

失敗在他口中宛如鮮血的鐵鏽味般苦澀。還有黑暗，無情而絕對的黑暗，像把鉗子般緊緊夾住了他。

瓦林自泥濘中抬頭，然後任由腦袋垂落。他不知道自己是怎麼被沖上岸的。他記得自己奮力游泳，身體執行透過訓練深深烙印在肌肉中的本能動作，只記得在筋疲力竭之後隨波漂流，然後再繼續游泳。為什麼，他不知道。習慣。固執。懦弱。

他將顫抖的手掌伸向雙眼，急著想要知道真相，卻又害怕真相。劇痛明亮刺眼到他幾乎能夠重見光明。他可以忍受痛苦，但是想到一輩子要活在黑暗裡，比浩爾大洞最深處更為漆黑的永恆黑暗，他就打從心裡害怕起來。

他以指尖輕輕觸摸自己的雙眼，在感到刺痛時立刻縮手，接著再次強迫自己的手去觸摸傷口。劍傷從腦側開始，乾淨俐落地劃過雙眼，還有鼻梁。皮膚還在滲血，而當他鼓起勇氣去摸眼珠時，他發現兩顆眼珠都像雞蛋一樣被砍成兩半。他再度縮手，翻身側躺，朝泥巴地嘔吐，然後躺著不動。

冷杉樹的針葉在風中撒落。

煙，令人作噁的濃煙。

被艾黛兒捅的傷口抽搐了一下。

雖然她已經將匕首拔出，他還是可以感覺到自己的內臟在體內噁心地滑動。

「乾脆弄清楚最糟糕的情況。」他喃喃自語，聲音比灰燼還輕，聽起來像是死物。

他伸出被血弄得濕滑的手指，輕輕觸摸傷口，伸入到第二節指節處，推開皮膚和肌肉，試圖弄清楚最糟糕的情況，直到他昏迷過去。心裡的黑暗緩緩升起，與四周的黑暗合而為一。

再次醒來後，他很肯定自己就要死了。

傷口的形狀不對勁，流太多血了，鋼刃劃開了不該劃開的薄牆。他把這些想法當作溫暖的斗篷裹在身上，血淋淋的眼瞼蓋上殘破的眼珠，沉沉睡去。

♛

冰冷。

貓頭鷹低沉的叫聲。

除了漆黑還是漆黑。

「夠了，夏爾。」他牙齒打顫，低喃。「夠了。」

安南夏爾沒有來。

瓦林渾身都在顫抖，於是強迫自己在寒冷的泥巴中起身。

「總有個比較溫暖的葬身之地吧。」他呻吟，手腳併用向前爬，盲目摸索樹葉堆、針葉堆或是青苔地，找個讓他可以好好躺下的地方，徹底放棄。

不，他突然驚訝地發現，不是盲目摸索。

一如往常，他能聽見上千個聲音，可以感應到數萬條氣流在他胡亂摸索的手指旁旋轉，但是此刻不僅如此。他的內心依然漆黑，黑暗中卻有著……不同的層次，不是形狀的形狀，在視覺遭竊所留下的空洞中刻蝕出圖案。

鐵杉樹枝？

腐爛的松樹？

路過的蝙蝠高速振翅？

他沒看見那些，在無盡的黑暗中什麼都沒得看，但他就是知道。

他在挫折與困惑中輕觸身側的傷口，傷口還在滲著血。他早就該死了，卻偏偏還沒死去。

「怎麼會這樣？」他朝黑暗問道。

沒有回應，只有手掌拍擊石頭的聲音、樹葉在風中搖擺的聲音，以及遠方那場戰役留下的啜泣和哭喊聲。

「怎麼會這樣？」他又問一次，勉力起身。

彷彿在回應他的疑問，一道聲音隨風而來，是貓頭鷹低沉的長鳴聲。

瓦林閉上雙眼，緩緩吸氣。身側的傷口延展、撕扯，但他還是繼續吸氣，在肺部填滿夜晚的冷空氣，直到覺得自己快要爆掉。他在空氣通過舌頭時品嚐味道，透過鼻子吸取空氣，一直吸，一直吸，過濾各種氣味。

青苔、腐葉、香脂、濕岩石、更遠處的死魚、濃煙、鋼鐵，還有數千加侖的血流入湖中。再深入一點……馬的味道，死馬和活馬，嘔吐物和尿，化膿的傷口……更深入……上百萬條如髮絲般的氣息流動纏繞，直到……

有了。

皮革和汗水。硝石的氣味。憤怒。

葛雯娜。

銅和鋼，濕羊毛和小心警覺。

塔拉爾。

血和冷，樹脂和鋼鐵。

安妮克。

活著。三個都還活著。雖然他不知道自己是怎麼知道的。

肺部灼燒，他把那一大口氣通通吐出來，癱在一棵松樹彎曲的樹枝間。力氣稍微恢復後，他嘗試跨出一步，再一步，然後絆到一根看不見的斷枝，整個人向前摔倒。劇痛宛如閃電般沿著手臂竄上來。他爬起身，跌跌撞撞地又走了幾步，在發現面前有一棵樹之前，肩膀已經撞上斷枝，再度摔在崎嶇的地面上。

這樣做根本毫無意義。這一切全都天殺的毫無意義。他聞不到任何人的氣味，在這種距離下一點也辦不到。他肯定也不可能透過匆匆掠過心頭的氣味分辨出他的隊員。他看不見，他的眼睛沒了。

「你要瘋了。」他大叫，也不管會不會被人聽到。「你連怎麼去死都不知道。」他的雙眼布滿血絲。「放棄這坨天殺的狗屎。給我放棄！給我躺下！」

再一次，貓頭鷹的叫聲傳來。

他一直聽到叫聲消失，然後搖頭。

「我受夠了。」他平靜地說道。憤怒消失了，怒火熄滅了。全身無處不痛。全身都想放棄。他的雙手像兩塊木頭般垂在身側。「我不要起來了。我受夠了。」

他斷斷續續吸了一口長氣，凝視著從更深邃的黑暗中塑成的漆黑圖案，一手摀住身側的傷口，爬起身來。

《未成形的王座2 火之天命》完

〔致謝〕

上一次，我列了一份名單。

當時覺得那是正確的做法，因為撰寫《帝王之刃》期間有好多人透過好多方式幫助我。這本書比上一本厚，照理說名單會更長更豐富，但如今我不太確定該不該列名單。

幫一本書列致謝名單等於是說：我知道我欠了哪些人情。但事實上，我不知道，連一半都列不出來。對於每個我能追溯到的人，到每次喝酒聊天的談話內容，都有數百個美妙的想法在生成。這些人們，有些是朋友，有些是陌生人，有些白紙黑字寫下來，有些純粹出於閒聊，他們把無數想法像小嬰兒般放到我的懷裡。

我把這些點子看作自己的孩子撫養長大，努力照顧它們，用它們填滿這本書封面和封底之間的空間。有些點子跟我一起生活了很久，我對它們產生難以想像的偏愛，甚至有點著魔，著魔到我必須利用這個正式致謝場合說出真相：我不知道所有點子的出處。

如今，在那些點子回歸世界的當下，我相信儘管一開始感到害怕，但它們會逐漸喜歡上世界的遼闊、多采多姿、無拘無束，瞭解它們的家鄉有多宏偉壯麗。世界遠比一個作家的內心廣大多了，雖然這些點子曾經跟我一起生活，但我卻絕非它們最終的歸宿。

〔附錄〕

安努人民認知下的諸神及種族

種族

內瓦利姆人——永生、美麗、田園鄉民。瑟斯特利姆之敵。人類出現前數千年就已滅絕。很可能出於虛構。

瑟斯特利姆人——永生、邪惡、毫無情緒。文明、科學與醫療的創造者。被人類摧毀。數千年前滅絕。

人類——外表與瑟斯特利姆人一樣，但會老死，擁有情緒。

古神（依照年代先後順序）

空無之神——最古老的神，在一切創造之前就已存在。辛恩僧侶崇拜的神。

阿伊——空無之神的配偶，創造女神，所有世間一切的創造者。

阿絲塔倫——法律女神，秩序與架構之母。有些人稱之為「蜘蛛」，但卡維拉的信徒宣稱那個頭銜屬於他們的女神。

普塔——混亂、無序、隨機之神。有人認為祂只是個騙徒，有人則認為祂是毀滅性的中立勢力。

英塔拉——光明女神，火焰女神，星光，太陽。同時也是安努馬金尼恩皇室家族的守護神，皇族成員宣稱祂是他們的祖先。

浩爾——貓頭鷹王，蝙蝠，黑暗之王，黑夜之王，庇護凱卓部隊，盜賊的守護神。

貝迪莎——生育之神，祂編織所有生物的靈魂。

安南夏爾——死亡之神，骸骨之王，解開配偶貝迪莎所編織的靈魂，將所有生物化為虛無。拉桑伯的顱誓祭司所崇拜的神。

席娜——歡愉女神，有些人相信祂是新神之母。

梅許坎特——貓，痛苦與苦喊之王，席娜的配偶，有些人相信祂是新神之父。崇拜祂的有厄古爾人、部分曼加利人，還有叢林部落。

新神（所有與人類同時代的神）

厄拉——愛與慈悲女神。

麥特——憤怒與仇恨之王。

卡維拉——驚駭女神，恐懼女神。

黑奎特——勇氣與戰鬥之神。

奧雷拉——希望女神。

奧利龍——絕望之神。

未成形的王座

中英文名詞對照表

A

Aats-Kyl 阿茲凱爾

acacia 刺槐

Adaman Fane 阿達曼・芬恩

Adamanth 阿達曼斯

Adare 艾黛兒

Aedolian 艾道林護衛軍

Akalla 阿卡拉（新神）

akaza 阿卡薩

ak'hanath 阿克漢拿斯

Alial the Great 偉人阿利爾

Alin Birch 安林・伯區

Amie 安咪

Ananshael 安南夏爾（古神）

Andt-Kyl 安特凱爾

Annick Frencha 安妮克・富蘭察

Annur 安努（帝國）

Annurian 安努人

Aphorist 警語家

api 阿皮

Aragat 阿拉加特

Arin 阿林

Asherah 阿雪拉

Ashk'lan 阿希克蘭

Assare 阿塞爾（死城）

Astar'ren 阿絲塔倫（古神）

Atmani 阿特曼尼

Azurtazine 阿瑟塔欣

B

Balendin Ainhoa 包蘭丁・安豪

Banders 班德斯

Basc 巴斯克

Bedisa 貝迪莎

beshra'an 貝許拉恩（拋擲之心）

Billick 比利克

Black 黑河

Blackfeather Finn 黑羽蜚恩

Blood Cities 血腥城邦

Bone Mountains 骸骨山脈

Breata 布利塔

Bridger 布里澤

Broken Bay 破碎灣

C

Cavaltin 卡瓦廷

Channary 錢納利

Chapterhouse 禮拜堂

Chief Priest 大祭司

Ciena 席娜（古神）

Circuit of Ravens 渡鴉環

Csestriim 瑟斯特利姆人

D

Dark Summer 黑夏

Daveen Shaleel 妲文・夏利爾

Dawn Palace 黎明皇宮

Dead Heart / the Heart 死亡之心（*Tal Amein*）

Demivalle 黛米薇兒

Docks 碼頭區

Donavic 唐納維克

E

Eira 厄拉（新神）

Ekhard Matol 伊克哈・馬托爾

Elendrian guard 伊蘭德安防禦架式

Emergency War Measure 緊急戰爭法

Eridroa 伊利卓亞

Everburning Well 永恆燃燒之泉

Eyrie 猛禽（凱卓指揮部）

F

First Shield 第一護盾

Fleck's *Five Principles of Cavalry* 弗雷克《騎兵五法則》

Flier 飛行兵

Fourth 第四區

Franch 法蘭奇

Freeport 自由港

Fulton 弗頓

G

Gabril the Red 紅衣蓋伯瑞爾

Ghost Sea 鬼海

Godsgate 諸神之門

Godsway 諸神道

Great Rift 大裂縫

Gwenna Sharpe 葛雯娜・夏普

H

Ha Lin Cha 荷・林・察

Hall of a Thousand Trees 千樹大殿

Hanno 漢諾

Hellem 赫爾蘭

Hendran's Tactics 《韓德倫兵法》

Heqet 黑奎特（新神）

Holder of the Scales 天秤持有者

Hook 虎克島

Huel-Hang's *The Heart of a Conflict* 胡漢《衝突之心》

hui'Malkeenian 修馬金尼恩（姓氏）

Hull's Trail 浩爾試煉

Huutsuu 胡楚

I

Iaapa 亞帕

Ice Sea 冰海

Intarra 英塔拉（古神）

Intarra's Spear 英塔拉之矛

Ishien 伊辛恩（第一代辛恩）

J

Jasmine Court 茉莉殿

Jeril 傑瑞爾

K

Kaden 凱登

Katal 卡泰爾

Kaveraa 卡維拉（新神）

Keeper of the Gates 守門人

Kegellen 凱潔蘭

kenarang 肯拿倫

kenta 坎它

Kettral 凱卓部隊

Kidder 基德

Kiel 基爾

Korin 柯林（新神）

Kresh 克拉西

ksaabe 克沙貝

Kwihna 克維納（痛苦之王梅許坎特）

Kwihna Saapi 克維納沙皮

L

Laith Atenkor 萊斯・阿坦可

Leach 吸魔師

Lehav 李海夫

Leina 黎娜

L-fort 羅堡

Li 利國

Long Fist 長拳

Long Mind of the World 世界之長心
Louette Morjeta 洛伊蒂・莫潔塔

M

Maat 麥特（新神）
Manjari 曼加利人
Manker's 曼克酒館
Meshkent 梅許坎特（古神）
Messenger 傳信兵
Micijah Ut 密希賈・烏特
Miller 米勒
Mizran Councillor 密斯倫顧問
Mo'ir 莫爾

N

naczal 納克賽爾（矛）
Nevariim 內瓦利姆人
Neutral ground 中立區
Newt 紐特
Nimir Point 尼麥爾岬
Nira 妮拉
Nish 尼許

O

obviate 大消除
Old Sticks 老木棍區
Olon 奧隆
Orella 奧雷拉（新神）
Orilon 奧利龍（新神）
Oshi 歐希

P

Phirum Prumm 法朗・普魯姆
Pikker John 皮克・強
Plenchen Zee 普蘭辰・亦
Pta 普塔（古神）
Pyrre Lakatur 派兒・拉卡圖

Q

Qirins 奎林群島

R

Raalte 拉爾特
Rabi 拉比
Raginald Went 瑞吉拿德・溫特
Rampuri Tan 倫普利・譚
Rassambur 拉桑伯
Relli 雷莉
Rishinira 麗希妮拉
Romsdals 羅姆斯戴爾山脈

Ran il Tornja 朗・伊爾・同恩佳

Roshin 洛辛

Rot 腐化

S

saama'an 沙曼恩（刻劃之心）

Sami Yurl 山米・姚爾

Sanlitun 桑利頓

Scar Lake 疤湖

Scial Nin 希歐・寧

Scion of Light 光之後裔

Second secession 第二次脫離戰爭

Shadowrobe 影袍戰士

Shin 辛恩（教派）

Sigrid sa'Karnya 席格利・沙坎亞

Si'ite 席特

Silk Canal 絲綢運河

Skullsworn 顱誓祭司

Slarn 史朗獸

Spark and bang 火花爆炸

Starshatter 碎星彈

Stunner 擊暈箭

Suant'ra 蘇安特拉（凱卓鳥）

Sun 陽幣（貨幣）

T

ta 塔茶

taabe 塔貝

Talal M'hirith 塔拉爾・姆希利斯

Tan'is 坦尼斯

Tarik Adiv 塔利克・阿迪夫

Terial 特利爾

Tevis 特維斯

The Bend 大彎

the Blank God 空無之神（古神）

the Flea 跳蚤

the hole 大洞

the Lady of Light 光明女神

the Sons of Flame 火焰之子（軍）

Thousand Lakes 千湖

Trevor Larch 崔佛・拉奇

Triste 崔絲蒂

U

Uinian 烏英尼恩

Umber's Pool 昂伯池

umial 烏米爾

Urghul 厄古爾

Valyn 瓦林

vaniate 空無境界

Vash 瓦許

Vellik 維利克

Venner's *Longbows and Flatbows* 維納《長弓與平板弓》

Vennet 維內特

Vestan Ameredad 偉斯坦・阿莫雷德

Waist 魏斯特

Well 魔力源

Western Desert 西境沙漠

Western Wars 西境戰爭

Wood-pea 木豆鳥

Yamara 亞馬拉

Yvonne's and the Crane 伊芳塔和天鶴塔

未成形的王座

❸ 最後凡塵羈絆

The Last Mortal Bond

CHRONICLE of the Unhewn Throne

這是一場瑟斯特利姆人與神的戰役。
身處亂局中心的人類根本不是博弈雙方，
連兵卒都算不上，一輾即死。
帝國不是人類的帝國，戰役不是人類的戰役，
甚至連敵人都不是人類的敵人。
微不足道的他們該如何拯救自己？
正帶領眾人衝鋒陷陣的馬金尼恩家族，
又是否能為人類殺出一條血路？

三部曲完結篇

——2024．3月 敬請期待！——

國家圖書館出版品預行編目資料

未成形的王座2 火之天命 下 / 布萊恩・史戴華利（Brian Staveley）作；
戚建邦譯. --初版・-- 台北市：蓋亞文化, 2023.11
冊； 公分. --（Fever ; FR088）
譯自：Chronicle of the Unhewn Throne 2 the providence of fire
978-986-319-946-5（下冊：平裝）

874.57　　112014114

Fever 088

未成形的王座〔2〕火之天命 The Providence of Fire 下

作　　者　布萊恩・史戴華利（Brian Staveley）
譯　　者　戚建邦
封面設計　莊謹銘
總 編 輯　沈育如
發 行 人　陳常智
出 版 社　蓋亞文化有限公司
地址：台北市 103 承德路二段 75 巷 35 號 1 樓
電話：02-2558-5438　傳眞：02-2558-5439
電子信箱：gaea@gaeabooks.com.tw
投稿信箱：editor@gaeabooks.com.tw
郵撥帳號 19769541　戶名：蓋亞文化有限公司
法律顧問　宇達經貿法律事務所
總 經 銷　聯合發行股份有限公司
地址：新北市新店區寶橋路二三五巷六弄六號二樓
電話：02-2917-8022　傳眞：02-2915-6275
港澳地區　一代匯集
地址：九龍旺角塘尾道 64 號龍駒企業大廈 10 樓 B&D 室
電話：+852-2783-8102　傳眞：+852-2396-0050
初版一刷　2023年11月
定　　價　新台幣 420 元
Published and printed in Taiwan

ISBN／978-986-319-946-5